U0062884

屠龙歌

十年深山里，
练得屠龙技。
一朝出山来，
应教天下惊。
半生秋雨江湖中，
长铗挂壁日日空自作铜吼。
昨夜梦陶潜，
殷勤留我饮。
谓我何太痴，
对月起舞为我长歌归去来：
"世上元无龙，何用尔营营！"

抱朴堂印章

陈龙海刊奉

穷天人之际 丹道

陈龙海题写

陈龙海题

横批：抱朴堂

上联：习愚存道性

下联：守拙归园田

究天人之际

李辉 著

『抱朴堂』的生命智慧

华龄出版社
HUALING PRESS

责任编辑：郑建军

责任印制：李未圻

图书在版编目（CIP）数据

究天人之际："抱朴堂"的生命智慧 / 李辉著 .—北京：
华龄出版社，2021.9

ISBN 978-7-5169-2039-8

Ⅰ.①究…　Ⅱ.①李…　Ⅲ.①中华文化 – 文集
Ⅳ.①K203–53

中国版本图书馆 CIP 数据核字（2021）第 149985 号

书　　　名：究天人之际："抱朴堂"的生命智慧

作　　　者：李　辉

出版发行：华龄出版社

地　　址：北京市东城区安定门外大街甲 57 号　　邮　编：100011

电　　话：010-58122255　　　　　　　　　　　传　真：010-84049572

网　　址：http://www.hualingpress.com

印　　刷：偃师市海燕印刷有限公司

版　　次：2021 年 10 月第 1 版　　2021 年 10 月第 1 次印刷

开　　本：710mm×1000mm 1/16　　　　　　　印　张：21.5

字　　数：250 千字

定　　价：88.00 元

谭序：君行逾十年，将穷山海迹

七年前，癸巳深秋，本书作者李辉与戈琪的诗文合集《露水的世》出版，我曾奉命作序，以祝贺他们在文学创作和文学研究方面的成果。风来雨往，兔走乌飞，时光倏忽已至庚子岁尾，李辉发来嘱我作序的新著却是《究天人之际——"抱朴堂"的生命智慧》。尽管我知道他这些年一直在研究中医和丹经，并传道授徒，还是惊讶他已经有了这么丰厚圆融的思维成果。从医学到文学，从西医到中医，从医道到丹道，李辉的学术人生走进了一个新的阶段。作为他古典文学硕士学习阶段的导师，我见证了李辉不断转换领域的学术征程。

李辉少年时代做过数学家梦，对现代物理学发生过浓厚兴趣，大学却进了医学院，毕业后做了十年医生，且从事的是最能体现现代医学原理的医学检测工作，然而文学的种子始终在他的心灵里蓬勃生长，并占据了他大量的业余时间，创作了一批很有灵性的诗文作品，后来终于弃医从文，考进华中师大文学院，研读中国古典文学。但这之后，他并未成为一个传统的古典文学研究者，而是去了深圳的教育单位工作，手里经常写的却是抨击时弊的杂文，并以其犀利的文字走红网络，成为著名的时评作家。报刊留痕迹，网络有记忆，见到的是那个发表过几百篇杂文的快手，笔名宕子。

宕子者，荡子也，古语用指离乡远游久而不归之人。诗人曹植《七哀》诗云："明月照高楼，流光正徘徊。上有愁思妇，悲叹有余哀。借问叹者谁？言是宕子妻。君行逾十年，孤妾常独栖。"但李辉却不是这样的宕子，对家庭和孩子他是很尽责任的一个男人，对人际江湖他是很讲情义的一个朋友。他这个宕子，宕在人格个性方面的不守俗套，宕在思想文化方面无拘无束地自由追求，宕在没有一个学术领域可以让他长期停留。在学术研究方面，他是一个圈不住的人。这样的宕并不容易，因为每一种思想文化形态都有许多的典籍必须研读，每一个学术领域都有大量的知识和学问必须学习。于是他成了一个爱书成癖、无书不读的人。

但李辉却不是一个兴趣不专、希望什么都懂点因而满足于泛泛浏览，浅尝辄止的人，他喜欢穷根究底，喜欢思考那些元问题，并每每有了自己独到的发现。他之所以走进了丹道的研究并攀登高境，偶然的原因可能是他在生病之后自我疗救中得到的体悟，而必然的原因则应该还是他作为一个读书人希望返璞归真去寻觅天人关系之奥秘的那种穷根究底的学术精神，至于广读群书形成的知识根基和思维视野，以及长期注重实证体验的方法论探索，则是他能够到达学问高处、远处、深处与妙处的能力保证。在这里，李辉多学科学习形成的学问杂交的独特治学经历和多元交织的知识结构，无疑发挥了重要作用，科学理念、人文素养、实证精神，达到了相互渗透的良好状态。而他希望找到从根本上理解人的身体功能和生命机理的钥匙。他的体会是："原来丹道是中国传统文化中最核心的机密，是解读中国传统文化的一把钥匙，是非常超前的生命科学，也是中医里最高深、最难懂的部分，其内核就是我们常听到的'天人合一'"。

丹道是一个看起来很玄幻的学术领域，高妙而深邃。我既无理论的研究，更无实证的经验，按李辉经常强调的那个学术信条，"对于自己不熟悉的领域保持沉默"，我就该缄口不言。通读全稿，我唯一愿意表达的感受是，李辉是认真的，是怀着朴素而诚挚的善意的，他所做的研究和写这本书的理念，不属于宗教信仰，甚至也不是玄学。按李辉自己的定位，是关于医理的学术，是关于生命的科学，是可以实证的经验。作为一个有济世情怀的读书人，李辉愿意把自己的学术成果和实证经验，不仅通过授徒帮助那些有缘者，而且结集出版以广传播，希望帮到更多的人，是一件值得欢迎和庆贺的事情。

李辉正当人生壮年，学术积累已很厚实，人生体验渐入深邃，其所究天人之际也，已成一家之言，而山长水远，前路遥遥，思无际涯，当亦学无止境，必能更臻高妙。

是为序。

华中师范大学文学院　谭邦和

庚子岁尾于水云居

陈序：点丹存道性，抱朴应元贞

何谓道？在老子那里，"道可道，非常道"，是"玄之又玄"的"众妙之门"，是"恍兮惚兮"。道是什么？不知道；庄子之道在《庄子·知北游》中表述得最为清楚：

东郭子问于庄子曰："所谓道，恶乎在？"庄子曰："无所不在。"东郭子曰："期而后可。"庄子曰："在蝼蚁。"曰："何其下邪？"曰："在稊稗。"曰："何其愈下邪？"曰："在瓦甓。"曰："何其愈甚邪？"曰："在屎溺。"东郭子不应。

"东郭子不应"最为耐人寻味，懂耶？不懂耶？如果懂了，应该是会心一笑，犹如"拈花微笑"。看来，这东郭子实在太愚笨——他不懂。

可见，中国人言"道"是难上加难的，须慎之又慎。

偏偏，半聪先生寄来书稿，名之曰《究天人之际》（原副标题为"抱朴堂"论丹道，后文简称《丹道》），并嘱为序。遍读再三，似茫然无所知。如半聪先生问我何谓"丹道"，我有两种应接方式，或如东郭子之"不应"，或干脆回答不知道，但这是敷衍不过去的。

问题是，半聪先生将其书副题命名为"丹道"，是想故弄玄虚，或"以其昏昏使人昭昭"？以我们近20年之交游，以我对其人之了解，断然不是。

于是，我想到了禅——中国禅——本土化以后的禅。禅宗属"教外别传，不立文字"。禅师们对禅的阐释往往绕路说之，如对"如何是佛法大意"的解答：

> 法常禅师："蒲花柳絮，竹针麻线"
>
> 石霜大善："春日鸡鸣""中秋犬吠"
>
> 行思禅师："庐陵米作么价？"
>
> 石头希迁："长空不碍白云飞"
>
> 石霜庆诸："落花随水去""修竹引风来"
>
> ……

如此则印证了禅家的名言——说似一物即不中。原因是，禅道无限小，又无限大，以无限小之物象通向无限大之境域，达此境域者，即能体会到"禅悦"。何谓"禅悦"，禅悦如风。终究不可说——"如人饮水，冷暖自知"也。

然而终究要说，于是，半聪先生撰写了一本《丹道》。

问题是，如何说？

自先秦以来关于丹道之论著，可谓汗牛充栋。如果吊着书袋子，蛰伏在故纸堆中去做挖祖坟的工作，或者引经据典，寻章摘句地去疏啊，注啊，阐释啊，那不是半聪先生之初心。半聪先生之所为者，乃"究天人之际——做一个身心健康的普通人"。

半聪先生之《丹道》，越过了卷帙浩繁的典籍，以偷天盗地，天人合一的"第三只眼"来打量自然，审视人生，并演绎出自然与人生的本来逻辑，以及人之性与命、身与心有机统一的最有普世价值的生命哲学。

半聪先生之所以没有回答"何谓丹道"这一关键问题，不是附会"绕路说禅"之法门，而在于，他反复强调，丹道不是普罗大众手中的玩偶，能与丹道遭遇者，必须具备多种因素，最主要的是文化、实修实证、悟性。

文化的要义在于至少能阅读古籍，不是简单的识文断句，而在于能从浩如烟海的古籍中进行去伪存真、披沙拣金的工作；实证实修则如陆游所谓"纸上得来终觉浅，绝知此事要躬行"；悟性最要命，多半是天生的，不说。试问，此三者齐备者，能有几人耶？所以，半聪先生的言说策略多少是出于无奈。

丹道不可说，丹道不能传。半聪先生从形而上"道"的殿堂走下来，走向形而下的"术"，他沿着以下几条路径展开思辨：

其一，揭秘。"死生由命，富贵在天"，曾经被看作是中国人洞达澄澈的人生哲学。而在半聪先生看来，影响生命进程有诸多因素，包括遗传、环境、饮食、运动、情绪等，所以，所谓"命"者、"天"者，不过是指向遗传的。遗传虽然重要，但绝不是决定性的、唯一的因素。他说：

由天地赐予我们的"元炁"的量决定的——由于天体的周期性运转，造成了天地之间的能量在时空中分布的不均匀，因此，不同的时辰，能量有大小是不一样的。算命为什么要排四柱？其实算的就是在那个特定的时间点，天地给了我们多少元炁。对于普通人而言，把元炁消耗的速度降到最低，是延长自己寿命的唯一办法。

那么，元炁到底是个什么玩意呢？对大多数人而言，真不好理解。打个比方吧，我们的厨房里都有煤气灶，这个灶就相当于我们的身体，煤气相当于我们摄入的食物和空气，煤气燃烧发出来的光和热就是我们的生命。光有灶和煤气，能发出光和热么？答曰：不能，还缺少一块点火的电池，这块电池就是元炁。可煤气灶的电池用完了，咱们可以更换或充电，但人的这块电池用完了，却没法更换，对普通人来说，也没法充电。

既如此，则可以"逆天改命"。如何改？偷天盗地。偷天盗地不是"逆天"，而是顺天，是人与天地的合谋与良性互动。既要"节流"，更须"开源"。正是在这个意义上，王羲之才说"一死生为虚诞，齐彭殇为妄作"。

除此以外，诸如"内景隧道"（内视）、"病气"、胎息、特异功能、道家"祝由术"等等，半聪先生都一一为我们揭开其神秘的面纱，使我们能一睹其庐山真面目。

其二，正误。长寿是人类永恒的追求，于是人类有了养生术。中古文人的生活主旋律有三：饮酒、吃药、隐逸。吃药是吃丹药，为了长寿，为了长生不老，为了成仙，但以竹林名士为代表的文人群体不仅没能成仙，而且大多短命（中散大夫嵇康之被诛，属于横死），究其原因，是这个群体身处乱世，念念不忘的建功立业成为泡影，往往愤愤不平，往往不平则鸣，看似豁达、潇散，骨子里却浸透了悲哀，由"性"而影响其"命"。半聪先生的丹术养生是自然主宰的性命双修，不存念，不妄虑，不刻意，不念经，不打坐，简简单单的几个动作，费时也就半小时左右，绝对不会走火入魔。因此，半聪先生遵循"至道必简"之古训，恪守"不语怪力乱神"与"知之为知之，不知为不知"的原则，对古今养生之舛误进行拨乱反正，对所谓的"修行"予以毫不留情的鞭挞——因为误导，害人，可能害死人。如"辟谷""活死人墓"等，都是逆天而行，反势而动；再如企图通过打坐来打通任督二脉，半聪先生认为："几乎是不可能的，坐出一身的病来的人倒是有不少。"半聪先生的丹术修炼所达到的境界如庄子所言："不刻意而高，无仁义而修，无功名而治，无江海而闲，不道引而寿，无不忘也，无不有也。淡然无极而众美从之。此天地之道，圣人之德也。"

其三，"关系网"的勘察。半聪先生虽对丹道不着一字，但他通过丹道与气功、武术、中医、易经、宗教等关系的阐发，让我们一点点去接近丹道。这犹如颜回、樊迟、司马牛、子张、子夏等都曾问"仁"于孔子，而孔子所给出的答案全然不同。看来，孔子的"仁"，并没有标准答案。学生，聪慧如颜回者，也不得要领，于是"请问其目"，孔子大约有些不耐烦了，正色道："非礼勿视，非礼勿听，非礼勿言，非礼勿动。"在孔子看来，"为仁由己，而由人乎哉？"那么，丹道与气功、武术、中医、易经、宗教等究竟是什么关系呢？首先，丹道不是气功、武术、中医、易经、宗教，但丹道与气功、武术、中医、易经、宗教有着千丝万缕的联系，一言以蔽之，既有联系，更有区别。正是在这些联系与区别中，我们似乎触摸到丹道的门槛，是否可以登堂入室，那要看你的修为。

更重要的是，所有关于丹道的言说，半聪先生都是建立在实修实证基础上的，实修实证的重要亦如科学之实验。亚里士多德曾经想当然地认为，两个重量不同的物体同时下落，重的物体先落地，千百年来被奉为圭臬。意大利科学家伽利略在著名的比萨斜塔（Torre pendente di Pisa）作了一个简单的实验，结果两个重量不同的物体同时着地，以此纠正了亚里士多德的千年谬论。半聪先生的前身是宕子，宕子的前身是李辉，此其人生三相。李辉饱读诗书，淹通古今中外，以西医科班出身而以医为业。后弃医从文，为中国古典文学硕士；宕子为资深社会评论家，著述逾百万字，企图找到社会种种弊病的病因，并开出疗救的药方。此间为"白塞氏综合症"患者，半聪先生则沉溺于中国博大精深的传统文化渊薮中，游弋于儒道佛三界，最后在《黄帝内经》中找到自救的法门，读而悟，悟而修，修而后悟，如此循环往复，又广授门徒，以其效验证其所悟，于是，《丹道》出世。半聪者，或可谓半聋者。《阴符经》云："瞽者善听，聋者善视。绝利一源，用师十倍。"半聪先生有一双慧眼，通天照地，而又能"绝利一源"，故能抵达丹道之胜境。

《丹道》中附有半聪先生弟子的"现身说法"，足以证实丹道（丹功、丹术）之有用。众多弟子，地不分东南西北，人不论男女老少，既有摔跤世界冠军，事业有成的企业家、学者、教授等，更多的则是普通人。这些人都有一个共同特点——身体不太好。经由半聪先生之指导和自身修炼，成为健康、快乐的人，抱着对生命的敬畏和对师恩的感激，写下或长或短的文字，真切、实诚，犹如一个个临床案例，比一万次说教更具有说服力。

冠之以"道"的书，不过区区十来万字，似嫌单薄。2019年4月10日21点整，天文学家召开全球新闻发布会，宣布首次直接拍摄到黑洞的照片。为了得到这张照片，天文学家动用了遍布全球的8个毫米/亚毫米波射电望远镜，组成了一个所谓的"事件视界望远镜"（Event Horizon Telescope，缩写EHT），又经过了两年的数据分析，才使我们能一睹黑洞之真容。黑洞太神秘，理解黑洞要有天文学、物理学等方面的专业知识，如果作最简单的描述，黑洞是质量无限大、体积无限小的天体。半聪先生之《丹道》，或许就是一个超前生命科学的黑洞。

聊以为序。

华中师范大学文学院　陈龙海

庚子人日草于汉上桂子山

茹序：做一个身心健康的普通人

李辉师弟《究天人之际——"抱朴堂"的生命智慧》即将付梓，嘱我写序，这着实让我为难。

写序，一般要对作品内容进行介绍与评说，可我对丹道未尝深研，尤其是书中提及的"禅定""偷天盗地""梦修""内视"等境界，我虽"心向往之"，但既无实修，无从体验其妙，更遑论介绍与评说了。再者，李辉师弟时常把维特根斯坦的名言——"对自己不熟悉的领域保持沉默"挂在嘴边，"抱朴堂"丹道无疑是我"不熟悉的领域"，我理当"保持沉默"，哪敢"关公门前耍大刀"，贸然动笔作序？

不写吧，又愧对李辉，有负我和李辉多年的友情。我们是师兄弟，都曾就读于华中师范大学，李辉的导师谭邦和教授也是我的恩师。我们是同事，在同一栋楼工作近10年，都对中华优秀传统文化情有独钟。我们是邻居，每逢周末或假期，经常在一块喝茶、聚餐、散步、聊天。而且我们的夫人也是同事，都在深圳市南山区同一所学校工作。因为这多重关系，我尽管诚惶诚恐，也不得不硬着头皮上了。

统览全书，我以为《究天人之际——"抱朴堂"的生命智慧》有四大特色，粲然可观：

第一，守正务本，关注健康。《论语·学而》有云："君子务本，本立而道生。"意思是说，君子致力于抓住做人的根本，根本建立了，大道也就有了。何谓根本？根本即基础或本质，是事物的本源。宋梅尧臣《送孙曼卿赴举》诗云："欲变明年花，曾不根本移。"明·叶子奇《草木子·杂俎》云："枝叶之枯，必在根本。"意思是说，植物的根干，决定植物的"花"与"枝叶"。如果说植物的根本是植物的根干，那么做人的根本就在于人体的健康。网上有一副很火的对联："爱妻，爱子，爱家庭，不爱身体等于零；有钱，有权，有成功，没有健康一场空。"强调的是，没有人体健康，其他免谈。《究天人之际——"抱朴堂"的生命智慧》之要旨，是让每一位读者"做一个身心健康的人"，对自己的生命负责，将一言一行，一举手一投足，吃喝拉撒，视为"修行"，且持之以恒，把最简单的事、最根本的事扎扎实实做好。在"守正务本，关注健康"的基础上，去追求至真、至善、至美，最能体现生命价值的人生最高艺术境界。"抱朴堂"丹道可谓高瞻远瞩，善心可鉴。

第二，视角新颖，视野开阔。对生命的渴望，对自我的超越，对生死和宇宙本源的追问，是人类的本能之一。自先秦开始，以"生命"为研究对象的"丹道"就进入了人们的研究范畴，先秦以降，丹道研究从未停滞。仅丹道定义，就有狭义、广义的不同。广义的丹道既包括"内丹"修行，也包括"外丹"烧炼。狭义的丹道指内丹术，即以天人合一思想为指导，以人体为鼎炉，精气神为药物，在体内凝练结丹的修行方式。炼成者，内视可见其形，所谓"大如弹丸黄如橘""圆陀陀，光灼灼"。"内丹术"又分三大流派，以钟吕为代表的"先命后性（神）"一派，以陈抟、谭峭和全真道南北宗为代表的"先性后命"或"以性兼命"一派，还有阴阳双修派，或称彼家丹法。

李辉的"抱朴堂"丹道"卓然别是一家"，具有全新的视角与开阔的视野。本书所论，不限于丹道，而是兼容并蓄，集儒、道、释、医、杂、养生精要于一炉。论及丹道、太极与无极、心性的修炼、共修及其原理、读经之有用及无用、儒释道三家无差别、禅修与修仙、玄关等等，揭秘"开悟"与"开智慧"、"逆天改命"的原理、睡功（梦修）、胎息、特异功能、道家"祝由术"、附体、内视，比较丹道与天道、武术、气功、中医、宗教、风水、打坐、潜意识等等，追问为什么不能玩"辟谷"，"天人合一"是事实还是哲学概念等等。在此基础上，李辉将丹道视为"究天人之际"的大学问，视为解读与实证中国传统文化的一把最重要的钥匙，认为丹道的内核其实是人们常常提及的"天人合一"，体现在个人的修身则为"身心一体"——心可以改变身，身也可以改变心。不过，"心改变身非常难，只有极少数人才能做到"，主张"以身来改变心，最后达到身心俱变，性命双修"的效果。读罢，深深为其新颖的视角以及开阔的视野所折服。

第三，广征博取，实证透彻。李辉是个酷爱读书的人，无论是在医科大学读书，在故乡小县城防疫站工作，还是在华中师大攻读古代文学硕士，几乎都是手不释卷。不仅读学科专业相关著作，还广泛涉猎西方的哲学、社会学、文化学著作及其他杂书。在得了"白塞氏综合症"这一"绝症"之后，为了自救，李辉开始练功。只用了半年左右的时间，不仅身体恢复了健康，肉体脱胎换骨，性情也不知不觉地发生了意想不到的变化，甚至修出了一些以前只在武侠小说里看到过的不可思议的境界。为了搞明白自己身上发生了什么事情，李辉足足花费了五六年的时间研读丹经，研读《黄帝内经》等中医文献，研读民间医学、道教医学、佛学，在枝繁叶茂、蔚为大观的经典著作中博采众长，在实践中体悟检验，亲证了中国传统文化中最核心与最深奥的部分，体会到了中国传统文化的博大精深。

与大部分丹道研究专家不同，李辉对丹道的不少境界有他个人的实证实修。2015年，我和李辉在北京大学参加督学高端培训，我们同住一个房间，我曾见证过他的"梦修"。2019年5月1日，李辉在我家吃饭，喝了约4两白酒，酒后的他满脸通红，有喝醉迹象。他在沙发上小憩了十来分钟，但见一股水状液体从脑后玉枕穴流出，枕头正中间全部湿透。小憩结束，李辉神色如常，已没有半点酒气，我的家人及部分朋友十余人共同见证了这一奇迹。李辉体验过"内视"，看到"从头顶到会阴，一道红色的光柱在颤抖""看到了左肾，左肾不是红色的，是黑色的，在小弯上有两个小洞，两个小洞里冒出两股黑气"。至于他体证的其他一些境界，无法一一详述。也正因为这样，他能读懂《黄帝内经》《老子》《庄子》《阴符经》、宋明理学、王阳明心学，能领悟这些经典里大量的实修实证的体验与记录。李辉曾是得过"不治之症"的人，通过"抱朴堂"丹道的研修，不仅治好了所谓的"绝症"，还练就了一个好身体。李辉骨硬如铁，与人扳手腕，能胜他的寥寥无几。即使在冬天，李辉身上也似有一团火。近几年，李辉很少生病，大抵也算是"抱朴堂"丹道神奇效果的实证吧。

希腊古哲亚里士多德认为知识大类有三：实践的知识，理论的知识，鉴别的知识。我想，李辉就是具备这三类知识的人，正因为如此，《究天人之际——"抱朴堂"的生命智慧》能以实践的知识为依据，并陈百家之说厘定其真伪，内容形式别出机杼，向读者奉献了一部妙趣横生的可一览丹道养生之道的佳作。

第四，深入浅出，化繁为简。在当今这个"连撒尿都要掐秒"的时代，人们压力倍增，各种奇怪的疾病越来越多，在此背景下，丹道养生很流行，好多短期的丹道养生班随之出现，且动辄收费上万。李辉不屑于像那些人为了钱而故意将简单的事情复杂化。在他看来，在丹道的修炼中，师父能起到的作用实在也有限得很，无非就是指指路，解解惑。能否修成或能修到什么程度，则得靠弟子自身的努力和悟性，做师父的不能贪天之功。于是他将"天人之学"（中国传统文化中最高深的学问）转化为一套简单的动作，简单到在电话里能说得清清楚楚、明明白白，没有半点花架子。只要每天坚持练习半小时左右，就会有奇效，能让人有病调病、无病防病、美容驻颜、延年益寿，最终达到"性命双修"之效。少数人甚至可以打开"玄关"，进入混沌，盗天地之灵气，从而脱胎换骨、超凡入圣，敲开丹道修炼的大门。"抱朴堂"丹道功理源于《黄帝内经》，它不讲大小周天，不讲丹田、穴位、经络，也不讲炉鼎、药物与火候，不守任何窍，将繁杂的医学理论简化为"一套体操"，辅之以呼气吸气，道法自然，功到自然成，不存在任何出偏的风险。正是由于"抱朴堂"丹道能"深入浅出，化繁为简"，目前已有六百余人尝试"抱朴堂"丹道的修炼。这些人中，大部分是身体有各种病痛的人，有些还得了重症、绝症，求医多年，深受疾病折磨之苦，却找不着有效解决办法。通过练习"抱朴堂"功法，他们大多数的健康状态都得到了改善，有的甚至能进入先天禅定的状态了。如果不是这些修炼人亲身讲述，恐怕无人相信。大道至简，真理往往是最朴素的，这也许是对"抱朴堂"丹道最好的诠释吧。

阅读李辉师弟的书稿，心中对他充满了无限敬意。我以为，这本书的价值远已超过养生学范畴。阅读这本书，不仅可以了解直接有益于身心健康的养生之道，还认识中华优秀传统文化的丰富性，从而增强民族文化的自豪感。一卷在手，学而习之，利己、利人、利国，不亦悦乎？

是为序。

茹清平

2020 年 4 月 8 日于博登湖

自　序

鲁迅认为，"中国固有文明"制造了"大小无数的人肉的筵宴"与国人"苟安的城堡"。他在《老调子已经唱完》一文中，引用木皮道人的话——"几年家软刀子割头不觉死"，将中国的传统思想、传统文化比作应该被遗弃的"软刀子"。作为鲁迅的铁杆粉丝，我自然也对中国传统文化充满了警惕，生怕自己陷进去走不出来了。因此，虽然中国古代的各种经典确实也读过不少，我却一直尝试着用西方的视角重构中国的传统文化。

少年时代，我曾想当一名数学家，所以在初中时便自学了大学数学。不仅能解常微分方程与偏微分方程，还能读爱因斯坦相对论的论文——我觉得自己是读懂了，虽然在专家看来，我未必真懂。做了四年数学家的梦，到了高二的时候，却觉得数学家的生活太枯燥了，于是想当作家，拥有更丰富的人生体验。高三那一年，我根本就没有为考大学做准备，天天背唐诗，为实现自己的作家梦打基础。我的天真与任性让我付出了惨重的代价，本来被老师们看作清华北大的苗子的我，只考上了一个专科，不得已去读了衡阳医学院的卫生检验专业。读卫生检验专业，不但要学生理、病理、解剖等基础医学，还要学有机、无机、物理、分析与生物五种化学，还有一门课叫毒理学——可以说，从头到尾，这个专业的每一个细胞流淌的都是西方的血液。

虽然那时仍然还是想当作家，但我的课外阅读倒不仅仅限于文学，因为我给自己大学三年定的任务是开阔视野，拓展知识面。期间我倒是读了大量的西方自然科学著作与哲学著作，在旧三论（系统论、控制论、信息论）与新三论（耗散结构论、协同论、突变论）上也下过不少功夫。有一次，我特意数了一下，一个学期下来，我的借书卡上的书竟然有 99 本，还不包括我自己买的书。

大学毕业后，我回到故乡的小县城，在防疫站工作了整整十年。在这十年里，一有空闲，我就会捧起书本。阅读的范围也像滚雪球一样，在不断地扩张。正因为如此，我与小城的气氛格格不入。大多数同事一下班就围坐在牌桌或麻将桌边，我没法融入他们的圈子，所以被他们视为怪人。我后来收录《露水的世》的系列散文与小说，大部分就写于这个时期。

儿子出生后，我终于决定改变一下自己的生存处境，毅然决然卖掉了家里的房子，带着老婆儿子来到了武汉读研。我考的是华中师大古代文学的研究生，元明清方向。虽然现当代文学我也很熟悉，但除了鲁迅与周作人兄弟，似乎没什么可看的，所以我还是选择了古代文学。读研这三年，我反而几乎不看文学书籍了，一来前十几年看得太多了，二来西方的哲学、社会学、文化学吸引了我的注意力。我对传播学的研究与爱好，也是在这几年培养的——我成了麦克卢汉的铁杆粉丝。来到深圳后，在朋友的引荐下，我还专门到深圳大学拜访了《理解媒介》一系列书籍的中文翻译者何道宽教授。2004 年，山东《都市女报》的编辑约我写专栏，于是开始了我写评论的生涯。那时真像鲁迅一样，有点要救治国人的灵魂的味道了。

这一写就是七八年，由女性题材过渡到政治、经济、文化、教育等题材，甚至还写过音乐评论与画评。只要给出一个话题，一个小时内我就可以写出一篇比较专业的评论来。这种能力需要广博的阅读的支撑。长期高强度的阅读与写作，让我的身体不堪重负，因此得了"白塞氏综合症"，给我带来了巨大的肉体痛苦。这病成了我生命的转折点，让我得以重新审视西方文化与中国传统文化，并完全变成了另外一个人。我发现，我改变不了任何人，更救治不了任何人的灵魂，我唯一能改变的只有我自己。

　　为了自救，我开始练功，只用了半年左右的时间便恢复了健康，还修出了一些以前只在武侠小说里看到过的不可思议的境界。通过练功，不但让我的肉体脱胎换骨了，我的性情也不知不觉地发生了意想不到的变化。为了搞明白自己身上发生了什么事情，我又启动了自己读书的特长。足足花费了五六年的时间去研读丹经，一步一步地摸索，最后在《黄帝内经》中找到了答案，由此便转入了中医的学习。这一自救与上下求索的过程，让我亲证了中国传统文化中最核心与最深奥的部分，切身体会到了中国传统文化的博大精深。同时，也让我意识到了自己从前是多么肤浅。

　　中国传统文化，有一个共同的来源，即上古时代的天文学与数学。所谓的"三坟"，即伏羲、神农、轩辕三皇之书，就是中国传统文化的源头。由此，形成了以天道统领与阐释人道的文化传统。司马迁《报任安书》里的"究天人之际"指的是对于天道的探究，至于"通古今之变"，则是用天道统领与阐释人道。这是一种非常早熟、非常前卫的文化传统，甚至在很多方面远远超越了当代西方最前沿的自然科学，绝不是鲁迅所说的"苟安的城堡"与割头不觉死的"软刀子"——鲁迅所言，虽然也不无道理，但并非中国传统文化的主流与核心，而且，对于这个主流与核心，他可能连边都没摸着。

　　古人云，"行年五十而知四十九年非"。我亦年近半百，花了几十年的时间，才认识到自己以前的错误，总算还不是太晚吧。丹道，其实是"究天人之际"的大学问，是解读与实证中国传统文化的一把最重要的钥匙，是儒学，也是佛法，可以贯通儒释道三家。子曰："朝闻道，夕死可矣。"人生苦短，当我重新回归中国传统文化，已经抛弃了用西方视角重构中国传统文化的想法。此生钓于斯，游于斯，亦愿终老于斯，无憾矣！

　　是为序！

半聪先生

辛丑立春于抱朴堂

目 录

第一章

人人都需要自救

丹道与养生

道家"五术"——山、医、命、相、卜中的"山",即道家修炼法,就是通过服饵、丹法、玄典、拳法、符咒等方法来改造人的肉体与精神,以期达到长生久视的目的。

丹道(丹法)自古以来,被视为"仙道",有"所传非人,必遭天谴"之说——传说紫阳真人三次所传非人,以至于三遭天谴——所以传法极为谨慎,一般不会在社会上广为传播。

孙思邈《太清存神炼气五时七候诀》云:"夫得道之人,凡有七候。一者,心得易定,觉诸尘漏。二者,宿疾普销,身心轻爽。三者,填补夭损,还年复命。四者,延数万岁,名曰仙人。五者,炼形为气,名曰真人。六者,炼气成神,名曰神人。七者,炼神合道,名曰至人。"七候即是丹道修炼的七大效验。神仙之有无,或能否通过丹道的修炼而成仙,姑且存而不论。但是,通过丹道的修炼达到强身祛病、延年益寿、延缓衰老,甚至返老还童的目标,却是毫无疑问的。

医道同源,中医即来自道家。据《庄子·在宥》记载,黄帝曾问道于广成子:

广成子南首而卧,黄帝顺下风,膝行而进,再拜稽首而问曰:"闻吾子达于至道,敢问,治身奈何而可以长久?"广成子蹶然而起,曰:"善哉问乎!来!吾语女至道。至道之精,窈窈冥冥;至道之极,昏昏默默。无视无听,抱神以静,行将至正。必静必清,无劳女形,无摇女精,乃可以长生。目无所见，耳无所闻，心无所知，女神将守形，形乃长生。慎女内，闭女外，多知为败。我为女遂于大明之上矣，至彼至阳之原也。为女入于窈冥之门矣，至彼至阴之原也。天地有官，阴阳有藏；慎守女身，物将自壮。我守其一以处其和，故我修身千二百岁矣，吾形未常衰。"黄帝再拜稽首，曰："广成子之谓天矣！"

这段话将最上乘丹法（无为法）的心法与秘密几乎已经全盘托出了。《黄帝内经·上古天真论》亦云：

夫上古圣人之教下也，皆谓之虚邪贼风，避之有时，恬淡虚无，真气从之，精神内守，病安从来。是以志闲而少欲，心安而不惧，形劳而不倦，气从以顺，各从其欲，皆得所愿。故美其食，任其服，乐其俗，高下不相慕，其民故曰朴。是以嗜欲不能劳其目，淫邪不能惑其心，愚智贤不肖，不惧于物，故合于道，所以能年皆度百岁而动作不衰者，以其德全不危也。

然而，关闭六根，恬淡虚无，精神内守，碌碌众生之中，能做到的人实在是凤毛麟角。尤其在当代这个浮躁的时代，要做到行住坐卧皆"合于道"，更是难上加难。是故，广成子与黄帝一脉的丹法（无为法）很难传播开来，盖曲高和寡也。由于心性的修炼（性功）比肉体的修炼（命功）更难，所以，在丹道的发展史上，一直有一种说法，即"文始派最高，少阳派最大"。

大多数修炼丹道的人，都要从命功入手，逐步进入性功的修炼，从有为法到无为法，最后达到修性即是修命，即性功与命功融为一体的阶段。

"抱朴堂"功法并非包治百病的神功

我本来写了一篇《以无厚入有间——"抱朴堂"功法其实不治病》，用来做《究天人之际——"抱朴堂"的生命智慧》这本书的后记，在其中也提到了"这个世界上根本就没有能包治百病的'神功'。任何一种功法，都不能解决你的所有问题。'抱朴堂'所教的，不仅仅是一套功法，更是一整套的理念和一种遵循天道的健康的生活方式"，为什么还要专门再写一篇题为《"抱朴堂"功法并非包治百病的神功》的文章呢？无他，重要的事情说三遍，以免引起大家的误会。

诚然，练功确实是可以治病，甚至可以治重病、治大病，但是，仅仅靠练功来治病是远远不够的。让人生病的原因成千上万，不可控的因素太多了，没有任何一种功法能独自承担起改善他人的健康状况，或治愈某种疾病的责任。成千上万、数不胜数的让人生病的因素，可以归结为两类：一类是先天性因素，一类是后天性因素。先天的且不谈，后天的致病因素又可以归结为四大类：一是不良的心性，二是不良的生活方式，三是不良的居住环境，四是意外伤害。其实，要想获得健康，归根结蒂得靠自己，要改变自己不良的心性，改变不良的生活方式，要避开不良的居住环境，还要尽量避免意外伤害——人生在世，要想时时处处都遵循天道，做出正确的选择，实在是难啦，所以生病也在所难免。

人生病，先反思——要反思自己平时什么地方做得不对，做得不对的地方就尽快改正过来。然后，再寻求医生或药物的帮助。当然，也可以把练功作为恢复健康的手段之一，但是，一定得记住——仅仅只是"之一"，而不是全部。

"抱朴堂"功法练的其实是医理，是中医的医理，而不是西医的医理，而且是来自《黄帝内经》的中医医理。对于练功的时间、地点、怎么练，练什么都有讲究，比如要求晚上不能练，不能在室外练，练功时门窗都要关闭，不能开风扇或空调，一次不能练得太多，练的速度不能太快，练累了就休息，量力而行，循序渐进，等等。

"抱朴堂"功法可以作为丹道的入手法门，而且通过练习"抱朴堂"功法，进入先天无极状态的概率还比较高，但"抱朴堂"在阐述丹道的原理时基本上不用任何丹经上的术语，讲的仍然还是医理。如"炼精化炁"的原理，其实就是《黄帝内经》里讲的"阳化气，阴成形"，是人体的一种基本的生理功能，而不是像丹经上描述的那样，要意守哪里哪里，用意念引导气走大小周天什么的。

凡是想通过练功获得健康的人，千万别对练功期望过高，否则会非常失望的。练功治病的周期长，见效慢。像我自己，练了也有八九年了，而且是每天坚持，从未中断过。虽然身体状况与以前相比，不可同日而语，但仍然不免有这样或那样的小毛病，湿气还是有点重。以前留下的"口腔黏膜白斑"在一层一层地褪，一层一层地脱落，还没有褪干净、脱利索——花了几十年功夫把自己的身体折腾坏了，哪里那么容易好呢？我为了早点恢复健康，除了练功，还配合了艾灸、中药等办法。

你如果现在有了病，期望只是通过练功来治愈，恐怕不是一两天能做到。你得花上一两年，甚至更长的时间，而且未必就能治得好。所以，得了病，该看医生还是得去看医生，至于看中医还是西医，自己选吧——每一个人都要为自己的选择负责，就算选错了，也怪不了别人。

有些人在练功的期间，病情还变严重了，就认为练功没用，甚至认为病情变严重是由练功引起的。这类人最好多在自己身上找原因，在自己的心性、自己的生活习惯与自己的居住环境上找原因。如果不练功，病情可能会发展得更快、更严重。我们姑且认为练功对健康是正效应的吧，属于加分项，这加的分怎么能禁得起那么多因素对健康产生的负效应，一个正值怎么能抵消那么多负值呢？所以，算起总数来，总的效应还是负的，你的身体能不变差么？你的健康能不恶化么？

另外，你在练功期间，正好碰上你长期积累起来的某种负面效应的发作期，某种病开始现形了，你如果认为这是练功引起的，因为没练功之前没有出现。如果你的逻辑推理能力这么简单幼稚，对不起，你也不适合练功，你的病恐怕一时也好不了，因为你总是喜欢外求，把不好的东西都推在外因上，而不去找自身的原因。我相信，你的人生肯定也会过得很糟糕。

啰啰嗦嗦扯了这么多，无非就是想说，健康得靠自己，人人都需要自救——这世界没有任何人能救你，没有任何人能解除你肉体的或心灵的痛苦。因此，如果碰到像鲁迅的父亲那种人，得了肝腹水还天天喝酒，还不收敛自己的脾气，恐怕神仙也救不了他的命。就算扁鹊华佗的一世英名，也会毁在他的手里。

练功要"三分练，七分养"

孟子曰："我善养吾浩然之气。"于我们人类而言，养气的学问，应该成为最重要的学问，因为事关生命。另一方面，养气的学问，也是最高深的学问，最容易被人忽视的学问，因为天道难窥，人心难伏，非大智者不能窥天道，非大勇者不能伏心猿，非大智大勇兼具者不足以养浩然之气。因为，就算你能明天道，也很难时时处处做到能降伏自心，遵循天道。

养气的基本原则是什么呢？一言以蔽之，遵循天道。那么，何为天道？就人而言，天体的运行及其对地球上的气候、物候以及人类的身心产生的各种影响，皆为天道。《庄子·庚桑楚》云："夫春气发而百草生，正得秋而万宝成。夫春与秋，岂无得而然哉？天道已行矣。"《道德经》曰："天地不仁，以万物为刍狗。"人类是非常渺小的，《圣经》上对人的定位是所知所能有限且终有一死的被造物。既然是被造物，自然一切都是事先被设定好的，人类自身不能随意修改——就像一台电脑，它应该按什么规则运行是由程序员事先设定好的。如果电脑中了病毒，不按事先设定的方式运行了，用不了多久，系统就会崩溃，甚至硬件也会受损。人也是一样的，设定人体运行规则的就是天道，即天体的运行规律形成和决定了人体的运行规则。这个规则，《道德经》里称之为"常"。人类如果没有意识到这个"常"的存在，并按这个"常"去指导自己的生活，就是"不知常，妄作凶"。也就是说，一定会受到惩罚，招来各种灾祸（疾病也是灾祸的一种形式）。《尚书·汤诰》曰："天道福善祸淫，降灾于夏。"所谓善，就是遵循天道，所谓淫，就是过头了，背离了天道。

天道贯穿万物，却有显隐之分，显者易见，隐者难窥。如台风、地震、海啸，都是天道的表现形式，因为有形有象，而且对人造成的伤害立竿见影，不可抗拒，所以人人都知道躲避。有人大言不惭地说什么"与天斗，与地斗，与人斗，其乐无穷"，真正遇到了这种不可抗拒的自然灾害，只怕他连哭都来不及了，那时他才知道人在自然面前是多么渺小。

但是，"日出而作，日落而息"同样也是天道，有多少人知道呢？有多少人看见呢？有多少人能遵循呢？太阳、月亮、地球三大天体周期性的相对运动，形成了人类十二时辰、白天黑夜、二十四节气、七十二候、春夏秋冬、六十甲子等不同层次的生物钟，有多少人能按照这个生物钟来调整自己的日常生活呢？你在该吃饭的时候不吃饭，该睡觉的时候不睡觉，该加衣服的时候不加衣服，不该干的事你喜欢干，不该吃的东西你喜欢吃，或该少吃的你吃很多，天天生活在胡思乱想、纠结焦虑之中……诸如此类，其实都是不会养的表现，都是违背天道，与天地对着干。你也不掂量一下自己的斤两，你有与天地对着干的本事么？当然，谁也没这本事，但大多数人却都有意或无意地这么做了。《黄帝内经·素问》曰："今时之人不然也，以酒为浆，以妄为常，醉以入房，以欲竭其精，以耗散其真，不知持满，不时御神，务快其心，逆于生乐，起居无节，故半百而衰也。"自然，疾病与灾难就会随之而来。

人的生命是何其的脆弱，古诗云："天德悠且长，人命一何促。百年未几时，奄若风吹烛。"要想这辈子过得顺风顺水，少病少灾，可千万别把自己的能力看得太高了，就像划着一叶小舟在大海里航行，要想船走得快，又不会发生灭顶之灾，只能顺应风的方向与水的方向——你与风浪做斗争的能力毕竟是有限的。

养气对所有的人都很重要，对练功的人来说，尤其如此。要练出上乘的功夫来，既要会练，更要会养。不管会练还是会养，其原则都是遵循天道。首先，会练就很难。练的法门很多，何止三万六千法门，但真正养生却不伤身的法门却并不多见。如西方的各种竞技类的体育运动，有多少是不伤身体的？运动员大多不长寿，几乎成了一个众所周知的事实，不用我多说。健身房的运动真的健身么？非也，伤你没商量。中国的拳术，分为内家与外家。练外家功夫的人同样不长寿，而且到老了往往一身的病，为什么会这样呢？无他，因为他们的锻炼或训练方式违背了天道，或者说天道在人体上的体现。这个就叫"不会练"。

那么，练内家功夫的人就一定长寿么？其实也未必。我常说，习武之人若不通医理，怎么死的都不知道。应该练什么，怎么练，练多少，在什么时辰什么地点练，按什么原则练，为什么要这样练，都是有讲究的。很多人都崇尚苦练，认为只有苦练才能出功夫，其实，这是最大的认知误区。苦练确实是可以出功夫，但这个代价未免太大了，这是以生命长度的缩短与生命质量的降低为代价呀，以伤害生命为代价练出这种功夫来又有什么意义呢？这就是地地道道的"盲修瞎练""蛮练"。真的，要练出大功夫来，未必要苦练。就像《庖丁解牛》里讲的一样，一味地瞎砍，也可以把牛解开，但刀却坏了，而顺应天道的规律，"以无厚入有间"，一样也可以把牛解开，而刀却丝毫不会受损。

我们常听说一句话，叫"避风如避剑"或"神仙也怕脑后风"。可是，我们却经常可以看到很多人喜欢在风中练拳，因为风吹动衣服有一种飘飘欲仙的感觉。不管什么锻炼方式，注意避风与保暖是最基本的要求，究竟有多少人做到了呢？此外，我们神州大地流行广场舞，一到晚上，到处可以看见一群群的大爷大妈随着音乐的节奏翩翩起舞——这确实是在锻炼，却未必养生，恰恰相反，这是伤身，因为晚上阳气内收，要以静养为主，不宜大量运动。

现在，资讯非常发达，有关养生的知识铺天盖地，到处都是，都在争夺人们的注意力。但是，这些知识往往都是一些碎片化的知识，缺少一个一以贯之的东西在里面。如有人说，水果营养丰富，尤其含有丰富的维生素，于是很多人就以水果为主食，大量摄入水果，于是吃出一身的病来，却不知道自己的病到底是怎么得来的。有人说，苦荞可降血糖，治糖尿病，很多糖尿病人于是就买了很多苦荞回来吃，结果不但糖尿病没治好，又生出更多的病来……所有这些，都是"不知常，妄作凶"，都是不会养。

从某种意义上来说，无知就是这世界上最大的恶——每一个人都要为自己的无知付出代价，而无知却自以为有知尤其如此。

练功可能出现的各种身心反应

我时常对人说，不管练什么功，练的都是医理——中医之理，而不是西医之理——习武或练功之人若不通医理，则无异于盲修瞎练，怎么死的都不知道。

那么，什么是医理呢？简言之，即是人体运作的机制机理。不管社会怎么变迁，科学怎么发展，几千年来，甚至数亿年来，人体运作的机制机理从来就没有变过——这是客观事实，并非理论或假设，而《黄帝内经》就是对人体运作的机制机理这一客观事实的描绘。我们的日常生活，或者说人类的一切活动都必须顺应和遵循人体运作的机制机理，否则，就必定会受到惩罚——疾病和死亡就是对不顺应、不遵循人体运作的机制机理之人的惩罚。

"抱朴堂"功法是建立在对人体运作的机制机理的顺应与遵循之上的，一方面升阳气，另一方面排邪气，即有"扶正祛邪"之功效。练功所产生的身心反应也与中医的其他治疗手段如针灸、按摩、汤药等相似，会出现以"汗、吐、下"为主的类似于"瞑眩反应"的种种身体反应。

一、出汗。"抱朴堂"功法的运动量非常小，却可以让习练者产生平时只有在大量运动后才会出现的大汗，其原因一方面是由于习练者自身的湿气太重，另一方面则是由于练功快速地将阳气提升上来了，于是身体开始自动通过毛孔排湿。出汗属于体表的症状，类似的还有长痘痘、出疹子等。比较极端的，我曾亲眼看见一名习练者从毛孔里冒出一颗一颗黑色的固体，那是在排寒。

二、吐痰。有些人练功一段时间后，会开始大量地吐痰，甚至痰里还会带血丝。这是在排肺里的邪。

三、打嗝、放屁、拉肚子。出现这种反应的人一般脾胃不好。拉肚子表明中焦的湿特别重。与其他原因引起的腹泻不一样，练功引起的拉肚子不伤身体，拉了后会有如释重物的轻松感。此外，大便的次数会增多，大便的质量也会提升。如我自己，一天至少有三次大便，都是成形的。谚云："欲得长生，肠中常清；欲得不死，肠中无屎。"

四、身体变得极其敏感。怕空调，怕风，一旦吹风，立刻打喷嚏，流鼻涕。其实，五官的灵敏度都会增强，如嗅觉，可以闻到很多别人闻不到的气味，那是因为阳气升上来了，而五官的灵敏度或感知能力需要阳气的支撑。我在练功以前非常耐寒，常单衣过冬，办公室的空调经常开到16度，那其实是感觉麻木，不需要任何功夫。

五、流泪。有些人练功时或练功后会流泪，极端的还有号啕大哭的。这是在排肝毒。

六、发烧。一位有强直性脊椎炎的弟子在练功一段时间后，经历了十几年来的第一次高热，烧到了三十八度，但这个过程并没有太难过，她感觉到热更深入地渗透进身体，似乎是一股热气给自己取暖。退热后，筋会更松软一些，之前受限的地方得到了开解，变得稍微灵活了一点。后来，这种高热的状况又出现了三四次，每次都是睡一觉，第二天就好。

七、疲倦。大多数人练功一段时间后，精神状态会变好，不像以前一样容易犯困了，但是有些人练功一段时间后却变得特别嗜睡。我会要他们好好地睡，听身体的，一段时间后，嗜睡的症状就会消失。这是因为练功打通并拓宽了经络，原有的气血量就显得不足了。我们身体非常智慧，通过睡觉来补气血，气血补足之后，嗜睡症状自然消失。

八、多梦。有些人平时并不怎么做梦，但练功以后，却开始多梦。其实，这也可以看作一种排毒反应，不过排的是精神上的毒，因为练功不但会将我们的旧疾、隐疾翻出来，还会将我们的潜意识都翻出来，以梦的形式向外释放。

九、遗精、带下及月经的变化。有些男子在练功后会出现遗精，我让他们别紧张，因为这是在排浊精。其实，"抱朴堂"功法对此具有双向调节的功能，既能排浊精，又具有很强的固精的功能，还可以治疗阳痿。不过，在增强人的性功能的同时，会降低人的性欲。女子练功后可能出现白带或月经增多的现象，这其实也是一种排毒反应，毒素排干净后，一切都会恢复正常。一些已经绝经的女子练功一段时间后，月经又会重新出现。一位 75 岁且乳腺癌晚期的女士练功一年多后，病灶缩小了不少，而且长出了新肉，曾经连续几个月，下身每月有七八天流血，应该也是一种排毒反应。

十、性格与相貌的改变。俗话说，江山易改，本性难移。其实，那是没有找到改变本性的方法。通过练功，不但能让我们的身体发生改变，还会不知不觉地改变我们的性格与行为方式。练功会让我们变得越来越平和，越来越安静，越来越没脾气，越来越与世无争，越来越容易满足和快乐。在功夫上身前，我几乎是半个社会活动家，每周难得有一两天在家吃饭，但功夫上身后，我却变得不喜欢在外吃饭，甚至将在外吃饭当成了负担，每天一下班就回家。我的一位弟子在她的练功体会里写道："这些体验与感受让我的个性、心态发生了巨大变化，对世界、对宇宙、对世间万物，重新升起了敬畏。"此外，"抱朴堂"功法有非常强的美容效果，练习一段时间后，皮肤会变得更紧致、更细腻、更光滑、更有光泽，因此，不论男女都会变得更靓、更帅。总之，不管性格还是相貌的改变，都是阳气的提升引起的。

十一、胎息、梦修、禅悦与内视。四者都是自动出现的，属于先天境界，要保持"身心如如不动"，无思无为，才能定于其中，只要一动念，就会从这种境界中出来。只有在先天境界中，才能偷天盗地，延寿改命。

人体非常复杂，复杂到超出了我们大脑的认知能力。我所列出的上述身心反应只是其中比较常见的一部分，而且基本上没有提及"八触"这种共通的身体反应。此外，有可能一些比较极端的反应是我们目前还没有经历过或体验过的。就写这么多，权当抛砖引玉吧。

退步原来是向前

时常有学生跟我说："老师，我最近练功没什么进步。"或者说："刚开始练功的时候，效果很好，后来就没什么效果了。"我一般都回答说："正常。"然后，就会把布袋和尚的《插秧诗》发给他们："手把青秧插满田，低头便见水中天。心地清净方为道，退步原来是向前。"

还有很多朋友问我："练习抱朴堂功法，多久能见效？"对于他们这种急于见成效的心情，我也能理解，但这个问题真的不是很好回答，因为每个人的身体情况、生活习惯、心性功夫都不一样，而且到底要怎样才是"见效"，各人的标准都不一样，我怎么知道这个"多久"是多久呢？不得已，我只有回答说："身体越差，见效越快。"因为，我知道，大多数人心里的"见效"，是指练功后身体出现的各种不同以往的感觉。如果这种感觉消失了，他们便会觉得没什么进步或没什么效果了。

其实，抱朴堂功法的核心之一，便是通经络，升阳气。在这个过程中，会出现"痛、痒、轻、重、冷、暖、涩、滑"八触与以"汗、吐、下"为主的"排病反应"或曰"瞑眩反应"。这些反应是身体可以实实在在感知到的，大多数人将之理解为"有效"或"见效"。当然，这种理解也不能说就是错，只是没有这些反应未必就是没有效果。因为，当你的经络比较畅通了，或以你目前的阳气水平，能够排出的病都排得差不多了，这些反应也就消失了，你又变成了一个"常人"。

我提出的口号是"做一个身心健康的普通人"。所谓普通人，也就是《黄帝内经》里说的阴平阳秘的"常人"。抱朴堂功法练到一定阶段后，所有异常的身体感觉都会消失，与不练功的普通人没有什么差别。但是，练功的效果最终会体现在精气神的变化之上。就拿我自己来说，我的气色非常好，脸上放光，精力充沛，如果疲劳了，稍作休息很快就可以恢复。与同龄人相比，我要比他们显年轻。

所以，练功不要去追求身体的感觉，更不能以身体是否有感觉作为衡量练功是否有成效的唯一标准。有感觉未必是好事，没感觉未必不是好事，而从有感觉到没感觉，未必就是退步了，要知道——退步原来是向前呀，精气神的提升才是真正的成效。

丹道不可传，可传者，入手法门也

尽管对于丹道的功理、功法、口诀及修炼到不同境界可能出现的体证与内景了然于心，我却从来不敢说可以教人丹道。无他，道不可传，可传者唯术也。

丹道不同于气功，气功修的是后天气，而丹道则修的是先天炁，二者的差别大了去了。我不主张将丹道归在气功里。凡守窍、存思、观想、意念导引类的气功都是不能练的，不但伤身，而且容易走火入魔，无甚益处。但是，很多人都沉溺于此等小道，甚至因此沾沾自喜、洋洋自得，也是无可奈何的事，只好由他去——每个人都要为自己的行为或选择承担后果，因此出了问题，实在也怪不得别人。不过，五禽戏、八段锦、易筋经、内家拳之类，则都是非常好的功法，而且可以作为丹道的入手法门，只是能得真传者极少。就拿易筋经来说，市面上流行的易筋经养生效果也还不错，但要练出上乘内功来则几乎不可能，因为里面的东西非常细致，需要师父长期在身边手把手地教，这些东西并非看起来那么简单，也不可能写在书上。

丹道与其说是一种功法，倒不如说是一种境界。很多功法都可以作为丹道的入手法门，各门各派的入手功法都不一样，但只有进入先天境界了，才能算是入了丹道之门，否则，不能算是丹道。很多人声称自己在修丹道，而且有传承。他们不知道，有传承并不能保证他们就能进入玄之又玄的丹道之门，没有传承也未必不能进入那道门，各人的造化不一样。师父领个路，修行还是在个人呀。

"由后天返先天，由有为到无为"，凡对丹道有一点了解的，都会认同这两句话。换言之，通过某种有为的训练，进入了先天境界，算是入了丹道的门。这个"有为的训练"，即为入手法门，这个是师父可以教的。进入先天之后，遇到的种种问题，师父也可以指点应该怎么应对，但师父却没法保证任何人能进入先天。事实上，真正能进入先天状态的人非常少——在某种意义上，道不可传，可传的只有丹道的入手法门。这就是我不敢对任何人说我可以教你丹道的原因。所以，凡声称自己教丹道者，要么不懂丹道，要么是忽悠人的——现在社会上的各种丹道培训班，大多不过是以盲引盲、骗人钱财而已。自古以来，丹道就没有普传过，永远都是极少数人玩的东西，而且"不传六耳"，不适合在普罗大众中传播。

那么，丹道入门的标志是什么呢？答曰：胎息。我曾专门写过一篇《"胎息"揭秘》的文章，详见本书第三章，有兴趣的朋友可以翻到后面读一读。

胎息是先天与后天的分水岭。胎息不是简单的后天呼吸和缓，不是丹田自动起伏的所谓丹田呼吸，也不是皮肤呼吸，而是后天呼吸自动停止，先天一炁自虚无中来。

冲虚真人曰："人之生死大关，只一气也。圣凡之分，只一伏气也。而是伏义，乃为藏伏而亦为降伏。唯能伏气，则精可返，而复返为先天之炁；神可凝，而复还为先天之神。"

在胎息状态中，"致虚极，守静笃"，一阳来复，玄关方打开，则先天真炁方可发生，此为真正之药物。华阳真人曰："少焉，恍恍惚惚，心以复灵，呼吸复起，丹田之炁，自下往后而行。肾管之内，毛际之间，痒生快乐，实不能禁止。所谓炁满任督自开，此之谓也。"邱真人曰："所谓炁满，任督自开，琼钟一扣，玉洞双吹，鼻息复起。时至炁化，药产神知，这才是玄关窍开，真种产出。"

冲虚真人曰："有妄言伏气者，而不知伏气真机（真传必有其真法），终日把息调，而口鼻之呼吸尤甚。痴心执闭息，而腹中之逼塞难容。哀哉，此妄人之为也，安见其气之伏而静定也？"蒋植阳子云："息有一毫之不定，命非己有。"无名氏云："炼精化炁须调其息而伏，炼炁化神须胎其息而伏"，不明此则万难克期取证。

证得此境，始可言丹道。如此这般，然后将自己的实证与佛道种种经典相对照。只要有足够的悟性，《大藏经》与道藏中的所有经典，都可以解读出与没有实证功夫的人不一样的意味来。

丹道不属于宗教，而是超前的生命科学

大约八九年前，由于长期伏案工作与读书过度，我的健康出现了严重的问题，得了被西医视为不治之症的"白塞氏综合症"。一年有三百多天，口腔溃疡非常严重，此起彼伏，人也提不起精神来，几乎痛不欲生。一个偶然的机会，为了改善自己的健康状况，我开始研修密宗功法，并对该功法进行了修改。大约半年，我的身体因此恢复了健康，并且在我身上发生了一些比较神奇的事情。为了弄清楚自己身上到底发生了什么事情，我花了近 5 年的时间，把道藏里所有的丹经及未收入道藏的丹经通读了一遍，再结合自己的体证，终于将丹道的科学原理给搞明白了——原来丹道是中国传统文化中最核心的机密，是解读中国传统文化的一把钥匙，是非常超前的生命科学，也是中医里最高深、最难懂的部分，其内核就是我们常听到的"天人合一"。

1982 年 10 月 18 日，钱学森先生曾在给中国社会科学院的胡孚琛博士的信中说："您学过自然科学的化学，又当过中医，还干过行政工作，这样的经历对研究《周易参同契》是有帮助的。如果您毕业后还有可能继续研究下去，我的建议是：利用现代化学知识把《周易参同契》中有关古化学即外丹部分标出分开，这样就突出了内丹，即人体科学部分。为了人体科学，内丹部分才是珍贵的研究材料，可以给我们启发。"胡孚琛在钱学森先生的鼓励下，开始了内丹学的研究，并于多年后写了专著《丹道法诀十二讲》。中国第一届道协会长陈撄宁先生也是丹道方面实修与研究的专家，他在 1949 年前就将丹道的内容从道藏里独立出来，并以"仙学"命名。简言之，他也认为丹道不属于宗教，而是生命科学。

胡孚琛先生（现为中国社会科学院博导）在他的书里说："内丹学是中华民族传统文化的瑰宝，是数千年来神仙家汲取道、释、儒、医等传统文化的精华，形成的一种融道学的宇宙观、人生哲学、人体观、修持经验

为一体的理论体系和行为模式，是一项为开发生命潜能和探究心灵奥秘而修炼的人体系统工程。内丹学是以道学的宇宙论、人体生成论、天人合一的生命哲学、天人感应原理和阴阳五行学说作支柱；以中国传统医学的气血、经络、穴位和腑脏学说为基础；以人体的精、炁、神为修炼对象；以太极、阴阳、三才、四象、五行、六位、七政、八卦、九宫、十干、十二支、二十四气等符号来描述修炼过程；以意守三丹田、通任督二脉、追求人体的和谐有序为入手工夫；以达到人和宇宙的自然本性契合，同道的一体化为最高目的；以进入仙人境界为奋斗目标。仙人境界是一种至真、至善、至美，最能体现生命价值的人生最高艺术境界。内丹学就是古代内丹家前仆后继、百折不挠地经过多少代人终于凿通的进入仙人理想境界的一条隧道。

中国古代学者经过数千年的修持实践，百折不挠地进行人类身体内在奥秘的探索，逐渐总结出一些指导修炼工程的丹道法诀，这是中国传统文化中至今闪烁着科学智慧光芒的宝贵遗产，是中国历代丹家苦苦探究宇宙自然法则和人体生命科学的智慧结晶。数千年来方仙道士、神仙道士等内丹家以自己的身体作实验室，以自己的精、炁、神为药材，精心进行人体生命科学的实验。内丹学是寓道于术的文化体系，道教经书中有上千卷丹经，都是古代丹家为了同死亡作斗争，为揭开生命现象的本质和人类心灵奥秘而终生修炼的实验记录。历史上内丹家在异族进犯中原之际，为了延续中华民族传统文化的圣脉，将儒、释、道三教精华融为一炉，当作道教的修持程序以口诀秘传的方式保存下来，因之内丹学像集舞蹈、音乐、武术等为一体的传统京剧艺术一样，是一种特殊的文化现象。内丹学是我们的祖先精心保存下来的本民族传统文化的火种，又是世界文化遗产中弥足珍贵的心灵哲学和人体生命科学。金丹大道是参天地、同日月、契造化、返自然、还本我、修性命的天人合一之道，它以系统完备的理论学说，逻辑严密的修炼程序，殊途同归的修持方法，比世界上所有宗教的修持方术都技高一筹。内丹学是对人体生命和心灵奥秘的探索和揭示，丹家在修持中将自己生命和心灵的频率和宇宙的根本节律调谐，从而达到回归自然、天人合一的人生艺术境界，促使人类向仙类进化。然而由于历代丹家出于保护知识产权的需要，内丹学的内幕从未揭开，古丹经多用隐语、诗词等写成，内丹功法的关键法诀，又不写在书上，只在师徒间口口秘传，使一线圣脉，不绝如缕，对丹经的解释亦歧义百出。而今国内学术界已视内丹学为千古绝学，是中华民族一种特殊的非物质文化遗产，精于此道的学者寥若晨星。现在，全世界都在走向科学和文明的时代，罩在内丹学上的神秘面纱亦应被揭开，用现代科学和哲学的手段对它进行整理和研究，使它成为全人类的共同财富，为世界的和平和发展作出贡献。"

然而，丹道的传承在道门内部已经基本断层了，在道门外部，能够将丹道的原理解释清楚的人也寥若晨星。原因有三：一、道门内部，确实也有极少数人功夫上身了，但文化层次太低，知其然而不知其所以然，往往从神仙鬼怪而不是生命科学的角度去解释一些现象，将丹道神秘化了；二、在学术界，那些研究丹道的学者们对于丹道经典非常熟悉，但由于没有体证，也就是说，功夫没有上身，仍然还是说不清楚丹道的原理；三、就算功夫上身了，也熟悉丹经，若没有受过严格的科学训练，或悟性不够，仍然没法揭开丹道的秘密。普罗大众更是对于丹道存在诸多误解，再加上丹道与很多关于神仙的传说有着非常密切的联系，所以其上蒙着一层非常神秘的色彩。近年来，我曾写过不少揭秘丹道及道家某些神秘文化的文章，都是从自然科学与心理学方面来阐释的。

"抱朴堂"是我的书斋名，其中藏书上万册，涉及从自然科学到社会科学两三百个学科的内容。我手不释卷三十余年，潜心研究学问，并曾在全国380多家纸媒上发表过500多篇文章。在我研究丹道以前，就经常有一些陌生人慕名而来，拜访我，向我请教各种各样的问题。在我参透丹道的原理以后，近年来，我几乎把所有的精力放在对于《黄帝内经》与中医的研究上，因为在我看来，《黄帝内经》才是最好的丹经。我的研究成果也让不少朋友重新获得了健康。

中共中央办公厅、国务院办公厅于2016年底印发《关于实施中华优秀传统文化传承发展工程的意见》，文件里说"文化是民族的血脉，是人民的精神家园。文化自信是更基本、更深层、更持久的力量。中华文化独一无二的理念、智慧、气度、神韵，增添了中国人民和中华民族内心深处的自信和自豪。"丹道乃天人之学，是中国传统文化中最高深的大学问，是正确解读中国文化原典的一把最重要的钥匙，对于丹道的研究必将让"为建设社会主义文化强国，增强国家文化软实力，实现中华民族伟大复兴的中国梦"这一"中华优秀传统文化传承发展工程"大放异彩。

丹道修炼会"走火入魔"么

喜欢看武侠片或读武侠小说的朋友们，对"走火入魔"四个字想来并不陌生吧。作为看着李连杰的《少林寺》与金庸的武侠小说长大的一代人，我自小就有一个"武侠梦"。希望长大后能成为一代大侠，除暴安良，快意恩仇，带着高处不胜寒的悲凉，自由自在地驰骋于江湖。

但正如那句网络流行语所说的，"理想很丰满，现实很骨感"，一心想做侠客的我，长大后却成了一个以前的自己有点看不起的酸臭文人。这段经历让我对"走火入魔"四个字尤其熟悉，但我还真不知道何为"走火入魔"。武侠片与武侠小说给我的印象是，"走火入魔"是练功引起的，发生的原因往往是练功时受到了意外干扰，或急于求成，或练的功法太多，或功法本身存在某种缺陷。"走火入魔"的人会突然狂性大发，变得疯疯癫癫，神志不清，有的人还会变得很厉害，也有的人会爆体而亡。总而言之，可能会出现种种不良症状，严重的会带来死亡。"走火入魔"一方面让"练功"变成了一种充满了风险的事业，另一方面也给"练功"披上了一层神秘的面纱，魅惑着人们去揭开这一层面纱。

20世纪80年代"气功热"的时候，我的注意力先后被数学与文学给吸引了，沉迷于其中不能自拔，这让我阴差阳错地躲过了这一劫，否则，我有可能成为在"气功热"潮流中"走火入魔"人群中的一员。我并没有真正见过"走火入魔"的人是什么样子，但却听不少朋友说起。自己的朋友或亲人，因为练气功"走火入魔"，好好的一个人给废了。后来，从内地到深圳闯世界，视野开阔了，结识了不少所谓的"修行人"，出家的在家的都有，倒是让我在现实生活中见证了不少"走火入魔"的活标本。不过，这类"走火入魔"未必与练功有关，但其所引发的身心障碍比起练功引发的"走火入魔"，似乎有过之而无不及。

在我的健康出现了严重的问题时，我已经人到中年，青少年时代的"武侠梦"早已幻灭。吊诡的是，我在这时候却稀里糊涂地成了武侠小说中获得"奇遇"的主人公——为了自救而练习的一个不起眼的动作不但让我恢复了健康，还修出了原来只在武侠小说中看到过的内视与胎息。为了弄明白自己身上到底发生了什么事情，为什么会发生这些事情，我整整花了五六年时间研读丹经，最后才在《黄帝内经》里找到答案。

在各种丹经中，也会反复地说及"走火入魔"，似乎丹道的修炼过程中处处都是危险，如此看来，丹道修炼可能会导致"走火入魔"是毫无疑问的。在参透了丹道的功法、功理与心法后，我却得出了相反的结论——真正的丹道修炼根本就不存在"走火入魔"的风险。古德云，阴阳和合谓之丹。丹道修的是天道，是医理，讲的是要顺应天道，顺应人体运作的机制机理，在无思无为、一切顺其自然的状态下达到阴阳和合、天人合一的境界。如此而已，风险何在？

但是，若按照丹经上的方法去练功，不但练不出任何功夫来，倒真是存在极大的风险——如我在本书103页的论述中所言，没有任何一本丹经记载了丹道真正的入手法门。因此，是否照丹经上的说法来讲解丹道，也可以成为一个人是否真正懂丹道的客观指标。换言之，凡是照搬丹经来讲解或传授丹道的人，都是不懂丹道的人，或者干脆就是一个骗子。

实修实证远胜纸上谈兵

佛道修行，最重实修实证，尤忌纸上谈兵。若无实修实证，就算能将《大藏经》与道藏倒背如流，或说起道理来天花乱坠，口若悬河，至多不过是两脚书橱或学舌鹦鹉，称不上是修行人。

其实，若无实修实证，佛道的大部分经典是没法读懂的，任你有多么聪明，也想象不到经典中所谈到的另一个世界到底是何模样。如丹道乃我中华传统文化中之绝学也，其影响渗透了中国传统文化中的方方面面，只是常人不知罢了。若没有一定的实修实证的功夫，很多经典，如《黄帝内经》《老子》《庄子》《阴符经》，以及以"四书五经"为代表的儒家的部分经典，宋明理学，王阳明心学，都是难以解读的，因为这些经典里含有大量实修实证的体验与记录。

遗憾的是，现今的很多修行人都处于这种纸上谈兵的状态，而且贡高我慢远胜于他们眼中的"世俗之人"。在我看来，披着修行人的外衣或皈依于某教某派并不代表就掌握了宇宙人生的真理，因此就高于没有这身行头的任何人。然而，可笑的是，现今的很多修行人以及他们的信徒却是靠着这身行头来获得他们相对于其他人的优越感——这与佛道的宗旨恰恰是背道而驰的。

与大多数修士不一样，我不喜欢将丹道神秘化。相反，我认为丹道乃生命科学与宇宙学。它是一门以人身为实验室、感应器与探测器，来研究人体这个小宇宙的运作原理，以及这个小宇宙与身外的大宇宙的关系，或曰互动方式的科学。由于人体是一台非常复杂、非常精密的仪器，所以它

自　序

鲁迅认为，"中国固有文明"制造了"大小无数的人肉的筵宴"与国人"苟安的城堡"。他在《老调子已经唱完》一文中，引用木皮道人的话——"几年家软刀子割头不觉死"，将中国的传统思想、传统文化比作应该被遗弃的"软刀子"。作为鲁迅的铁杆粉丝，我自然也对中国传统文化充满了警惕，生怕自己陷进去走不出来了。因此，虽然中国古代的各种经典确实也读过不少，我却一直尝试着用西方的视角重构中国的传统文化。

少年时代，我曾想当一名数学家，所以在初中时便自学了大学数学。不仅能解常微分方程与偏微分方程，还能读爱因斯坦相对论的论文——我觉得自己是读懂了，虽然在专家看来，我未必真懂。做了四年数学家的梦，到了高二的时候，却觉得数学家的生活太枯燥了，于是想当作家，拥有更丰富的人生体验。高三那一年，我根本就没有为考大学做准备，天天背唐诗，为实现自己的作家梦打基础。我的天真与任性让我付出了惨重的代价，本来被老师们看作清华北大的苗子的我，只考上了一个专科，不得已去读了衡阳医学院的卫生检验专业。读卫生检验专业，不但要学生理、病理、解剖等基础医学，还要学有机、无机、物理、分析与生物五种化学，还有一门课叫毒理学——可以说，从头到尾，这个专业的每一个细胞流淌的都是西方的血液。

虽然那时仍然还是想当作家，但我的课外阅读倒不仅仅限于文学，因为我给自己大学三年定的任务是开阔视野，拓展知识面。期间我倒是读了大量的西方自然科学著作与哲学著作，在旧三论（系统论、控制论、信息论）与新三论（耗散结构论、协同论、突变论）上也下过不少功夫。有一次，我特意数了一下，一个学期下来，我的借书卡上的书竟然有99本，还不包括我自己买的书。

大学毕业后，我回到故乡的小县城，在防疫站工作了整整十年。在这十年里，一有空闲，我就会捧起书本。阅读的范围也像滚雪球一样，在不断地扩张。正因为如此，我与小城的气氛格格不入。大多数同事一下班就围坐在牌桌或麻将桌边，我没法融入他们的圈子，所以被他们视为怪人。我后来收录《露水的世》的系列散文与小说，大部分就写于这个时期。

儿子出生后，我终于决定改变一下自己的生存处境，毅然决然卖掉了家里的房子，带着老婆儿子来到了武汉读研。我考的是华中师大古代文学的研究生，元明清方向。虽然现当代文学我也很熟悉，但除了鲁迅与周作人兄弟，似乎没什么可看的，所以我还是选择了古代文学。读研这三年，我反而几乎不看文学书籍了，一来前十几年看得太多了，二来西方的哲学、社会学、文化学吸引了我的注意力。我对传播学的研究与爱好，也是在这几年培养的——我成了麦克卢汉的铁杆粉丝。来到深圳后，在朋友的引荐下，我还专门到深圳大学拜访了《理解媒介》一系列书籍的中文翻译者何道宽教授。2004年，山东《都市女报》的编辑约我写专栏，于是开始了我写评论的生涯。那时真像鲁迅一样，有点要救治国人的灵魂的味道了。

这一写就是七八年，由女性题材过渡到政治、经济、文化、教育等题材，甚至还写过音乐评论与画评。只要给出一个话题，一个小时内我就可以写出一篇比较专业的评论来。这种能力需要广博的阅读的支撑。长期高强度的阅读与写作，让我的身体不堪重负，因此得了“白塞氏综合症”，给我带来了巨大的肉体痛苦。这病成了我生命的转折点，让我得以重新审视西方文化与中国传统文化，并完全变成了另外一个人。我发现，我改变不了任何人，更救治不了任何人的灵魂，我唯一能改变的只有我自己。

　　为了自救，我开始练功，只用了半年左右的时间便恢复了健康，还修出了一些以前只在武侠小说里看到过的不可思议的境界。通过练功，不但让我的肉体脱胎换骨了，我的性情也不知不觉地发生了意想不到的变化。为了搞明白自己身上发生了什么事情，我又启动了自己读书的特长。足足花费了五六年的时间去研读丹经，一步一步地摸索，最后在《黄帝内经》中找到了答案，由此便转入了中医的学习。这一自救与上下求索的过程，让我亲证了中国传统文化中最核心与最深奥的部分，切身体会到了中国传统文化的博大精深。同时，也让我意识到了自己从前是多么肤浅。

　　中国传统文化，有一个共同的来源，即上古时代的天文学与数学。所谓的"三坟"，即伏羲、神农、轩辕三皇之书，就是中国传统文化的源头。由此，形成了以天道统领与阐释人道的文化传统。司马迁《报任安书》里的"究天人之际"指的是对于天道的探究，至于"通古今之变"，则是用天道统领与阐释人道。这是一种非常早熟、非常前卫的文化传统，甚至在很多方面远远超越了当代西方最前沿的自然科学，绝不是鲁迅所说的"苟安的城堡"与割头不觉死的"软刀子"——鲁迅所言，虽然也不无道理，但并非中国传统文化的主流与核心，而且，对于这个主流与核心，他可能连边都没摸着。

　　古人云，"行年五十而知四十九年非"。我亦年近半百，花了几十年的时间，才认识到自己以前的错误，总算还不是太晚吧。丹道，其实是"究天人之际"的大学问，是解读与实证中国传统文化的一把最重要的钥匙，是儒学，也是佛法，可以贯通儒释道三家。子曰："朝闻道，夕死可矣。"人生苦短，当我重新回归中国传统文化，已经抛弃了用西方视角重构中国传统文化的想法。此生钓于斯，游于斯，亦愿终老于斯，无憾矣！

　　是为序！

半聪先生
辛丑立春于抱朴堂

目 录

第一章

人人都需要自救

丹道与养生

道家"五术"——山、医、命、相、卜中的"山",即道家修炼法,就是通过服饵、丹法、玄典、拳法、符咒等方法来改造人的肉体与精神,以期达到长生久视的目的。

丹道(丹法)自古以来,被视为"仙道",有"所传非人,必遭天谴"之说——传说紫阳真人三次所传非人,以至于三遭天谴——所以传法极为谨慎,一般不会在社会上广为传播。

孙思邈《太清存神炼气五时七候诀》云:"夫得道之人,凡有七候。一者,心得易定,觉诸尘漏。二者,宿疾普销,身心轻爽。三者,填补夭损,还年复命。四者,延数万岁,名曰仙人。五者,炼形为气,名曰真人。六者,炼气成神,名曰神人。七者,炼神合道,名曰至人。"七候即是丹道修炼的七大效验。神仙之有无,或能否通过丹道的修炼而成仙,姑且存而不论。但是,通过丹道的修炼达到强身祛病、延年益寿、延缓衰老,甚至返老还童的目标,却是毫无疑问的。

医道同源,中医即来自道家。据《庄子·在宥》记载,黄帝曾问道于广成子:

广成子南首而卧,黄帝顺下风,膝行而进,再拜稽首而问曰:"闻吾子达于至道,敢问,治身奈何而可以长久?"广成子蹶然而起,曰:"善哉问乎!来!吾语女至道。至道之精,窈窈冥冥;至道之极,昏昏默默。无视无听,抱神以静,行将至正。必静必清,无劳女形,无摇女精,乃可以长生。目无所见，耳无所闻，心无所知，女神将守形，形乃长生。慎女内，闭女外，多知为败。我为女遂于大明之上矣，至彼至阳之原也。为女入于窈冥之门矣，至彼至阴之原也。天地有官，阴阳有藏；慎守女身，物将自壮。我守其一以处其和，故我修身千二百岁矣，吾形未常衰。"黄帝再拜稽首，曰："广成子之谓天矣！"

这段话将最上乘丹法（无为法）的心法与秘密几乎已经全盘托出了。《黄帝内经·上古天真论》亦云：

夫上古圣人之教下也，皆谓之虚邪贼风，避之有时，恬淡虚无，真气从之，精神内守，病安从来。是以志闲而少欲，心安而不惧，形劳而不倦，气从以顺，各从其欲，皆得所愿。故美其食，任其服，乐其俗，高下不相慕，其民故曰朴。是以嗜欲不能劳其目，淫邪不能惑其心，愚智贤不肖，不惧于物，故合于道，所以能年皆度百岁而动作不衰者，以其德全不危也。

然而，关闭六根，恬淡虚无，精神内守，碌碌众生之中，能做到的人实在是凤毛麟角。尤其在当代这个浮躁的时代，要做到行住坐卧皆"合于道"，更是难上加难。是故，广成子与黄帝一脉的丹法（无为法）很难传播开来，盖曲高和寡也。由于心性的修炼（性功）比肉体的修炼（命功）更难，所以，在丹道的发展史上，一直有一种说法，即"文始派最高，少阳派最大"。

大多数修炼丹道的人，都要从命功入手，逐步进入性功的修炼，从有为法到无为法，最后达到修性即是修命，即性功与命功融为一体的阶段。

"抱朴堂"功法并非包治百病的神功

我本来写了一篇《以无厚人有间——"抱朴堂"功法其实不治病》，用来做《究天人之际——"抱朴堂"的生命智慧》这本书的后记，在其中也提到了"这个世界上根本就没有能包治百病的'神功'。任何一种功法，都不能解决你的所有问题。'抱朴堂'所教的，不仅仅是一套功法，更是一整套的理念和一种遵循天道的健康的生活方式"，为什么还要专门再写一篇题为《"抱朴堂"功法并非包治百病的神功》的文章呢？无他，重要的事情说三遍，以免引起大家的误会。

诚然，练功确实是可以治病，甚至可以治重病、治大病，但是，仅仅靠练功来治病是远远不够的。让人生病的原因成千上万，不可控的因素太多了，没有任何一种功法能独自承担起改善他人的健康状况，或治愈某种疾病的责任。成千上万、数不胜数的让人生病的因素，可以归结为两类：一类是先天性因素，一类是后天性因素。先天的且不谈，后天的致病因素又可以归结为四大类：一是不良的心性，二是不良的生活方式，三是不良的居住环境，四是意外伤害。其实，要想获得健康，归根结蒂得靠自己，要改变自己不良的心性，改变不良的生活方式，要避开不良的居住环境，还要尽量避免意外伤害——人生在世，要想时时处处都遵循天道，做出正确的选择，实在是难啦，所以生病也在所难免。

人生病，先反思——要反思自己平时什么地方做得不对，做得不对的地方就尽快改正过来。然后，再寻求医生或药物的帮助。当然，也可以把练功作为恢复健康的手段之一，但是，一定得记住——仅仅只是"之一"，而不是全部。

"抱朴堂"功法练的其实是医理，是中医的医理，而不是西医的医理，而且是来自《黄帝内经》的中医医理。对于练功的时间、地点、怎么练，练什么都有讲究，比如要求晚上不能练，不能在室外练，练功时门窗都要关闭，不能开风扇或空调，一次不能练得太多，练的速度不能太快，练累了就休息，量力而行，循序渐进，等等。

“抱朴堂”功法可以作为丹道的入手法门，而且通过练习“抱朴堂”功法，进入先天无极状态的概率还比较高，但“抱朴堂”在阐述丹道的原理时基本上不用任何丹经上的术语，讲的仍然还是医理。如“炼精化炁”的原理，其实就是《黄帝内经》里讲的“阳化气，阴成形”，是人体的一种基本的生理功能，而不是像丹经上描述的那样，要意守哪里哪里，用意念引导气走大小周天什么的。

凡是想通过练功获得健康的人，千万别对练功期望过高，否则会非常失望的。练功治病的周期长，见效慢。像我自己，练了也有八九年了，而且是每天坚持，从未中断过。虽然身体状况与以前相比，不可同日而语，但仍然不免有这样或那样的小毛病，湿气还是有点重。以前留下的“口腔黏膜白斑”在一层一层地褪，一层一层地脱落，还没有褪干净、脱利索——花了几十年功夫把自己的身体折腾坏了，哪里那么容易好呢？我为了早点恢复健康，除了练功，还配合了艾灸、中药等办法。

你如果现在有了病，期望只是通过练功来治愈，恐怕不是一两天能做到。你得花上一两年，甚至更长的时间，而且未必就能治得好。所以，得了病，该看医生还是得去看医生，至于看中医还是西医，自己选吧——每一个人都要为自己的选择负责，就算选错了，也怪不了别人。

有些人在练功的期间，病情还变严重了，就认为练功没用，甚至认为病情变严重是由练功引起的。这类人最好多在自己身上找原因，在自己的心性、自己的生活习惯与自己的居住环境上找原因。如果不练功，病情可能会发展得更快、更严重。我们姑且认为练功对健康是正效应的吧，属于加分项，这加的分怎么能禁得起那么多因素对健康产生的负效应，一个正值怎么能抵消那么多负值呢？所以，算起总数来，总的效应还是负的，你的身体能不变差么？你的健康能不恶化么？

事实证明，通过正确的命功习练，人会变得越来越平和，越来越没有脾气，各种欲望也会随着减少，不修心性而心性自修。像我，以前几乎是半个社会活动家，自由地出入深圳的各种圈子，一周难得有一两天在家吃饭。但功夫上身之后，我从各种圈子里都退了出来，基本上深居简出，把外出吃饭的事情当成了一种负担——这一切并非有意为之，而是自然而然地发生的。

因此，虽然知道心性对于健康的重要性，但我却反对过分夸大心性的功能。什么"修行就是修心""不生气则不生病"之类的言论，其实是经不起实践的检验的。最好的养生法门就在《黄帝内经》里面，《黄帝内经》云：

"上古之人，其知道者，法于阴阳，和于术数，食饮有节，起居有常，不妄作劳，故能形与神俱，而尽终其天年，度百岁乃去。今时之人不然也，以酒为浆，以妄为常，醉以入房，以欲竭其精，以耗散其真，不知持满，不时御神，务快其心，逆于生乐，起居无节，故半百而衰也。

"夫上古圣人之教下也，皆谓之虚邪贼风，避之有时，恬惔虚无，真气从之，精神内守，病安从来。"

按天地给人类设定好的程序（天道）调整好自己的生活习惯，并辅以合乎天道的命功，比一味地空言心性的修炼要靠谱得多。

儒释道三家无差别论

当我写下这个标题时，我知道，大多数人都会表示反对，因为，在众人的眼里，不管从哪个角度来看，三家是完全不同的体系，怎么能"无差别"呢？

我也承认，三家确实是有差别的，在很多方面，这个差别还很大。但是，所有的这些差别全是表象，就像天上的一个月亮印照在地上的大大小小的江河湖海之中，我们看到的是景象万千的月色，各各不同，但所有的这些水中的月亮，都来自天上的一个月亮，此即“月印万川，只是一月”，从这种意义上来说，即是“无差别”。

明·瞿汝稷集《指月录》三十二卷以明斯理，所谓“指月”，源于六祖慧能与无尽藏尼对话的一个典故。无尽藏尼对慧能说：“你连字都不识，怎谈得上解释经典呢？”慧能回答：“真理是与文字无关的，真理好像天上的明月，而文字只是指月的手指，手指可指出明月的所在，但手指并不是明月。”这个典故示喻，所有的佛法经文，都只是指月的手指，只有佛性才是明月的所在。其实，不仅仅是佛经，儒道两家的经典何尝不只是“指月的手指”呢？

我曾经花费了5年多的时间研读丹经，结果却发现，几百部丹经讲的是同一个东西，只是讲述的方式不同罢了——当然，很多丹经的作者并没有找到“天上之月”，而只是停留在“地上之月”的描述之上，但行家却知道他们描述的只是“天上之月”在地上的投影，不会被这些“文字相”给迷惑（愚者察异，智者察同）。我发现，几百本丹经不但讲的是同一个东西，而且这个东西就是儒释道三家共通的“那个东西”。

王朝阳在《中医气化结构理论》一书中说：“中华文化中‘家’与‘教’能成大体系者有三：道家与道教、佛家与佛教、儒家与儒教。然‘家’与‘教’截然不同，天壤之别。‘家’和‘教’是不同的概念。家，源于春秋战国时期诸子百家，其以自由之思想，开放争鸣，于天地自然中观生命，于社会变化中求其真，客观实际、实事求是，真理探讨者居多；教，流于后世而泛于形式化、世俗化、社会化，目的性强，个人意愿和社会属性居多，真理探讨的成分欠缺。道家道教、佛家佛教、儒家儒教的区别皆是如此。”此乃我言“家”而不言“教”之原因，因为在我看来，笼罩在“教”上的迷雾太多，掩盖了真理，让我们愈加看不见“天上之月”。

那么，儒释道三家所指的"天上之月"究竟是什么呢？闻道子曰："道家谓之真气，佛家谓之本性，儒家谓之天性，此则曰明德，其义一也。惟此明德，虚灵不昧，众理具足，仙圣之所秉，凡愚之所受，莫不同量，无少差异。佛言众生皆有佛性，即无差异之谓也，虽然徒有此性，不足以尽为人之能事，必知致力于修养之功，使此性日充月盛，缉熙于光明，湛然粹然，灵妙圆通，以复其秉受之初乃为完人矣。"

闻道子所言，说的是儒释道三家所指的是同一个月亮。然而，就三家的入手法门而言，其实也是相通的。儒家说"修身养性"，道家言"性命双修"，佛家侧重于"明心见性"，似乎视身体为"臭皮囊"，其实也有命功的传承，只是近乎失传罢了，以至于后世学佛之言大多堕入空言心性、纸上谈兵的"口头禅"中而不能自拔。总而言之，三家都在身心上做文章，只是具体的入手法门与侧重点有所不同罢了。

人之身心是一体的，心可改变身，身也可以改变心，这个道理在《黄帝内经》中说得非常清楚、透彻，所以我也常说，《黄帝内经》可以贯通儒释道三家（黄老之学，本身也属于道家的东西）。儒家的理想是圣人，道家的理想是真人，而佛家则是要成佛（觉悟者），其内核其实都是生命科学，而且都需要通过"定"的修炼，才能实现其理想，才能彻悟生命的真相。进入"定"中，才能与生命的本源（天地）融为一体，从而得到来自生命本源的力量（道家称之为"先天炁"），是即名为"得道"或"入道"。这种力量进入人体，会让人的身心逐渐发生"脱胎换骨"的变化，佛家称之为"转化色身"，舍利、肉身不腐、虹化、清风成就等等，都是这种力量"转化色身"的产物。这是一种生命现象，是人类的本能，与宗教或信仰没有任何关系。

儒释道三家之无差别，即在于此，一言以蔽之，原始返终，返本还元而已。

"吾生也有涯"新解

《庄子·养生主》曰："吾生也有涯，而知也无涯，以有涯随无涯，殆已。"对于这句话的理解，我以前与大家也没什么不同，无非就是说，人的生命是有限的，而知识却是无限的，以有限的生命去追求无限的知识，那可是一件危险的事儿呀。

自从我多年以前稀里糊涂地进入先天无极的状态以后，对很多事情的理解完全变了样。最近，再读到这句话时，发现自己以前的理解竟然全是错的。《淮南子·原道训》云："故蘧伯玉行年五十，而知四十九年非。"确实是如此呀！以前认为是正确的，几十年后，焉知不会被自己发现其实原来是大错特错呢？

庄子的这句话，如果仅仅停留在常识性的理解，实在也没有多大的意思。谁不知道人生有限而知识无限呢？用得着你庄子说么？看来庄子也并不见得比平常人高明。

那么，庄子到底在说什么呢？我们暂时放一边，先说点别的吧。

《易纬·乾凿度》云："易一名而含三义，所谓易也，变易也，不易也。"翻译成大白话，是说易有"简易、变易与不易"三层意思。变易自然指的是这个因为阴阳二气的消长变化而产生的森罗万象的现象世界，这是"太极态"世界的特点。至于不易，则是道的世界，无极的世界，指的是这个森罗万象的现象世界后面隐藏的那个不变的东西。所谓"愚者察异，智者察同"，能在让你眼花缭乱的不同大千世界的背后找到那个不变的东西，那才是真正的"智者"。就好像天上只有一个月亮，天上的月亮印照在水里，生出了千万个不同的月亮，而大多数人都只看到地上月亮的种种不同，没有看到天上之月，所以不知道那千万个月亮其实是同一个月亮的幻相。所以，终其一生，在千万个月亮之间奔忙，当然活得很辛苦。

这千万个月亮，就是庄子所说的"知识"呀，也是易之三名中的"变易"。你在无穷无尽的"变易"之中，找不到那个"不易"的道，你的生活当然就没法做到"简易"——庄子"一言而终"，你却要"流散无穷"，活得累不累呀、危不危险呀？

爱因斯坦把他后半生的精力献给了统一场论，试图从相互作用是由场（或场的量子）来传递的观念出发，统一地描述和揭示基本相互作用的共同本质和内在联系。而庄子在两千多年前就成功地将人类所有的知识或者说世界的种种变化，统一于"不易"的道，构建了中国传统文化中能够阐释世上发生的一切的"统一场论"，这是一件多么伟大的创举呀。

"道可道，非常道"解

老子所言之"道"，究竟是什么，几千年来，一直聚讼不已，莫衷一是。无他，自古至今，鲜有人能与道合真也，而世人则各凭头脑里的一点小聪明对"道"进行解说或阐释。这相当于一个人对自己从未经历过的事件或从未到过的地方进行描述，开口便错是必然的。

荀子曰："天下无二道，圣人无二心。"葛仙翁曰："天下无二道，殊途而同归；圣人无两心，百虑而一致。古今一道，圣贤同心。逮夫道原既判，心识自分。谈道者，强自分别，同流异派，摘叶寻枝，自为见鲜，以独立教门。"对"道"的解说或阐释，只有一种是对的，而错的则会有千万种。虽然古今的圣贤们会用不同的词汇或语言去言说"道"，但说的总是同一个东西，同一个意思。

那么，"道"究竟是什么呢？《道德经》曰："道之为物，惟恍惟惚。惚兮恍兮，其中有象；恍兮惚兮，其中有物；窈兮冥兮，其中有精。其精甚真，其中有信。"又曰："视之不见名曰夷，听之不闻名曰希，搏之不得名曰微。此三者不可致诘，故混而为一。其上不皦，其下不昧。绳绳不可名，复归于无物，是谓无状之状，无物之象，是谓惚恍。迎之不见其首，随之不见其后。"由此可见，"道"是看不见、听不到、摸不着的，是"无状之状，无物之象"。《道德经》所描述的"道"，其实就是"无极"。

"无极"是一种天地、时空、有无、阴阳没有分化的混沌状态，既至大无外，又至小无内，故可"纳须弥于芥子"。无始亦无终，一秒钟与一亿年也没有分别。无差别、无对立，"跳出三界外，不在五行中"。虽然是无，却又可以生天生地，生神生鬼，创生万物。此即"道"之体，是没法言说的，所有对"道"之体的言说，都是"强名之"。为什么没法言说呢？因为只有极少数的人才能进入先天无极的状态，这种状态是"言语道断，心行处灭"的不可思议的境界，而当从无极的状态回到太极的状态中时，纵使你勉强用语言对无极的状态进行描述，普通人也没法知道你在说什么。所以，"道"之体是不可能用言说去把握的，只能在与道合真的状态下去体证。《道德经》里所说的"惚恍"，就是体证所得。

我们生活于其中的世界，是天地已经开辟、万物已经创生、阴阳时空已经分化的后天太极的世界，有分别、有对立，可命名、可思维，故可言说，却又变动不居，故"非常道"。此时，无极隐而太极显，然无极虽隐却又贯穿一切。是故，无极者，道之体也，太极者，道之用也。庄子曰："道在屎溺。"此之谓也。

对禅定的科学解释

有过禅定体验的朋友都知道，只要一动念，马上就会出定。为什么会这样呢？

其实，非常简单，根本不需要强扯什么高大上的科学概念，如"量子纠缠"来解释，用简单的脑电波概念就足以解释清楚了。

我们知道，在脑电图上，大脑可产生四类脑电波。当你在紧张状态下，大脑产生的是 β 波；当你的身体放松，大脑比较活跃，灵感不断的时候，就导出了 α 波；当你感到睡意朦胧时，脑电波就变成 θ 波；进入深睡时，变成 δ 波。我们在日常生活状态下，脑电波一般处于 β 波的波段，而在非常安静、一念不生的状态下，脑电波会变成 α 波，α 波的波段在 8～13Hz。

1952 年，德国物理学家舒曼（W.O.Schumann）指出，地球和电离层可以构成一个谐振腔体，腔体中存在一个特殊的谐振频率，这一频率主要由地球的尺寸决定，并由全球的闪电、放电激发。这个谐振频率被称为舒曼共振。舒曼共振的频谱在 ELF 波段，频率为 8Hz 左右（这个值的说法很多，7.83/7.5/7.2 等），恰好人类大脑的 α 波与 θ 波也近于 7.8Hz，哺乳动物脑里海马体的频率是 7.83 Hz，于是有人将舒曼共振称为"地球的脑波"。

大家可以设想一下，当我们处于非常安静、一念不生的状态，是不是等于把脑电波调到了舒曼波的波段，这时，会发生什么情况呢？答曰：天人共振。这时的人体就像一台收音机，将收到来自电离层的信号和能量，这就是丹经上所说的"先天一炁自虚无中来"或佛经上说的"真空生妙有"。这种能量进入人体后，会改变人体的物质结构，佛经上称之为"转化色身"。舍利、肉身不腐、虹化等生命现象，就是禅定的产物。

当你的念头一动，脑电波马上就改变了，即从 α 波变成了 β 波，就不可能收到来自电离层的信号和能量了，所以，一动念就会出定。所谓"一念不生全体现，六根才动被云遮"，说的就是这个意思。

论玄关——何为"众妙之门"

我是稀里糊涂进入先天境界的，这在我是一个完全陌生的世界。为了弄清楚自己身上到底发生了什么事情，我整整花了五六年时间研读丹经，并将自己身上的体证与丹经上相对照，最后聚焦于《黄帝内经》，才参透了丹道的功法、功理、心法及口诀，由此对中医产生了兴趣，于是抛弃了以前学过的西医，开始自学中医。

　　这一段经历，只是让我明白了一件事情——读丹经没有用。丹经对普通人而言，与天书无异。我若不是进入了先天，就算研究一辈子，也不可能弄明白丹道为何物的。有证方能悟，无证必不能悟，有证也未必一定能悟。没有任何人能通过读丹经修出功夫来，因为没有一本丹经记载了丹道修炼的入手法门。丹经的唯一用处就是印证，后人可以参照丹经，印证自己的功夫所达到的境界。

　　我常说，最好的丹经在先秦，后世的丹经则越来越繁琐，离大道也越来越远。我最推崇的丹经就是《黄帝内经》，其次，还有《道德经》《阴符经》《清静经》《心印经》。佛家的经典《心经》与《金刚经》也是很好的丹经。我讲丹道时，几乎不讲丹经上的东西，甚至不提及"丹"字，不讲大小周天，不讲识神元神或阴神阳神，也不讲什么结丹。就算什么理论都不讲，只要按我说的简单到极致的方法去练，身体肯定可以由弱变强，大小周天会自动打通，而且根本就不存在什么走火入魔之类的风险。

　　但是，在后世的丹经中，有一个概念我有时还是会提一提，那就是"玄关"。《道德经》里有关于"玄关"的论述，即"致虚极，守静笃。万物并作，吾以观其复"，却没有出现过"玄关"的概念。到底"玄关"是什么，"玄关"在哪里。若不是过来人，看到这段论述，恐怕仍然是云里雾里的，不知所云。后世关于"玄关"的论述倒是非常多：

　　崔希范曰："玄关透露，真种将产，贵乎知时。"

　　司马承祯曰："虚无一窍号玄关，正在人身天地间，八万四千分上下，九三六五列循环，大包天地浑无际，细入微尘不见颜，此处名为祖炁穴，虚无一窍正中悬。"

　　吕纯阳曰："守中绝学方知奥，抱一无言始见佳。"

　　张三丰《参禅歌》曰："初打坐，学参禅，这个消息在玄关。"

　　陈虚白《规中指南》云："夫身中一窍，名曰玄牝，受炁以生，实为神府，三元所聚，更无分别，精神魂魄，会于此穴，乃金丹返还之根，神仙凝结圣胎之地也。古人谓之太极之蒂、先天之柄、虚无之宗、混沌之根、太虚之谷、造化之源、归根窍、复命关、戊己门、庚辛室、甲乙户、西南乡、真一处、中黄房、丹元府、守一坛，偃月炉、朱砂鼎、龙虎穴、黄婆舍、铅炉土釜，神水华池、帝一神室、灵台绛宫，皆一处也。然在身中而求之，非口非鼻，非心非肾，非肝非肺，非脾非胃，非脐轮，非尾闾，非膀胱，非谷道，非两肾中间一穴，非脐下一寸三分，非明堂泥丸，非关元炁海。然则何处？曰：我的妙诀，名曰规中，一意不散，结成胎仙……修丹之士，不明此窍，则真息不住，神化无基。且此一窍，先天而生，后天而接，先后二炁，总为混沌，杳杳冥冥，其中有精，恍恍惚惚，其中有物，物非常物，精非常精也。天得之以清，地得之以宁，人得之以灵……然此一窍，亦无边傍，更无内外，若以形体色象求之，则又成大错谬矣……要知玄关一窍，玄牝之门，乃神仙聊指造化之基尔……采取在此，交媾在此，烹炼在此，沐浴在此，温养在此，结胎在此，脱胎神化，无不在此。”

《性命圭旨》云：“道之玄教曰：玄牝之门，天地之根，生身处，复命关，金丹之母，玄关之窍，凝结之所，呼吸之根。甲乙坛，戊己门，心源性海，灵府灵台蓬莱岛。朱砂鼎、偃月炉、神室，气穴、土釜、谷神、灵根、把柄、坎离交媾之乡，千变万化之祖，生死不相关之地，鬼神觑不破之机。难以悉纪，要而言之，无非为此性命之道也……修炼金丹，全在玄牝。玄牝一窍，而采取在此，交媾在此，烹炼在此，沐浴在此，温养在此，结胎在此，至于脱胎神化，无不在此。修炼之士，诚能知此一窍，则金丹之道尽矣，所谓得一而万事毕者是也。”

张紫阳《金丹四百字》云：“须要知夫身中一窍，名曰玄牝。此窍者，非心非肾，非口非鼻，非脾非胃，非谷道，非膀胱，非丹田，非泥丸……夫此一窍，亦无边傍，更无内外，乃神炁之根，虚无之谷，在身中求之，不可求于它也。此之一窍，不可以私意揣度，是必心传口授。苟或不尔，皆妄之矣。"

李道纯《中和集》云："玄关一窍，不在四维上下，不在内外两旁，不在当中，四大五行不着处是也。"亦云："寂然不动即玄关之体也，感而遂通即玄关之用也。自见得玄关，一得永得，药物、火候、三元、八卦尽在其中矣……且难言之妙非玄关乎？且如释氏不立文字，教外别传，使人心神领意会，谓之不传之妙，能知此理者则能一彻万融也。"又云："见得玄关，药物火候，运用抽添，乃至脱胎神化，无不出此一窍。"其《道窍谈》云："中者何？玄关是也。《参同》云：'运移不失中'，'浮游守规中。'皆指此也。陶仙云：'中非四维上下之中，儒曰喜、怒、哀、乐之未发；道曰念头不动处为玄牝；释曰不思善、不思恶，正恁么时，那个是本来面目，乃是真中也。'中境妙自养己凝神，入室还丹，以至脱胎神化，无不在是。故初入道者，即要识得这中，乃有登进之路。"

黄元吉《乐育堂语录》云："夫玄关一窍，是吾人炼道丹头，勿区区于大静中求……可见学人修养时，忽然静定，一无所知所觉，突起知觉之心，前无所思，后无所忆，干干净净，即乾元一气之本来面目也……如酒醉之夫，迷睡路旁，忽地一碗凉水，从头而喷去，猛然一惊而醒，始知昏昏迷迷，一场空梦，此即玄关窍也。昔鹤鹚子示，真元心体实自玄关一窍寻来，动静与俱，随时皆有，但非感动无以觉耳。试有人呼子之名，子必应之，有此一应是谁？虽曰是口，然主宰其应者，是真元心体也。是一应间，直将真元心体凭空提出与人看，此真善于指点者也！是知知觉不起时，万境皆灭，即呼即应，真元显露，方知此心不与境俱灭。知觉纷起时，万境皆生，一呼一应，真元剖露，方知此心不与境俱生。以此思之，知觉不起时，心自若也。知觉纷起时，心亦自若也，以其为虚而灵也，虚则有何生灭哉！总之，此窍只此息之顷，以前不是，以后不是，如人当闷寂之时，忽有人呼其名，猛然一应，即玄关矣！"

陈撄宁先生云："玄关一窍者，既不在印堂眉间，亦不在心之下肾之上，更非脐下一寸三分，学者苟能于内外相感，天人合发处求之，则庶几矣。此乃实语，非寓言也。"

其实，前贤关于"玄关"的论述，远不止这些，但不管怎么表述，大意基本上是一致的。"玄关"不在色身，也不离色身，是天与人之间的一道门，也是后天与先天之间的一道门，此门一开，即为"入道"或"得道"。此时，"先天一炁自虚无中来"，直接进入人的身体，此即"人能常清静，天地悉皆归"。当足够多的先天炁积聚在人体时，会改变肉身的物质结构，佛家谓之"转化色身"——舍利、肉身不腐、虹化、清风成就的原理即在于此。

那么，怎样才能打开玄关，进入先天呢？我给了弟子们八个字——经络打通，脑袋放空。"玄关"就像一位不速之客，经常在你毫无准备的时候突然到来。"抱朴堂"的静功是睡功与梦修，就在似睡非睡、似醒非醒的光景，突然似乎掉入了另一个空间，同时还会伴有"胎息"发生，后天呼吸会自动停止，全身八万四千毛孔，三百六十骨节，一齐爆开，百脉流畅，亿万细胞，无一处不龙虎交战，无一处不水火既济，正如崔希范所言"得之者，常似醉"是也。此时此刻，最忌动念，因为一动念，"玄关"马上就关闭了。在我的弟子中，约有十位进入了先天境界，当他们将此境界来问我时，我通常给他们的回答都是："保持身心如如不动即可。"而那些没有修到此等境界却向往此境界的弟子来问我，我通常的回答则是："求之不得，不求乃得。"是故，《性命圭旨》云："空洞无涯是玄窍，知而不守是功夫，常将真我安止其中，如如不动，寂寂惺惺，内外两忘，浑然无事，则神恋气而凝，命恋性而住，不归一而一自归，不守中而中自守，中心之心既实，五行之心自虚，此老子抱一守中，虚心实腹之本旨也。"

先天的境界，可名之曰混沌，曰无极，没有分化，没有对立，没有时间，没有空间。《心经》所云"色不异空，空不异色，色即是空，空即是色"，

《金刚经》所云"无人相，无我相，无众生相，无寿者相"即是此等境界。而进入先天的"不二法门"则是"玄关"，《道德经》称之为"众妙之门"，圣凡之区别即在于能否打开这道门。

论性命双修

吕纯阳真人云："只修性，不修命，此是修行第一病。只修祖性不修丹，万劫阴灵难入圣。达命宗，迷祖性，恰似鉴容无宝镜。寿同天地一愚夫，权握家财无主柄。"不管道家的何门何派，都以"性命双修"为依归，并经常引用吕祖的这段话作为论据，虽然不同门派有重性与重命的不同，但"性命双修"则是道家的共识。

张伯端云："道家以命宗立教，故详言命而略言性；释氏以性宗立教，故详言性而略言命。"张氏所言之道释两家在对待性、命问题上的差别，在道家内部其实也存在，最突出的对比就是南宗与北宗的差别，南宗重命功而北宗则重性功，因为北宗受释家的影响比较大。

"性"指的是心性，"命"指的是身体。《性命圭旨》曰："何谓之性？元始真如，一灵炯炯是也。何谓之命？先天至精，一炁氤氲是也。"又曰："性之造化系乎心，命之造化系乎身。"陈撄宁云："性即是吾人之灵觉，命即是吾人之生机。"简言之，"性命双修"就是儒家所说的"修身养性"，是人类追求身心健康的方式和方法。

为什么要"性命双修"呢？其实，倒是与宗教没什么关系，与成仙成佛更是没有半毛钱的关系——真正把"性命双修"讲清楚的不是各类丹经，而是作为养生第一书的《黄帝内经》。

《黄帝内经》里并没有"性命双修"这样的字眼，却为什么将"性命双修"讲得非常透彻。《黄帝内经》讲的是"性命一体"，性可以影响命，命也可以影响性。《素问·阴阳应象大论》有"怒伤肝、喜伤心、忧伤肺、思伤脾、恐伤肾"之说，此即性对命的影响，也就是说，如果心性不好，首先受伤的是自己的身体。中医将这种因七情而致的脏腑阴阳气血失调的疾病叫"情志病"。为什么情绪的大幅度波动会伤身体呢？《素问·举痛论》曰："余知百病生于气也，怒则气上，喜则气缓，悲则气消，恐则气下，寒则气收，炅则气泄，惊则气乱，劳则气耗，思则气结。"心（情绪）气不二，心（情绪）动则气动，情绪的波动会引起体内气机的变化，情绪妄动（即大幅度波动）则会引起气机失调，而长时间的气机失调或气机失调超过一定的阈值，则会引起身体功能性或器质性的病变。

那么，命是怎么影响性的呢？即身体是怎么影响心性的呢？不管什么原因引起的身体的功能性或器质性病变，都会带来心性的变化，如肝病者多怒，脾病者多思，肺病者易忧，肾病者胆小。如果我们通过某种治疗手段改善或治愈了身体的功能性或器质性病变，那么由此而引起的负面情绪也会自然而然地消失。此即《性命圭旨》所说的"性不离命，命不离性"。

心性修得好，情绪不妄动，则清气上升，浊气下降，体内的气机按照其事先设定好的规律运作，身体不会被气机的妄动所伤，在此意义上，性功即是命功。命功修得好，则经络畅通，骨正筋柔，气血以流，体内的气机亦按照其事先设定好的规律运作，气机不会妄动则负面情绪无由生起，在此意义上，命功即性功。张三丰真人云："炁脉静而内蕴元神，则曰真性；神思静而中长元炁，则曰真命。"

虽然性命一体，互相影响，即性可以改变命，命也可以改变性，但是，通过性改变命比较难，而通过命改变性则要容易得多。一个身体已经发生功能性或器质性病变的人，通过心性的调整，固然可以减少情绪的妄动带来的伤害，但要将已经造成的伤害修复好，恐怕不太容易做到。而且，天天内观自己的情绪，也不太容易做到，甚至还会加重心理的紧张与焦虑，产生新的情绪问题。因此，从性功入手，或偏重于性功，不但有空言心性、纸上谈兵之弊，而且往往可能产生不但心性没调好，身体也百病丛生的后果。而从命功着手，只要得法，不但可以修复已经受伤的身体，而且还有让心性不调自调的功效——更重要的是，此法几乎对所有的人都有效，并且每一步都可以得到验证。

因此，在"性命双修"的问题上，我更偏向于从命功入手，最后达到身体健康、心性平和、阴平阳秘的状态。

论"禅悦"

佛家诸经典，时时提及"禅悦"，然究竟何为"禅悦"，世人却很难有一个确切的了解。百度汉语对"禅悦"的解释为："佛教语。谓入于禅定，使心神怡悦。"这一解释，偏重于心神，与大众理解的"身心轻安"相近。

除此之外，还有一种非常高大上的文人的阐释。黄庭坚《赋盐万岁山中仰怀外舅谢师厚》诗："禅悦称性深，语端入理近。"此乃黄庭坚被诬废弃之后，放情山水，逃心于禅所作，对他而言，佛家的思想无异于让身心暂时从人世间的尘劳与苦难中解脱出来的桃花源。清·张问陶曾作《禅悦二首》，其一曰："蒲团清坐道心长，消受莲花自在香。八万四千门路别，谁知方寸即西方。"其二曰："门庭清妙即禅关，枉费黄金去买山。只要心光如满月，在家还比出家闲。"张诗所言，无非哲理，黄张二人之诗，可谓文人之"禅悦"的代表。

结合佛经，并顾名思义，"禅悦"当为"禅定之悦"，而非"禅理之悦"。没有禅定功夫，何来"禅悦"？因此，我们可以确定的是，"禅悦"是禅定的产物。那么，究竟是一种什么样的产物呢？仅仅只是"心神怡悦"或"身心轻安"么？

《杂阿含经》云，有众生进入初禅，"离生喜乐，处处润泽，处处敷悦，举身充满，无不满处。"《释禅波罗蜜次第法门》对于"禅悦"状态的描绘云："乐遍身时，身诸毛孔，悉皆欣悦。尔时五情虽无外尘发识，而乐法内出，充满诸根，五根之中，皆悉悦乐。"又云："譬如石中之泉，从内涌出，盈流于外，遍满沟渠，三禅之乐，亦复如是。"不难看出，这是一种非常真实的对身体上的快感的描述，绝不是什么"心神怡悦"或"身心轻安"，倒是与性快感或吸毒产生的快感相近。《清净道论》将"禅悦"的快感分为"小喜、刹那喜、继起喜、踊跃喜、遍满喜"五种。"小喜，谓喜乐令人身上的毫毛竖立。刹那喜，喜乐倏然而生，有如电光突闪。继起喜，喜乐如海岸的波浪一度到来，又一度消退。踊跃喜，喜乐之大令人喜不自禁，手舞足蹈，甚而跃上空中。遍满喜，喜乐充满全身，有如吹涨了的气泡，如山窟充满了流水。"这种描述，更加证实了"禅悦"其实是一种极为强烈的身体快感。

其实，禅定乃儒释道三家，甚至所有修行或修炼的共法，未必禅定者，皆为儒释道三家之"门外汉"，对三家最高深之义理，必不能获得确切的解释。自然，三家都有"禅悦"，只是表述的方式不一样。儒家几乎从不提及此事，而道家则以各种不同的方式或隐或现地屡屡提及，而且把"禅悦"产生的原理说得非常清楚。如崔希范《入药镜》云："先天炁，后天气，得之者，常似醉。"他用一个"醉"字来描绘这种感受。《解注崔公入药镜》云："恍恍惚惚，杳杳冥冥，自然身心和畅，如痴如醉，肌肤爽透，美在其中矣。"邵雍《观物吟》曰："天根月窟闲来往，三十六宫都是春。"张伯端《金丹四百字》自序云："修炼至此，泥丸风生，绛宫月明，丹田火炽，谷海波澄；夹脊如车轮，四肢如山石，毛窍如浴之方起，骨脉如睡之正酣，精神如夫妇之欢合，魂魄如母子之留恋。此乃真境界，非譬喻也。"《体真山人性命要旨》云："夫药物欲生，俄顷痒生毫窍，肢体如绵，心觉恍惚，壶中药气外驰，玉茎挺硬，丹经所谓药产之子时也。"诸如此类的描述，在丹经中比比皆是。我拜在四川岳门门下，师父刘义成先生也常对我们说："功中自有真夫妇。"我是习练"抱朴堂"

功法进入禅定，并实证了"禅悦"的，我的弟子中也有人体验了"禅悦"，古人诚不我欺也。

弟子陈飞昆在他的练功心得中写道："9 月 15 日早上，还没起床的我体验到了丹道自身阴阳交媾的'禅悦'。以会阴为起点，沿着中脉上行，一股麻麻热热的温润精纯之气涌到心口，伴随体内如性交般的快感，持续了小半个小时。下午睡午觉醒来又来一波，还伴随海底轮区域如薄荷般清凉感。"弟子郭玥祯的练功心得中有这样一段话："今天，是我学抱朴功的第 22 天。昨夜上床，久久不能入睡，随后又出现与几日前一样的状况，全身上下多处跳动，头顶好像打开了，如漩涡般在不断吸收周边的能量，身体跳动之处如电流穿过，酥麻得情不自禁打颤，产生了只可意会不可言说的快感。"弟子周恒写道："将睡未着之时，一股气团从下丹田升起，徐缓地移至中丹田，直至与百会联成一个整体，感觉呼吸困难，又有种高潮欲来未至，愉悦又难忍的感受。炁从脚底依次向上蔓延漾动至肩颈，浑身似乎都浸在气里，头脑很清晰地知道自己身体的状态。"其他的，不一一列出。

"禅悦"产生的机理是什么呢？答曰：阴阳交媾。《素问·阴阳离合论》云："阴阳者，数之可十，推之可百，数之可千，推之可万，万之大不可胜数，然其要一也。"任何一块磁铁都有南北极，把它打成千百块碎片，每一块碎片也都有南北极，阴阳也是一样。道家将阴阳分为彼家阴阳（即同类阴阳）、自身阴阳与虚空阴阳（即身外阴阳），任何一种阴阳交媾，都会引起强烈的身体快感。彼家阴阳来自男女两个人，男女做爱产生的性快感即是彼家阴阳交媾的产物。至于"禅悦"，则是自身阴阳及虚空阴阳的交媾引起的，而且是在一种无欲的状态下产生的，其强烈程度与持久性，远胜于男女交媾引起的性快感，而且是全身性的，从里到外每一个细胞都沉浸在这种快感中。

论共修及其原理

几年前，母亲得了乳腺癌，我极力劝阻，仍然没能阻止她做手术与化疗，因为我还有一个博士的弟弟与在大医院工作的姐姐。母亲在手术后，紧接着做了八次化疗，二十一次靶向。当然，我的建议虽然没有被采纳，他们还是做出了一点让步，在此期间，姐在她所工作的医院找了一位好中医，母亲一直在喝着中药。尽管如此，母亲那时仍然头发眉毛都脱落了，一脸的黑气，两个眼眶尤其黑，好好的一个人，被折腾得不像个样了。

他们折腾完后，我把父母接到我家来调养，这时他们倒也不反对了，因为他们的招数已经用尽了。我首先着手为母亲排毒，在母亲的背上涂抹黄道益活络油，然后用一个边缘很厚的碗，给她刮膀胱经，每天刮一次，每次十五分钟。同时，让母亲每天坚持练习"抱朴堂"的功法。那段时间，我多年没有发作的口腔溃疡又发作了，而且一个多月都好不了，我每天拉出的大便都有一股浓浓的火药味——我知道，这是因为沾上了母亲身体排出来的"病气"。但母亲的身体却逐渐好转，头发也慢慢长出来了。我和母亲说起"病气"的事儿，她并不相信。等她身体好点后，她与父亲回了一次老家。于是，给母亲排毒的工作便落到了父亲的身上。父亲刮了才几天，全身开始长红色的丘疹，而且两个眼睛肿了起来，吓得他再也不敢刮了。这时，他们才相信我说的"病气"。要知道，这还是我给母亲排完毒后剩下的，毒性已经大大降低了，仍然这么厉害，可见化疗的毒有多伤人。

因为知道"病气"的厉害与可怕，所以，我在自学中医的时候，不学扎针，也不学推拿按摩。在坐公交的时候，碰到身体不好的人，我也躲得远远的——因为他们身体不好，我一望便知，甚至不用望，用鼻子也能嗅出来，因为练习"抱朴堂"功法一段时间以后，五官都会变得非常灵敏。

读者诸君可能不免有点奇怪，题目是《论共修及其原理》，你谈"病气"做什么？难道共修与"病气"有关系么？答曰：确实有关系。

丹道是在禅定中修的，这一个禅定，足以把百万分之九十九万九千九百九十九的人挡在门外。时下，"丹道养生"已经成了一个热门概念，只要碰到对养生有兴趣的人，十个中有八九个都在说自己在修丹道，我听了后只能付之一笑。就算对于能进入禅定的人来说，也不是想进去就能进去的，往往与时辰有着非常密切的关系。一般而言，在卯时与午时最容易进入禅定，在睡中也可以睡入定。为什么这两个时辰最容易入定呢？因为这两个时辰天地之间阳气足。此外，道家修行往往要找风水宝地。所谓风水宝地，无非就是那个地方的地气与地磁很足，而且是生生之气，养人的，所以在风水宝地也更容易进入禅定，事半而功倍。

人，虽然是个小宇宙，但我们的身体外面是包裹着一个看不见、摸不着的生物场的。德国一个叫卡尔良的电工，发明了一种相机，可以照出人体外的生物场来。每个人的生物场都是不一样的，有大有小，有强有弱，有好有坏。而且，人与人的场会发生相互的影响，就像天地所形成的大场对人发生的影响一样。所谓"病气"，就是一种伤人的生物场。一个人如果长期与身体不好的人近距离接触，就会受到那个身体不好的人所散放出的不良生物场的伤害。民间有一种说法，让小孩与老人一起睡，对小孩不好，其原理也是如此。

既然如此，可以想象，如果一个人的生物场很强大、很健康，那么，他的场对别人就会产生良好的影响，和风水宝地一样，是养人的。如果两个或几个人的生物场都很强大、很健康，那么，他们在一起的时候，彼此都会产生良好的影响，会彼此滋养着对方。事实上，当两个或多个生物场很强而且很健康的人在一起时，大家都更容易进入禅定、进入功态——这就是共修（包括双修，真正的双修是不需要身体接触的）的原理所在。

论禅修与修仙

时下，"禅"已经成了一个非常时髦的词汇。不管什么玩意，只要与"禅"一联姻，就被罩上了一层神秘的色彩，一下子就变得高大上了，什么"禅舞"呀，"禅茶"呀，"禅服"呀，"禅酒"呀，"禅诗"呀，"禅画"呀等等。那些书法家们，稍微有一点点文化，一动笔往往写的都是"禅茶一味"四个字，以表现自己的高深莫测。总之，"禅"加在任何一个名词前做定语似乎都能化腐朽为神奇，令这个名词所指称的事物身价倍增。将"禅"作为名词，在"禅"之前加上定语，也具有同样迷人的效果，如前些年流行的"鹤步量子禅"，还有人出版了《科学禅定》的书，至于《祖师禅》与《如来禅》则是前人的作品了。

与"禅"具有同等魔力的另一个词则为"仙"。"仙"的套路与"禅"基本相同，只是用的概念略有不同罢了。教人修仙的道士我曾见过不少，开口闭口都是什么元婴呀、阳神呀。一个胖道姑还教人跳什么"仙舞"。与它的同胞兄弟"禅"一样，"仙"标准配置，"仙茶""仙服""仙酒""仙诗""仙画"什么的，同样一个都不少。更有甚者，还有"仙药"，如黄精、石斛、菖蒲等等，都具有包治百病、延年益寿的神奇疗效。时下最流行的"仙术"莫过于"辟谷"了，这玩意每年在中国估计有上百亿的市场，凡参加"辟谷"的人员据说什么绝症都完美地治愈了。仙术毕竟是仙术，我辈凡夫俗子只有老老实实地去啃《黄帝内经》《伤寒论》之类的医书，希望不要被仙术给甩得太远了。

百度上对"禅修"的解释是"心灵的培育"，就是把心灵中的良好状态培育出来。当然，百度上还简单地讲了"禅修"的种种方法，在此就不一一引用了。我算不上什么学者，只是芸芸众生中的一员，不想去考证"禅修"更确切的意思，不妨就以百度上的解释为准。既然是"心灵的培育"，以我平凡人的视角，真是觉得这个"禅修"没有任何特别的地方，什么"八正道""四梵住""七觉支"，其实没什么意义，因为红尘之中处处都是"心灵培育"的场所，人世间发生的一切都有"心灵培育"的功效。特意找一个与世隔绝的地方，读读经典，或听人讲讲经典，或打打坐，固然也有"心灵培育"之效，但何必立一个"禅修"的名目呢？我在闹市之中过着平凡人的日子，难道我的心就一定不清净了？"慧能没伎俩，不断百思想。对境心数起，菩提作么长？"这首偈的境界难道不比"菩提本无树，明镜亦非台。本来无一物，何处惹尘埃。"的境界更高么？

至于"修仙"，按百度上的解释，是要"达到不死不灭的至高完美神仙境界"。庄子曰："夏虫不可与语冰。"我所能见到的只是巴掌大的一块天，反正，以我目前的认知，从未见过不死之人，自然，更没有见过神仙。《圣经》里说，人类是所知所能有限且终有一死的被造物——这也是我对人的认识。但自古以来，咱中国人对成仙的追求从来就没有中断过。"修仙"的法门，就是后世所说的"丹道"。在四千多册的道藏中，有一百四十多种是丹经。我曾花费了五六年时间把这些书全读完了，仍然没有找到神仙的影子。撰写这些丹经的祖师爷们也没有一个做到了"不死不灭"，有的甚至还很短寿。当然，道门内部或道教徒往往会说，祖师爷们是升仙走了，但这玩意没法证实，也没法证否。没有一个升仙的祖师爷回来看望过他们的徒子徒孙，或在死后显灵，出现在众人的面前。总之，我所看到的丹经，无非就是养生术罢了，可以让人少生病或不生病，老得慢一点，死得迟一点，但绝对没法让人"不死不灭"。那些以修仙修佛为职业的出家人，似乎也并不十分相信仙佛的存在，但他们对于健康却有更现实的、更迫切的需求，因此，不少人都拜在了"抱朴堂"的门下，跟我学习养生之术。

我一向秉持"对于自己不熟悉的领域保持沉默"的训诫，因为没见过佛菩萨或神仙，所以对于有没有佛菩萨或神仙确实只能说"不知道"。我所能做到的只是做一个身心健康的普通人。在我看来，对于成仙成佛的追求与对金钱、权势的追求一样，都是人类的贪欲，未必就见得更高尚。

尽管如此，与"禅修与修仙"都有关的一种生命现象，即"禅定"，我倒是实实在在地经历过。我不知道"禅修"的目标是不是进入"禅定"，但佛经里是有"四禅八定"之说的。至于丹经，也有不少地方提到了"定"，如张紫阳在《悟真篇》里说："定里见丹成。"佛道经典的种种记载表明，要成仙成佛，似乎都离不开"禅定"。试问当今世上那些修仙修佛的人们，可有几人真正具有"禅定"功夫？既然如此，烧香、拜佛、拜神仙、放生、打坐、吃素、念经等等，百般做作，究竟有何意义？如果凭这些人人都能做到的法门就能修成仙佛的话，岂不是满大街都是神仙与佛菩萨了？

若人类真能成仙成佛，恐怕也只有"禅定"才是成仙成佛的不二法门了。就算你熟读佛道经典，而且辩才无碍，说得天花乱坠，又能如何呢？不过是"口头禅"罢了。若有人能进入"禅定"，并能指导他人进入"禅定"，我也愿意追随于他。就算不能成仙成佛，至少也是有益于身心健康的。

论读经之有用及无用

何为"经"？刘勰《文心雕龙》称之为"恒久之至道""不刊之鸿教"，换言之，即永恒真理，或代表永恒真理或绝对真理的著作。在普罗大众的眼里，"经"似乎有着某种神奇的魔力，不但可以静心，还可以降妖伏魔，祛邪除祟，如《心经》《金刚经》《道德经》等，都有这种功能。因此，佛道的修行者常将读经、念经作为日常的功课，甚至以为读经、念经就是修佛或修道。其实，这是对"经"的曲解与误读。

我不念经，也不打坐。碰到人家在念经或抄经，我往往不免要问："有何用处？"一个没有到过北京的人，纵使读了很多介绍北京的书，整天将北京挂在嘴上，他或她对于北京的了解，只怕还远远不如北京的一个出租车司机。你虽然天天都在读经、抄经、念经，经上说的到底是什么，你真能懂么？如果不懂，读它又有何用？如果你说懂，恐怕只是愚蠢的自以为是吧。

为什么这么说呢？古人云："纸上得来终觉浅，绝知此事要躬行。"对于中国传统文化各种经典的学习，必须得"知行合一"，方能得其精髓。"经"是过来人所写的，关于宇宙人生的认识，你没有真实的体验，就算再聪明，怎么能知道人家写的到底是什么意思呢？你没到过北京，能判断人家在书上介绍的北京是真还是假，是对还是错吗？这与聪明无关，而且，往往越聪明，越容易偏离真相。所以，有行方有证，有证方有知。没有实证，乱解经典，是那些所谓的"聪明人"最容易犯的错误。这样读经，只能给人带来盲目的自信与自负，误人误己，倒不如不读。

有人说，书读百遍，其义自现。其实，未必。经典的真义往往不能仅仅靠记诵或思辨而获得。尤其是佛道的经典，对于普罗大众而言，与天书无异——你把它背得滚瓜烂熟都没什么用。那么这些经典是用来做什么的呢？答曰：用来给后人印证其所达到的境界的。如《道德经》《阴符经》《清静经》《心印经》《心经》《金刚经》等，其实都是修炼的心法，讲的是进入先天的境界之后可能会发生什么事情，应该怎么应对，或者是从先天的视角来解释和观照大千世界与芸芸众生，都是可以实证的。你没有进入先天，怎么知道这些经典到底在说什么呢？人家说"存天理，灭人欲"，说"弃圣绝智"，真的是你后天的小聪明所理解的那样么？完全不是一码事，所以说，夏虫不可以语冰。

对于丹道的修炼来说，在未进入先天之前，最好别读丹经。否则，脑袋里塞满了那些乱七八糟的东西，却又无法判断其是非对错，反而成了"所知障"，让你看不清真相。硬是要读，不妨姑妄读之，但却别姑妄信之，千万别当真。进入先天之后，就可以读丹经了，拿自己身上真实的体验，与丹经上的描述对照，你才能判断哪里是真的，哪里是假的，哪里是对的，哪里是错的。如果你有足够的悟性，或许能参透丹道的功理、心法与口诀。

第三章

揭示丹道修炼的秘密

"修行"祛魅（去神秘化）

老实说，我非常不喜欢"修行"这个词，甚至一听人提到这个词，就会产生一种本能的排斥，因为这个词已经被现代人给用滥了，散发出一股陈腐的味道。

现代人以自称"修行人"为豪，这几乎成了一种时髦，似乎"修行"是一件多么神秘、多么了不起、多么高人一等的事儿。一冠上"修行人"的名头，他们的道德、地位与学识都必定超越常人——这种错觉往往让他们的偏执与贡高我慢远远超过了常人而不自知，以至于在潜意识或显意识里，喜欢以芸芸众生的精神导师自居，开口便是"阿弥陀佛"或"无量天尊""佛菩萨"或"祖师爷"，动辄说这个人"不究竟"，那个人是"外道"，似乎自己真理在握，而且"一览众山小"，高高在上，俯视众生。一碰到这种人，我往往避之如瘟神，躲得远远的——惹不起，躲得起，人生苦短，少给自己添堵。

很多人在写文章的时候，老喜欢端起架子来写，好像"写文章"是一件多么神圣的事儿，生怕别人不知道自己在"写文章"，我也最怕这种人写的文章，一看到就觉得恶心。文字，不管是口里说的，还是写在纸上，无非就是为了表情达意，二者没有什么不同，为什么写文章的时候一定要装腔作势、装模作样呢？子曰："辞达而已矣。"写文章就这么简单，说清楚就行了。因此，古人以"我手写我口，我手写我心"为写作的心法，换言之，平时口里怎么说就怎么写，心里怎么想就怎么写。那些写文章喜欢端架子的人，如果平时说话像他们写文章一样，不被人骂"神经病"才怪呢。那些把"修行"挂在嘴上的人，也同样与"神经病"无异，有一句话便是专门形容这类人的——整天神神叨叨的。

其实，"修行"就是指"修身养性"，没有半点神秘色彩。"修身养性"中的"身"指的是身体，"性"指的是"心性"，意思是通过某种修习行为，让自己的身体健康、心性平和，以提高自己的生命质量。简言之，就是要让自己"做一个身心健康的人"。"修身养性"是对自己的生命负责，是每一个人都应该终身奉行的事，一言一行，一举手一投足，吃喝拉撒，莫不是"修行"，与宗教或信仰没有半毛钱的关系，就在普通人的日常生活之中，有何神秘之处呢？

我说"修行"的目的就是"身心健康"，可能很多人不认同，因为他们要"成仙做佛"，或"羽化升仙"或"往生极乐"，试问自有人类以来，有谁见过不死之人，有谁见过神仙菩萨，如果真有，拉出一个让我看看，我就真信了。如果没有确切的证据能证明仙佛的存在或人能通过"修行"而"成仙做佛"，我们不妨还是老老实实地"做一个身心健康的普通人"。

然而，"做一个身心健康的人"却并不是一件容易的事，需要大智慧、大学问，其难度恐怕并不亚于"成仙做佛"。生命是宇宙中最大的奇迹，人类对于单细胞生命的了解尚且非常有限，更何况为"万物之灵长"的人本身呢。正因为我们对自身的了解非常有限，所以要让自己达到"身心健康"的状态对普通人而言非常难。

很多锻炼方式是伤身体的，很多治疗方式无异于自杀，但是，这些伤害我们身心健康的玩意儿却成了人们追捧的对象，引诱着人们争先恐后地往死亡的深渊里跳，这是何等恐怖、何等愚昧呀。这些无知都是因为不明天道、不明人体运作的机制机理之故，这一大学问历朝历代都只有极少数人才能参透。

人体运作的机制机理是怎样的呢？我们的身心是一体的，心可以改变身，身也可以改变心。但是，通过心改变身非常难，只有极少数人才能做到，而通过身来改变心则相对容易得多，而且适用于所有的人，并且每一步都可以得到验证。当代的大多数佛教徒与道家的一些门派走的是通过心来改变身的路子，其结果往往是身心的问题都没有解决，甚至越来越严重，落入了空言心性的窠臼。道家南宗与传统的内家拳，走的则是通过身改变心的路子，其结果是不但获得了身体的健康，心性也自然而然地变得越来越平和，越来越没有脾气，越来越不想与人争强斗胜了。这些原理，我在《儒释道三家无差别论》与《为何南五祖长寿而北七真短命》两篇文章里已经说得非常清楚了，在此不再重复。

以我的书斋"抱朴堂"命名的养生思想走的就是"以身来改变心，最后达到身心俱变、性命双修"的效果。这个过程在所有按"抱朴堂"的方式来养生的人们身上都得到了印证——所有这些成果的取得，都是建立在对于"天道"与"医理"的认识与遵循之上的。所谓的"修行"，不过就是如此而已。

"胎息"揭秘

对于看着李连杰的《少林寺》与金庸的武侠小说长大的 20 世纪 70 年代这个群体来说，尤其是男孩子，恐怕人人都有一个"武侠梦"。我这个"武侠梦"做了若干年，并买回了一堆武术书籍对着瞎练，也没练出过什么功夫来，最后梦想破灭了，于是从了文。

文字工作是个劳心伤神的活，加上那时年轻，根本就不懂保养，于是，在近年不惑之时，终于酿成了大病，痛不欲生。为了自救，于是又盲修瞎练，没想到这次居然稀里糊涂练出功夫来了，出现了"胎息"，并进入了禅定——命运就是如此地捉弄人，有心栽花花不开，无心插柳柳成荫。

作为过来人，而且指导过将近二十位弟子也修出"胎息"的过来人，对"胎息"的解读当是真实不虚的，非只知纸上谈兵或道听途说之辈可比。

胎息，语见《抱朴子·释滞》："得胎息者，能不以口鼻嘘吸，如在胞胎之中。"我们在武侠小说中看到的"龟息功"应该就是这玩意。我当年也曾以书上说的打坐调息之法修过，但却没能修出来——至少，我少年时代的经历表明，此路不通。

关于"胎息"的介绍及修炼方法，经典的记载大致如下：

《真空炼形法》云："夫人之未生之先，一呼一吸通于母；既生之后，一呼一吸通于天。天人一气，联属流通，相吞相吐，如扯锯焉。天与之，我能取之，得其气，气盛而生也；天与之，天复取之，失其气，气绝而死也。"

《胎息精微论》云：每入静室，守玄元炁。玄元者一炁也。玄中有玄是我命，命中有命是我形，形中有形是我精，精中有精是我炁，炁中有炁是我神，神中有神是我自然。德以形为车，道以炁为马，魂以精为根，魄以目为户。形劳则德散，炁越则道叛，精消魂损，目动魄微。是以守静爱炁，全精宝神，道德凝密，魂魄固守。所谓含道不言，得炁之真；肌肤润泽，得道之根；手足流汗，精之充溢；不饥不渴，龟龙胎息；绵绵长存，用之不竭；饮于玄泉，登于太清；还年返婴，道之自然；至道不远，近在己身；用心精微，命乃永存。

《高上玉皇胎息经》云：胎从伏气中结，气从有胎中息。气入身来谓之生，神去离形谓之死。知神气，可以长生。故守虚无，以养神气。神行即气行，神住即气住。若欲长生，神气相注。心不动念，无来无去，不出不入，自然常在。勤而行之，是真道路。

《调息铭》云：静极而嘘，如春沼鱼，动极而吸，如百虫蛰。春鱼得气而动，其动极微，寒虫含气而蛰，其蛰无朕。调息者，须似绵绵密密，幽幽微微，呼则百骸万窍，气随以出，吸则百骸万窍，气随以入。

《摄生三要》云：初学调息，须想其气，出从脐出，入从脐灭，调得极细。然后不用口鼻，但以脐呼吸，如在胞胎中，故曰胎息。初闭气一口，以脐呼吸，数之至八十一或一百二十，乃以口吐气出之，当令极细，以鸿毛着于口鼻之上，吐气而鸿毛不动为度。渐习转增数之，久可至千.则老者更少，日还一日矣。

典籍上的各种记载很多，不一一列举。这些法门，大多是从打坐调息入手，包括陈撄宁的"听皮肤法"，也属于此类。不过，我的"胎息"却是自动产生的，躺在床上，非常放松，在毫无防备的状态下，后天呼吸突然自动停止。开始的时候，腹部会有微微的起伏，大小周天会自转。到了后来，身体什么起伏都没有了，周天也不转了，整个人就像一个打满了气的气球，内外都如如不动——这些是我修炼动功的产物，而不是打坐调息所得。

我之所以要揭秘"胎息"，是因为当今之世，有人借"胎息"之名大肆宣传。我所见的有两种，一个是"千古秘诀——胎息瞬时启动"，据说"通过一根银针启动人体胎息原始生命能，开通奇经八脉，打通大小周天，快速产生内丹，开创针灸史上新纪元，为中医针灸医师提供了治疗疑难杂症的一门绝技，为修炼养生提供了一条新的捷径"。这倒是迎合了现代人的懒惰心理，但是，我可以非常肯定地告诉大家，这是不可能的。如果是真的，这一成果是绝对可以获诺贝尔医学奖的，而且可以治愈百分之八九十的人类疾病。

另一个是"道家秘传——传承正宗千年道法"，这个"胎息"分为四个阶段：

一、小腹出现波浪式的上下跳动，气在体内的一上一下即为一呼一吸。当丹田向命门跳动时，皮肤气孔表现为吸气，周身皮肤感到发凉，反之丹田由命门向回跳时，皮肤毛孔表现为呼气，周身皮肤感到发热。丹田自律产生后，全身充气明显，甚至四肢发麻。

二、首先是脏腑摇动，接下来是命门冲动，腹腔大起大落，如脱兔，如跃鹿，像一个风箱在鼓荡，有的人伴随着一道道白光和大海汹涌之势。

三、全身肌肉颤抖，像脉冲一样有节律抖动。

四、在整个躯体骨骼上下飞腾，震撼人心。

从这种描述，我们可以看出，这哪里是什么"胎息"，几乎与发"羊癫疯"差不多。我多次在网上看到的视频，那个什么用仪器启动的"内动好胎息"，与他的东西就差不多，估计是一路货色。不管从古代典籍对于"胎息"的描述，还是我自己的实证体验，这都不是什么"胎息"，而是人体在通过某种强度的电流刺激时出现的身体反应。

真正的"胎息"，其实是比较高级的一种修炼境界，并非普通人能体验的。据我的实证，凡是用意念引导出现的"胎息"，都不是真正的"胎息"。真正的"胎息"是"无息"，即后天呼吸自动停止，佛家所言的二禅"息住"境界。心气不二，心动则气动，气动则心动，身心如如不动，即是定在这个境界之中的心法。

"内视"揭秘

学习中国传统文化，一个最重要的方法是"知行合一"，而且"行"在"知"前，讲究实修实证，若无实证，则不可能获"真知"。

就像一个人，从未到过北京，但读了很多关于北京的书，甚至能将这些书倒背如流，一谈起北京来，也是口若悬河，滔滔不绝。这种人，充其量只不过是一个只知纸上谈兵的学者，对于北京的"真知"，恐怕任何一个北京的出租车司机都要比他强。北京真长什么样，他知道么？人家在书上说的，哪里是对的，哪里是错的，哪里是瞎编的，他知道么？任他再聪明，他也没法知道，因为他根本没有去过北京。

这是我看不起当代中国大多数学者的原因，也是我不愿意和人谈论儒释道三家最重要的那几部经典的原因。三家的大多数经典，如果没有先天境界的实证功夫，大部分是没法得到正确的解读的。

不说别的，就拿宋明理学中"存天理，灭人欲"这句话来说吧，学者们对它的解读就都是错的。"存天理，灭人欲"其实是儒家的修炼心法，与道家"识神退位，元神当家"的意思差不多，我们人类的一切思想、念头等等，皆为"人欲"，只有将后天的"人欲"清空，一任"天理"流行，才能进入先天无为的境界，天人合一，与道合真。西谚云：人类一思考，上帝就发笑。在某种意义上，也与"存天理，灭人欲"的意思差不多。

关于"内视"的正确解读，也同样需要先天境界的实修实证。"内视"是一个非常容易被混淆的概念。很多人把"内视"与"内观"当成了一回事。佛道两家都讲"内观"，只是两家讲的"内观"意思不同罢了。

道家的"内观"最早见于《列子·仲尼》："务外游者不知务内观，外游者求备于物，内观者取足于身。"在这里，"内观"的意思与"内求"相近。魏晋时期出现的《太上老君内观经》云："内观之道，静神定心。乱想不起，邪妄不侵。固身及物，闭目思寻。表里虚寂，神道微深。外藏万境，内察一心。了然明静，静乱俱息。念念相系，深根宁极。湛然常住，杳冥难测。忧患永消，是非莫识。"《洞玄灵宝定观经》亦云："内观心起，若觉一念起，须除灭，务令安静。"此"内观"则与初禅"念住"的境界差不多。

佛家的"内观"（毗婆舍那，Vipassana）在印度巴利语中，意思是观察如其本然的实相。它是透过观察自身来净化身心的一个过程，开始的时候，借着观察自然的呼吸来提升专注力，等到觉知渐渐变得敏锐之后，接着就观察身和心不断在变化的特性，体验无常、苦以及无我的普遍性实相。这种经由直接的经验去了知实相的方式，就是净化的过程，如天台宗的"止观法门"与密宗的"白骨观"皆与此类似。

汉朝时，《太平经钞壬部》出现了"内视"一词："上古第一神人、第二真人、第三仙人、第四道人，皆象天得真道意。眩目内视，以心内理，阴明反洞于太阳，内独得道要。犹火令明照内，不照外也，使长存而不乱。"

此"内视"之对象，乃看不见，摸不着的"心"，与"内求"亦相近。

《太平经》卷七十云："思养性法，内见形容，昭然者也；外见万物众精神者，非也。"这一内见形容法又往往和存思五脏神联合运用，以收治病之效。卷七十二说："四时五行之气来入人腹中，为人五脏精神。"葛洪《抱朴子内篇·地真》云："吾闻之于师云，道术诸经，所思存念作，可以却恶防身者，乃有数千法……思见身中诸神，而内视令见之法，不可胜计，亦可有效也。"陶弘景《真诰》卷九引《丹字紫书三五顺行经》论内视法："坐常欲闭目内视，存见五脏肠胃，久行之，自得分明了了也。"又引《紫度炎光内视中方》曰："常欲闭目而卧，安身微气，使如卧状，令旁人不觉也。乃内视远听四方，令我耳目注万里之外。久行之，亦自见万里之外事，精心为之，乃见百万里之外事也。"唐·孙思邈《千金要方》卷八十一引《黄帝内视法》云："存想思念，令见五脏如悬磬，五色了了分明。"以上文献中的"内视"与存思无异，要求所观之对象比较形象地反映在心中，通过具体形象的感觉达到收心入静，在佛家则为"观想"。

以上诸说，皆非真正的"内视"。"视"与"听""闻""味""触"一样，是一种觉知。这些觉知，乃人类的本能，不需要有意识去觉知，而且因"视"而见到的皆为"图像"，由此可见，凡有意识地去"视"，而且所见非"图像"者，皆非"视"也。真正的"内视"，是在自然的状态（非有意识地存思或观想）下见到的自己身内的景象。

我因身患绝症，曾将密宗"拙火定"按其心法予以改造，试图以此恢复健康，只用了几个月工夫，就修出了左中右三条气脉，每条都有家里普通的自来水管那么粗，每时每刻都能真切地感受到。大约半年，折磨我多年的病基本上都好了。有一天，我原来修出来的三条气脉一夜之间就全部消失，融成了一片。那个时候我就进入混沌状态，曾经有两个晚上，我躺在床上，根本没法入睡。不管我以什么姿势躺着，我的身体都会自动打开，感到宇宙的能量，不停地往身上灌。全身从里到外，每一个细胞都浸润在这种能量里面。而且，就是在那两个晚上，我出现了"内视"——从头顶到会阴，一道红色的光柱在颤抖。除了看到这个以外，我还看到了左肾，左肾不是红色的，是黑色的，在小弯上有两个小洞，两个小洞里冒出两股黑气。在那一瞬间，我就明白了一个道理——《黄帝内经》里的经络是修行人直接看到的。

从那种状态出来后，我马上去网上搜索，一下子找到了李时珍的《奇经八脉考》，完全印证了我对经络来源的看法。下面这一段材料出自书中谈阴跷脉部分：

"张紫阳八脉经云：八脉者，冲脉在风府穴下，督脉在脐后，任脉在脐前，带脉在腰，阴跷脉在尾闾前阴囊下，阳跷脉在尾闾后二节，阴维脉在顶前一寸三分，阳维脉在顶后一寸三分。凡人有此八脉，俱属阴神，闭而不开，惟神仙以阳气冲开，故能得道。八脉者，先天大道之根，一气之祖。采之惟在阴跷为先，此脉才动，诸脉皆通。次督、任、冲三脉，总为经脉造化之源。而阴跷一脉，散在丹经，其名颇多：曰天根、曰死户、曰复命关、曰酆都鬼户、曰死生根，有神主之，名曰桃康，上通泥丸，下透涌泉。倘能知此，使真气聚散，皆从此关窍，则天门常开，地户永闭，尻脉周流于一身，贯通上下，和气自然上朝，阳长阴消，水中火发，雪里花开。所谓天根月窟闲来往，三十六宫都是春。得之者，身体轻健，容衰返壮，昏昏默默，如醉如痴，此其验也。要知西南之乡乃坤地，尾闾之前，膀胱之后，小肠之下，灵龟之上，此乃天地逐日所生，气根产铅之地也，医家不知有此。

濒湖曰：丹书论及阳精河车。皆往往以任、冲、督脉、命门、三焦为说，未有专指阴跷者。而紫阳八脉经所载经脉，稍与医家之说不同。然内景隧道，惟返观者能照察之，其言必不谬也。"

这里的"内景隧道"指的就是"内视"，而且是真正的"内视"。后来，我的经历在我一弟子的身上又得到了印证，他在功态中"内视"到了自己的骨头，而且是灰黑色的，与我"内视"到自己的左肾是黑色的可以互相印证。因为肾属水，对应的颜色为黑色，即肾气是黑色的，而肾又主骨，骨头的颜色自然也是黑色的，只是黑的程度没有那么深，是灰黑色的。由此可见，《黄帝内经》里讲的五脏对应着五色也并非空穴来风，而是内证所得。

为什么修行人能看得到经络，我们普通人看不到？其实这个是可以用自然科学解释的。我们想想，经络就是人体能量和信息的通道，你体内运行的能量比较低，那么，这些能量在体内运行的时候，对你的神经细胞的刺激你就感应不到。修行人的能量很足，尤其是修丹道的，这个能量就非常足。很强的能量，在经络里运行的时候，它对神经细胞产生的刺激就非常大。当超过一定的阈值的时候，图像就会在大脑皮层呈现出来。当我们看到一样东西，不一定要用眼睛去看的。没有什么神秘之处的，就这么简单。

睡功（梦修）揭秘

《古诗十九首》云："昼短苦夜长，何不秉烛游。"人生苦短，一半却在睡中过了，实在有点可惜。如果人能不睡觉，岂不是将人生延长了一半？

因此，古人视睡为魔，故有"斩睡魔"之说。《性命圭旨亨集》曰："修道易，炼魔难，诚哉是言也。然色魔食魔，易于制伏，独有睡魔难炼。"王重阳开创的全真派将"斩睡魔"作为主要的修炼方法之一，但这种修炼方法却是违背天道的，所以"魔"没斩掉，却把自己给早早地斩掉了——王重阳58岁就过世了，而他的弟子全真七子大都短命，最长寿的丘处机也才活了80岁。至于佛家，则有"不倒单"之法，和"斩睡魔"大同小异。

稍微有点常识的人都知道，整晚地不睡觉，很伤身体，更何况长期整晚地不睡觉。上帝在设计人类时，所编的代码就是让我们"日出而作，日落而息"。渺小的人类居然敢违背上帝的意志，受到惩罚也是必然的——晚上不睡觉的人，无异于一台中了病毒的电脑，无法正常运作，时间久了，就会导致系统的崩溃。

人类睡眠的状态与死亡接近，人生的一小半就这么过了，毕竟有点可惜。于是，仁慈的上帝还给我们设定了一套能代替睡眠的备用代码——这就是传说中的"睡功"。不过，只有极少数人才能激活并启用这套备用代码。

据说，孔子的"曲肱而枕之，乐亦在其中"，即是睡功。然以睡功修炼而著名者，当首推华山隐士陈抟（872—989 年）。关于陈抟睡觉的传说，《山堂肆考》说他大睡三十六载，小睡一十八春。《坚瓠集续》中有个故事，说他在华山云台观修道，每日总闭门独睡，一睡就是累月不起。周世宗听说他很有学问，又能睡觉，一时好奇，想看个究竟，就派人把陈抟召到他的禁中，锁在一间房子里。锁了一月多，开门看时，陈抟依然在酣睡。周世宗知他是个有道之士，召见他谈话，他对周世宗作歌道：

"臣爱睡，臣爱睡。不卧毡，不盖被。片石枕头，蓑衣铺地。震雷掣电鬼神惊，臣当其时正鼾睡。闲思张良，闷想范蠡，说甚孟德，休言刘备，三四君子只是争些闲气。怎如臣向青山顶上，白云堆里，展开眉头，解放肚皮，且一觉睡。管甚玉兔东升，红日西坠。"

陈抟《蛰龙法》口诀为：龙归元海，阳潜于阴。人曰蛰龙，我却蛰心。默藏其用，息之深深。白云高卧，世无知音。

其《励睡诗》曰：常人无所重，惟睡乃为重。举世皆为息，魂离神不动。觉来无所知，贪求心愈浓。堪笑尘中人，不知梦是梦。至人本无梦，其梦本游仙。真人本无睡，睡则浮云烟。

后陈抟传道于火龙，火龙传于张三丰，并作《蛰龙吟》以表之，中曰："图南（即陈抟）一派俦能继？邋遢道人张丰仙。"西派初祖李涵虚（西月）曾在"峨眉山遇吕祖（吕岩）、丰祖（张三丰）于禅院，密付本音"（清·李道山《李涵虚真人小传》）。民国玄静子徐海印在《天乐集》中也讲："涵虚真人初遇三丰仙师，次遇纯阳道祖，汇文始、东华两派之心传，道成创立大江西派。"

在大江西派留下的典籍中，倒是将睡功的原理讲得非常清楚，其原理大致如下：

虽云睡功，实为内丹，假借睡卧之中修炼内丹耳，丹书谓"借假修真"。因此，丹学理论即是睡功原理。徐海印在《天乐集》中云："予参汪师（汪东亭）首尾四年，蒙师一再传授，知西派相承要旨，乃在大定真空。其余返还口诀、火候细微，皆大定真空之余绪。"故"大定真空之妙旨，乃文始、东华两派之肯綮，九还七返之玄要也。"

宋·张紫阳在《青华秘文》中说："静中行火候，定里结还丹。"白玉蟾在《玄关显秘论》中也说："采精神以为药，取静定以为火。以静定之火，而炼精神之药，则成金液大还丹。"元·李道纯在《中和集》中说："药物只于无里取，大丹全在定中烧。"体真山人汪东亭也讲："丹法摄归一定字，所谓至简至易之道也"（《体真山人丹诀语录》，徐海印辑）。因此，造丹的方法无他，只是一"定"之功，能"定"则金丹不求而可致也。

睡与定极为相似。睡中无思无虑，定境混混沌沌，故称"睡"为"相似定"。于睡中依法修持，自然能生出"定"功，进而采药炼丹，其法甚易，其效甚速。修士每称"睡"为"睡魔"，静功中惟恐睡去，终宵打坐，强忍不睡，称之"斩睡魔"。殊不知，睡是生理特性，若强行终夜不睡，违反生理规律，使神经调节系统发生错乱，反惹睡魔，流弊百出。先天大道，无为自然。故丹家大德，以睡炼睡，转识成智，渐生定功，睡魔不斩而自斩之，以神足不思睡耳。起初做功，能迅速睡去，就是效验。得"定"最易，故"睡"是"大定真空"的前奏。

大江西派的睡丹总诀为：心息相依，大定真空。然而，不管是按陈抟的睡功口诀还是大江西派的睡丹诀去修炼，都修不出什么功夫来。江湖上也流传着很多睡功的修炼方法，但几乎没有一种是对的，基本上都是以盲引盲，或者骗人钱财的。

难道陈抟的睡功口诀与大江西派的睡丹诀是假的么？或者睡功只是一种传说，根本就不存在什么睡功？答曰：非也。陈抟的睡功口诀与大江西派的睡丹诀都是真的，只是入手法门却并没有写出来。这个入手法门即属于"秘法"，自古以来都是口耳相传，从未看到过一个门派会将入手法门在书上公布出来，而没有入手法门，这些口诀就毫无用处。

其实，佛道的很多典籍都是修炼的心法，如《道德经》《阴符经》《金刚经》《心经》等，这些最高大上的东西都是公开的，相当于"上层建筑"，人人都可以看到，唯有打地基的方法，却秘而不宣。世人不明是理，看到"上层建筑"的华美壮观，于是自以为是地依样画葫芦，殊不知没有坚实的地基，怎么能承受得起华美壮观的"上层建筑"呢？

如大江西派的典籍所言，睡功的本质是"以睡入定"，与睡的姿势无关，也与睡前的做作无关。陆游诗云："汝果欲学诗，功夫在诗外。"睡功的功夫也在睡之外。睡功其实并不是一种功法，而是修炼到比较高的境界后自然而然生成的一种生命状态——不是人练功，而是功炼人。睡功的状态是"天人合一"的状态，无思无虑，混混沌沌，不但身外的大宇宙带着身体的小宇宙在运动，而且"天地悉皆归"，即在这种状态中，天地之灵气可以直接进入你的"臭皮囊"，我常以"偷天盗地"称之，又比喻成老天爷在给你发红包。如果在这种状态中没有睡着，外面发生的一切事情，都可以清清楚楚地知道，但第二天起来，人却精神百倍。如果睡着了，则有可能出现"梦修"——由于你的小宇宙被大宇宙带着动，而且得到了大宇宙能量的加持，这种比较高的能量在身体内运作时，对神经会产生比较大的刺激，这种刺激反映在大脑皮层，就变成了梦。在"梦修"的状态中，是不能动念的，只要梦中一动念，人就会醒来，但醒来后却发现自己的身体与普通的梦中醒来的状态不一样。我曾经有一次在梦中看到自己的身体从床上漂浮起来，在空中高速地旋转，一害怕，就醒过来了，醒来后，发现自己的身体被一层炁膜给包裹住了，虽然晚上有点冷，寒气却无法突破那层炁膜——这时，你也就明白《金刚经》里的"凡所有相，皆是虚妄"到底是什么意思了。

所谓"精满不思淫、炁满不思食、神满不思睡"，三者并非"神话"，而是真实不虚、可以实证的。"精满不思淫"即是回到了童子的状态，即道家所说的"斩赤龙""伏白虎"，乃阳气足了，炼精化炁的结果，自然而然，不是有意"断淫"；"炁满不思食"就是传说中的"辟谷"，是禅定或曰"天人合一"的产物，因为偷到了足够多的"先天炁"（《西游记》里的蟠桃、仙丹都是"先天炁"的比喻），能量充足，自然不想吃饭了，并非刻意地"断食"；至于"神满不思睡"，同样也是禅定或曰"天人合一"的产物——真正的"不倒单"或"斩睡魔"并非故意让自己不睡觉，而是在禅定状态中不需要睡觉。

"特异功能"揭秘

所谓"特异功能"，顾名思义，无非就是拥有常人不具备的一些能力，佛家称之为"六通"，即天眼通、天耳通、他心通、宿命通、神足通、漏尽通。其实，"特异功能"不仅仅只有六通，我一弟子是畬族的巫师，他是非物质文化遗产的传承人，可以上刀山，下火海，电视台曾报道过他，这未尝不是一种"特异功能"。

很多人还纠结于"特异功能"到底是否存在，其实，"特异功能"可以说存在，也可以说根本不存在。"六通"存在么？存在。但是，却一点都不"特异"，因为这些都是人的本能，人人皆具，在圣不增，在凡不减。只不过，大多数人的"六通"处于休眠的状态，不能显现出来。所以那少部分能唤醒自身"六通"的人，就被人们认为具有"特异功能"。

大家都知道，我们具有"眼、耳、鼻、舌、身、意"六根，但很少有人知道，六根分为"阴六根"与"阳六根"。"阴六根"就是我们日常生活中使用的六根，而阳六根则是处于休眠状态的人体生命本能。如同太阳月亮此起彼落一般，阴阳六根不会同时出现，只有在"阴六根"关闭的状态下，"阳六根"才会显现，而"阳六根"的功能，即是"六通"。不管是道家的法术，还是民间的巫术，以及东北的"出马仙"，都是通过某种方式，如画符、念咒、跳大神等等，使自身的"阴六根"关闭，从而使"阳六根"显现，然后利用"阳六根"做一些在常态下不可能做到的事情。不过，一旦施术者从六根关闭的状态出来，人就会特别疲惫，因为使用"阳六根"耗费的是自身的元炁，而元炁的多少决定了人的寿命，经常"作法"无异于折寿，所以佛家有"神通不敌业力"之说，佛道两家都不支持追求"神通"，更崇尚"慧而不用"。

儿童的特异功能特别容易开发出来，因为他们是纯阳之体，元炁足，而且内心纯净无染。台湾一学者李某自己没有特异功能，也不明了特异功能产生的机制机理，却致力于儿童特异功能的开发，美其名曰"全脑开发"或"间脑开发"，其实是把这些小孩给害了，这是非常不道德的事情。我们知道，"特异功能"是建立在元炁消耗的基础之上的，而元炁消耗的加速则意味着折寿，也就是说，这些"特异功能"被开发出来的儿童有可能短命。另外，当他们元炁不足的时候，所谓的"特异功能"也会消失。何况，我们的日常生活并不需要"特异功能"，明明可以用眼睛去认字，为什么要蒙着眼睛去认，或用耳朵去听呢？而且，一个拥有"特异功能"的儿童，从小与周围的人不一样，再加上缺乏理性，无法驾驭自己的功能，也不利于他们心理的健康成长。奉劝那些人傻钱多的父母们，千万不要把自己的小孩送到那些搞"全脑开发"或"间脑开发"的机构去开发"特异功能"——这是无异于在谋杀自己的子女呀！

法术、巫术与"特异功能"的原理其实是一样的，在一定程度上都是一种"自我催眠术"。有些道士为了争正统地位，大放厥词，说什么巫术是邪术，而自己的道法则是正宗——这只能证明他们自己的无知，一是不知道法术的原理，二是不知道巫术是法术的爸爸，而且咱们的老祖宗黄帝、炎帝就是大巫师。现在的道士若有黄帝、炎帝时代的巫师一半的本领，已经很了不得了。

催眠的状态其实就是六根关闭的状态，所以会出现一些在清醒状态下没有的功能。如一个人被催眠了，你用手指碰他一下，对他说，你刚才被烙铁给烙了一下，马上，他被你碰的那个地方就会出现一个水泡，与真的被烙伤一模一样。或者，你对他说，你是一块石板，把他的头搁一凳子上，脚搁在另一条凳子上，中间悬空，在他的身上可以站一个人，他真像一块石板一样，一点感觉都没有，但是，若是把他从催眠中唤醒，他就再也做不到了。当代社会，很多人借"催眠术"来骗人，如灵修、教练技术、天脉能量之类的，都是。还有一种，说是可以让你看到自己的前世，其实是将你催眠了，并且给了你一些他事先设计好的暗示而已，于是，你就看到了自己的前世是一只猪或其他什么。

当然，还有一种"特异功能"是在禅定或天人合一的状态中出现的，这种状态出现的"特异功能"同样要消耗元炁，但另一方面，在这种状态中又能够偷天盗地，盗天地之灵为我所有，使消耗的元炁得到了及时补充，所以不会伤自己。然而，只有极少数人才能进入这种状态，而且不需要借助于来自他人的或自我的心理暗示（催眠）。真正的修行或修道，必须要进入这种状态，才算是入门。成仙成佛，开悟或开智慧，都是从禅定或天人合一中来的，此之谓"不二法门"。

"逆天改命"的原理揭秘

曹操《龟虽寿》云："神龟虽寿，犹有竟时；腾蛇乘雾，终为土灰。老骥伏枥，志在千里；烈士暮年，壮心不已。盈缩之期，不但在天；养怡之福，可得永年。幸甚至哉，歌以咏志。"

人是所知所能非常有限且终有一死的被造物，到了大限来临的时候，任是再豁达的人，也难免有些不舍。俗语云：好死不如赖活。生命毕竟是值得留恋的，因此，自有人类以来，长生久视就成了人类永恒的追求，而中国的道家，更是将长生久视（成仙）作为最重要的人生目标。

近日央视一台正在热播的《老中医》里，那位病家说："我有的是钱，只求这条命，如果你能把我的病治好，我绝不亏待于你。"病家亲戚也表示："我们不怕花钱！"然而，这位多金的病人终于还是死了，钱再多也救不了他的命。正如翁泉海中医说的："银子金贵，可是碰上命了，就如尘土一般！"尽管这个道理人人都懂，很多人却在乐此不疲地做着用命去换银子的事情，甚至死到临头还不觉悟——这就是人性。

药医不死病，佛度有缘人。到了油尽灯枯的那一天，再好的药物，再牛的医生，也是回天乏术。人的生命是有定数的，在我们的生命之灯里，上帝只加一次油。这些油是要我们用一辈子的，油烧干了，我们的生命也就到了尽头。《黄帝内经·上古天真论》曰："上古之人，其知道者，法于阴阳，和于术数，食饮有节，起居有常，不妄作劳，故能形与神俱，而尽终其天年，度百岁乃去。"这里面的"天年"就是我们生命的定数。天年的大小，由天地赐予我们的"元炁"的量决定的——由于天体的周期性运转，造成了天地之间的能量在时空中分布不均匀，因此，不同的时辰，能量的大小是不一样的。算命为什么要排四柱？其实算的就是在那个特定的时间点天地给了我们多少元炁。对于普通人而言，把元炁消耗的速度降到最低，是延长自己寿命的唯一办法。

那么，元炁到底是个什么玩意呢？对大多数人而言，真不好理解。打个比方吧，我们的厨房里都有煤气灶，这个灶就相当于我们的身体，煤气相当于我们摄入的食物和空气，煤气燃烧发出来的光和热就是我们的生命。光有灶和煤气，能发出光和热么？答曰：不能，还缺少一块点火的电池，这块电池就是元炁。可煤气灶的电池用完了，咱们可以更换或充电，但人的这块电池用完了，却没法更换，对普通人来说，也没法充电。

在电视剧《择天记》里，讲了主人公陈长生"逆天改命"的故事。葛洪也说："我命在我不在天。"人类真能"逆天改命"么？答曰：极少数人确实可以做到。所谓的"改命"，就是要增加元炁的总量，把那块电池变成充电电池——不仅仅像普通人一样要会节流，更要做普通人做不到的事情，学会开源。开源的原理在《黄帝阴符经》里——"天地，万物之盗；万物，人之盗；人，万物之盗"。也就是说，天地人三才互盗。我们的生命历程是一个元炁不断衰减的过程，我们的元炁都被天地万物给偷走了。如果我们能将它给偷回来，而且元炁增长的速度比元炁消耗的速度更快——相当于偷的比被偷的更多，则不但可以大大地延长寿命，理论上是可以做到不死的。这类有"偷天盗地"之能的人，《黄帝内经》称之为"真人"，能"寿敝天地，无有终时"。

怎么才能"偷天盗地"呢？答曰：元炁是先天之炁，是在先天无极（混沌）状态下天地赐予我们的，所以，要"偷天盗地"，也必须进入先天无极（混沌）的状态。这种状态，佛家称之为"禅定"，道家称之为"天人合一"。所谓"真空生妙有""真空不空"，这个"妙有""不空"，指的就是"先天炁"——这是可以实证的，而且非实证则无法理解其真实的含义。"人能常清静，天地悉皆归"讲的也是真空妙有的境界，没有什么差别。

怎么才能进入先天无极之境呢？答曰：脑袋放空，经络打通。此即道家所谓的"性命双修"也，前者为性功，后者为命功，舍此以外，别无他法。如果只有性功，没有命功，则难免堕入"顽空"与"枯禅"，生不出"妙有"来；而如果只有命功，性功不纯，则同样进不了先天境界。所谓"修命不修性，此为修行第一病。修性不修命，一点灵光无处用"，说的就是这个道理。

如果能经常进入定境，随着这个臭皮囊积累的先天炁日增，则肉体的物质结构与功能都会发生改变，这在佛经里被称为"转化色身"。舍利、肉身不腐、虹化等生命现象，都是先天炁"转化色身"的结果，与宗教信仰没有半点关系。

其实，真正要"改命"，是绝对不能"逆天"的，而是相反，必须得顺应和遵循"天道"——"偷天盗地"是"不偷之偷""不盗之盗"，其实是天地对顺应和遵循"天道"的人的赏赐。因此，"抱朴堂"的宗旨是"不与天斗，不与地斗，更不与人斗"，通过修身养性，尽量使自己的一言一行合乎自然、合乎天理——大道至简，无非就是顺应和遵循"天道"罢了。

"开悟"与"开智慧"揭秘

我们经常听人说过"开悟"与"开智慧"，尤其那些修行人，经常把这两个词挂在嘴上。但是，这其中究竟有几个开悟了或开智慧了，恐怕万中难得其一，实际的比例远小于万分之一。一大群自以为是、疯疯癫癫的人，用着自己都不懂的语言，述说着自己从未体验过的境界。自然，几乎没有人能告诉我们"开悟"与"开智慧"到底是怎么回事。

那些真正的过来人，同样也很难用语言来向世人描述"开悟"后的境界，因为语言太贫乏了。禅宗留下了不少公案，记录在《五灯会元》《古尊宿语录》《高僧传》等书里，讲述了那些高僧大德们开悟以后的种种情状，但仍然会让你觉得云里雾里的、不知所云——一个没有到过北京的人，纵使读了很多描述北京的书，就算再聪明，也很难想象出北京到底是个什么样子呀！

"开悟"究竟是怎么回事呢？有人说，就是你长期思考琢磨一个问题，经历过很多次挫折和失败后，脑袋忽然好像开了个天窗，一下子恍然大悟，想明白了。如果这就是"开悟"的话，我相信这世界上至少有将近一半的人都有"开悟"的体验。

据说，虚云和尚 56 岁，在高旻寺打禅七时，开水烫手，茶杯落地粉碎，当下大悟。在禅宗还有一个非常出名的公案，叫"当头棒喝"。为什么师父用棍子在徒弟的脑袋上狠狠地敲一下，徒弟就"开悟"了呢？

我躺在床上发呆的时候，有时会突然听到外面发出一个响声，或者，在做梦的时候，梦中突然发生了一件意想不到的事情。这个"突然"会让我掉进另外一个时空没有分化的世界（混沌），然而，只要念头一动，立马就会回到现实世界。如果有这种体验，你或许可以明白"开悟"究竟是怎么回事。原来，当头一棒或茶杯落地这种突发事情，打断的是你的念头。在前念已断后念未生之间，有一个"空白"，你一下子掉进了这个空白，一瞬间脑袋全放空了，进入了禅定，于是便"开悟"了。因此，若没有禅定的体验，就算你把《大藏经》背得滚瓜烂熟，说得头头是道，也不过是纸上谈兵而已，终身都没法"开悟"。

那么，"开智慧"又是怎么回事呢？是不是像洞庭湖上的老麻雀一样，经历的风浪多了，就"开智慧"了？恐怕并不是。法国导演吕克·贝松执导的电影《超体》倒是把"开智慧"的原理阐释得非常到位。《超体》讲述一个叫露西的年轻女人以非正常方式获得超于常人的力量，包括心灵感应、瞬间吸收知识等技能，让其成为一名无所不能的"女超人"。在《超体》里，诺曼教授提出了一个问题，即如果人类的脑细胞得到了充分的开发和利用，远远超过普通人使用的 10% 的水准，将会出现什么情况？而露西的经历恰恰就回答了这个问题——"超人"。

其实，真正的"开智慧"是有物质基础的。就像一台电脑，如果硬件配置不够，功能强大的软件是没法在其上运行的。"智慧"是软件，大脑就是硬件。如果你的大脑也像普通人一样，只能使用最多 10% 的脑细胞，怎么可能拥有超出常人的智慧呢？

怎样才能开发你大脑的潜力呢？答曰：大脑的运行是需要足够的能量的支撑的，只有足够的能量（清气）上行唤醒了那些闲置的脑细胞，才能让你拥有超人的智慧。道家有个术语，叫"还精补脑"，讲的就是这种情况。然而，我们人体这个"小宇宙"的能量毕竟是有限的，不足以达到"开智慧"的能量级别。只有当我们进入禅定（天人合一）的境界，偷天盗地，从身外的大宇宙获得足够多的能量后，这种能量往上走，往内收，滋养了我们的脑髓，才能真正地"开智慧"，也就是说，"开智慧"也是禅定的产物。

明白了"开悟"与"开智慧"的原理，你也就知道，只有你自己才能改变或提升你自己。所谓的"开悟"或"开智慧"都是生命现象，与宗教无关，与信仰同样没有半毛钱的关系。如果不进入禅定，寻求"开悟"或"开智慧"，犹如缘木求鱼，不可能有所得。

道家"祝由术"揭秘

祝由术乃上古秘术，《黄帝内经》云："黄帝曰：余闻古之治病，惟其移精变气，可祝由而已。"《古今医统大全》云："上古神医，以菅为席，以刍为狗。人有疾求医，但北面而咒，十言即愈。古祝由科，此其由也。"《圣济总录》云："周官疡医，掌众疡祝药劀杀之齐，必先之以祝，盖医之用祝尚矣。"

历代以来，中医体系皆有祝由一脉，唐·王焘《外台秘要》收载"祝由科"，说明最迟在唐代，祝由已成为中医体系一科。明代太医院设医术十三科："曰大方脉，曰小方脉，曰妇人，曰伤寒，曰疮疡，曰针灸，曰眼，曰口齿，曰咽喉，曰接骨，曰金镞，曰按摩，曰祝由。"

然张介宾言，"今按摩、祝由二科失其传，惟民间尚有之"。

其实，祝由术失传倒是未必，就算当代中国，在民间与道门，懂祝由术的仍然不乏其人。我的师父及两位道友，都懂祝由术。吴极子道友曾对我说，全国懂祝由的人应该不超过 2000 人。吴极子兄说，他们的功夫修成的标志是：大热天，将一块煮熟的猪肉放在住的房间，不做任何处理，也不去管它，放上两三个月能保持不坏，甚至还变得味道鲜美。

对大多数人而言，吴极子所言无异于天方夜谭，但俺却是深信不疑。吴极子兄说，他们修炼时要进入空明之境，而他师父也并没有告诉他修炼的是什么功夫及这门功夫的原理，只是说修炼的是先天大道。他说，祝由术分为"金、木、水、火、土"五种，他修的是水法，所以经常用茅台酒为人治病，而他处理过的茅台酒已经不是原来的茅台酒了。

自从我稀里糊涂进入混沌，盗得天宝以后，耗时近五年之久，翻阅古今典籍几百本，方彻悟丹道及道门所有法术的原理。有道是："道者术之本，术者道之用。"祝由术者，亦术也，故应以道为本，而这个道，即是丹道，亦是吴极子兄的师父说的先天大道。

清代名医徐大椿《医学源流论·祝由科论》云："祝由之法亦不过因其病情之所由，而宣意导气，以释疑而解惑……此亦必病之轻者，或有感应之理……近所传符咒之术，间有小效。"

徐大椿倒是明白人，他将祝由术治病的原理说得非常清楚，即不外"宣意"与"导气"二者也。所谓"宣意"，其实也就是某种积极的"心理暗示"。某些心理性疾病，如癔病，就可以通过"宣意"取得非常好的疗效。道家的符咒，同样也具有这种心理暗示的效果，前提是病人要相信这个，越是相信，效果越明显。

祝由术治病的另一个原理即是"导气"。太极门的传人陆锦川先生写了一本叫《气道针经》的书，讲的其实就是祝由术。这个气，即是能量。祝由术所使用的能量，可以分为先天与后天两种。气为后天的能量，炁为先天的能量。吴极子兄所修炼的乃是先天炁，其能量的级别远远高于后天气，其功效自然也远胜于前者。《道法会元》云："莫问灵不灵，莫问验不验，信笔扫将去，莫起一切念。"这四句即是祝由术的修炼心法，灵光一点即是符也。这个灵光一点，即是先天炁。换言之，祝由术其实是用能量给人治病，借助于自身的或宇宙的能量，以疏通病人的经络，并调整病人身体的阴阳平衡，没有任何神秘之处。

为什么一块煮熟的猪肉放在吴极子兄的房间，能几个月不坏呢？原因其实也非常简单，因为他进入空明之境，盗取了很多先天炁。这种能量改变了他周围空间的磁场与气场，细菌在这种环境中没法生长。肉身不腐、舍利、虹化、清风成就等等，都是由于这种能量进入人体，改变了人体的物质结构所致，佛家谓之"转化色身"。

说了这么多，估计大多数人看了仍然觉得云里雾里、不知所云，那也是没有法子的事儿。毕竟，要理解这些东西，是需要实修实证的。

"附体"揭秘

我们常听人说，某某身上有"附体"或某某被什么什么"附体"了。

大多数人在谈到"附体"之时，都用神仙鬼怪来解释，并以请人作法的方式来解决，很少有人去思考过"附体"的真相。

其实，"附体"与神仙鬼怪没有半毛钱的关系，乃是一种生命现象，也并无神秘之处。

被"附体"的原因有二：一是受到某种外来的或自我的心理暗示，而表现出相应的身心症状；二是受到某种外来能量的侵入，或身体内部的阴阳五行失衡而引发的身心症状。

前者，是由信息诱发的病，即是西方医学中所说的"癔病"，也叫"歇斯底里"。具有"癔病"潜质的人容易接受外来的或自我的心理暗示，并且很快将这种心理暗示通过身体表现出来。沈从文小说中的"落洞女子"即属于此类。另外，民间的巫婆、神汉，萨满教的巫师，东北的马仙，都是如此。而且，"癔病"是可以传染的，尤其在公共场所，一个有"癔病"潜质的人看到另一个正在发病的人，自己可能马上就表现出相似的症状。治疗这种"癔病"其实也很简单，如果医生诊断来人是"癔病"，于是对病人说，我这有一种针对你这种病的特效药，只要打一针马上就会好。然后给病人打了一针生理盐水，病人果然马上就好了。以其他的方式进行心理暗示同样管用，如画符念咒，做法事等等。前提是，病人必然相信，只有这样，才能给他一个积极的心理暗示。

后者，则与能量有关。《黄帝内经》曰："正气存内，邪不可干。"这种被"附体"的大多自身正气不足，或曰阳气不足。当他们经过某种场所，遭遇到某种看不见摸不着的能量时，这种能量同样也是携带了某种信息的，会引起他们的身心发生某种变化，表现出"附体"的种种症状，或出现某种正常状态下不会有的功能。这种"附体"的清除，仅仅用心理暗示难以见效，必须用能量来清除。利用针灸、中药或祝由术，可以将这种对人的身心健康不利的能量给打散，并排出体内。

在"附体"状态中，可能出现一些正常人不具备的"特异功能"。这些所谓的"特异功能"也不神秘，其实就是人的本能或潜能。但是，"附体"在大多数情况下，对人的身心健康是不利的，会消耗人的元炁。

古希腊德尔菲神庙的墙上刻着一句话："人哟，认识你自己！"但自有人类以来，人们对于自身这个小宇宙的认识一直是非常不足的。现在自然科学虽然能制造出各种各样精密的仪器、设备，能发射航天飞机，能将地球炸毁 N 遍，却无法制造出哪怕最简单的生命，原因是现代科学对于生命的认识仍然非常有限。

我对于"附体"现象的这种解释，同样也是现代科学难以验证的，部分理论来自我对于生命与自然的内证。古人云："姑妄言之姑听之，豆棚瓜架雨如丝。"读者诸君何妨把这种解释当成是"天方夜谭",或者茶余饭后的闲话。

布留诗云:"神鬼附体事渺茫,失惊打怪转仓黄。阴阳调和元炁足,一念不生自康强。"

守拙歸園田

乙亥二月刊秦松林堂龍海

第四章

从丹道解读中国文化

丹道，修的是天道

中国传统文化，都有一个共同的来源，即都是从中国古代的天文学里生发出来的，如河图、洛书、《周易》《道德经》《黄帝内经》等，都是如此。天文学所揭示的天体的运行规律，古人称之为"天道"。因此，中国文化的特点是以"天道"统领人道，以"天道"阐释人道，而对"天道"的论述最为深刻与完善的，就是道家。是故，英国汉学家李约瑟说："中国文化就像一棵参天大树，而这棵大树的根在道家。"

然而，如陶潜诗云："天道幽且远。"对于天体的运行规律，参透的人本来就不多，传至后世，懂的人越少，越来越不能被普罗大众所知，因为大众不能理解，所以称之为"玄学"——其实，所谓的"玄学"，就是阐释与推衍"天道"的学问。田艺蘅《留青日札·大明大统历解》曰："盖天道无端，惟数可以推其机；天道至妙，因数可以明其理。"在普罗大众眼中的"玄学"，其实恰恰就是中国传统文化的精华与核心所在。

中国文化是一种非常早熟的文化，其所达到的高度甚至远远超越了当代西方最前沿的自然科学，而且其思想内核与西方最前沿的自然科学是相通的。这个问题，美国物理学家卡普拉在其《现代物理学与东方神秘主义》一书中有非常详尽的论述。几千年前，我们的老祖宗就在谈论天体的运行对地球上的物候、气候与人类的健康之间的关系（司马迁称之为"究天人之际"），而且有些天体远在银河系之外，这是一种多么伟大的文明呀。2017年，三位西方科学家发现了世界上第一个生物钟基因，因此获得了诺贝尔医学奖，而在几千年前，我们的老祖宗早就发现了生物钟的存在，并且揭示了其产生的秘密——原来，人类的生物钟并非自己能设定了，而是由人体以外的天体的周期性运动所设定的。换言之，如果把人比作一台电脑，那么，这台电脑应该怎么运行，早就由程序员设计好了，一定得按设定的程序运行，否则就像电脑中了病毒一样，会导致系统的崩溃，甚至造成硬件的损坏。也就是说，"天道"决定了"人道"，"人道"必须顺应"天道"，否则必定会受到惩罚，即所谓"自作孽，不可活"。"天地不仁，以万物为刍狗"——你要与天斗，与地斗，于天地何伤，谁吃亏？吃亏的肯定是你自己。

丹道的修炼必须顺应天道，其原理也只有运用天道，才能得到合理的解释。"天道"一方面是天体的运行规律，另一方面则表现为由天体的运行规律所决定的人体运作的机制与机理。道家称人体为"小宇宙"，人体以外的无穷无尽、无边无际的空间为"大宇宙"。"小宇宙"是由"大宇宙"决定的，且与"大宇宙"同源同构，"通天下一气耳"，"大宇宙"的运行规律即为"小宇宙"的运行规律。

《易传·系辞下》云："古者包牺氏之王天下也，仰则观象于天，俯则观法于地，观鸟兽之文与地之宜，近取诸身，远取诸物，于是始作八卦，以通神明之德，以类万物之情。"所谓仰观俯察，无非都是探究"大宇宙"的运行规律，然后用这种规律去统领与阐释包括人在内的万事万物的运作规律。《黄帝内经》云："夫道者，上知天文，下知地理，中知人事，可以长久。"讲的也是天人同构，天道统领人道的道理。

丹道的修炼，无非就是一个能量不断积累的过程。但是，"小宇宙"的能量毕竟有限，一定得从"大宇宙"摄取足够的能量，才能完成肉身的转化过程。丹道修炼所需要的能量是不能从食物或药物中获得的，道家称这种能量为"先天炁"，又叫"元炁"或"原始祖炁"，是一种阴阳没有分化、浑然一体的能量，源于体外的"大宇宙"。人体本身也有"先天炁"，这种"先天炁"藏于肾，故有"肾为先天之本"的说法。人一出生，所秉受的

"元炁"就已经定了，是一个定数，普通人是没法增加的，这就叫"命"。也就是说，对大多数人而言，命是没法更改的。《黄帝内经》第一章"上古天真论"，女子七七、男子八八那一段，讲的就是人的整个生命的历程，就是一个"元炁"不断衰减的过程，"元炁"耗尽了，我们的生命也就到了尽头。所以，道家养生的第一原则就是"以后天养先天"，尽量减少先天能量的消耗，因为先天能量是没法增加的，而后天能量则可能通过食物得到弥补。不过，后天能量的获得也需要消耗先天的能量，所以，"以后天养先天"就是要以最小的先天消耗获得身体所需的后天能量——这一过程，必须顺应上面所说的两个方面的天道。

然而，对于丹道的修炼而言，光是降低消耗，即节流还不行，必须得开源，即增加"元炁"的问题，改变那个定数，即得改命。怎么改呢？一言以蔽之，得会偷。这个偷指的是"偷天盗地"，而不是偷他人之财物——此即《阴符经》里说的天地人三才互盗："天地，万物之盗。万物，人之盗。人，万物之盗。"

"先天炁"在天地间虽然取之不尽，用之不竭，但人呱呱坠地之后，人与天之间的脐带已经剪断了，元神退位，识神当家，没法获得这种能量。《庄子·内篇·应帝王》曰："南海之帝为儵，北海之帝为忽，中央之帝为浑沌。儵与忽时相与遇于浑沌之地，浑沌待之甚善。儵与忽谋报浑沌之德，曰：'人皆有七窍以视听食息，此独无有，尝试凿之。'日凿一窍，七日而浑沌死。"七窍凿而浑沌死指的就是后天的状况，只有重入混沌，回到父母未生之前，回到开天辟地之前，即进入先天，才能实证"先天一炁自虚无中来"。

至于怎么才能由后天返先天，我曾经说了八个字，即"脑袋放空，经络打通"。那么，怎么才能做到"脑袋放空，经络打通"呢？其实，《黄帝内经》已经交待得清清楚楚、明明白白了。丹道丹道，修的就是天道，一方面是天体的运行规律，另一方面则是由天体的运行规律所决定的人体运作的机制与机理，如此而已。《阴符经》曰："观天之道，执天之行，尽矣。"

易经是可以内证的

自汉魏伯阳读《黄帝内经》《道德经》及《易》后著《周易参同契》，托易象而论炼丹，参同大易、黄老、炉火三家之理而会归于一，丹道就与易道结下了不解之缘，后世丹经，鲜有不受其影响者。

是故，《周易参同契》被尊为"丹经之祖"与"万古丹经王"。从某种意义上说，《周易参同契》开启了言说丹道的一种新的语言范式，即以易理阐释丹理，但在对于丹道原理的把握与理解上，则远远不及《黄帝内经》与《道德经》。而相比于《黄帝内经》，《道德经》又过于高大上，不太接地气，这就是我常说《周易参同契》其实不算什么"万古丹经王"，《黄帝内经》才是最好的丹经的原因所在。

《易经》其实来自于中国上古的天文学与数学，讲述的是阴阳二气的变化规律，以及这种规律对于人类的影响，换言之，讲的就是天地的运行之道，即"天道"。由于"人体小宇宙，天地大人体"，天地的运行规律就是人体的运行规律，人体的运行规律即"天道"（天地的运行规律）在人体中的体现。所以，通过人体的"内证"，可以亲证并参悟"天道"，也就是说，易经是可以"内证"的，我们称之为"身内易"。

《悟真篇》曰："道自虚无生一气，便从一气产阴阳，阴阳再合成三体，三体重生万物张。"这是对《道德经》"道生一，一生二，二生三，三生万物"的诠释，此之谓顺则生人生物，由无极而生太极。我们生活在一个混沌已凿、天地已开，有阴阳、有时空、有对立的后天的世界之中。大多数人对先天无极没有体验，所以不知先天无极为何物，也难以理解何为"无中生有"。

但是，丹道的修炼一定要从太极的世界复归于先天无极的境界，此即逆则成仙成佛。太极世界是有象有形有名、有生灭有成毁、有五行象数的

"变易"的世界，而无极是无象无形无名、无始无终无体、超五行象数的"不易"的世界。

由太极向无极跃迁，必然要经过一道门，我们称之为玄牝之门，又叫玄关一窍。这是存在于圣俗之间的一道过渡之门或断裂突破点，既是隔离之门，又是通道之门，既是顿开之门，又是顿闭之门。

《道德经》曰："致虚极，守静笃。万物并作，吾以观其复。夫物芸芸，各复归其根。归根曰静，静曰复命。"这一段描述的就是玄关一窍的开启，由无极生太极，复归于无极的过程。在玄关的开与合以及进与出的过程中，我们既"内证"了由先天生后天的"后天易"，又"内证"了由后天返先天的"先天易"。

丹道是先天无为的境界

《金刚经》云："一切圣贤，皆以无为法而有差别。"对这句话，有种种不同的解释。其实，弄懂这句话的关键不在于区别有为与无为，而在于搞清楚"差别"的主体到底是"圣贤"之间还是"圣贤"与普通人。

《黄帝内经》曰："智者察同，愚者察异。""圣贤"之所以为圣贤，在于他们能在森罗万象的现象后看到同样的东西，所谓"月印万川，只是一月"，即圣贤看到的是同一个东西，而且是通过对"无为法"的体悟看到的，这让他们与普通人"而有差别"。

熟读丹经或熟悉丹道的人，都知道"由后天返先天"与"由有为到无为"这两句话。后天是太极的境界，有阴阳，有分化，有对立，是有为的；先天则是无极的境界，阴阳未分化，没有时间空间，也没有对立，是无为的。丹道的修炼虽然须从小处着手，却也必从大处着眼，入手法门是后天有为的，但其着眼处却是先天无为的，所以，未入先天，莫言丹道——在此意义上，丹道不是一种功法，而是一种境界，即先天无为的境界。既然如此，丹道没法传，也没法练，可以传的只是入手法门，可以练的只是后天之术。进入先天境界之后，什么都不需要做，需要的只是守住这个境界，让自己定在这个境界中，而定于其中的前提就是"身心如如不动"。至于丹经上说的什么"结丹"，什么"元婴"，什么"阳神"出窍做功，尽是小说家言，不足信也。

真正的丹是无形无象的，指的就是"先天炁"，来自于天地之间，并决定了人类寿命的上限，藏于人体则为肾气。《黄帝内经》第一篇"上古天真论"，讲的就是这个原理：

帝曰：人年老而无子者，材力尽邪？将天数然也？岐伯曰：女子七岁肾气盛，齿更发长。二七而天癸至，任脉通，太冲脉盛，月事以时下，故有子。三七肾气平均，故真牙生而长极。四七筋骨坚，发长极，身体盛壮。五七阳明脉衰，面始焦，发始堕。六七三阳脉衰于上，面皆焦，发始白。七七任脉虚，太冲脉衰少，天癸竭，地道不通，故形坏而无子也。丈夫八岁肾气实，发长齿更。二八肾气盛，天癸至，精气溢泻，阴阳和，故能有子。三八肾气平均，筋骨劲强，故真牙生而长极。四八筋骨隆盛，肌肉满壮。五八肾气衰，发堕齿槁。六八阳气衰竭于上，面焦，发鬓斑白。七八肝气衰，筋不能动。八八天癸竭，精少，肾脏衰，形体皆极，则齿发去。肾者主水，受五脏六腑之精而藏之，故五脏盛，乃能泻。今五脏皆衰，筋骨解堕，天癸尽矣，故发鬓白，身体重，行步不正，而无子耳。帝曰：有其年已老而有子者，何也？岐伯曰：此其天寿过度，气脉常通，而肾气有余也。此虽有子，男不过尽八八，女不过尽七七，而天地之精气皆竭矣。帝曰：夫道者，年皆百数，能有子乎？岐伯曰：夫道者，能却老而全形，身年虽寿，能生子也。

也就是说，人的生命历程就是一个肾气不断衰减的过程，而每个人的

肾气一出生就是"定数"，对普通人而言，没法增加。当肾气耗尽时，人
的生命也就到了尽头。只有得道之人，才能"却老而全形"。那么，什么
是得道之人呢？《黄帝内经》曰：

　　黄帝曰：余闻上古有真人者，提挈天地，把握阴阳，呼吸精气，独立
守神，肌肉若一，故能寿敝天地，无有终时，此其道生。中古之时，有至
人者，淳德全道，和于阴阳，调于四时，去世离俗，积精全神，游行天地
之间，视听八达之外，此盖益其寿命而强者也，亦归于真人。其次有圣人
者，处天地之和，从八风之理，适嗜欲于世俗之间。无恚嗔之心，行不欲
离于世，举不欲观于俗，外不劳形于事，内无思想之患，以恬愉为务，以
自得为功，形体不敝，精神不散，亦可以百数。其次有贤人者，法则天地，
像似日月，辨列星辰，逆从阴阳，分别四时，将从上古合同于道，亦可使
益寿而有极时。

　　由此可以看出，所谓得道之人，是能时时遵循天道的人。《黄帝阴符
经》曰："观天之道，执天之行，尽矣。"而丹道之原理，《阴符经》则讲
得比《黄帝内经》更为清楚：

　　天地，万物之盗；万物，人之盗；人，万物之盗。三盗既宜，三才既安。
故曰：食其时，百骸理；动其机，万化安。人知其神而神，不知其不神之
所以神。日月有数，大小有定，圣功生焉，神明出焉。其盗机也，天下莫
能见，莫能知。君子得之固躬，小人得之轻命。

　　换言之，丹道修炼之要点即在于"偷天盗地"，盗天地之灵气（先天
炁）为我所有，从而延年益寿，开启逆生长之旅——而只有进入先天无极、
天人合一的状态（人能常清静，天地悉皆归），才能偷得了天，盗得了地，

以增加肾气的量，而肾主骨，肾气足则骨密度会增加——除了精气神比常人好以外，骨密度是修炼丹道有成的人最重要的一个可以用西医的检测手段验证的指标。

人人都具有内证的能力

《韩非子》曰：郑人有欲买履者，先自度其足，而置之其坐。至之市，而忘操之。已得履，乃曰："吾忘持度！"反归取之。及反，市罢，遂不得履。人曰："何不试之以足？"曰："宁信度，无自信也。"

很多人看了这个小故事，可能都觉得这位郑国人真傻，鞋合不合脚，穿上试试不就知道了么，为什么一定要用尺子去量呢？然而，我们在嘲笑他人时，有没有想过，在很多时候，我们可能正是自己嘲笑的那种人。不说别的，现在很多人都迷信西医用各种高大上的仪器、设备检测出来的数据、指标，所以，不管西医的治疗如何让自己不舒服，如何让自己的病情越来越严重，甚至最终因此走向死亡，都无怨无悔、视死如归。这类事情经常发生在我们的身边，而且大多数人并不认为西医的治疗方式有什么错误，却认为自己或病人得的是"绝症"，就算死了，也怪不得医生。各种大众媒体不停地在向大众灌输一个观念，即要"相信科学"。因此，在大众的潜意识里，"科学"即代表"正确"，而西医是"科学的"，所以西医是"正确的"。每年，不知有多少人因为这种愚蠢的、错误的认知付出了惨重的代价而不知道。我们认真地反省一下自己——我们真的比郑国人聪明么？

相信尺子，就是"外证"，而相信自己身体的各种感觉，就是"内证"。在大众的认知里，觉得现代科技已经非常发达了，似乎科技能解决人类的一切问题。然而，在生命面前，科技则显得非常苍白。不说别的，现代科学能制造出最简单的单细胞生命么？不能。这说明即便是最简单的生命形式，其复杂性也远远超出了人类目前的认知能力，更何况像"人"这样复杂的生命形式。既然对人类的身体及生命是如此无知，你凭什么理直气壮地认为自己有能力对活生生的人类机体进行修理、改造、切割及其他各种形式的人为干扰呢？我对这种行为的评价只有一句话，即无知者无畏。然而，恰恰是这种野蛮、狂妄、无知的行为，却获得了世界上大多数人的认同——有时想想，人真是一种奇怪的生物。我曾经说，如果把人的身体也看成是仪器的话，恐怕世界上没有任何一种仪器或设备比人体更复杂、更先进、更精妙，那么，通过人体这一仪器得到的各种数据（即身体的各种感觉）是不是比从任何仪器所得到的数据更可靠、更具备诊断价值？换言之，即人体的"内证"比各种仪器或设备的"外证"更可靠。

很多人将"内证"看成是一种非常高大上的玩意，认为"内证"是道德高尚、修为高深的修行者所具备的超出常人理解范围、现代自然科学无法解释却真实存在的能力。其实不然，人人都具有"内证"即自我感知的能力，只不过，这种"内证"能力分为不同的层次罢了。

我喜欢喝茶，也有不少茶友。但是，我在喝茶的时候，对茶的感知仅仅停留在鼻与舌的层面，即只能闻到茶的香，尝到茶的味。然而，很多朋友则不仅能闻到茶的香，尝到茶的味，还知道茶气是否充足，进入身体之后是怎么走的。据说，明朝大文学家张岱能喝出是什么茶，产地在哪里，什么时候采摘，用什么工艺制作，存放了多少年，用什么水冲泡的。以上，可以说是对茶不同层次的"内证"。"内证"层次高的人并非就有什么"特异功能"，只是在某一方面的感知能力特别灵敏、精密罢了。

那么，丹道的修炼与内证到底有什么关系呢？我们知道，丹道是道家（并非道教）修仙的法门。而且，道家认为，纯阳为仙，纯阴为鬼，人则半阴半阳。也就是说，阳气越足，离仙越近，阴气越重，离鬼越近。换言之，要想成仙，就得不断地提升自己的阳气，最后达到纯阳之体。我通过练功发现，五官的灵敏程度取决于阳气——这一发现也被我的弟子们所证实。练功一段时间后，我们普遍地会怕空调、怕风扇，能感知到各种让我们不舒服、可能对我们的身体造成伤害的气场，能感应到一天中及节气的变化带来的阴阳二气的消长等等。此外，我们的嗅觉也会明显地增强，能闻到各种常人闻不到的气味，而在闻某种气味的同时，舌头可能也会尝到这种气味。也就是说，随着阳气的提升，我们五官的灵敏度或感知能力都会不同程度地增强。

除了对外部事物的感知，还有对身体本身的感知。如练功到一定层次，大小周天会自转，自转的时候，本人是知道的，如此就可以内证十二正经或奇经八脉的运行路线与运行方式。当你的阳气很足的时候，这时，气可能就不走经络了，而是像往瓶子里加水一样，慢慢地漫上来。当漫到头顶之时，整个身体就好像空了一样，如同一个打满了气的气球，而且头顶会产生非常舒服的清凉感。

人只是一个小宇宙，其自身的能量非常有限，因此，丹道的核心是要进入先天无极（即禅定）的状态，偷天盗地，盗天地之灵气为我所有。当这种超出常人数量级的能量在体内运行时，其对某些部位神经的刺激超过一定的阈值，就会出现"内视"。像我，曾经内视到自己的中脉与左肾，我一弟子内视到了自己的骨头，另一弟子内视到了自己的胃与子宫。真正的内视是自动出现的，并非观想或意念的产物。

此外，在功态中，我们还有可能看到各种各样的幻象。这些幻象往往是我们的潜意识所幻化出来的，信佛的看到佛，信神的看到神，如龙门派的高道王常月就看到了斗姆下凡。在这种情况下，当知"凡所有相，皆是虚妄"，千万不要认假作真，认为自己修炼有成，佛菩萨或神仙下来接引你了，如果那样，可就会走火入魔了。

总之，别把"内证"给神秘化了，也不要认为"内证"不靠谱。如果想学习中医，了解人体运作的机制机理，"内证"只怕是最佳的入手法门。

习武，其实练的是医理

我曾不止一次说过，我虽然只是一介书生，从未正儿八经地拜师习过武，却可以指导别人练武。很多人不理解，认为我是在吹牛——一个从未练过武术的人，凭什么指导别人练武？自然，我在技击上指导不了任何习武之人，但我却可以增强他们的技击能力，而且可以让他们将训练过程对自身的伤害降到最低，以最少的消耗获得最大的产出。

传统武术界有一句行话，叫"练拳不练功，到老一场空"。拳是拳术，功是内功。拳术的主要功能在于技击，而内功则不但能增强技击能力，而且可以强身健体，益寿延年，甚至可以由此"以武入道"。传统武术分为外家拳与内家拳两种，外家拳属于横练的功夫，与西洋武术的训练方式有很多相通之处，重视肌肉力量与身体局部骨密度的训练，但对身体的伤害比较大，容易引起肝阳上亢。练习者往往脾气都很大，一般都不长寿，容易得心脏病或脑溢血死亡。

内家拳则不然，重视内功的练习，只是各门各派练习内功的方式不一样罢了，而其原理则是相通的。通常将"太极、形意、八卦"称为内家拳，其实，若无内功的支撑，不管太极、形意还是八卦，都是空架子，其技击能力可能还不如练外家拳。而且，在内功的练习上，得到真传，且能将功夫练上身（即所谓"易筋、易骨、易髓"）的人非常少，所以现在很多练习内家拳的人也是虚有其表，都是花架子，没什么用，甚至还伤身体。现在，到处流行"太极操"或"太极舞"，很少能看到真正的太极。很少有人知道，这些"太极操"或"太极舞"也有可能对身体造成伤害，而且伤的不仅仅只是膝盖，还有可能伤元炁，折损人的寿命。

从养生的角度来看，锻炼或练功实在是一门大学问——练什么，怎么练，练多少，在什么时辰什么地点练，都大有讲究。就算那些得到内功真传，能将内功练上身的人，也未必参透了这一门学问，往往可能同样会死于自己的无知。

到底有没有一种既能将功夫练上身又不伤身体甚至还能延年益寿、入道改命的练习方法呢？答曰：有。这种功夫就是丹道，只是鲜有人知道修习丹道应该怎么入手，其原理是什么，应该遵守什么原则。就算很多门派的祖师爷们能够打开玄关，进入丹道的神妙世界，他们仍然说不清其所以然。我曾经为了研究丹道整整花了五六年去读丹经，最后发现，最好的丹经是《黄帝内经》，真正能将丹道的原理与修习丹道应该遵守的原则讲透的也只有《黄帝内经》。至于将《周易参同契》奉为"万古丹经王"，我是绝对不认同的——中国传统文化中最好的经典都出在先秦。如《周易》《道德经》《庄子》《黄帝内经》《阴符经》，随便哪一本都远远胜过《周易参同契》，这些都可以算是丹经。此外，佛家的经典，如《心经》《金刚经》《楞严经》等，何尝不也是丹经呢？我将丹道参透以后，总结出了9个字的口诀（不便公开），按照这9个字去做，不但能养生、能调病，还能入道。不管何种锻炼方法，只要违背了这9个字界定的原则，必定会伤身体的。用这9个字，别人的东西瞄一眼就能看清，知道那玩意的缺陷在哪里，为什么不能练，应该怎么改善。然而，这9个字并非我的独创，其实全部都来自《黄帝内经》，只是几乎没有人能从字里行间发现它的存在罢了。

丹道修的是先天，所遵循的是天道。只有进入先天，才能够"偷天盗地"，获得来自宇宙的高能物质，这种能量道家称之为"先天炁"。这玩意人类其实天生就有，只是有定数，属于那种用一点少一点，用完人的生命就到了尽头的东西，藏于肾，故有"肾乃先天之本"之说。进入先天，"偷天盗地"，自然肾气足，肾主骨，所以骨密度会增加。当这种能量积累到一定程度时，会使人类身体的物质结构发生改变，这在佛经上称为"转化色身"，舍利、肉身不腐、虹化、清风成就等神秘的生命现象，其原理都是这个。

《黄帝内经》讲述的即是天道，所遵循的也是天道，因此是不折不扣的中国传统文化的原典。中国传统文化都来自一个共同的根，即中国古代的天文学，河图、洛书、《周易》《黄帝内经》《道德经》都是从这条根上生长出来的。司马迁在《报任安书》里提到的"究天人之际"就是中国传统文化的核心所在，换言之，就是我们常说的"天人合一"。

武医道是一体的，习武之人若不通医理，怎么死的都不知道。习武其实练的就是医理，若不通医理，不明人体运作的机制机理，就算练对了，那也是碰对的，仍然免不了"盲修瞎练"之讥。我一介文人，之所以能指导别人练武，原因即在于此——我通医理，明天道。

不能把气功当成丹道入手法门

"气功"一词，最早见于晋代道士许逊所著《净明宗教录·气功阐微》中，据学者考证，此书乃后世托名之作。就算如此，"气功"一词的出现最晚也在隋唐时期。《中山玉柜服气经》曰："气功妙篇，气术之道略同……"然而，"气功"这个词虽古已有之，但古人用得却并不多，直到刘贵珍出版了《气功疗法实践》一书，译成了外文，并在20世纪50年代建立了北戴河气功疗养院，"气功"在国内外就传开了。

自古至今，"气功"一直没有一个清晰明确的定义，似乎中国传统所有的保健、养生、祛病的身心锻炼方法都可以装进"气功"这个大框，甚至连"丹道"也被装了进去——这种概念上的模糊与混乱，让我们无法看清"气功"的本质。在我们研究传统养生术时，这也是不得不扫清的障碍。

"气功"到底是什么呢？什么属于"气功"，不属于"气功"，这确实很难界定。最明智的做法就是不用"气功"这个词，否则，难免会引起争议。以我个人的浅见，古人所说的吐纳、导引、静坐、坐忘、禅定、胎息、坐禅等等，都不属于"气功"的范畴，尤其是"丹道"，更是与"气功"没有半毛钱的关系。

在百度百科，有一种对于"气功"的界定，倒是最接近于社会上流传的最广泛的"气功"形态——"从气功作用的心理生理学过程看的话，可将气功定义为：主要是通过使用自我暗示为核心的手段，促使意识进入自我催眠状态，通过心理—生理—形态自调机制调整心身平衡，达到健身治病目的的自我锻炼方法。"也就是说，在流行各种气功中，其共同的、最核心的因素即在于"自我暗示"的使用，用"气功"界的术语来说，即"意念"的使用。这个特点，确实与古代的丹经有着非常密切的联系。在包括《净明宗教录》在内的很多古代的丹经里，都有"存思""内观""守窍"等修炼法门，此外，用意念导引体内之气按一定经络运行，如走大小周天的，这些玩意，都可以归入"气功"的范畴。至于其他的，没有使用"自我暗示"（意念），都不宜放在"气功"这个框子里面。正因为使用了"自我暗示"（意念），才会出现"走火入魔"，也就是说，"走火入魔"是"自我暗示"（意念）的结果。

既然"存思""内观""守窍"等使用了"自我暗示"（意念）的功法（即"气功"）都是出自古代的丹经，为什么说"丹道"与"气功"没有半毛钱的关系呢？我曾经说过，"丹道"与其说是一种功法，不如说是一种境界。"丹道"重先天，只有进入了先天，才有丹道可言，而先天最重要的特点就是"无念"——这与"气功"要使用"自我暗示"（意念）恰恰是相反的。那么，为什么古人写的丹经上到处都是"气功"的内容呢？原因有二：其一，作者其实根本就没有实修实证，分不清丹道与气功的差别，不过是人云亦云、拾人牙慧罢了；其二，作者故布疑阵，将少量的真诀隐藏在大量的假象之中，让真诀既能流传后世，又不易被一些心术不正或资质不够的人得到。事实上，自古以来，没有一位得道的祖师爷会把"丹道"的入手法门写入丹经。入手法门不管在何门何派，都属于"秘传"的范围，需口耳相传，而且有"法不传六耳"之说。所以，我们用大拇指都能想出来，将丹经上的东西搬下来，当成一种功夫去练，肯定是练不出什么东西来的，相反，练出精神病来倒是大有可能——而"气功"正是 20 世纪 80 年代初"气功热"的时候，有一些人从古代的丹经上搬下来当成一种功夫去练的东西。

那么，将"气功"当成"丹道"的入手法门，是不是可行呢？答曰："绝对不可以。""气功"有百害而无一益，对任何人都没有好处的，不能练，怎么能成为"丹道"的入手法门呢？换言之，凡是"存思""内观""守窍"等法门，皆为误人子弟的小道、邪道，而世人却将这些玩意的"神效"吹得天花乱坠，甚至至死不悟，真是可悲复可叹。我们常听人说："唯有空空是大道。"既然如此，要"自我暗示"（意念）做什么呢？至于"丹道"真正的入手法门，既至简至易，又极为深奥，须弃圣绝智，谨遵天道，非普罗大众所能理解或臆测，对大多数人而言，非师传不可得而知也。

《黄帝内经》才是最好的丹经

我是由丹道转向中医的学习的。当年，我稀里糊涂进入了先天境界，把功夫练上身了，傻乎乎的，什么都不懂。为了搞清楚自己身上到底发生了什么事情，我开始读丹经，这一读就是五六年。

我是以将身上的东西与书上对照的方式来读的，读了五六年，结果发现读丹经没有任何用处。当然，对我还是有用处的，因为我先有实修实证，才能读懂丹经，并能分辨出丹经上说的哪些是对的，哪些是错的，从而参透丹道的原理。但是，对于一个没有进入先天的人而言，丹经简直就是天书，任他再聪明也没法知道它在说什么，而且没有任何人能凭读丹经练出功夫来。所以，我说读丹经没有任何用处。

除了发现读丹经对于普通人没什么用之外，我的另一个发现，就是，

《黄帝内经》才是最好的丹经。将近两百本丹经，被我都翻了一遍，但没有一本丹经能将丹道的功法、原理、心法与口诀都讲得清清楚楚、明明白白，只有《黄帝内经》将四者全讲透了。当然，与其他丹经一样，《黄帝内经》上也没有功法，更没有口诀，但原理与心法却讲得十分透彻，不过这一部分也隐藏得很深，没有过人的天赋，是看不见的——由《黄帝内经》暗含的原理与心法，我们是完全可以反推出功法与口诀的。

《黄帝内经》不但是中医的"圣经"，也是一部修炼的宝典，其中所有的章节都是修炼有成的人通过"内证"而写出来的——这也是为什么连国医大师们都不能完全参透《黄帝内经》的原因，因为他们没有"内证"功夫。像有些人在讲《黄帝内经》的时候，讲到后天部分头头是道，但一讲到先天部分，则错误百出，就是这个原因。现代人争论不清的经络学说（出自《黄帝内经》）的来源，其实古人已经讲得很清楚了。李时珍在《奇经八脉考》里说是通过"内景隧道"看到了，即"内视"所得。《黄帝内经》花了大量的篇幅讲元炁、经络、脏腑，讲"阳化气，阴成形"，讲天与人之间的关系、五运六气等等，其实丹道的原理就暗含在其中。试问：除内经外，哪一本丹经将这些问题都讲清了？没有。

我们通常称"山、医、命、相、卜"为"道门五术"，其中的"山"指的是修仙，也就是丹道。其实，"道门五术"是一个整体，都是"道"在不同方面的显现，而《黄帝内经》则非常精确地阐释了"道门五术"每一术的原理。由于这些东西太高深，不是普通人能读懂的，所以被世人称为"玄学"——然而，中国传统文化的一个内核是"玄学"，但"玄学"绝非迷信，而是非常超前的自然科学，以至于西方现代科学都不能完美地给出合理的解释。谁能想到，在几千年以前，我们的老祖宗就在谈论天上星星（有些在银河系以外）的运动对我们地球上的物候、气候与人的健康会产生什么样的影响，而且完全可以得到验证——这是西方现代科学都难以企及的文明程度。西方人 2017 年才在分子生物学层次上证实了"生物钟"的存在，而我们的老祖宗几千年前就在《黄帝内经》里将生物钟讲得清清楚楚了，如子午流注、人神禁忌、二十四节气、一年四季、六十甲子、五运六气等等，都是不同层次的生物钟。

西方一些智者也意识到了华夏文明的伟大，如获得诺贝尔物理学奖的美国物理学家卡普拉就写过一本相当有影响力的书，叫《现代物理学与东方神秘主义》。该书认为，东方智慧的精神与西方科学本质上是协调的，西方最前沿的物理学思想与以老庄为代表的道家思想是相通的。不要天真地认为现代人的智慧一定胜过古人，现代人的文明一定胜过古代文明，未必如此。有人叫嚣祖宗就是用来超越的，豪气确实可嘉，但是，如此大言不惭的人不妨扪心自问，你有超越祖宗的能力么？你究竟在哪些方面超越了祖宗？中国传统文化有一个特点，即那些文化原典一出现就是一座后人永远也无法超越的高峰，如《道德经》《庄子》《论语》《周易》《黄帝内经》等。《黄帝内经》面世以后，曾出现过不少名医、大医，有哪一位敢夸口说自己能超越《黄帝内经》呢？

不管社会怎么变迁，科技怎么发达，几千年来，甚至几亿年来，人体始终没有变化，人体运作的机制与机理也没有变化。不管何门何派，不管修什么炼什么，总是离不开这个臭皮囊，换言之，必须要顺应人体运作的机制与机理——医理，即是所有修炼的总的原理，而这一机制与机理，在《黄帝内经》里已经讲得非常清楚了。在此意义上，《黄帝内经》即是最好的丹经，而《黄帝内经》中讲的"治未病"的最高境界，其实就是丹道。

修炼，回到人类本能的状态

朋友吴兄原为检察官，后辞职下海当起了茶农。他是位虔诚的佛教徒，学佛多年，与国内很多高僧大德都有联系。几年前，他因为身体不好，驱车到我所住的岛上（我称之为桃花岛），向我请教养生之道。我很直接地告诉他，他以前所学的都是纸上谈兵，没有任何作用。如果没有实修实证，佛经是读不懂的。要先有证，才能悟，而且有证未必能悟，无证则必定不能悟。

于是，一边喝茶，我一边授之以养生之道。其实，养生之道既是经，也是道，可以贯穿儒释道三家。此后一年左右，他的健康状态大有改观，并且由此修出了胎息，进入了禅定——在我指导的人当中，他是能进入禅定的年龄最大的一位。几天前，他在朋友圈发了一条微信，原文如下："如果没有体悟体证，凭自己的有限智能读懂佛经，打死我也不相信。"有了禅定体验，佛经上的文字在他眼里不一样了，他在其中读出了一点常人没法看见的东西。

一般认为，东汉魏伯阳的《周易参同契》是内丹学奠基的著作，开创了"丹道"修炼体系，故被后世尊为"万古丹经王"。我倒是认为，《周易参同契》过于繁琐，"丹道"这个词的出现恰恰意味着丹道的衰落。最好的丹经大都在先秦，越到后世，则越趋繁复，离大道也越来越远。我所喜欢的几部经典是《道德经》《阴符经》《黄帝内经》《清静经》《心印经》。另外，《心经》《金刚经》这两部佛经，也可以看作第一流的丹经。

"丹道"两个字只是名相，叫什么并不重要，并不影响它是什么。"丹道"虽然与宗教有千丝万缕的联系，但绝对不是宗教，因为在宗教产生以前，它就存在，甚至在人类一出现在地球上，它就已经存在了。"丹道"是什么呢？一言以蔽之，是生命科学。何为丹？阴阳和合谓之丹。阴阳没有分化的状态，混沌未开，无形无象，不生不灭，不垢不净，没有时间与空间，也没有对立，那就是丹。道者，不妨理解为道路。如此这般，我们可以把丹道理解为原始返终，回到天地未分以前的道路。老子曰：能婴孩乎？即是此意。若以有形有象之物为丹，大谈特谈什么"结丹""元婴"或"出阳神"，则谬矣，笑煞古人矣！

当然，我们可以把丹理解为"先天炁"。"先天炁"是一种无形无象、阴阳没有分化的能量。当我们"致虚极，守静笃"，进入"天人合一"的先天境界（佛家称之为"禅定"）时，"先天一炁自虚无中来"（即佛家所谓"真空生妙有"），"先天炁"会自动进入人的身体（此即《清静经》所说"人能常清静，天地悉皆归"的真义），"先天炁"在人体中的聚集会使人体的物质结构发生变化，佛经上称之为"转化色身"，《易筋经》所说的"易筋、易骨、易髓"中"易骨"以后的层次，必定有"先天炁"的参与，因为肾乃先天之本，肾主骨，肾气即是先天元炁。没有元炁的增加，骨如何能易？舍利子、肉身不腐、虹化、清风成就等的原理，就在于此，即都是"先天炁"转化色身的结果。《阴符经》的"天地人三才互盗"之说，将此阐释得非常透彻。在此意义上，我们可以说，道者，"盗"也，能偷天盗地，才算是入道了。修道修的是什么，即是偷天盗地的本事，《西游记》里的孙悟空偷蟠桃、盗仙丹，即是盗取"先天炁"的隐喻。换言之，丹道自始至终都是一种生命现象，与天与人之间非常态下的某种联系有关，而这种联系只有在先天状态下才会发生（丹经上谓之"玄关"窍开）。

　　先天的状态，其实是人类本能的状态，人人具足，在圣不增，在凡不减，本来无须修，无须证，也无所谓得。然而，随着欲望的增长，人类逐渐远离了这种本能的状态，落入了后天（被上帝逐出了伊甸园），也就丧失了偷天盗地的本能（《尚书》称之为"绝地天通"），只有极少数人还保留了这种本能，这些人就是最初的巫。到了后世，少数的人只有通过某种方法经过一定时间的训练，才能回归到人类本能的状态，并在其中亲历了某种"巅峰体验"，这些人后来便成了某一宗教的开创者，而他们所用的训练方法则成了后世所谓的"修（行）炼法门"。老庄倡导"弃圣绝智"，被后世一些不明就里的无知之徒批评为"反智主义"，宋明理学提出了"存天理，灭人欲"被人理解为对于人性的压抑，都是由于批评者不知先天为何物，故不明"嗜欲深者天机浅"的道理，而曲解了圣人的本意所致。

　　由上面的论述我们可以知道，所有的宗教修行，其最初的本意无非就是通过某种训练让人回到人类童年时的本能状态或曰先天状态，其内核即为丹道（或生命科学），只不过后来附会了很多神仙鬼怪与伦理道德之说，从而掩盖了宗教修行的本意，而那些宗教经典记录的大多是创教之人在先天禅定状态下的体验，所以，没有这种体验的普通人根本没法读懂这些经典——大多数情况下，所有的人都是在用自己的小聪明解读经典，以至于误读与曲解成了一种常态，最后的结果就是“假作真时真亦假”。

以天地的能量来提升自己

我没有练过武术，同样也没有学过风水，按照“没有调查就没有发言权”的原则，我似乎不太适合谈论这个话题。然而，我却用自己的身体实证了风水的原理及其客观性、科学性。虽然没有读过风水类的书籍，也没有拜师学过风水，但谈谈自己的身体感应到的风水，似乎也并无不妥吧。

我受过严格的西方自然科学训练，又是科班的西医，与大多数理工男一样，我原来并不相信风水，并且认为风水是江湖骗术。因为得重病的原因，为了自救，我稀里糊涂把功夫给练上身了，整个身体都变得非常敏感。我原来是单衣过冬，下雪天也洗冷水澡，夏天的时候，办公室的空调开到十六度，冷飕飕，还觉得很舒服。但自从功夫上身以后，我就变得怕空调、怕风扇。后来这么多年，深圳那么热的天，我就再也没有用过空调与风扇。

除了对空调与风扇敏感外，我的身体变得能感应到时辰、节气、地气、地磁与天气的变化。我的静功是睡功与梦修，都是自动出现的，并非我有意想进入某种状态。但是，进入这种功态往往与时辰、节气有关，一般来说，卯时与午时最容易进入功态，在节气转换前后一两天与初一十五前后，也更容易进入功态。夏天，有时候晚上喝茶太多，半夜难免起来小便，只要是寅时以后，就会觉得皮肤表面似乎有小火苗在燃烧。而且，第二天的太阳出得越大，这种感觉就越强烈。凭着这种感觉，我多次准确地预测了第二天的天气情况——与天气预报说的完全相反，但事实证明，我对了，天气预报错了。

我还发现，在有些地方容易进入功态，有些地方没那么容易进入功态。还有几次，当我走到某种地方时，感觉到地气与地磁电流一样地从我身体里穿过，可走开一两步，这种感觉就消失了。我反复验证了多次，感觉都是一样的，于是，我才敢确定，这并非幻觉——让我感觉强烈的那一小块地面的下面一定有些与其他地方不一样。我断定，这就是风水上所说的"穴位"所在。这些年，我也到过不少地方，其中包括终南山，但是，我去过的风水最好的地方却不是终南山，而是黄帝陵——这都是我身体的感觉告诉我的。走在黄帝陵的时候，就算在太阳底下，我整个头顶都是凉丝丝的，真是好一个清凉世界呀！

在研读丹经五年以后，我开始转向《黄帝内经》的学习，这让我对风水有了更深刻的理解。《黄帝内经》里的很多章节，都在谈天气、地气随着天体之间的相对运动而产生的变化，以及这种变化对于人类健康的影响，这不就是风水么？由天气、地气（包括地磁）共同组成的能量场就是风水，而不同的风水对人的影响也不一样，有的风水养人，有的风水伤人，有的风水适合于某种体质的人却不适合另一种体质的人。风水的核心其实就是中医的核心，也是丹道的核心，即我们常说的"天人合一"与"天人相应"。

风水往往是通过对人健康的影响来影响人的运势的，咱们常说，"身体是革命的本钱"，当我们的健康出现问题的时候，在做重大决策的时候，脑子难免短路，这运势能好么？如果健康受到更严重的影响，疾病缠身，生不如死，哪有人生幸福可言？

道家修行讲究"法侣财地"，其中的"地"就是说要找一块风水宝地修行，才能事半功倍。这种风水宝地，往往能量场比较强，而且这种能量是于人有益的，而修行修炼，无非就是要利用天地的能量来改造和提升自己罢了。

修炼离不离得开打坐

一提起修行、修炼或练功，很多人就会联想起打坐。经常有人会问我："你打坐么？"我回答道："不打坐，打坐没有用。"他们往往很是诧异——因为不管是他们从各种媒体上了解的，还是在现实生活中看到的，佛道的修炼似乎都离不开打坐。不打坐，你怎么练呀？

很多文章里列举了打坐的种种好处，似乎打坐有着包治百病的功效。如："打坐可以促进人体血液循环，消除生活中生起的烦恼，去除主观性的迷惑，是防治疾病、增进健康、修养身心的最佳方法……小则康强身体，祛病延年；大则开发潜能，弥纶天地。"我倒并不是完全否定打坐的养生功效，只是反对过分夸大打坐的功效罢了。打坐其实没有那么神，没什么通经络或促进血液循环的效果，它只是"性功"，不是"命功"，简言之，是静心的一种法门，而且未必是静心的最好法门。通过打坐把身体调好的人并不多见，但打坐惹出一身病来的倒是比比皆是，甚至会坐出精神病来。很多人不坐还好，一坐下来，杂念纷纷而来，比不坐时更乱，何曾有一丝一毫的养生功效。所谓的"打坐"，不过就是一个打坐的样子罢了。当然，也有人一坐下来，心确实静下来了，自然而然地，清气上升，浊气下降，其养生功效肯定还是不错的。只不过，一来太慢太耗时，二来心性的修炼功夫主要体现在日常生活中，要在事上磨练，而不是由打坐得来的。那些一上坐心就能静下来的人，一定是平时就拿得起、放得下的人，其功夫在"打坐"之外。

常人心中的"打坐"，只有"坐"之形，而未得"坐"之神。庄子曰："得意忘形。"得其意与神者，何必拘于形，又有何形能拘之——所谓"从心所欲，不逾矩"是也。反之，未得其意与神者，则必为形所拘，且无往不在牢笼之中，无所逃于天地之间。萧天石《道家静坐养生要旨》云："何谓静？一念不生之谓静。何谓坐？寂然不动之谓坐。何谓金？万古不易之谓金。何谓丹？阴阳和合之谓丹。"可见，凡拘于有形有象之"静"、之"坐"、之"金"、之"丹"者，皆未得静坐与金丹修炼之要旨也。是故，佛曰："若以色见我，以音声求我，是人行邪道，不能见如来。"

丹道的修炼，并不排斥打坐，但未必需要打坐。像我，虽然单盘、双盘、狮子坐、莲花坐、金刚坐……怎么盘、怎么坐都没有一点问题，但我却从不打坐。"抱朴堂"只练动功，不练静功，虽不练静功，却未必没有静功。"抱朴堂"的静功是睡功与梦修，而且要求在做梦时都要做到不动念。"抱朴堂"功法的命功即是性功，命功修好了，人自然会变得心气平和、恬淡虚无，此时静功也会自动出现。静功出现时，也就表明进入了玄之又玄的"众妙之门"，即入了先天之门，入了丹道之门。一切都是自然而然，水到渠成，不需要任何聪明，也不需要任何学识，相反，如果能傻一点，则更容易入门。

放下自我，与宇宙合一

我们经常听人说，某某人"很自我"或某某人"没有自我"，所谓过犹不及。自我过头了或没有自我，似乎都不是好事。

那么，"自我"到底是什么玩意呢？百度百科对"自我"的解释为：自我亦称自我意识，主要是指个体对自己存在状态的认知，是个体对其社会角色进行自我评价的结果。在我们的经验中，觉察到自己的一切而区别于周围其他的物与其他的人，这就是自我，就是自我意识。这里所说自己的一切指我们的躯体，我们的生理与心理活动。

弗洛伊德则认为，人格由本我、自我、超我组成。本我，位于人格结构的最底层，由人的先天本能和感官欲望组成，遵循快乐原则，只要求满足，不管满足是否可行或合理。自我，从本我中分化出来，位于人格结构中间层次，主要作用是调节本我和超我的矛盾。一方面，它反映本我的要求，另一方面又受超我限制，遵循现实原则，以合理方式满足自我的要求。超我是道德化了的自我，处于人格结构最高层次，由社会规范、价值观念内化而来，遵循道德原则，主要作用是抑制本我的冲动，对自我进行监控，并追求完善的境界。

我时常觉得人实在太渺小了。你想想，人只是地球上的一颗尘埃，而地球在宇宙中也是一颗微尘，人在宇宙中就是微尘中的微尘。我常对人讲，现在有两个人，一个人一辈子生活在一个小山村里，从未见过外面的花花世界，另一个人则游遍了地球上的所有地方，这两个人有差别么？没有差别。因为宇宙这个分母是无穷大，分子再大又能怎样呢？很多人想"挑战或超越人类的极限"，在我看来，这毫无意义，你的极限能大到哪里去呢？

在很多人的眼里，我似乎是一个"很自我"的人，其实，我根本就不需要自我。一个认为包括自己在内的人类很渺小的人，还会在意自己与他人那微不足道的差异么？我是对还是错，我比人家强还是人家比我强，有那么重要么？虽然我仍然还是"有自己的想法"，而且往往会直接说出来，但并非想证明自己比别人高明，或与他人一争高下，人家认同与否，与我其实并没什么关系。我已经很渺小了，你赞我不能令我更伟大，你毁我也不能让我更渺小。

人往往放不下的即是"自我"。用现在流行的话来说，人类喜欢"刷存在感"。西哲云："人类一思考，上帝就发笑。"实际上，人类大脑所思所想所造作的一切，都是小聪明，都跳不出上帝的"五指山"。既然如此，执著于"自我"又有何意义呢？

太"自我"的人，是不太适合修丹道的，因为丹道要求"识神退位，元神当家"，这个"识神"就是"自我"的创造者。你不放下"自我"，不把"自我"完全交出去，怎么能够与身外的大宇宙合一呢？宋明理学所说的"存天理，灭人欲"的本意也是如此，只有灭尽"人欲"，才能"一任天理流行"。

所以，我常对弟子说："傻傻地练功即可，不要想太多了。"而对进入先天之境的弟子，我则让他们"保持身心如如不动"。事实证明，在我的诸多弟子中，太聪明的人往往进不了先天境界（入道），而那些忠厚老实、简单质朴的人，则容易进入先天境界（入道）。《圣经》曰："当上帝关了这扇门，一定会为你打开另一扇门。"老子云："天之道，损有余而补不足。"确实是如此呀！

把人体阴阳五行调平衡

《清静经》曰："夫人神好清，而心扰之；人心好静，而欲牵之。常能遣其欲，而心自静；澄其心，而神自清；自然六欲不生，三毒消灭。所以不能者，为心未澄，欲未遣也；能遣之者，内观其心，心无其心；外观其形，形无其形；远观其物，物无其物；三者既悟，唯见于空。观空亦空，空无所空；所空既无，无无亦无；无无既无，湛然常寂。寂无所寂，欲岂能生；欲既不生，即是真静。"

其实，不管儒释道的哪一种修炼法门，都要求心要静，通常，我们称这种心性的修养为"性功"。但是，对于芸芸众生而言，最难得的恰恰就是这个"静"字，佛经上说，常人一秒钟就能产生八万四千个念头。念经也好，诵佛号也好，打坐也好，拜神仙拜菩萨也好，无非就是对治杂念的方式罢了。然而，只要一念不空，就入不了禅定（无极状态），不能"天人合一"，得到来身外大宇宙的能量（先天炁），以转化自己的色身。正因为杂念难去，所以，自古以来，求道者多如牛毛，得道者凤毛麟角。何况，对"丹道"来说，"得道（进入先天无极状态）"仅仅只是入门。

为了对治斩不断理还乱的杂念，很多人选择从"性功"入手，但往往收效甚微，事与愿违。西谚云："我播下的是龙种，收获的却是跳蚤。"用在这里，倒是很恰当的。杂念到底是怎么来的？我们的身心关系是什么？

如果这个原理不搞清楚，你怎么能有效地去除杂念呢？《孟子》曰："有诸内，必形诸外。"这个"念头"，属于"形诸外"的结果，而我们瞧不上的"臭皮囊"，才是"有诸内"的原因。也就是说，人体的阴阳五行失衡，才是产生杂念的原因。我们如果通过某种方式把人体的阴阳五行调平衡了，杂念自然就没有了。所谓"菩萨畏因，众生畏果"，你从果入手，因未除却要去掉果，旧果纵去，必结新果；若从因着手，因去果必不能存，则事半而功倍也。

"抱朴堂"所倡导的养生思想，并非不知道"心性"对于健康的重要性，却并不从"心性"着手去修身养性，而是从"命功"入手，纠正常人"臭皮囊"阴阳五行失衡的状态，使之趋于"阴平阳秘"，成为"平人"。那么，这人不但身体好了，情绪也会变得很平和了，不去杂念而杂念自然少了，少数人还可以自然而然地进入禅定状态——这一切并非纸上谈兵的空洞理论，而是经过数百"抱朴堂"弟子的验证，对所有的人都是有效的，可重复的。

在练习"抱朴堂"功法的初期，往往会出现各种各样因人而异的排毒反应，如打嗝、放屁、拉肚子、流泪、流鼻涕、流口水、呕吐、长痘痘等等，甚至还有人练完了号啕大哭的，身体越差，往往反应越快。还有不少人，会出现多梦的现象。

梦，在《黄帝内经》里其实也是身体健康状况的反应，具有非常精确的诊断意义，故称之为"梦诊"。《黄帝内经》云："阴气盛，则梦涉大水而恐惧；阳气盛，则梦大火而燔焫；阴阳俱盛，则梦相杀。上盛则梦飞，下盛则梦堕；甚饥则梦取，甚饱则梦予；肝气盛，则梦怒；肺气盛，则梦恐惧、哭泣、飞扬；心气盛，则梦善笑、恐畏；脾气盛，则梦歌乐，身体重不举；肾气盛，则梦腰脊两解不属。"又云："厥气客于心，则梦见丘山烟火；客于肺，则梦飞扬，见金铁之奇物；客于肝，则梦山林树木；客于脾，则梦见丘陵大泽，坏屋风雨；客于肾，则梦临渊，没居水中；客于膀胱，则梦游行；

客于胃，则梦饮食；客于大肠，则梦田野；客于小肠，则梦聚邑冲衢；客于胆，则梦斗讼自刳；客于阴器，则梦接内；客于项，则梦斩首；客于胫，则梦行走而不能前，及居深地窌苑中；客于股肱，则梦礼节拜起，客于胞膻，则梦溲便。"

古人亦云"圣人无梦，愚人无梦"，因为圣人与愚人都没什么杂念，所以不会做梦。弗洛伊德则认为，"梦是欲望的满足"。由此可见，梦一方面是身体健康状况的反应，另一方面也是沉淀在潜意识中的人类欲望（杂念）的呈现形式。为什么有些人练了"抱朴堂"的功法之后，反而会多梦呢？从某种意义上来说，这与练功产生的身体上的"排毒反应"一样，是一种心理上的"排毒反应"，会将潜意识里的各种欲念全部翻出来，并以梦的方式释放出去。等清理得差不多了，也就自然无梦了。

在"抱朴堂"的静功中，还有"梦修"。其实，"梦修"是不修之修，并非在梦中练功。"梦修"状态与普通的梦，其产生的机理是完全不同的。处于"梦修"状态，是不能动念的，只要一动念，就会从梦中醒来，而且，醒来后，会发现自己的身体与平时不一样，会很舒服，有通电或被一个气团裹住一样的感觉。所以，我经常要求进入这种状态的弟子要做到在梦中保持"身心如如不动"。人体是一个小宇宙，身体外面是一个大宇宙，如果我们身体的经络比较通畅，睡觉的时候，与禅定的状态相似，可以接收到来自宇宙的能量（先天炁）。在我们的小宇宙被大宇宙带着运动时，由于先天炁的能量比较高，对神经产生的刺激也比较大。当超过一定阈值时，这种运动就能被我们的神经系统所感知，并传递给大脑皮层的某个区域，从而出现"梦修"。当然，"梦修"状态中，梦的内容往往也是潜意识的外显，如《金刚经》云，"凡所有相，皆是虚妄"。不能认假作真，起心动念，一动念，人就醒了，也就不能"借假修真"了。

智慧惹在遣性

守拙歸園田

乙亥三月刊泰梧林堂龍海

第五章

决定人寿命与健康的因素

道者，"盗"也

修道，这里指的是修丹道。

丹道重先天，玄关窍开，进入混沌，天人合一，证得"先天一炁自虚无中来"，才能算入门。《道德经》云："致虚极，守静笃，万物并作，吾以观其复。"即此之谓也。

欲入先天之境，须同时具备两大条件，其一曰经络畅通，其一曰一念不生。前者即命功，后者即性功，性命双修，即为丹道，从这两方面入手，即有可能进入丹道程序。

修炼丹道贵在"盗机"，然所谓"盗"者，乃强名也，实为"不盗之盗"，非真有"盗取"之意也。

"盗机"的前提是"知机"，即能感知虚空中能量强度的变化，并抓住能量最强的时机。

在虚空中能量最强的时辰，只要保持身心如如不动，即可盗天地之灵气为我所有。

内丹修炼是一种采矿术

内丹修炼其实是一种采矿术。不过，内丹修炼者采取的是一种无形无象、无穷无尽、遍布虚空的能量——先天一炁。

为了打开这一矿藏，首先我们得进入混沌。在那里，时间空间都尚未分化，也就是说，没有时间与空间。自然，有形有象的肉体之"我"根本无法进入其中。只有让自己达到"忘我"的状态，混沌之门才会向我们敞开。"芝麻开门，芝麻开门……"这个门一开，于是，奇迹便发生了，我们便进入一个神性的领域。

因此，道家最上乘的天元丹法，以坐忘虚无为宗，了性即是了命。碌碌众生很难参透其中的玄机，为何无为即可长生？无他，天元丹法的秘密即在"天人合一"与"天人合发"——当我们能放下万缘，一念不生（即进入初禅的境界）时，玄关（天与人之间的能量通道）就会打开，宇宙的能量就会直接进入人的身体（先天一炁自虚无中来），自动地帮你疏通经脉，同时也会让你产生类似做爱的强烈的身体的快感（大乐）。但是，只要念头一起，玄关马上就会关闭。这就是所谓的"一念不生全体现，六根才动被云遮"。

丹道在古代被称为"仙道"，并有"所传非人，将遭天谴"之说。如今洒家在此将丹道的秘密全盘托出，无异于泄漏了天机，但对世人将不无裨益。天将罪我罚我么？随他去吧！不过，心术不正之人纵使得诀，亦必不能进入混沌，盗取天宝，因心术不正之人必心有挂碍，做不到一念不生耳。

布留诗云："寻真莫访蓬莱岛，混沌之中有至宝。了却性命仙家事，胜如安期食巨枣。"

"腾讯的圣经"《失控》乃最上乘的"丹经"

在腾讯任高管的朋友告诉我，凯文·凯利的《失控》一书乃腾讯的"圣经"，马化腾给每位员工都发了一本，只是能将此书从头至尾读完的人却并不多。

在我看来，《失控》却是一部最上乘的"丹经"。《失控》所讲述的是巨系统或曰复杂系统的运作机理以及与这种系统打交道的方式——即不要以控制的思想与之相处，要相信系统的自组织与自我调节能力。

我们的身体比我们的后天意识（即小聪明）要有智慧得多——不要让自己的小聪明去干扰自己身体的运转，这便是最上乘丹道的心法。所以，天元丹法的理念是不控制，即不用任何意念，让识神退位，元神当家，把自己的身体完全交出来，与整个宇宙为一体，让它遵从宇宙这一巨大生命体的调节机制——无我方有真我。

很多丹经上都会提到"转河车"或"大小周天"，但人为地用意念引导河车或周天的运转，皆为中下乘法门，不值一提。其实，于上乘的修炼法门而言，河车是自转的，不需要任何后天的导引。不但自转，而且自停——静极生动，动极而静，一切皆自然而然。

为何只有花千骨才能承载洪荒之力

何为洪荒之力？答曰：洪荒之力乃混沌也，乃宇宙间一切力量的来源，生天生地，生人生物，乃创造万物的原始力量。天地未生之前，它已存在，天地已灭之后，它仍还在。

欲得洪荒之力，须六根清净，心地无邪，若有一丝杂念存，即无法承载洪荒之力，故小月与花千骨皆能承载洪荒之力，其他的人都不行，包括白子画都不行。

白子画当属剑仙派，他所修的并非最上乘的大道，而是中乘的法门，沙千陌也是如此。只有天真无邪的花千骨才具有修最上乘大道的潜质，可惜她拜了资质太差、执念太重的白子画为师，若是她能得到我的指点，一切都将会不一样。

布留诗曰："天真无邪六根净，此中自有洪荒力。心若生时杂念生，终日昏昏迷五色。"

人的寿命是由什么决定的

当我写下这个题目的时候，我并不知道通常大家是怎么回答这个问题的。于是，问了一下"度娘"。"度娘"给出的不外以下几种因素：遗传、环境、饮食、运动、情绪等。

不可否认，这些因素都会影响到一个人寿命的长短，但这些因素是以什么方式，通过什么机理来影响寿命的，却找不到一个统一的、合理的解释。

其实，咱们的老祖宗已经就这个问题给出了一个阐释力非常强大、可以将上述所有因素都囊括进去的答案，这个答案就是元炁，即人的寿命是由元炁决定的。

每个人出生之时，由天地及爹妈给他或她的元炁是一个定数，每个人天赋所秉的元炁是不一样的，这些元炁，是给他们用一辈子的。元炁耗尽了，人也就死了。从某种意义上说，这就是我们所谓的"遗传"因素。给人算八字，排四柱，算的也是这个玩意。

元炁又叫先天元炁，藏于肾中，故曰肾为先天之本。《黄帝内经》第一篇"上古天真论"讲的就是这个道理。所谓"天真"，即指先天禀赋的真元之气。

养生的目标，不外健康与长寿二者，这也是道家养生所追求的目标。健康与长寿是两个既有联系又有区别，有时甚至还互相冲突的概念。健康之人未必长寿，长寿之人也未必健康，既健康又长寿，才是道家养生的核心所在。

道家养生的一切，都与元炁有关，是故，《黄帝内经》才将"上古天真论"放在第一篇，这是《黄帝内经》的总纲。

有鉴于此，道家养生一般从两方面着手，一为节流，二为开源。节流者，即减少元炁的消耗或降低元炁的消耗速度。开源者，即为盗天地之灵气为我所用也。

《黄帝内经·上古天真论》曰："上古之人，其知道者，法于阴阳，和于术数，食饮有节，起居有常，不妄作劳，故能形与神俱，而尽终其天年，度百岁乃去。"又曰："夫上古圣人之教下也，皆谓之虚邪贼风，避之有时，恬淡虚无，真气从之，精神内守，病安从来。"

我常对人说，人类一切疾病（不包括先天性疾病）都是自找的，是由不良的生活习惯与不良的性情引起的。药物再好，医生再厉害，对你的帮助都是有限的、暂时的，病根就在于自己，因此，要想不生病或少生病，得从改变自己做起，即改掉自己的不良生活习惯与不良的性情，因为这些不良习惯与性情会堵塞你的气脉，或加快元炁的消耗速度。

所以，我教他们首先要修性，以避免为"内邪"所伤。"内邪"者，情志也。喜伤心，怒伤肝，思伤脾，忧伤肺，恐伤肾。只有做到了情绪平和，"恬淡虚无"，才能避免我们的内脏受伤。也只有这样，才能让减少我们与他人或这个我们生活于其中的世界的冲突，以免招来无妄之灾。

其次，要避免为"外邪"所伤。"外邪"者，"六淫"也，外界环境中一切不利于身心健康的因素也。调生活起居、调饮食、择风水，总之，顺应外界的与内在的自然，都是为了避免为"外邪"所伤，以减少元炁的消耗。

要想身体健康，适当的运动或锻炼是必不可少的。人们常说"生命在于运动"，这句话害了不少人，因为并非所有的运动都是有益于健康或长寿的。运动是把"双刃剑"，它的好处在于可以活气血，通经络，其不好之处在于运动必定造成元炁消耗速度的加快。但不运动又必然造成经络的堵塞，从而引发疾病，甚至因此引起元炁还没用完的死亡，即不能"终其天年"。所以，最好的运动是那种通经络的效果很好但元炁的消耗则很少的运动。运动，其实也就是道家所言"性命双修"中的命功。

以上讲的是节流，对所有的人都适用。至于开源，则只有极少数人能做到。

我们不妨将元炁看成是"负熵"。根据"熵增原理"，任何封闭的系统都倾向于向熵增，即混乱度增大的方向发展，是故，万物有成必有毁。因此，要想延寿，还有一种方法就是从系统外即人体这个小宇宙外引进负熵。前提是必须将人体变成一个在一定程度上对元炁开放的系统。开源的原理，《阴符经》里说得很清楚，即是天地人"三才互盗"。也就是说，对普通人而言，我们的元炁每时每刻都被天地偷走了，但当我们能将自己变成一个开放系统的时候，我们同样也能盗天地之灵气为我所有。在此意义上，道者，即"盗"也。偷天盗地的前提是经络（尤其是奇经八脉）打通，脑袋放空，即进入禅定（天人合一）状态。能盗天地，即能改命——就算自己先天元炁不足，是个元炁上的穷光蛋，一样可以变成亿万富翁。

有人曾举出某某人生活习惯不好，性格也不好，也照样长寿，而有些人没什么恶习，性格也很好，却照样短命的例子，以证明长寿与否其实与某种不良生活习惯、不良性情，或耗元炁很快的运动方式无关。其实这种证明是不成立的。因为，有的人先天很足，有的人先天不足，就像有些人出身豪门，再怎么挥霍，也不失为有钱人，有些人出身贫寒，却没有生财之道，再怎么节约，也是穷人。

纵览人类的科学史，即是旧的理论为新的理论取代的历史。新理论之所以能取代旧理论，并非表明新理论是"真理"，而旧理论就不是"真理"，而是因为新理论比旧理论具有更强的"阐释力"。元炁理论虽然是我们老祖宗提出来的"旧理论"，却有无比强大的"阐释力"，足以囊括现代人所有的"新理论"。

然而，元炁学说却被那些缺乏科学精神，迷信科学的"科学至上主义者"打入了"玄学"的冷宫。我却不得不说，元炁学说是非常超前、非常成熟的科学，以至于现代科学也没法理解。

美国物理学家卡普拉在其《现代物理学与东方神秘主义》一书中表明，西方现代物理学的核心思想其实是在向东方的老庄思想即"玄学"回归。而且，自相对论、量子理论、测不准原理出现以来，以牛顿力学为代表的机械唯物主义，以及"客观性"这个概念早已被现代科学抛弃了。作为中国人，我们更应该以新的视角重新审视我们的传统文化，尤其是"玄学"。

几千年来，正是"玄学"，才是我们文化的精髓，才是中国传统文化的瑰宝。

布留诗云："世人痴顽更多欲，到头却叹光景促。虚无恬淡乐逍遥，海水虽深不濡足。"

人的健康是由什么决定的

我们常听人说，某某身体很健康，稍有一点常识的人都知道，这里所说的"健康"即是很少生病。

所以，欲知健康为何物，须知"病"是怎么回事。

在中医里，"病"与"症"是分开的，所有的病是由于内脏发生了功能性或器质性的病变。内脏生病了，而"症"现于四肢五官——这也是中医望诊的依据所在。而西医则病症不分，往往将症当成了病来治，所以对大多数病的治疗方式其实是错误的。就算一个普通的感冒，西医的治疗方式也是错误的。如感冒流鼻涕，打喷嚏，在中医看来，这是症，是身体在排寒气，而病则在肺，寒气排完了，病也就好了。中医的治疗方面一般是通过药物帮助身体排寒气。而西医却将症当成了病，硬生生地用药物将"症"给止住，鼻涕是不流了，喷嚏也不打了，但寒气却留在了体内，埋下了下一次生病的种子。

此外，我们不要把"病"当成自己的敌人，其实，"病"是人体的一种自我保护机制。我们不妨将人体看成一个巨大的生态系统，当这个系统的平衡因某种内在的或外在的原因被打破时，系统就会通过生病的方式来恢复平衡，以保证人体最重要的器官——尤其是大脑的正常运作，否则，这个系统将会面临崩溃的命运。

　　既然病在内脏，那么，不生病或少生病应该也取决于内脏。内脏各有偏胜，五脏六腑对应着木火土金水五行。《黄帝内经》曰："阴平阳秘，精神乃治。"也就是说，内脏之间的阴阳五行的动态平衡，乃是健康的保证。这种平衡被打破，人体的自我平衡机制于是启动，表现为"病"。所谓"病"好了，即是这种平衡恢复了。

　　既然疾病与健康都与内脏有关，取决于内脏之间的阴阳五行的平衡是否被打破，那么，治病的原理在此，保持健康的原理亦在此。在此意义上，我们养生，也就是养内脏。

　　我们常听人谈到"内功"，却很少有人思考过何为"内功"。其实，所谓"内功"，即是内脏的功能，内脏的功能强大，内功就好。而且，传统武术界还将内功分为"肝木劲""心火劲""脾土劲""肺金劲""肾水劲"五种劲。四川岳门的主要功法即叫"脾土劲"。

　　要想身体健康，不但各个脏器要坚实，而且各脏器之间的阴阳要平衡。五脏六腑之间相生相克，内部有着非常复杂的协调机制。任何一脏如果得不到其他脏器正常的生克调节，这个平衡就会被打破。而主导各脏器之间的动态平衡的系统即是经络系统。因此，保持经络的畅通，是身体健康的必要条件。

　　运动具有通经络、活气血的功能，所以人们常说："生命在于运动。"但是，不恰当的运动则会造成代谢废物的堆积，不但消耗元炁，而且会堵塞经络。经络堵塞，五脏六腑过或不及的状态得不到及时的纠正，从而引发各种疾病。

　　现代社会，很多人追求"健美"，但健美与健康是两个完全不同的概念，而且在大多数情况下，是背离的。即，健美不等于健康，相反，健美在很大程度上意味着不健康，因为，当我们锻炼四肢或某个局部的肌肉之时，改变了全身气血或能量的常态分布，导致内脏没有得到充分的滋养而变得虚弱。这种人外面看起来似乎很强壮，但内脏却虚了。在元炁充足，而后天产生的水谷之气尚能维持机体的正常运作之时，可能不会表现出来，但到了一定年龄，所有的不良后果都会接踵而至。因此，那些玩健美的、搞拳击的、练武术的等等，往往并不长寿，而且老得快，年龄大了一身的病。

健康的原理就讲到这里，结合我在前面讲的长寿的原理，关于养生的基本原理，这两篇文章大致已经讲全了。

布留诗云："养生亦似烹小鲜，五味调和得永年。霸道岂如王道乐，饮鸩止渴祸在前。"

为什么不能玩"辟谷"

时下，辟谷已经成了一个非常巨大的产业，很多人为了解决自身的健康问题，求助于带有神秘色彩的"辟谷"。近些年来，这方面的从业人员也越来越多，相关的书籍也出版了不少，很多道教人士或研究道家文化的学者都参与其中，撰写文章，为辟谷站台。

近年来多家媒体接连爆出名人辟谷的消息，演艺圈大腕都公开表示曾练习过禁食辟谷。一方面在名人效应的带动下蔚然成风，另一方面目前以辟谷养生为主题开设的工作室或者培训机构和组织协会已经成了用来敛财的噱头，而且大多数人都是不明所以然地开始报名练习。

辟谷期短则三五天，长则半个月甚至更久，并号称能迅速清理体内垃圾、病变细胞及一些不自然的生长物，短时间内治愈肾炎、气管炎、高血压、低血压、胆囊炎等疾病——辟谷不但被包装成能包治百病的"道家养生"，甚至还有人声称"辟谷是人类的觉醒"。

不管辟谷被说得有多么天花乱坠，不管有多少专家、学者、名人捧它的臭脚，我都会非常肯定地告诉大家——辟谷伤身，并非如传说中说的那样养生。

我见过一个教人辟谷的，他的身体却非常不好，不到 50 岁，身上散发出一种只有老人身上才有的难闻的气味，一握手，又湿又冷，一身的阴气——如果辟谷真的管用，他的体内为什么还会有那么多毒素呢？一个身体如此差的人却教人如何养生，而且每周都能招一批学生带到终南山去"辟谷"，真是一件滑稽可笑的事儿。我对这些不长眼睛的学员只有四个字的评价——钱多、人傻。

我们日常生活中所需要的能量主要来自"谷气"，即食物消化后产生的能量。当我们不吃饭了，谷气的来源被"辟"掉了。为了维持生存，我们的身体会自动启动先天的能量来源——元炁。元炁是决定我们寿命长短的最重要的因素，道家养生的一个核心就是降低元炁的消耗速度以延长寿命。因为，对于普通人来说，元炁是从娘胎里出来就已经定了的，没法增加，元炁耗尽了，生命也就走到了尽头。由此可见，不管辟谷的那些好处是真实的或者杜撰的，元炁消耗速度增加却是肯定的，而元炁消耗速度的增加就等于折寿。其实，除了折寿以外，辟谷对于脾胃的伤害也很大。我在这里不再多说，大家若不信，完全可以亲身体验一下辟谷的"好处"。

说到这，那些亲自参与过辟谷的人还是不会相信的，因为他们辟谷一周或更长时间后，感觉人非常有精神，甚至可以正常工作。其实，这不难解释，因为元炁的大量调用就像吃了兴奋剂一样，打激素或吸毒也会产生同样的效果，而且其原理都是大量调用元炁，在这种情况下，一些疾病也会暂时得到缓解或抑制。

其实，真正的辟谷并非当下流行的这些玩意，而是一种非常高的修炼境界，叫"炁满不思食"，是自动产生的，乃"天人合一"或"禅定"的产物，在这种状态中，能盗天地之灵气为我所有。当身体积累了足够多的"炁"时，就会产生自然辟谷——这对身体不会有任何伤害，而且是道家最高的养生术，这种境界绝非常人可以达到的。

至于我们普通人，还是该吃吃，该喝喝，该睡睡，别满脑子想着那些违背天道、标新立异的事情。真正的大道都是平淡无奇的，违背常理的事情不管被吹得多么神奇，大家最好还是避而远之——花钱去伤自己的身，折自己的寿，真是大不智呀！

从梅墨生先生的逝世谈养生与寿命的关系

2019 年 6 月 14 日，梅墨生先生因肠癌去世。梅墨生去世消息传出，网络上就有一些言论表示，太极、武术养生于长寿无益。其中，有人发表言论称，中国历史上注重养生的名人嵇康、谭延闿只活到四五十岁，而太极名家平均寿命 60 多岁。秦始皇遍寻养生秘方也不长寿。此人还搬出当代长寿名人举例说，凡是长寿人全部不锻炼。

我本不想就此事发表评论，一来梅先生是我敬仰的艺术家，我不愿意像某人一样，借梅先生的死来吸引别人的眼球，二来他的言论其实只能表明他对养生的无知，明眼人一看便知，根本不值一驳，何须我多言。

但是，这几天来，一直有朋友不时地将有关梅先生的评论发给我，让我觉得不能不就此说上几句，以澄清大众对于养生的种种质疑，并将某人的无知明明白白地呈现在公众面前。

其实，决定人类寿命的因素成千上万，这成千上万的因素，可以分为先天与后天两类。先天因素，在《黄帝内经》里，指的就是元炁。人一生下来，所秉受的元炁就是一个定数，于常人而言，没法增加，元炁耗尽，人的生命也就到了尽头，而且任是神仙也难救。咱们经常听说"尽其天年"这个词，其中的"天年"，指的就是在元炁的消耗速度正常的情况下，我们能活到的命数，因为我们生命的每一刻都需要元炁的参与。所谓"人活一口炁"，其实指的并非呼吸之气，而是"元炁"。当然，元炁消耗完了，呼吸之气同样也会停止，在此意义上，理解为呼吸之气也未尝不可。

大多数人是无法"尽其天年"的，因为人生不如意事常八九，再加上世间又有几人参透了养生之理，而且就算参透了养生之理，也很难在每件事上都能贯彻落实——人这一辈子，只要做了有违"天道"的事情，就必定会引起"元炁"的加速消耗，即造成寿命的缩短。在此，"天道"并非玄之又玄的东西，指的是天体的运行规律，以及这种规律对人类产生的种种影响——这是中国传统文化中最高深的学问。虽然在《黄帝内经》里已经阐述得非常透彻了，但没有几个人真正参透，恐怕梅先生也是如此，实在也怪不得他。北七真况且如此（我在后面《为何南五祖长寿而北七真短命》一文中已有论述），梅先生没能参透也不奇怪。

而且，就算梅先生参透了，他是在得肠癌之前参透了的呢，还是在得肠癌之后参透了的呢？养生不是万能的，中医西医也不是万能的，人类的疾病发展到一定程度，往往是不可逆的。如果梅先生在得肠癌之前参透了养生之理，肯定是不会得肠癌的；如果是在得了肠癌之后才有所悟，此时恐怕为时已晚，但至少可以让他比那些不懂养生之理的人多活些时间，并少些痛苦。是故，他的早逝，非养生之过也，也不能推导出养生无效。至于当代长寿名人的长寿，一来是因为他们所秉受的元炁超过常人，即天赋异秉，二来他们的日常生活未必不是暗合养生之理，而那些短命的太极名家们，他们的所谓"养生"，则未必不是有违"天道"的自以为是。

影响寿命的后天因素，包括四大类：一是心性，二是生活习惯，三是居住环境，四是意外伤害。这四类因素，比较容易理解，养生专家们也论述比较多，我也就不再画蛇添足。上面提到的嵇康，乃被司马氏腰斩致死，可以归入意外伤害之类，至于谭延闿，则是民国的高官，即便非常懂养生，也难免日理万机之累，其生活习惯能做到顺应"天道"么？与谭延闿相似的还有王阳明。梅先生是名人，恐怕也同样难免被盛名所累，从而因此生病早逝。难道他们的早逝就能说明养生无益？这是什么逻辑！

我也做过多年的评论家，并且当年在全国小有名气。但是，我一向遵循着维特根斯坦的名言——对自己不熟悉的领域保持沉默。长得丑没有关系，可得学会为自己藏拙，别乱出来吓人。"知之为知之，不知为不知，是知也。"咱们人类是所知所能有限且终有一死的被造物，无知是人类的常态，不丢脸，可不自知自己的无知，硬要装成行家里手的样子，则难免显得滑稽可笑。

此外，对于任何人任何事，不要轻易下定论。我们得出的任何结论，都需要有事实与逻辑的支持，发表言论所列举的都是事实不假，但这些事实能推导出他得出的结论么？只有脑袋一团浆糊的人才会如此逻辑混乱，由这些事实得出如此荒唐的结论来。

拉拉杂杂说了这么多，只是就事论事。在此之前，我根本就不知发评的人为何许人也，但对梅先生还是有所了解的。逝者已矣！但愿梅先生的在天之灵早日安息！也希望公众不要被某人轻率的言论带到坑里去了。如果他认为自己说得对，不妨按自己的想法去实践，那是他的自由，与我实在也没什么关系。

为何南五祖长寿而北七真短命

道家功法注重"性命双修"，在丹道东南西北中五派中，南北两派形成了鲜明的对比——南派重命功，先命后性；北派重性功，先性后命。到底两派的功法孰优孰劣呢？我想，应该凭事实说话。丹道是生命科学，是中国传统文化中最高的养生术，而养生则不外健康与长寿二端，因此，寿命的长短是评价两派功优劣的最有参考价值的指标之一。

南宗五祖为：张伯端（983—1082年，一说公元984—1082年），99岁；石泰（1022—1158），136岁；薛道光（1078—1191），113岁；陈楠，出生不详，于1213年仙逝。但有史料说，他在宋徽宗政和（1111—1118年）年间，擢提举道院录事。由此可推，陈楠年寿应在百数十岁；白玉蟾（1134 -1229），95岁。

北宗的创始人为王重阳（1112—1170 年），58 岁。北七真是王重阳的七位弟子，分别为：马丹阳（1123—1183），60 岁；孙不二（1119—1182），63 岁；谭处端（1123—1185），63 岁；郝大通（1140—1212），72 岁；王处一（1142—1217），75 岁；刘处玄（1147—1203），56 岁；丘处机（1148—1227），79 岁。

由此可见，南宗五祖都长寿，活一百岁以上的有三人，而寿命最短的白玉蟾都有 95 岁；相对而言，北宗的祖师爷们则短命得多，最长寿的丘处机也只活了 79 岁，王重阳自己 58 岁就挂了，而他的七位弟子的平均寿命只有 66.86 岁，似乎比不修真的普通人也强不到哪里去，连当代中国人的平均寿命都没有达到（根据国家 2017 年统计局的统计结果：女性平均寿命为 76 岁，男性平均寿命是 74 岁），而南宗五祖的寿命，放在任何国家、任何时代，都算得上是高寿了。

如果仅仅只是一两个人的长寿或短命，基本上没有什么比较价值，然而，我们在此看到的却是两个门派的寿命长短的"偏性"——一个门派都长寿，另一门派则都短命，这说明什么问题呢？

问题就在于北派的功法存在着极大的缺陷，从而导致了修炼者的短寿。我们知道，北派重性功，而且是通过"苦其心志，劳其筋骨"的苦修方式来磨练自己的心性的。所谓"苦修"，无非就是折磨自己的肉体。如晚上不睡觉，美其名曰"斩睡魔"，最后睡魔恐怕终于还是没能斩杀，倒是早早地把自己给斩了。王重阳自己在地下挖了一个大洞，名之曰"活死人墓"，把自己关在里面修炼，洞里阴暗潮湿，对身体能好么？"苦修"其实是盲修瞎练，是违背"天道"的——不能不说，北派只参透了丹道的一个片段，但不通医理，不明天道，所以必定会遭到天道的惩罚。虽然他们都算是得道之人，但修为再高，并不表示就能不遵守"天道"——"天地不仁，以万物为刍狗"，人太渺小了，能跟天斗么？这么傻练，早死可一点都不冤。

身心固然一体，心可以改变身，身也可以改变心；但是，以心改变身非常难，当前的佛教徒大多走的便是这条路子，北宗也是偏重于以心改变身（重性功）。事实表明，走这条路的人容易落入空言心性、纸上谈兵或"口头禅"的陷阱，不但很难有成，而且很容易被终身套牢，一辈子跳不出来。以身来改变心相对来说就容易得多，不但具有非常强的可操作性，每一步都可以验证，而且几乎适用于所有的人——就算不能进入先天无极之境（得道），身心健康的改善是完全没有任何问题的。《黄帝内经》里说，情志伤人，怒伤肝，喜伤心，恐伤肾，思伤脾，忧伤肺。反之，我们的情志若是不稳定，情绪容易波动，而且波动幅度偏大，往往是由于我们的内脏之间的阴阳五行不平衡。如果我们通过"命功"的练习，将内脏之间的阴阳五行调平衡了，我们的情志自然而然就会变得稳定了。这一点在我所创立的"抱朴堂"功法中也得到了几百人的验证。凡坚持练习"抱朴堂"功法一段时间，不但普遍反映健康状态大有改善，而且心性也会相应地发生改变——脾气变小了，杂念变少了，欲望变淡了。"抱朴堂"走的就是和南宗一样的路子，注重命功，先命后性。不少人通过命功的练习修出了胎息，自动进入了禅定，从而偷天盗地，改了自己的命。

修炼丹道的人经常会提到"由后天返先天，由有为到无为"这句话，在后天有为的阶段，命功往往比性功要重要得多，到了先天无为的阶段，性功的重要性才会凸显出来，所以先命后性比先性后命更科学——其实，到了先天无为的阶段，性就是命，命就是性，是一体的。

此外，丹道的修炼一定是建立在对于"天道"的认识与遵循之上的。"天道"一方面是天体的运行规律，另一方面则表现为天体的运行对于人类身体运作规律的影响与设定，即人体运作的机制与机理。只要违背了"天道"，一定会受到"天道"的惩罚，北宗就是一个非常典型的例子。

最好的丹经其实在先秦，在我看来，《黄帝内经》便是其中最优秀的。

后世的丹经往往割裂了天与人之间的关系，一味地在色身上做文章，所以越来越繁琐，离大道也越来越远，按后世各门派的方法去修炼，也越来越难以有成。

四川岳门丹法养生序

空谷子者，蜀地奇人也。姓唐，名聪，自号空谷子。少多病，因机缘巧合，得遇异人，传以岳门丹法。越三年，一身宿疾全消，且智慧日长，由此"跃农门"而上大学，现为某国企处长。

余本文人，不知丹道为何物。长期伏案读书写作，只赢得一多愁多病之身。三年前，觉大限将至，始自修密宗拙火定，半年后得入混沌，诸病皆愈。后因远基兄（空谷子之传人）之介绍，与唐聪兄结缘，并得入岳门，拜了他的大师兄刘义成先生为师（空谷子名义上应为余之师叔，然而我们彼此仍以兄弟相称），始知世上有"丹功"与"丹法"一说。自此开始研读丹经，耗时五年有半，将自先秦至当代之丹经基本上通读一遍，方彻悟天地人三元丹法之原理。

古德云："阴阳和合谓之丹。"三元一理，皆不外阴阳。天元丹法，乃虚空之阴阳；地元丹法，乃药物之阴阳；人元丹法，乃体内之阴阳。天元丹法乃无为法，对心性的要求极高，故只适合于上根之人修炼。地元丹法，今已失传，且存而不论。人元丹法，属有为法，然可普被众生，上中下三种根器的人皆可修炼，循序渐进，故易于传播。

岳门丹法，历代祖师皆谓由达摩数传至宋抗金名将岳飞，由岳飞而传至今日，乃"达摩易经筋"之流亚也。岳门丹法乃一套由动功与静功组合而成的完备的功法，可归于人元丹法。其动功貌似简单，稍作变化即成实战力极强之上乘武术；其静功虽似有为，但亦可上接天元，直入混沌虚无，达到天人合一之境界。余因天性好静，又曾入混沌，故主修天元丹法。以余之实修实证，欲入先天混沌之境，须具备两大条件，一曰经络通畅，二曰一念不生。欲打通全身经络，若靠打坐或意念，则嫌太慢，且容易出偏；然岳门丹法中的筋骨功，虽只有简单的五个动作，却见效快而无出偏之弊。其静功（包括坐功与睡功），不守窍，亦不用意念，故可上通先天大道。在深圳，从空谷子修岳门丹法者，共十有三人（他只收十三名亲传弟子），大多为身体健康出问题者，不到一年的时间，均受益匪浅，个个身强力壮，精力超出常人。入先天境界者，则远基兄是也，他从空谷子修岳门丹法已三年，道心坚固，矢志不移，终获如此大福报。

岳门丹法，本不外传。然空谷子自小备尝疾病折磨之痛苦，睹当今世人多陷入亚健康之炼狱者，感同身受，思有以拯拔之，遂著《岳门丹法养生》一书，以普度众生于苦海，善莫大焉。

是为序。

丙申年宕子草于桃花岛逍遥居

修行人的解毒剂——评《道家真气》

丹道，一向被视为"仙道"，传承非常严格，有所谓"所传非人，必遭天谴"之说。而且，一般是师父找徒弟，而不是徒弟找师父。若不遇明师指点，就算你是天才，也无法自学自修，故亦有"饶君聪慧过颜闵，不遇明师莫强猜"之说。由此可见，修炼内丹是多么不容易。

我本一介文人，从未想到过自己有一天居然会撞入修真界。尽管我从小喜欢神仙的故事，但却知道那些故事仅仅只是传说，不可当真。然而，发生在自己身上的事情却让我对神仙有了新的看法。三十余年来，我手不释卷地阅读，几乎从未有一日没有花上一两个小时读书。除此之外，大量的思考与写作，长期的缺乏锻炼等原因，让我的身体不堪重负，以至于我觉得自己将不久于人世。与那些长期伏案工作的人们一样，我有严重的颈椎病。此外，还有非常严重的口腔溃疡，可以这么说，一年到头，我的嘴巴没几天是好的。由于我是国内小有名气的评论家，一天到晚都在各种媒体上指点江山，激扬文字，所以，我常常自嘲"造口孽太多"。而且，我的颈椎病与口腔溃疡往往同时发作，发作时头昏脑胀，牙齿松动，舌头肿胀，吃饭时除了饭菜碰到溃疡面带来的痛苦之外，蔬菜与肉食很容易塞牙缝，造成胀痛。吃饭时往往痛得泪流满面，而刷牙时则是满口的血，而且常常口渴，喝水也不能解渴，真是苦不堪言。那时，我每个月的医保卡都刷得光光的，吃了不少药，却没有一点效果。

那时，我是大 V，深圳的文化名人，精于传播之学。往往随意在网上一吆喝，便能聚集起一帮认识的或不认识的朋友。有一天，我与一帮朋友一起去参观位于南山花卉小镇的一位朋友开的唐卡博物馆。博物馆里有一个小佛堂，佛堂前面铺着一块羊皮。一个修过密宗的朋友在羊皮上做了一个大礼拜，我只是不经意地一瞥，没想到这一瞥竟然成了我人生的转折点。我不知道是哪根神经出了问题，回家后，我居然练起了大礼拜。

在练大礼拜的同时，我开始研究密宗的"拙火定"。我一向就不是一个循规蹈矩的人。我曾将三十几年的读书、写作及做学问的经验总结为"十二字真言"，即：读书须"得意忘形"，写作须"无法无天"，做学问须"眼高手低"。这一思维惯性同样影响了我对"拙火定"的研究。我这人过于理性，想象力贫乏，所以特别不习惯密宗那种"强观想"的修炼方式。于是，我修改了书上记载的修炼方式，只用了半年功夫，不但一身的病全好了，而且修出了左中右三条气脉，每根有成人的大拇指那么粗，随时都可以感觉到。走起路来，轻飘飘的，好像脚底装了一个弹簧。

2014 年的春节，我与朋友在大屏障公园玩，在平地上走路都是一脚高一脚低的，好像要摔倒一样，盖尚不习惯。庄子云："真人之息以踵。"这时，我才知道真是如此。最先出现的是中间的气脉（我特意不说中脉，因为我的感知与书上描绘的中脉不一样），然后左右二脉相继出现。

有一天，我听人说起"太乙"这个词，于是我便在网上搜索，搜出了《太乙金华宗旨》这个书名。我想买来看，但网上当时却没有，我只找到了荣格写的《金花的秘密》，此书附有《太乙金华宗旨》的原文。读完此书以后，我按此书的法门修炼了一次，意想不到的事情发生了。有两个晚上，我根本就无法入睡，不管以什么姿势躺着，身体都会自动打开，能清晰地感觉到宇宙的能量源源不断地往我身上灌，整个身体从里到外，每一个细胞、每一个分子和原子都被浸泡在这种能量里，舒畅无比。而且，自动出现了内视——我看到了身体中间有一条红色的光柱颤动着，还看到了黑色的左肾，其小弯处有两个小孔，冒出两股黑气。在那一瞬间，我即明白了《黄帝内经》里的经络即是修行人内视所得。于是，出定以后即在网上搜索相关佐证资料，果然一下子就找到了李时珍的《奇经八脉考》，书中谈及"阴跷脉"一段有"内景隧道"一词，说得清清楚楚，明明白白，古人早已窥破了这一秘密。

为了弄明白在自己身上到底发生了什么事情，我开始研读丹经。由于有实修实证，再加上我阅读古文没有一点障碍，读起来倒并不是很难懂。五年来，我几乎所有的精力都耗在丹经上，很少读其他的书籍。自先秦至当代的丹经，基本上被我读了一遍。在此之前，我曾想通过读博将自己的精力集中于一点——因为我的阅读没有系统，没有中心，涉及了至少两百个以上的学科——于是申报了武汉大学戏剧影视文学的博士，却以失败而告终。没想到阴差阳错，却让我的精力聚焦到了丹经上。经过五年多的实修实证及研究，我自认已经彻悟了天地人三元丹法的原理，并且知道了紫阳真人为何会说"饶君聪慧过颜闵，不遇明师莫强猜"。盖丹道先天，修的是先天炁，而先天境界则是与人们的日常世界完全不一样的世界，若未亲身体验过，确实是再聪明也想象不出来其中的景象。所以，对普通人来说，丹经就是天书，因为它记载的是另一个世界发生的事情，超出了人类的想象力。但是，若是已经进入了先天境界，再来读丹经，就不会有太大的困难——这就是我没有师父指点也能修丹道的原因。

当然，还有一种说法，即我其实也是有师父暗中指点的，即先天的师父。我曾经梦见一位深目高鼻尖下巴、长相清奇的古装仙人对我说，要把我变成纯阳之体，并在我身上点了几下——这便是道家所说的"先天师父"。我的静功是全自动的。我从不打坐，只是睡觉。每天到一定时辰，老天爷就会给我"发红包"，即输入能量，我只需要静静地躺着，身心如如不动，把红包收下来即可。有时，还会出现梦修，而且梦修效果比清醒时更好。我不知道何为"炼精化炁"，何为"炼炁化神"，何为"炼神还虚"。我稀里糊涂地进入了现在这种状态，只知道把全身的经络打通，并且做到一念不生，便能进入先天之境。直到读了湛若水先生的《道家真气》，我才搞明白自己为什么会变成现在这样。

我受过严格的科学训练，对西方的自然科学非常熟悉。初中时代，我即自学了高等数学，能解常微分方程与偏微分方程，并能读懂爱因斯坦相对论的论文，只是后来对文学发生了兴趣，便放弃了当数学家的梦，但却把对数学的爱好传给了我的弟弟——他是汪同三的弟子，计量经济学博士。我大学读的是衡阳医学院，卫生检验专业。大学时代尤其喜欢读"旧三论"（信息论、控制论、系统论"）与"新三论"（协同论、突变论、耗散结构论）方面的书，而且喜欢"混沌学"。以我这种学科背景，是完全不可能堕入"玄学"的陷阱的。因此，我对丹道的解读是——丹道的核心是生命科学与宇宙学，而且是非常超前的科学，以至于现代自然科学都没法理解。大家想一想，现代自然科学才几百年的历史，还非常幼稚。不要太崇拜当代的科学，当代科学技术能制造出生命么？不能。更何况人体这么高级的生命形式了。我们可以将人体视为一台当今世界最先进的仪器或实验室，以这种仪器探测出来的结果难道不科学么？难道不值得信任么？中医便是这一世界上最先进仪器探测出来的实验结果的记录，不能因为现代自然科学无法理解就将之扣上一个"玄学"的大帽子——这恰恰违背了现代科学的精神。

《道家真气》这本书与我对丹道的认识是高度一致的，其中没有半点神神叨叨的内容，而是用现代自然科学的理论与术语阐述了自己对于丹道及丹道修炼次第的认识。

近几年来，我曾经接触过不少修行人。发现他们大多陷入我执与法执的迷宫中，变得神神叨叨，甚至精神失常而不能自拔。真正的修炼或修行其实与宗教或信仰没有半毛钱的关系。《道家真气》这本书，对于当代中国这一庞大而迷茫的修行群体，不失为一剂不错的解毒良药。

武侠小说（影视）上乘功法中的"天人合一"漫谈

——"天人合一"是事实还是哲学概念

这本来是我给七年级上课用的讲义，那是 2017 年，我平生以来第一次当老师。道家文化是中国传统文化的根，而道家文化一个最核心的概念即是"天人合一"。为了把这个概念讲得有趣一点，讲得七年级的孩子们能听懂，我选择了从大家喜闻乐见的武侠小说或影视入手。

我选择的第一个文本是《九阴真经》。《九阴真经》是金庸小说中虚构的武学秘籍，《射雕英雄传》《神雕侠侣》及《倚天屠龙记》都提到过这种武功。《九阴真经》是金庸武侠小说中威力极强大也最负盛名的武学秘籍，也是武林中众人无不想争夺的一样至宝。

据金庸的武侠小说《射雕英雄传》里相关描述，《九阴真经》是北宋年间的黄裳所著。

黄裳，北宋延平人（今福建南平），状元及第，原为文官，因校对《道藏》而悟通武学义理。及后黄裳被派遣消灭明教，官兵无能败阵，黄裳不服，单人匹马杀伤了明教多人，引来众人上门寻仇。黄裳不敌逃去，家人尽数被杀。为雪深仇，黄裳隐居40多年，苦思破解敌人武功之道。40余年后重出江湖，此时仇家均已死去，余下的当年一个少女，也已年迈。黄裳有见于此，对自己为仇恨而偏执感慨万分，遂将毕生所学写成《九阴真经》，传之后世。

自然，黄裳的故事是虚构的，但黄裳其人却为实有。陈国符先生在《道藏源流考》中考证了宋徽宗访求天下道教遗书刻板的详细经过。其中提到徽宗于政和（1111—1118）三年下诏访求道教仙经，所获甚众。政和五年设经局，送福州闽县，由郡守黄裳役工镂板。所刊道藏称为《政和万寿道藏》，共五百四十函，五千四百八十一卷。后来金庸伪托其遍阅群书后，无师自通，创作了《九阴真经》。

我对《九阴真经》的文本主要分析了练功的时辰、方位与地点的选择：

一、时辰（子午卯酉四正时、午时、不拘时间、太阳将出之际）；

二、方位（面北背南、面北而坐）；

三、地点（极寒之地、寒冰床、极热之地、火鼎、静止不动的水池、流动河水、高处）。

这门功夫的核心就是吸纳天地间的至阴至阳之气为我所用，时辰、方位与地点的选择都是为了达到这个目的。

第二个文本是王重阳的《五篇灵文》注。在这个文本里，我选取了两段话：

太极既判，清气上升，在天成象；浊气下降，在地成形。木火之精为太阳；金水之华为太阴，天地日月，感二气而化成也。此二气互运于天地之间，周流不已，化生万类。然人也之生，禀父精母血，天之阳气，地之阴气，日之阳魂，月之阴魄，火之阳神，水之阴精，人之一身造化，与天地同一气也。

神不离气，气不离神，呼吸往来，归乎一源，不可着体，不可运用，委志虚无，寂然常照，身心无为，而神气自然有所为。犹天地无为，万物自然化育。

在这两段话里，我又重点突出了两句话，一是"人之一身造化，与天地同一气也"，二是"犹天地无为，万物自然化育"。

《五篇灵文》是王重阳"先天功"的心法，它强调的是天人一气与身心无为，没有提到练功时辰、方位与地点的选择。

第三个文本是电影《道士下山》。《道士下山》里最厉害的功夫叫"猿击术"，分为日练与夜练：

一、日练：采日精。

二、夜练：采月华。

三种功法对比如下：

一、《九阴真经》：在极寒极热之地，采至阴至阳之气；

二、先天功：无为（不采之采），先天一炁自虚无中来；

三、猿击术：采日精月华。

三者的共同点：都要从外界摄取能量。

三者的不同点：《九阴真经》与猿击术乃"有为"法，先天功乃"无为"法。有为者后天，无为者先天，先天者，入于无象；后天者，滞于有形。

中国传统文化有一个共同的根，即是中国古代的天文学（历法）与数学，河图、洛书、《易经》《黄帝内经》《道德经》等，都是这条根上结出来的果——道家文化是中国文化的根，也只有从这个角度去理解，才能得到合理的解释，因为道家的人物是中国古代的自然科学家，往往"上知天文，下知地理，中知人事"。道家文化的核心是研究"天"与"人"之间的关系，这就是司马迁在《史记》里说的"究天人之际"。

在数千年以前，我们的老祖宗就在研究天体的周期性运转对地球上的气候、物候及人类的健康会产生什么样的影响，并著书以记之——这是一个多么伟大、多么先进的文明呀。书中的论述成了后人无法超越的高峰，现代西方的自然科学在很多方面的研究仍然没法超越中国的古人，因为他们在书中讲述的不是理论，不是概念，而是事实。

西方自然科学是建立在假说之上的，即提出某种假说，对所观察到的现象进行解释。当新的现象出现，旧的假说不足以解释这一新现象时，新的假说便应运而生，取代旧的假说。因此，整个西方自然科学史就是一部"证伪史"，总是旧的假说被新的假说所取代，用一句现在时髦的话来说，就是长江后浪推前浪，前浪死在沙滩上。

中国传统文化则不是这样。中国传统文化的那些原典一出现就是一座高峰，后人没法超越。《易经》《道德经》《庄子》《黄帝内经》就是这类原典，几千年来，从未有人超越过它们。为什么会这样呢？因为中国传统文化的这些原典讲述的是亘古不变的事实。事实，不管你看见也好，没看见也好，承认也好，不承认也好，它都是不以人的意志为转移。

"天人合一"就是一个人类的事实，而不能当成一个哲学概念来看。人是一个"小宇宙"，人体之外是一个"大宇宙"，人的生命节律不是自身能够设定的，而是由身外天体的周期性运转决定的。如：人为什么要白天工作，晚上睡觉？这就和太阳与地球的相对运动有关，白天阳气足则醒，晚上阴气重则寐。"日出而作，日落而息"，这就是人的生命节律，是由体外"大宇宙"的运动决定的。如果有人想人为地打破这一节律，就会像一台中了病毒的电脑一样，用不了多久就会导致系统的崩溃（死亡）。子午流注、一年十二个月、二十四节气、六十甲子等，都是不同层次的生命节律。"大宇宙"的运动规律即为"天道"，中国传统文化"观天道以立人道"，以天道统人道，是建立在对于"天道"的认识与遵循之上的。

从上面的三个文本看出，三种功法都要从"大宇宙"摄取能量以滋养人体这个"小宇宙"，因为"小宇宙"的能量毕竟有限，而"大宇宙"的能量则取之不尽，用之不竭。不过，《九阴真经》与"猿击术"用的是有为的方法，摄取的能量属于后天的层次，人与天仍然是分离的，而且受时间、地点与方位的影响比较大，而"先天功"属于无为法，直接与天地融为一体，此即《清静经》里所说的"人能常清静，天地悉皆归"，摄取的是"先天炁"，受时间、地点与方位的制约比较小，能量的层次也更高。所以，在道家功法里，《九阴真经》与"猿击术"只属中下层法门，"先天功"才是上乘法门。

抱朴堂主关于丹道的讲义节选

这是我多年前应《内证观察笔记》的作者无名氏之约，在他的"丹心学堂"搞的一次公益讲座。这次讲座透露的天机太多，所以，自此以后，我接受了一位道家朋友的劝告，再也不在公开场合讲丹道了。

在将这次讲座的录音整理成文字时，我做了一些删改。一来那时我还没有像现在一样彻悟丹道的方方面面，只参悟出了一部分的真谛；二来有些东西不适合公开传播，所以现在整理的时候，适当地删改是非常有必要的，但大部分文字还是保留了当时讲课时的原貌。可由于删改的原因，有些地方可能接不起来，我也懒得再补充什么将断了的文气给接起来，不妨就当片段来看也未尝不可。

我本文人，酷爱读书与写作，手不释卷三十余年，写的文章也有上百万字，也因此把身体搞坏了，得了被西医定义为绝症的"白塞氏综合症"，并且有严重的癌前病变——口腔黏膜白斑，口腔溃疡此起彼伏，每年有三百多天是烂的，几乎没有好过，每餐饭都吃得我直掉眼泪，因为疼呀。我是科班的西医，试过很多方法，却没有半点改善。一个偶然的契机，我从密宗的功法入手，并对之进行了修改，从此彻底改变了我生命的轨迹。

只用了几个月工夫，我就修出了左中右三条气脉，每条都有家里普通的自来水管那么粗，每时每刻都能真切地感受到。大约半年，折磨我多年的病基本上都好了。有一天，我原来修出来的三条气脉一夜之间就全部消失，融成了一片。那个时候我就进入混沌状态，曾经有两个晚上，我躺在床上，根本没法入睡。不管我以什么姿势躺着，我的身体都会自动打开，感到宇宙的能量，不停地往身上灌。全身从里到外，每一个细胞都浸润在这种能量里面。而且，就是在那两个晚上，我出现了内视，从头顶到会阴，一道红色的光柱在颤抖。除了看到这个以外，我还看到了左肾，左肾不是红色的，是黑色的，在小弯上有两个小洞，两个小洞里冒出两股黑气。在那一瞬间，我就明白了《黄帝内经》里的经络是修行人直接看到的。

我悟出了这个东西以后，就去找佐证材料。因为我是搞写作的，在互联网搜索材料是最擅长的。我就马上去网上搜索，一下子就搜到了。李时珍的《奇经八脉考》，里面有一段是谈到阴跷脉的。他说，不同的医家有不同的说法，应该以紫阳真人说的为准，因为紫阳真人是通过"内景隧道"（内视）看到的。古人把这个原理已经说得非常清楚了，所以经络就是修行人看到的。

为什么修行人能看得到经络，我们普通人看不到？其实这个是可以用自然科学解释的。因为经络就是人体能量和信息的通道，你体内运行的能量比较低，那么，这些能量在体内运行的时候，对你的神经细胞的刺激你就感应不到。修行人的能量很足，尤其是修丹道的，能量就非常足，很强的能量在经络里运行的时候，对神经细胞产生的刺激就非常大，当超过一定的阈值的时候，图像就在大脑皮层呈现出来。当我们看到一样东西，不一定要用眼睛去看的。没有什么神秘之处的，就这么简单。

那个时候我脑子是清清楚楚的，但是我搞不清楚我身体到底发生了什么事情，所以为了搞清楚那两天晚上到底在我身上发生了什么事情，我就把从先秦到当代的丹经都过了一遍，估计一两百本是有的，因为我本来就是古代文学研究生毕业，所以看起这些古文来是毫不费劲的，基本没有什么难处。不过，这仍然整整耗了我五年多的时间。

其实这个丹道在古代是非常神秘的。在古代丹道就叫仙道，它的传承是非常严格的，一般来说是师父找徒弟，不是徒弟找师父，而且一般是师父要找很多年才能找到一个合适的徒弟。有一个说法，所传非人，会遭到老天爷的惩罚——其实张紫阳说的这个有一定的道理。对于普通人来说，没有师父是无法修丹道的，为什么呢？丹道重的是先天，这个先天境界跟我们日常的境界是完全不一样的。先天境界，你没有经历过，没有体验过，你再聪明也想象不出是个什么样子。在一定程度上，他说的是对的，但是也不完全对。如果你有那种机缘，能够进入先天境界，进入混沌状态，然后你再去读丹经，那就一目了然了。"饶君聪慧过颜闵，不遇明师莫强猜。"这句话里的明师，其实不是现实中的师父，而是道门所说的"先天师父"，其实就是我们的元神。也就是说，如果没有进入先天境界，任你再聪明，也参不透丹道。

不知道在座的有谁读过丹经没有。可以这么说，丹经是用古文写的，但是我就算把古文翻译出来，你们都是看不懂的，就像看天书一样。但是你进入了先天境界之后，再对照自己的实证体验，你就可以读懂丹经了。因为丹道是仙道，道门中排行第一的就是丹道。其实孔子，本身也是一个大修行人，而且修为挺高。《论语》里说："夫子之文章，可得而闻也；夫子之言性与天道，不可得而闻也。"其中的"性与天道"，指的就是这个。根据我自己的实证，丹道其实也不神秘，它跟宗教是没有关系的。在一定程度上来说，丹经其实就是生命科学和宇宙学，它的核心就是生命和宇宙的秘密。

得道之人虽有先后，对于我们普通人来说，当你修炼丹道，完成了筑基的功夫之后，基本上你身体的所有的毛病就会没有了，而且也不容易得病。我原来身体那么差，我就这样练了半年，所有的病，没吃一分钱的药，全部好了。原来有一些白头发的，后来全都变黑了。神仙是什么样子，我不知道，我没有证实过，但是通过丹道修炼，要强身祛病，甚至延年益寿，还是可以做得到的。其实啊，阴阳和合谓之丹，也就是说，你的身体阴阳比较平衡，这就是丹。如果用现在西医的术语来说，就是自身的免疫力很强。得了什么病，很快自己就调整好了。

我们可以把身体看成一个非常复杂的生态系统。当生态系统的平衡被打破了之后，它就会通过生病的方式来调节这个生态系统的平衡。人就会生病，就表现为病，但是，大家不要把病当成自己的敌人。病是我们的朋友，是保护我们的，其实它是身体的一种自我保护机制。当我们身体的阴阳平衡被打破了之后，那么我们身体的自我调节机制就发挥作用了，就通过生病的方式来恢复这个系统的平衡和正常运作，这就是病。在中医里面，把病和症是分得很清楚的，中医认为人体所有的病都是内脏的病，病和症是不一样的。比如说得感冒了，流鼻涕打喷嚏，这是病还是症呢？这是症。西医治疗感冒的原则是错误的，我以前也是学西医的，被人家叫了十年的医生，我是衡阳医学院毕业的。西医给你治感冒，就用抗生素或者用其他的什么药止住你的咳嗽，止住你的鼻涕，止住你的喷嚏。这个症状消失之后，就认为这个病好了。但是中医不这么看，你流鼻涕也好，打喷嚏也好，都是在帮你排寒气，你的病在哪里呢？你的病在肺。中医所有的治疗都是在通过药物或其他的方式帮你更彻底地把这个寒气排出体外，西医的治疗方式是把症状给止住，你的症状是止住了，但是你的病并没有好，因为你的寒气才是病根，寒气还是留在了你的体内。

刚才说的这个丹，调节我们的身体这个巨大的生态系统的平衡能力非常强。丹道分为三种，天元丹法、地元丹法、人元丹法。不管哪一种丹法，其实修的就是阴阳。阴阳对中国人来说不是很抽象，不用过多解释。天元丹法修的是虚空阴阳，先天一炁自虚无中来，指的就是这个。这个东西对于普通人来说是很难理解的。先天之炁，大家没有体验过，其实用现在的自然科学应该也是可以解释的，有些东西看不见摸不着并不等于它不存在。据物理学家研究，我们肉眼可见的，只占整个宇宙质量的4%，还有96%的是我们看不见摸不着的。

人元丹法呢，修的是人本身的阴阳。人元丹法分两种，一种叫彼家阴阳，一种叫自身阴阳。那种男女需要身体接触才能双修的，称为"泥水丹法"。其实真正的双修，根本不需要身体的接触，如果你功力高的话，相隔千里外都可以双修。其实它的原理就是男女双方的气场互补，因为我们知道，每个人身体外都有一个气场，现在这一点科学家们也已经证实了。德国一个电工发明的卡尔良照相机可以把人体外的气场和辉光照出来。在一定程度上，丹道的原理跟男女做爱的原理是一样的，为什么这么说呢？我并不是说丹道就是男女做爱，但丹道与做爱都是阴和阳的交媾。男女在做爱的时候会产生一种强烈的快感，实际上就是阴阳交媾所产生的一种快感。当你修炼到一定程度的时候，你自身的阴阳就会交媾。当这个阴阳交媾的时候，产生的快感比男女做爱产生的快感还要强。因为你的身体从里到外都会被这种能量泡在里面，而且时间很持久。所以那些修行很高的人对男女之事没有兴趣，因为那种快感比起阴阳交媾在身体里产生的快感来说，太微不足道了。

在丹道的修炼过程中，可能会出现特异功能。其实，所谓的特异功能只是人的本能而已。只要你能做得到把你的眼、耳、鼻、舌、身、意六根全关掉，你就可以有特异功能。丹道还关系到整个人类的发展史，整个人类发展史的秘密都在丹道里。而且，如果没有修炼到一定的程度，中国古代文化中的重要经典你读不懂。咱们先说第一个问题，为什么丹道跟整个人类的文化史有关？在一定程度上可以这么说，人类的发展史就是人类的退化史。这从许多古代的经典里都可以找得到类似的描述。描述得最清楚的是在古希腊神话里，它把人类文明史分成了几个阶段。第一个时代叫黄金时代，第二个时代叫白银时代，第三个时代叫青铜时代，第四个时代叫英雄时代，第五个叫黑铁时代。人类是不是在退化？比如《旧约全书》里说，人类是怎么来的，是从伊甸园里放出来的，堕落了。黄金时代到底是个什么样的时代？

我们猜想一下，黄金时代就是个神的时代，这个神和我们理解的神不一样，不是同一个概念。那时，人还没有从自然中分化出来，人和自然是融为一体的，我们讲的那种先天之炁，每个人随时都可以得到。那个时代的每个人都是仙，每个人都是佛，每个人都是神。无修、无证、无得，就是这样一个时代。那为什么人最后从神变成了普通人呢？因为人有了欲望。很简单，只要有实修实证的，能够进入禅定的人，就会明白这个道理。当你进入禅定的时候，进入天人合一的状态，只要你的念头一动，你就出定了，尤其是在初禅阶段。动了念头就出定了，出定了就不能获得能量了，就从一个有六通的仙、佛或者是神变成了一个普通人。至于宗教的产生，是很晚的事情。到了宗教的时代，能够跟天地沟通的人越来越少，这种人我们称为大修行者。其实我们不知道，曾经有一个时代，不需要修，人人都跟现在的大修行人一样。

什么叫内功？内功指的是内脏的功能。修炼内功的人内脏的功能很好。那么怎么养你的内脏？其中一个方法，要避免七情伤人。七情伤人，大家都有切身体会，比如说，你大怒了之后，这种情绪会很伤人。

一切的执著执念，都会堵塞你的心脉。所以你把执着给放下了，对你的身体是大有好处的，这是一个方面。另一个方面是运动。练健美的，搞体育运动的，一般都不长寿，到老了一身的病。他的运动方式不对，锻炼的是四肢，四肢发达。到老了以后人容易得病，因为人的气血总量是有限的。当你去锻炼四肢的时候，气血就走到你的四肢上去了，你的内脏就空虚了。你们不要崇拜他，这种人到老了一身病，而且短命。

道家的养生是从两个方面着手。其中一个方面是节流：由于人的寿命是由元炁决定的，而元炁在我们生下来之后是一个定数，我总共就只有这么多元炁，那么我省着点花，比如说我只有这么点油，我把灯芯捻小一点，这些灯油就可以燃久一点。另一方面就是开源。对于大多数人来说，都没法开源，除非能够进入先天境界。其实这个原理在《阴符经》里讲得非常清楚，即天地人三才互盗。对于普通人来说，你的元炁每时每刻都被天地所盗。我们的修行，不管是修佛的、修道的，说白了，就一个字——"盗"。盗就是会"偷"，"偷盗"，能够进入先天境界，能够盗天地之灵气为我所有。就算我把我的修炼法告诉你们，你们也未必能够到达这种境界。

"偷天盗地"是可以实证的。我能感受到虚空中的能量随着时辰的变化，其实这也不神秘，你的经络比较通畅的时候，你的身体就会比普通人敏感了很多。那些得关节炎的人，天气变坏之前的几个小时他就知道了。因为得关节炎的人关节部位阴气重，同气相应，他体内阴气重，对阴气的感应就比较敏感，像我阳气足，对阳气的变化就比较敏感。在夏天的寅时以后，我会感觉到我皮肤上有一种小火苗在燃烧，那就是阳气。还有午时，我对午时会很敏感。

为什么要找一个好的场地去修行呢？因为要跟天地沟通，吸收天地的灵气和能量，因为不同地方的地气、地磁的强度不一样，还有虚空中能量的强度、能量不一样，修到最后，光凭自己自身的能量是不足以让他成道的。

"丹"，就是阴阳和合的那个丹，并不是我身体里面有一个看得见的东西，那是肿瘤，不是丹。我能感应到哪个地方的地气地磁比较强，比如说你站在一个地磁地气比较强的地方，你能感觉到这个地方的地气能穿过你的身体往上冒，还有一些人修得比较好的，他身体能量比较强，你走到他身边就知道了。道家有很多禁忌，比如说道家的人一般不进医院，不接触死尸，不进博物馆，因为这些地方阴气重，病气多。

人啊，天生就存在差别，很多东西是基因决定的。其实古人说得对，龙生龙，凤生凤，老鼠生来打地洞。一个人能不能做一番大事业，甚至能不能有所成就都是天生的。比如你如果没有画画的天赋，你画一辈子比不上人家，有天赋的什么都不学，随便画一下也比你强，人家一下子成为大师了，你还没有弄明白什么叫画画。人和人之间不要比的，其实人跟植物一样的。你是什么种子就长出什么苗来，有人天生是灌木，有人天生是乔木。我觉得每个人不要跟人家比。比如说，我天生就是一棵小草，我长成一棵快乐健康的小草，我这辈子就是成功。小草能跟乔木比吗？但是小草有小草的价值，小草跟乔木也是平等的。

第六章　『抱扑堂』学员调身实录

进入先天让生命脱胎换骨

（一）

每一次美好的遇见，如果不是冥冥之中注定，就一定是今生苦苦找寻。我与师父的结缘，两者各半吧。

五年前，我的老师子愚先生（《道德经》研究学者，老中医），邀请我加入其创建的中医养生群，师父在内。一年多时间，师父在群内每一次发言，都显得与众不同——短小精炼，通俗易懂，"刺"中藏着慈悲，"傲"里显见学问，遂加为好友。

我从小酷爱中华传统文化，命里也有慧根，有幸遇见几位"入道"的大家。他们都没有名气，也不屑于名气，深藏于大都市里，都是在某一领域以术入道的民间高手，平凡地活着，清贫地传道，不刻意显山，也不随意露水，更不轻易收徒。我从事茶叶研究二十年，因缘巧合，于2009年确定了云南古茶"茶气"的研究方向。在茶气这一领域，无前车可鉴，也无师所从。一步步艰辛走来，每一次的成长都受益于在儒、释、道、医、武等传统文化领域中"民间高手"指点。其中一位，便是我拜的第一个师父——严真恩师，在与李辉师父见面前，我师从严真老师练习易筋经。

常年在云南大山深处行走，加上职业关系，新茶饮用过量，肠胃一直不太好。尤其是茶气研究头几年，理不通，容易失眠，失眠后又熬夜学习，身体进入了一个怪圈。直至遇见严真师父，练习易筋经三年后，把我从"鬼门关"拉了回来，生命得以重生。我原以为，今生只练易筋经即可了。

（二）

都说好师父太难求，其实，师父也一直在寻找自己的弟子。缘分这东西，对于人道的人来说，或许就是一杯茶，或是一次不经意的对视。

在与李辉师父微信互聊一年多后，深知其是一位有"真功夫"的"高人"。2016年年底，利用出差到深圳的机会，我打算登门拜访。教育机关内的狭小办公室，满桌书籍，中正的鼻梁上架了一副近视眼镜，体态稍显肥胖——如果不是经过一年多的观察，你一定会把这位以养生功法开宗立派的人想象成"江湖骗子"。然而，短短二十分钟，敬意便油然而生。一是他的说话似乎都不用力气，嘴唇开合的幅度极小，但声音却如洪钟。二是他身上的骨头如钢筋般硬朗。也许是缘分到了吧，师父竟在他的办公室内当场免费教了我"抱朴"功法。嘱咐我多加练习，并把我拉进了抱朴堂的微信群。当时进群的人不多，有几个师兄经常会分享一些练功体会，让我们这些"外人"有时会觉得很可笑，而我，依然一直坚持练习易筋经。

当某一样东西让你切身受益后，你是很难再相信其他同类的事物，除非立竿见影。

就这样，过去了一年半有多。2018年秋天，我在原始森林的茶叶初制所制茶，那段时间身体感觉劳累过度，坚持不下把整套易筋经练完。这时想起了李辉师父在办公室教的"懒功"，一个月里，大概练了七八次，当时也没有其他特别感受，于是并没有放心上。

（三）

传统文化之所以绵延不绝，很重要一个原因，是有一批身怀绝技又依道而行的民间高人，常常采用简单到别人难以置信的方式，让他们的功夫薪火相传。我可能是练习抱朴功法后，最短时间打开玄关的。时间不到一个月，前后间断练习才七八次。我自己都无法相信，如果不是在微信群先看到几位开了玄关师兄谈体会，有了心理预备，否则第一次的感受足以让人得精神病。

当时是凌晨三点多，意识上非常清醒，眼睛似睁开，但并没有真正醒来。突然间，心脏跳动不断加快，呼吸越来越困难，生怕随时停止（从小母亲有先天性心脏病，多次见证晕倒，有阴影），刚开始以为做梦，强制自己醒来两次，坐起，躺下又出现。这时，回忆师父在微信群里交待的"如如不动"，心平，静观。大约五六分钟后，骤然间，（意识十分清晰其转化过程）感觉自己进入了另外一个世界，眼前的东西还是一样，但格外宁静、祥和，心脏也感觉不到跳动，各种感知似乎增长了很多倍，对整个房间的各个角落似乎了如指掌。而且，内心第一次感觉到佛经里所说的"法喜"。闭眼如此，睁眼也如此。大约又十分钟后，才发现原来自己的呼吸真的停止了。（我还用手指放在鼻孔处试探），全身感觉是空的，仿佛飘在床上，全身毛孔都打开了，都在呼吸一样。感觉最突出的是肚皮，由丹田处源源不断地发出一股气，扩及全身，循环，与外面交流，肚子如波浪般时而上下跳动，时而左右翻滚，伴随着阵阵暖意，热浪扑面而来。几次刻意醒来，（其实入功时，睁眼也是如此感受），变换睡姿亦如此，这时，我才真正知道，大概是入了师父所说的"先天境"吧。

第二天一大早，便急急向师父求证、询问，得知后很是大喜。在此之后的三个多月里，大概每一个星期会出现一次，都不规律，有时在中午午休，有时在凌晨二三点，心脏的反应越来越轻，恐惧感也就慢慢减轻，更多的则是法喜（与平常的欢喜真的完全不同）。

从此，我对师父的功法便坚信不移，每天坚持练习。内心无比感恩师父在没有正式拜师就教了功法。我是在入了先天境后，师父多次悉心指导，身心实证师父所言，才提出正式拜师的。

（四）

实修的意义在于，不管门外的人如何吹得天花乱坠，你只要脚踏实地推开那一扇门，走进来，用自己的双手触摸，真假便自然知道了。

正式拜师后距今整整一年了。大部分的感受与师兄们基本相同：身体变得异常敏感，特别怕风，对不干净的人或物自身能清晰感应。身体疲惫了，恢复起来也很快，尤其是入功后，身体自愈能力成几何倍数增加。心性平和，不易生烦恼，还经常出现"禅悦"。当然，我也有一些别样的体会，一是在身体入境后，身体的自然反应与师父交待的练功细节居然是一模一样的。二是品茶的功夫更进一大步。我对"茶气"提出了五要义：清、顺、足、神、化，自从练习抱朴堂功法后，对"神、化"的理解与实证又增添了诸多内涵。

我曾经在茶悟中写道："习茶到了一定阶段，就要在心性上下功夫，生命成长到何处，茶叶就会体会到什么程度。"感恩李辉师父指导，让我的生命得以脱胎换骨，在安宁中体会茶气的玄妙，在祥和中感受生命的美好。并且，可喜的是，成长还在继续，得妙永无止境。如此，甚好！（制茶高级工程师、茶气研究者黄小元）

对丹道的亲历实证让我逐步接近生命的实相

清平乐·抱朴

太白耀晓，莫道君起早。天地阴阳我已盗，门内风景独好。最是屏息屈膝，真炁漫遍周身。心外元无一物，何来色色空空。

——习练抱朴功半年感

健康快乐，度百岁乃去，应是大多数人的向往，对生命好奇而欲究其实相，也是很多人的愿望，我则二者兼而有之。

或许是因为儿时的经历，我对生命特别好奇。几岁时，我会想：我眼里所见的世界和别人眼里所见的世界是一样的吗？五岁时，因在一处废弃的砖窑里撒了泡尿，回到家腿就瘸了。父母背着我四处寻医问药未果，倒是一神汉不知咋整地，竟在一夜之间把我医好了。童年时这段神奇的经历在我幼小的心里播下了好奇的种子。懂事后，便想要多多读书，弄懂它。

等长大了，发现佛家、道家早就在弄了，而且弄得似乎还很明白，只是自己还是没弄懂。便想，等我老了退休了，一定好好弄，一定要弄懂。

40年过去了，机缘巧合学习了藏密，修五加行。说是修，其实只是把整本《前行引导文》当作教材学了个遍，终究还是没弄明白。此后5年，我的身体一直处于严重亚健康状态，有朋友说站桩效果很好，可以恢复健康，甚至还能返老还童。心想，这总归是件好事，就当锻炼身体呗，就站了。这一站不要紧，竟然站出个完全不一样的我来：站了不到半个小时，就在我快坚持不住的时候，我用力下蹲桩位更低，突然一股气从底下冒出来，漫遍全身，两手不但不沉反而轻飘飘地上扬，越举越高，毫不费力，浑身也轻飘飘的，头上大汗淋漓，穿了三件衣几乎全湿透。随后的几天，出现了禅悦，但有时气胀得难受，火大。有时，打坐三四个小时后，难受得怎么也坐不住，气到玉枕怎么也过不去，到处乱窜……教我站桩打坐的朋友说这是丹道。为了弄明白自己是怎么回事，我就在网上看各种关于丹道的书，在各个修炼号里看各种关于丹道的文章，并对照着练，还听了些线上的丹道大师的课。结果不但没弄明白，反而把自己搞糊涂了，身体也没见好转。我心想，真正的道，不应该是我看的文章、参加的培训班和听的线上的课那样。

也许是我有这个福报，在我学得糊涂、练得混乱时，幸运地认识了半聪先生。

好友转来一篇关于健康原理的文章，其观点来自《黄帝内经》，思维非常科学缜密，异于常人。我想，能从根上解释清楚生命与健康的人，定是位高人。于是，我连夜看了先生公众号上所有的文章，这一看，竟让我有茅塞顿开、破迷开悟、一灯照破千年暗之感。在这里，所有困惑我的有关丹道的问题，都得到了科学的答案。虽然只见文字，我心里已引他作为知己与先生了。与先生做了简短沟通，愈发感觉先生就是引我入道的明师，当即订了机票飞赴桃花岛拜师。

先生对丹道的理解都是基于前沿科学和科学思维的逻辑，拨云见日，一竿子插到底，从不玄乎其玄，更不语怪力乱神，令人信服。我对《道德经》《清静经》《阴符经》《金刚经》和《心经》有点儿基础，所以看先生的文章更能与之相应，深以为然。

先生的抱朴功法源自《黄帝内经》，并汲取了藏密之长，完美地解决了命功中"开脊、通脏、活胯"三大难点，不意守不导引，是上乘的内功法门，见效快，而且简单易行，对那些"傻乎乎"的习练者，似乎效果更好。

我练习抱朴功已近半年，基本每天都练两到三次。练功一个月左右，原来练功的所有不适感全都没了，真气贯通玉枕，在头部盘旋而下，通畅无阻，连膝盖内外都被气充满包围，直抵脚心。练功时，腔内脏器翻腾，肠鸣屁响，收功时腹腔不由自主地起伏吸鼓，直至归元，非常舒服。之前只能单盘，现在已能轻易地双盘了，而且在睡梦中曾两次入定。

练功三个月左右，先生所言的先天之炁（胎息是入道的标志）在某个晚上的梦修里出现了。那夜睡前，刷着手机，突然气机发动，强烈到不得不放下手机，当即打坐。一个小时后收功，洗刷上床，十二点左右入睡。将睡未着之时，一股气团从下丹田升起，徐缓地移至中丹田，直至与百会联成一个整体，感觉呼吸困难，又有种高潮欲来未至，愉悦又难忍的感受。气从脚底依次向上蔓延漾动至肩颈，浑身似乎都浸在气里，头脑很清晰地知道自己身体的状态。忽然，有股巨大的力量飞也似的牵着我往头后方向拽，心里微惊，然后身子停下，漂浮在床上（好像不是自己睡的这张床），气团堵在胸口（中丹田）旋转，透不过气来，忽然呼吸停住了，四肢和躯体每个毛孔都打开了在呼吸，又感觉气从头顶出去了。我尝试呼吸，似乎有吸不尽的气，根本无须呼出去。清晰地记得，先生无数次嘱咐的"如如不动"，身和心都未动，直到自然醒来……

练功十个月时，某夜梦修清晰地"观"到了卧室旋涡状的气场，明白了老子描述的"道之为物，惟恍惟惚。惚兮恍兮，其中有象；恍兮惚兮，其中有物；窈兮冥兮，其中有精。其精甚真，其中有信"到底是什么意思。

练功近一年时，两次"看"见自己从头顶飞出去，遨游太虚。一次是夜里子时睡后，连续飞出去两回。一次是早起卯时收功睡回笼觉时，连续飞出去三回。"不出户以知天下，不窥牖以见天道"应真实不虚！

练功到现在，一天 24 小时无论坐立行卧，一直在功态里，不练而练。对"荡气回肠、气势磅礴，浩然之气充塞天地间"等词句有了切身的体会。身体对节气、时辰和地磁的变化非常敏感，自诩为"行走的罗盘"。

因为抱扑功，我对自己的健康非常自信，自信能无疾而终，度百岁乃去，也相信自己对生命的实相终有一天会弄明白的。

感恩我的明师——半聪先生！（周恒）

倾听身体的智慧

——练习"抱扑堂"功法的感悟

我是一名强直性脊柱炎患者，今年（2020 年）三十七岁，病程十七年。发病伊始，开始接受正规治疗。中间接受过西医治疗，中医"特效药"治疗，按摩推拿的理疗，正骨治疗，可谓是饱受摧残。因为方向是错误的，再多的努力也是徒劳，还引起了身体状况的逐步恶化。在按摩推拿的过程中，我的脊柱发生了错位。因为时间太久，难以纠正，而且长期从事办公室工作，脊柱胸椎以下到腰椎以上出现了竹节化，颈椎软组织粘连。医生说过，随着病情的发展，后期难免会出现竹节钙化，这是必然的结果——这是我国在免疫风湿领域最权威的医生们给我的解释。我对西医积累的信任终于彻底坍塌。本着不能继续致残的念头，被现代医学宣判无期徒刑的我，选择了传统医学的方式自救。

起初，我选择了站桩，认识了许多一起与病魔抗争的病友。后在病友的介绍下，又接触到了"抱朴堂"功法，正式拜在了半聪先生门下。

第一次习练功法是在 2019 年 4 月初，北方的天气乍暖还寒，我更是极度怕冷，在室内还捂着厚厚的珊瑚绒衣服。按照老师的指导，完成第一次练功后，身上热乎乎的，有的地方还出了细细的汗。我感叹，这么短的时间，这么简单的动作，可以达到这么好的效果，确实比站桩要好。真正让我吃惊的是随后的午睡过程。在半睡半醒之间，一股温热的感觉周身浮动，身体似乎泡在了温水里。这种睡着后身体发热的感觉，只存在于对幼儿时期的记忆中，玩累了打盹，身上裹着爸爸厚厚的军大衣，睡得温暖又踏实。睡醒后，我既惊喜，又感动，情不自禁地醉心于这种功法，坚持练了下去。

练功的第一个月，我一直处于"似乎低热"的状态——头晕，发冷，身体要比常人更热，但是温度计测量体温正常。我知道，这是正气被调动起来，开始正常修复身体的表现。

强直性脊柱炎，发展到脊柱椎间软骨钙化时，脊神经受到影响，身体的感知都是麻木的。比如我脊柱错位，常常分不清楚身体的正确姿势应该是怎样的，哪些地方是强直的。慢慢的，身体似乎复苏了，常常听到颈部的筋如冰雪初融一般有细碎的响声，气血似乎在滋养这些干涸的身体组织，肉体一点点地回到本应该是柔软的质地。这个过程一直持续着。

同时，我经历了十几年来的第一次高热，烧到了三十八度，这个过程并没有太难过，因为能感觉到热更深入渗透进身体，似乎是一股热气给自己取暖。退热后，筋会更松软一些，之前受限的地方得到了开解，变得稍微灵活了一点。从习练功法到现在，不知不觉已经八个月有余，这种高热的状况也出现了三四次。每次都是睡一觉，第二天就好。前几天，一节本来已经僵硬的脊柱关节自我复位，大量的寒气涌出来，更多的地方出现了温热，多年没有出汗的地方渗出了微汗。这更使我坚信，"抱朴堂"功法不仅可以实现初衷，阻止我致残，更有可能实现我曾经想都不敢想的念头——痊愈，变成一个正常人。

从 4 月到 12 月，我练着功法经历了四个季节。现在，我慢慢学会了倾听身体的智慧。我的身体变得对节气、温度都极度敏感，也变得更具有智慧、更从容。随着四季流转，身体不断地告诉我应该选择更天然、更自然的生活方式，主动避让空调、冰箱、添加剂，不由自主地多吃粮食、蔬菜滋补身体。每一次熬夜，更多的困倦提醒我，熬一宿需要睡三天来弥补。每一次安静的独处，慢慢变温热的身体告诉我，生命需要放空，放松，需要适当给自己做减法。我慢慢地体会到，身体是一个精密的系统，每一次的反应都是它自我调节的过程。而我们，只需要用正确的方式供给它能量，顺应它自己的方法，让它恢复自己应有的秩序。感谢抱朴堂功法，让我见证了生命的神奇，让我如此有底气相信自己，可以做一个身心健康的普通人。（刘婷）

让身体回归自然

我 46 岁，男，是有 20 年病史的强直性脊柱炎患者，身体筋膜软组织粘连硬化严重，身体活动受限也很严重。这三年来，以站桩调理身体，效果不错，但进步慢，过程艰苦。2020 年 3 月份，有朋友介绍半聪先生的丹法，我将信将疑地加了先生的微信。

这几年我寻医问药，练功自救，接触了不少功法，也自学了一些中医基础理论，但对丹法了解甚少。加上现在各种气功、灵修培训层出不穷，良莠不齐。因此我没有马上跟先生交流，而是花了两三天时间，认真地阅读先生自 2014 年以来朋友圈大部分内容。我看到先生博览群书、学贯中西，特别是在丹法上真知灼见，干货多多，并且直指大道，不云里雾里，在很多关于养生、修炼和传统文化上的观点颇有建树，切中要害，让我非常认同和赞叹。

机缘成熟，2019 年 3 月 15 日上午，我开始向先生学习抱朴堂丹法。下午，我就开始练第一趟，虽然我身体受限，动作没办法做全，但练完后几小时，居然腹部不停涌出热流，浑身温热，一直持续到晚上。我之前站桩，从来没有这样的感觉。第二天早上，再练了一趟，腹响咕咕，练完居然拉肚子了，这说明身体在排肠道寒湿。

才练两趟，就反应这么强烈，出乎我意料之外。后来再听先生解释抱朴堂丹法原理，一下子拨云见月，豁然开朗，才明白千年丹经所写为何，抱朴堂丹法所练为何，《黄帝内经》原来是最好的丹经……先生以博学和实证，直指丹法的核心和本质，刹那间令人醍醐灌顶，又如禅宗之桶底脱落。大道至简，简之又简！

练习抱朴堂丹法期间，每天以腹部为中心，浑身都会由里到外地温热。功法简单高效，犹如吃了一颗能量缓释胶囊，在安静的时候慢慢释放出来。我每天练三趟，身体的温热感不下于以前每天站 6 小时的桩。练功对病灶的冲击，跟站桩相似，但比站桩柔和。

丹法善补气，我每趟练完，说话即可声如洪钟；丹法补肝肾亦佳，练功期间，很久没有的晨勃每天按时出现；丹法柔肝，有段时间眼睛看东西都非常清亮；丹法调脾胃，练习时打嗝排气成为常态；丹法冲击我颈肩粘连的筋结，好几次背部两条大筋自动拉紧，这是身体在自动正骨。

抱朴堂丹法简单高效，效果显著，我不用像前两年那样每天站 6 个小时以上的桩，我现在只在晚上站一趟就有很好的效果。而且，练丹法期间，站桩的功感会大大增强。抱朴堂丹法就像给身体加了一块大容量电池，练一趟就快充一次，充电五分钟，温热两小时。

抱朴堂丹法不意守，不出偏，只要傻傻练习就行。我没想太多，就这样练了半年。9 月 15 日早上，还没起床的我体验到了丹道自身阴阳交媾的"禅悦"。以会阴为起点，沿着中脉上行，一股麻麻热热的温润精纯之气涌到心口，伴随体内如性交般的快感，持续了小半个小时。下午睡午觉醒来又来一波，还伴随海底轮区域如薄荷般清凉感。先生说这就是"功中自有真夫妇"。这种功感，很多练丹法的要很久才可能出现，而抱朴堂丹法则可以高效到让我在半年后就体验到，实在厉害！练习丹道身心产生的奇妙效应，让我震惊！

在之后这一两个月间，我又陆续体验了几次，先生说这些都是过路风景，身心如如不动即可。我亦深以为然，练功期间出现的种种反应，不要执着，就像《金刚经》所说："如筏喻者，法尚应舍，何况非法？"

10月18日早上，又出现可喜反应。其实这几天会阴、肛门会持续温热，结果这天练功后，突然发现困扰我十几年的外痔，没有任何预兆的，就这样缩小了三分之二。我站了几年桩，都没这个效果。

这两年站桩，我出现过身体发烫如发低烧的反应，并冲击侧弯的胸椎和僵硬的肩颈，此时会头晕、气喘、心悸，甚至浑身发抖，但这种情况只有在连续几天都站桩7小时才会出现。而我练抱朴堂丹法，每天只有三趟，也几次出现这种反应，说明丹法更高效。

抱朴堂丹法会自动出现梦修，练功期间，感觉每天晚上做的梦跟以前不一样，梦境很清晰完整。有一次晚上睡觉期间，一次侧身时，突然内心一片空明澄净，刹那间时间空间停滞，犹如入定。我站桩也曾入过静，但从来没有经历过这么深的空静感，我一下子惊慌起来，一起念后这种感觉马上消失了，但这种不知所措让我心慌气喘了几分钟。这也说明，抱朴堂丹法在睡梦中会突然入定。这种感觉太玄妙了！我相信，只要持之以恒，以后还会经历更多玄妙之旅。

练功至今，身体开启本能的符合自然规律的运作机制，会排斥一切寒凉的事物。不必说空调，更不必说多年未碰的冷饮，就是以前盛夏晚上必备的电风扇，现在都觉得很伤人。身体变得比普通人敏感，能比较敏锐觉察周围的气场好坏。我相信，随着身体越来越通透，总有一天，这个色身会变成行走的罗盘，望色察气，看风看水，不在话下。

抱朴堂丹法能让身体回归自然，特别是与二十四节气相应。经常，在大的节气日子，身体会有比较强的感应。比如整晚难以入睡，但第二天又不会困倦。可能我的身体比较堵，这方面感应比较少，但也有那么一两次，让我印象深刻。

练功大半年，我精气神和体力恢复很多，以前不能久坐久站，最近居然可以拖地板了。我现在主要问题在于肩颈的筋膜粘连硬化严重，有一个结卡在那里，身体受限，背部僵硬，同时还有严重的胃病。但我相信，只要持之以恒，总有一天元炁精纯充足，气血通达，就能攻克难关。

《周易·系辞下》："天下同归而殊途，一致而百虑。"丹道法门历经千年，变化流转，但其核心其实非常简单，抓住这个核心，则可大道通天。抱朴堂丹法，就抓住了这个核心。"任凭弱水三千，我只取一瓢饮。"遇到半聪先生，听闻大道，可谓福缘深厚！遇到抱朴堂丹法，身心俱妙，真是幸甚至哉！（陈飞昆）

大道至简，悟在天成

有缘练习抱朴堂功法已一年有余。如今，练功已成为一种习惯，融入生活，不可或缺。我入门时日不长，算不得合格弟子，但抱朴堂功法已对我的生活产生了非常积极的变化，尤其是身体明显改善，心态更为平和。我自知天分不够、领悟有限，未必能准确理解抱朴堂功法的精髓，但仍愿抛砖引玉，在此总结练习心得，与读者诸君共享。

我与堂主是旧友，相识多年却一直未曾聊起养生，也并未关注抱朴堂功法。记得一次饭局上，堂主曾善意提醒过我身体的问题，当时我并未在意。快节奏的不良生活方式，错误的锻炼方法，我的身体已严重透支却不自知。一年后，我竟患重病住院，历经 9 个多小时的手术，总算在鬼门关里捡回了一条命。术后康复中，我开始接触养生，对中医养生产生了兴趣。

此时，我才回想起堂主曾经的提醒，于是抱着试试的态度登门拜访。与堂主交谈后，如醍醐灌顶，彻底颠覆我对中医、道家的误解，对道家养生理念有了全新的认识，并与抱朴堂功法结缘。现在想来，如果当初早些关注抱朴堂，也许一切都会不一样，不会经历一场生死劫。当然，换个角度思考，如果不是经历了一场劫难，对生命的敬畏、对健康重要性的领悟也不会如此深刻。好在总算是上天眷顾，亡羊补牢，犹未为晚，因此而结缘抱朴堂功法，因祸得福。

我自小身体健硕，一直是运动健将。大学时，曾参加校运会的400米跨栏、400米接力赛，在外人眼里，我的体能比一般人要出色。大学期间开始进入健身房锻炼，并接受了西方的健身理念，巅峰期也曾练出八块腹肌，羡煞旁人。每周，我基本上保持一次篮球和一次羽毛球。羽毛球可单打两个小时，应该说，在我的潜意识里，疾病与我没有半毛钱关系。学习抱朴堂功法后，我才明白，我那时候表现出的超常体能，其实是透支了自己的身体，用堂主的话说，就是过度调用了先天能量。过度的体育锻炼对身体是有害的，特别是晚上打羽毛球，更是违背了天道。由于传统中医养生知识的匮乏，我对不当运动造成的身体伤害一无所知，终究还是酿成了重病。

接触功法至今，我基本上每天都坚持练习。开始练习时，反应较大，特别明显的就是大量地出汗，感觉很舒畅。后来，慢慢地，汗量减少，再后来，只是微微发热。持续练习大概两个多月，大便恢复正常，脸色明显变好，按照堂主的说法是——比手术前的气色还要好，外人根本看不出来我曾经患过重病。现在，我手术后已经两年了，每次复查指标都正常，自我感觉比手术之前状态还要好，这一切与抱朴堂功法密不可分。

堂主授予的功法，动作简单，一学就会，而且不受场地的限制，使我很容易坚持下来，这个也许是抱朴堂功法最大的特点之一。回想这两年的练习过程，堂主有一句话令我印象最为深刻："不需要知道为什么，傻傻地练即可。"也正是因为遵循这个理念，让我少了很多的思虑，少了很多的刨根问底，心无挂碍地练。以我的亲身经历，我对抱朴堂功法的总结是：大道至简，悟在天成。

古往今来，崇尚和修炼岐黄之道者，可谓前仆后继，但有非凡成就的大家却是凤毛麟角。抱朴堂主就是一个能将复杂的养生理念和系统简化到极致的高人。正如古人所言："自非才高识妙，岂能探其理致哉？"道家推崇"大道至简"，强调大道理即基本原理、方法和规律是极其简单的，简单到一句话就能说明白，即所谓"真传一句话，假传万卷书"。中医看病，表面上看起来"大道至简"，本质却是只有读破万卷书后，才能达到"悟在天成"的境界。所以大道至简，"简"的不是法，而是道；并不是说最好的方法是最简单的，而是说在纷纭多变的现象背后存在亘古不变的道，它们虽然很简单，却是根本性的、统领一切的。

大道理是极其简单的，简单到一两句话就能说明白。世上的事情难就难在简单。简单不是敷衍了事，也不是单纯幼稚，而是最高级的智慧，是成熟睿智的表现。因为简单是神圣的，是化繁为简后的一种觉醒。岁月无痕，人生有涯，越是简单的，越是有效，越是长久。

假如我们觉得某件事情很复杂，做得很艰难，只能说明我们没有找对做事方法。复杂的事情简单去做，简单的事情重复去做，重复的事情用心去做，长期坚持，自然功成。这句话叫我想起了网上流传的励志名句："聪明的人下笨功夫，最简单的招式练到极致就是绝招。"在此，感恩抱朴堂让我获得了养生的绝招。（刘泽涛）

天道无亲，常与善人

"天道无亲，常与善人"出自《道德经》，意为天地不仁、无亲，不偏私万物，但顺应天道者总能厚德、全身，顺遂喜乐。抱朴堂功法就是一种指引人回归自然本性、回归天道秩序的练习。世事多变，现实残酷，而合道之人，总能有所依凭，获得福报。

我与抱朴堂李辉相识已十余年，是以文相交的好友。李辉也有过案牍劳形、殚精竭虑的时期。那段时期，他以笔为刀、挥斥方遒，是卓有文声的评论家，身体却也因过度透支抱恙。在自我救赎的动力驱使下，他博览群书，以超人的博学和悟性开创了抱朴堂功法，而他躬身践行，是此功法受益的第一人。

接触抱朴堂功法时，是在 2017 年年秋，彼时是我人生最低谷。产后调理不当，我的身体亏虚到了极点，家人患重病，焦虑、痛苦、失眠折磨着我，加之还有十余年病史的抑郁旧疾，身心到了崩盘的边缘。

了解到李辉通过抱朴堂的功法调理重获健康，在求生本能的驱使下，我向他请教方法，并勤加练习。

仅半年，我的身体有了明显改善，常感觉下腹温暖，背部时常有暖流经过。俗世负累未减分毫，而我却拥有了一颗平和强大的心灵去负载，去承受。

练习快一年时，我得到了一种寂静至极到了虚无的体验。平躺在床上，全身放松，头脑清空后，慢慢地，呼吸变得缓慢，我感觉不到身体四肢，也感觉不到呼吸心跳，头脑里却一片清明，腹部缓慢起伏，自然启动轻柔的腹式呼吸。我能够感觉到经脉里气血像泉水一样汩汩流动，消化食物的胃，有像马达一样的振动。这是心静极、头脑空极才有的体验，倘若有思绪飘入，一切戛然即止。有句话说得好："骨正筋柔，气血以流。"我没有刻意去追求气血怎么流动，阳气怎么生发，只是一天天坚持练习，只顾耕耘，不问收获，心无旁骛，一切反而来得水到渠成，自然而然。

与练习一同坚持的，是不良性格情志的改变和有害生活习惯的摒弃。我从一个夏天每天吹冷空调、一箱箱买冷饮吃的人，变成了一个夏天不吹风也不觉得燥热，一年四季都喝温开水的人。我排斥冷空调，对冷风有了敏锐的体验。古圣曰："虚邪贼风，避之有时。"避风的前提是感知风，感知风的前提，是身体回归的本来面目。

日复一日、年复一年的练习与生活调理，我从一个无知无觉的人，变成了一个急迫想了解正确的养生方法的人，有意识有动力去保养自己的人。我日常阅读的书籍，从通俗小说变成了《黄帝内经》《道德经》《医学源流论》等。

自私很容易，爱自己却很难。每个人都渴望长寿，在日常点滴中惜命却很难。抱朴堂功法的神奇，就在于把世间最难之事简化，让练习的人在一种愉悦的坚持中一点点洗净身心的尘埃，回归人的自然本性。起居有常，不妄作劳，按照四季节气和晨晚规律生活，学会避寒就暖、惜用精气神。

在我的带动下，我年逾六旬的母亲也每天坚持练习抱朴堂功法。她患有腰椎盘突出，坐卧不安，疼痛难忍，多方求医问药毫无效果，一天天日益严重，走路也开始佝偻。练习抱朴堂功法半年不到，我母亲的腰椎间盘突出带来的疼痛就大为缓解。一年后，她已感觉不到疼痛。我的女儿是我母亲一手带大的，因为腰椎间盘突出，女儿从 8 个月开始，就没有被最疼爱她的外婆抱过了。练习抱朴堂功法两年后，现在母亲还能偶尔背背我三岁多的女儿以示宠溺，虽然我们出于担心，多有制止，但母亲说："真的一点不感觉痛了。"她走路身姿也越发挺拔，身体越来越好，家人欣喜不已。

三年过去，我的抑郁症再未复发。生活依然有突如其来的变故袭来，而我愈发笃定淡泊、自信内敛，感觉人生有了坚不可摧的底盘，原来脆弱怯懦的内心也变得勇敢强大。

2019 年，我的事业进入了上升期，薪水翻倍，还有望升职。这一切的幸运不是偶然，是源于优异的工作，而之所以能超越他人，则是因为身体康健、心静如水，换来了思维敏捷、谈吐从容。说到底，精神的专一，如有神助，都是有身体基础的。身体调理好，少损耗它，人自然会变得越来越聪慧。

感恩抱朴堂，感谢好友李辉！结缘抱朴堂功法，是美满人生的起点。它改变了我的身体，颠覆了我的人生观、世界观与价值观，让我得以窥见真正的生活，懂得遵循天道，不以人的狂妄度量世界，懂得敬畏，懂得珍惜。

今后，我还会每天坚持练习抱朴堂功法。期待未来遇见更好的自己，期待有生之年，以我等愚钝和后知后觉，也能对先圣绝学里提到的"天人合一"境界体味一二。（余雪凝）

大道至简

——我的求师练功之路

遇到师父，有三年时间了。那时候，我的身体很差，不良的生活习惯导致未老先衰。现在的流行病，腰椎盘突出，颈椎病，整夜失眠，头晕、胃病、痛风，我都有。每天早上，一洗脸就流鼻血，整个后背都是痛的，腰酸，一到冬天更甚，整个人的精气神都极度不好。内心莫名恐慌，西医中医都看了，翻来覆去地吃药也没什么效果，包括理疗、艾灸、电疗全试了个遍，也收效甚微，心情很差，脾气暴躁。

后来，我在一个微信群里偶然看到宕子师父发的文章，讲的是自己得病如何靠练功自愈的经过，文章通篇都是大白话，字里行间流露出的真实和质朴吸引了我的注意力。我翻看了老师的朋友圈，每一篇文章都是如此的大实话，没有像其他人写的一样引经据典，云山雾罩，妄论鬼神。我加了师父的微信，每天必做的是看宕子师父发的朋友圈，这样观察了几个月时间，才正式拜师。师父教了我功法，向我讲解了功理，于是我开始练习抱朴堂的功夫。

刚开始，感觉这功法如此简单，效果真的能好吗？在这半信半疑中坚持了一段时间，流鼻血不知不觉止住了，头晕眼花有了很大的改善，每天也有精神了，心情也慢慢平静多了。到现在，坚持练习有两年多时间了，腰椎盘突出不再痛了，颈椎病也没有了，后腰到冬天也不再酸痛凉了，失眠也改善了，原来消失的人中沟现在又练回来了，现在心中的阴霾也消散了，心里踏实了，不再对自己的身体恐慌了。

2019年冬天，有天夜里，睡到半夜，在半睡半醒之间，感觉自己的身体全身就像通电了一样，全身经络里就像有电流通窜，特别是脊椎后腰部位和胃的区域，感觉最大，大约有一个小时吧，这种感觉才过去。第二天早上起来，很有精神，身体感觉出现了细微的变化，给师父汇报。师父说要如如不动，才能保持下去，之后时不时会出现这种情况，师兄们戏称为老天爷发红包。

还有一次，在练功中，突然感觉身心非常安静，身体里就像空了一样，然后大脑中自动出现了整个身体的骨骼景象，就像看X光片一样，灰黑色的骨骼很清楚，不是用眼睛看到的，是自动出现在脑海里。停了一会，自己感觉很惊奇，心里一动就没感觉了。后来在群里给师父汇报，有的师兄说骨头是白色的，师父解释说《黄帝内经》讲肾气为黑色，肾主骨生髓，所以骨头为灰黑色。师父还说，这些功能不要去追求，只是过路风景。

自从今生有幸遇到师父，自己的人生才重新发生了脱胎换骨的改变，身心都得到了前所未有的变化，对未来的路不再迷茫与恐慌。往后的余生，要照着师父说的，做一个身心健康的普通人。（郝炫辉）

无心插柳柳成荫

——玄关窍开让我体验了生命的妙不可言

2016 年的夏天，一个偶然的机会，我开始向老师学习"抱朴堂"功法。在此之前，我和老师只是微信好友，未曾谋面，平时也无交流，但老师长期持续在朋友圈分享中医治病的一些观点和对事物的看法，让我深信老师是一个正直正义、学识渊博、有独特见解的人。

源于对老师人品以及学识的信任与欣赏，我开始向老师学习"抱朴堂"功法。我平素是一个不爱运动的人，老师的功法简单，容易操作，每天需要的时间也不多。当时，我就想着反正运动是需要的，这么简单的运动也是我这种懒人容易坚持的。坦白地讲，至于老师提到的"开玄关，盗先天之炁"，这种高深顶级的境界，别说信不信，我连想都没想过。反正运动总没什么坏处吧。基于这样简单想法，我坚持每天早上起床后练一刻钟功。

持续练功三个月后，一个普通的夜晚，我躺在床上，肚子不自觉地鼓动，越来越大，如同气球般鼓起来，我开始呼吸不顺畅，试着调整呼吸，后来呼吸慢慢停止下来，改成了腹部呼吸。伴随着腹部的起伏，我试试自己的鼻子，只剩下几乎是很细微的气息了。道家顶级功夫"胎息"出现在我的身上了，实在是完全不能用言语表达我的感受！当时，我既好奇又充满各种猜测与不安。第二天，与老师交流，才明白我是非常幸运的，在我都不明白什么是"玄关"，什么是"道家顶级功夫"时，我懵懵懂懂地开了"玄关"。此时距离我练习"抱朴堂"功夫仅仅三个月之余。后来老师说，也许是我心性单纯，更容易入道吧。至此，我"入道"了，也开启了我的玄妙体验之旅。

初开"玄关"之际，我如同刘姥姥进大观园，充满了各种好奇与不可思议的体验。简单总结有几点体会：

一、身体变得极其敏感。怕冷，怕风，怕凉。对天气的变化感受非常明显，不能吹风，一旦吹风立刻打喷嚏流鼻涕，但也不用吃药，很快也就会好。坚决不能吃从冰箱里拿出来的水果，吃了之后立刻拉肚子。一次在日本，如往常一样吃了生鱼片（之前我也是很喜欢吃生鱼片的），结果一天去了八次洗手间。身体是智慧的，它遇到了寒凉的食物，自动要排出体外。第二天就恢复正常了，从此终于懂得并坚持去尊重自己的身体感受。

二、心态改变。不能动怒，不能生气。一次在韩国免税店，因为店员服务差，我气得去楼层经理那里投诉。平时，我自认为思维清晰、逻辑缜密，口才好，结果现场却连话都说不出来。至此我明白了，身体对于气流更加敏感，我们比常人更不能动怒、动气。

三、开启人体自愈能力，本自具足。练功前，我应该和很多现代人一样，虽没有明显病，但属于亚健康状态。每年经常生一些感冒，身体乏力等。练功这几年下来，我基本没生过感冒，偶尔一些感冒症状也是不用吃药，2～3天就恢复正常了。这就是我们人类身体具备的自愈能力，是每个人都本来具足的能力。

四、性格改变，敬天地，敬万物。这几年练功下来，有多次奇妙的体验，与原来知识结构的认知完全不同，甚至有些地方是颠覆原有的认知。如果不是自己亲身体验，是不能相信的。这些体验与感受让我的个性、心态发生了巨大变化，对世界、对宇宙、对世间万物，重新升起了敬畏。

时至今日，我练习"抱朴堂"功法已经有三年的时间了，这三年身心收获颇丰，也非常感叹中医的神奇与博大精深。身体变好了，心境改变了，做事的心态也随之调整得更加平和了。"大道至简"在生活中无处不在地指导着我的言行。开"玄关"后的奇妙体验，让我重新审视自己的人生观与世界观。"真空生妙有"的体会与境界让我明白了儒释道的精髓。

这三年，我出现过一次内视，看到了自己的胃部和子宫；出现过数次梦修，第二天精神抖擞；出现过一次梦中预知，梦境中的场景，在一两个星期后我毫无预兆地到达现场；进入了几次短暂的禅定，突然间大脑与宇宙链接，时空停止，目之所及是五彩斑斓的流光溢彩的景象，至今尤记，看到的平生第一次见过的光彩绝伦、美艳无比的不知名的花，后来凭记忆去网上搜索，才知道那朵花叫彼岸花，也叫"曼珠沙华"。

走过了最初的好奇与惊喜，走过了一路的奇妙与感叹，如今已心静如水。更加感恩老师的无私教诲，感恩宇宙世界的无奇不有，感恩生命的妙不可言！（王宇）

我玄关打开后的奇妙体验

我是在 2016 年正月初一拜在"抱朴堂"门下的，我以前身体特别差。认识老师以前，我很喜欢武侠，喜欢练武，但一直没有机缘遇到这类高人。偶然有一次，在一个群里看到老师发的文章，讲的是天元丹法。他的修炼心得让我觉得很好奇，难道世上真有这种功夫吗？于是加了老师的微信。

拜师后，大约练了一年，就开了玄关。当时是早上，可能天还没亮，我躺在床上，感觉身体空了，感觉不到自己身体了，而且看到有光在往身体里面走。看到光在身体里走的时候，有点儿被吓到了。随后，我又觉得很好奇，也没管它。过了一会儿，就醒了。我还是有点怕，不知道是怎么回事，退出来了。事后，我问师父，这是怎么回事？为什么会看到光往我身体里面走，然后身体都空了吗？师父告诉我，这家伙开玄关了。他说，你小子挺傻的，傻得可怜。我那个时候只求把身体练好，不求开什么玄关，也不知道玄关为何物。

打开玄关后，每次只要放空自己或坐着发呆的时候，能量就会往身体里面走。开始的时候，会有酸麻胀痛，或者一些触电的感觉。后来，随着经络越来越通，发生的感觉就更奇妙了，如感觉自己上下左右地飘来飘去。

过了一段时间，我就进入梦修的状态了。师父说，梦修比发呆的时候、清醒的时候的任何一种效果还好。梦修是全自动，比那种似睡非睡的感觉还好。第一次梦修出现的时候，我被吓醒了。以师父的境界，在梦中也可以做到如如不动，可以定住自己。我当时是第一次进入梦修，从未有过这种经历，就觉得特别吓人。我发现自己动不了，就想动嘛，却怎么也动不了。后来，看到一片紫光过来，就被吓醒了。后来，也多次进入梦修，每一次都不一样，而且在梦中可以动了，一次比一次动作快，在梦里走路、跑步会非常快。哪怕在梦里遇到一些恐怖的情景，也不害怕了。

师父2018年来成都的时候，我们一起去爬青城山。回来后，我给他做了艾灸。第二天早上，那种感觉令我至今难以忘怀。我全身就像通了电一样，而且紫光环绕，围着身体转。这种情况后来还出现过几次。后来就更夸张了，身体里面会"放鞭炮"。那个"鞭炮"放起来砰砰的，师父说这是在通经络，如果全身的经络都通了，就不会响了。

这几年练功以来，我的身体发生了很大的改变。第一，我的眼睛不起雾了；第二，在伸手不见五指的晚上，我也可以看到光；第三，晚上睡觉的时候，可以随时进入先天无我的状态。

为什么我们放空的时候，能量会自动从虚空中进入我们的身体呢？因为，能量是高处往低处流的。当我们放空的时候，身体处于最低的位置，你空了嘛，一个空的地方，能量就会源源不断地进来，怎么装也装不满。这种能量会修复我们的身体，开发我们的潜能。

我们练功一段时间后，为什么会怕空调、怕风？因为身体的敏感度提升了。我们的身体可以提升得多敏感呢？比如说，地震来了，你可能会感应到。像老鼠、蛇，是很有灵性的动物，地震来了，它们都知道。我们人也是可以这样的，只是我们的后天把先天的本能掩盖住了。我们也可以感知风水能量场的变化。在给别人做艾灸的时候，我可以感知那个人身体能量的变化。

我练功到现在的感觉，总的来说，最开始是酸麻胀痛，那是气冲病灶的反应。随着经络的畅通，身体会有充气的感觉，像氢气球一样，到后来怎么充也充不满。其次，身体有电流的感觉，可以看到紫光，听到炒豆子的声音，就是放鞭炮的声音。另外，还有梦修，以前我胆量很小，在梦里经常被吓醒。后来，不管在梦里遇到什么妖魔鬼怪，我都敢和它们打架。我现在敢走夜路了，以前是不敢的，老觉得有人在背后盯着我，现在没有这种感觉。

我练功有三四年时间了，发生过太多奇妙的感觉，根本没有办法全部描述出来，就说到这里吧。（杨超）

22 天修出"禅悦"的经历

无意在一微信群里看到的师父的文章，花了小半天时间拜读，心中即刻认定半聪先生就是我寻找的师父。抱着试试的心态加了师父微信，不过当时并未和师父说一句话。2020 年 2 月 4 日，拜师之念强烈无比，下午给师父发了微信，直接不带寒暄地问师父，如何才能拜他为师啊？现在想想，当时也真够唐突的，估计那时有点紧张。

拜师后，我告诉了师父我目前的身体状况，讲述了我的"难言之隐"：在生老三的时候，到最后用错了力，导致阴道口撕裂得比较厉害。医生没告诉我缝了多少针，倒是告诉我，以后可能会出现漏尿，压力性尿失禁。当时，只求孩子出来，医生的话也没太放在心里。2019 年上半年，果然偶尔出现了漏尿。下半年，女儿上小学，我开始了白天带娃，晚上辅导老大学习，待三个娃熟睡后开始熬夜工作。有时，经常通宵不睡，尿频、尿失禁，愈来愈重。老大的学校离我家步行只有 10 分钟，这来回接送的路程，我得上四次厕所，有次来不及，只有直接尿裤子。每每熬夜之后，尿频、尿失禁更加严重。不敢走路，不敢出门，有时候真不想送孩子上辅导班。人很烦躁，也很痛苦……师父看了我的舌面照后，让我喝花椒红糖水，同时吃一味很便宜的中成药。他告诉我，配合练功，用不了多久就会好的。

我知道，我想恢复身体，只有乖乖地听师父的话，踏踏实实地练功，别的什么都不要想。才练两次，身体开始对风、凉气异常敏感起来。突然间，身体很怕风，很怕凉，一点点凉气，都能感觉到。练功这些天，每天状况不一，但说实话，并不紧张害怕，因为你知道这是身体的自我调节，身体会变得越来越好。练功到 17 天的时候，我惊喜地发现自己瘦了 8 斤，同时，困扰我的尿频、尿失禁消失了，一次都未复发过。我为了验证自己好了没有，我特意连续性地用力蹦、用力跳、用力咳，特意买很多菜让自己拎，尿频、漏尿的现象都没有发生。我真得好生惊喜啊！可想而知，我有多开心了，心情特别好，不爱生气发火了。女儿也开始夸我，说妈妈又变回原来那个温柔的妈妈了。仅仅 17 天，让我痛苦不堪的问题，竟然完全痊愈，我的身心不再饱受折磨了，如获新生。抱朴堂功法让我亲证了奇迹！我除了感恩，还是感恩，觉得自己真是一个幸运儿。

说实话，身体能够恢复健康，我已心满意足，并不求自己能练到什么地步，什么境界。听师父话，傻傻练，未来的路还很长，可以慢慢地去享受抱朴功给我带来的惊喜。今天，是我学抱朴功的第 22 天。昨夜上床，久久不能入睡，随后又出现与几日前一样的状况，全身上下多处跳动，头顶好像打开了，如漩涡般在不断吸收周边的能量，身体跳动之处如电流穿过，酥麻得情不自禁打颤，产生了只可意会不可言说的快感。询问师父，才得知这是"禅悦"。师父说，其实"禅悦"是自身阴阳交媾引起的性快感，比男女做爱的性快感要强烈很多倍。22 天修出了"禅悦"，这真的是我不敢想的。22 天这么短的时间让我瘦了 8 斤，治愈了我的难言之隐，更出乎意外地让我修出了"禅悦"，抱朴功法在不到一个月时间给了我一次又一次的惊喜。

师父说，丹道其实很简单，路子对了，不但身体会一天比一天好，而且容易进入天人合一的境界。此时，我真的庆幸自己学了抱朴功，庆幸自

己走对了路，庆幸能得遇明师。有师父在，得到师父指点，无比安心。（郭玥祯）

简单且神奇到让你怀疑人生的"抱朴堂"功法

2020年春节期间，友人郑兄给我转发了其师半聪先生的一篇雄文，介绍了丹道、胎息、内视等内容，玄妙神奇，不可思议。于是关注了公众号，不断翻看先生及其弟子的一些练功心得，觉得太神奇了。我原以为这些东西都是神仙手段，不太容易修成，但看他们的体验，居然这么容易，心想，难不成又是一江湖术士？转念又想，郑兄学识渊博，为人亦善，其师尊必定更是博学多才，卓尔不群，应是我如井底之蛙，眼拙了。由于本人自幼一直对气功等神秘事物很感兴趣，于是果断加了先生的微信号，问道于先生。

畅谈之下，向先生请教了一些关于气、佛学、太极、打坐、功法等问题。想不到先生语出惊人，观点新颖，不同凡响，他指出玄学并不神秘，只是由于那些江湖神棍们没有实修实证，所以故弄玄虚以忽悠人。先生所说的一切都让我三观大改，拍案惊奇——一直以为，这种高人，理应白衣胜雪，道貌岸然，不食人间烟火，想不到居然这么亲民，接地气。古人说："朝闻道，夕死可矣。"于是，怀着强烈的好奇拜了先生为师。

在万分期待中，我下载了练功视频，虽说早有心理准备，但在看完的那一刻，我真是直接就石化了。就是这样子？师父说化繁为简，但这功法也实在太简单了吧！简单到离谱，简单到让你怀疑人生，简到让你怀疑自己的智商，师父这是在开玩笑吗？所以，我不甘心地问，这是第一式吗？师父秒回："大道至简。容易？你坚持做做看！"我还是不死心，不可能就这么简单呀，于是接着问师父是否还有远程传功，远程灌顶之类的。师父直接回了个白眼道："你小说看多了，小心被骗，那些东西都是骗你的，先好好练功吧！"

我只好怀着满腹的狐疑，打开瑜伽垫练了起来。由于有双盘的底子，除了呼吸不太自然外，第一天很轻松就做完。第二天，早上练完也没什么感觉，但中午午睡的时候，却发梦了，见到上丹田处，一轮红日高挂天空，之前冥想大日金刚海时，总冥想不出个什么红日高挂的场景，想不到居然在梦中看到了，而且是那么真实，当时以为是做梦，所以也没多问。第三天，也是中午午睡的时候，入睡时，脚特别特别冷，盖了厚被子也不觉得暖。后来睡着了，醒来后，发现手脚全麻，想动也动不了，好像不存在，但没有什么不适，相反却很舒服，过了一会儿才恢复。起床后，人特别精神。问师父，师父说这是在排寒，练功过程中无论遇到什么，都是正常，应如如不动。

我练太极二年，双盘一年，也没什么感觉，想不到这功法竟如此玄妙，让我真有种"踏破铁鞋无觅处，得来全不费功夫"的喜悦。于是，我所有的疑虑都消除了。从那天开始，每天睡觉时，就好像电流通过那样，手脚都会全麻了，很易入睡，睡得也特别香。一个月左右时，太太突然对我说，现在你很少打呼噜了。以前她总抱怨我太吵，让她难入睡。

除了睡眠的改善外，一路下来，见证了这功法的种种反应，恍如一场神奇之旅，令人惊叹不已。例如脚排寒时很冷，下丹田很暖，全身变热，行走或站立时，有时突然会有一阵电流穿过身体，带来一阵清凉。命门处跳动，皮肤很热，虽然每天5～6点会自动准时起床，但人却特别精神，精力充沛等等。

改变的不仅仅只是身体，更令我惊讶的是性格的改变——我不像以前那样焦虑、抑郁，遇事很容易发脾气了。很多事情，觉得过就过了，看淡了很多。一切都释然了，心平如镜，对事物、对生活、对人生也没那么多抱怨了。

下面是梦修与自动气冲病灶的经历：

2020年4月19日，星期日，是日谷雨。卯时6点起床，练功30分钟，早餐后忽倦，8点复又眠，刚睡下时，腹内咕咕不断地鸣，以为吃得太饱，想起来走走，却难敌睡意，遂深深入睡。梦见脚被蛇咬，又热又痛，于是心急惊醒。醒后发觉全身麻痹，好像身体与我无关，想动也动不了，两脚仿如着火，非常热的感觉传来，明明睡在床上，却感觉背下面的不是床，而是漂浮着，着实奇怪！师父说："这是梦修，应心无挂碍，无有恐怖，保持如如不动即可。"

2020年4月20日，练功第68天。早上，站着看了会手机，突然右肩和整个右臂麻木，右肩非常痛，勉强动下，紧绷绷的，痛入骨髓。担心中风，强忍痛楚，躺在床上，后背好像有东西在不断冲击。半小时后，起来，一切恢复如常，感觉肩手松开了，本来有点小小驼背的，现在好像直了，呼吸更顺了，吸气入丹田容易了。师父解释，这是气冲病灶，自动修复身体。

柳宗元在《时令论》中说："圣人之道，不穷异以为神，不引天以为高，利于人，备于事，如斯而已矣。"师父功法及为人，简单朴素，实而不华，不故弄玄虚，直指大道，利于人，备于事。今生能遇到明师，做个身心健康的普通人，足矣！（陈列旺）

我的身体和精神状态都大为改观了

我是一个在新疆长大的四川人。父母为了讨生活，从四川的大山跑到新疆来开荒种地。我从小就体弱多病，脾胃不好，不耐受西北的寒冷，总是闹肚子拉稀，长得又黑又瘦小。幸亏我家附近有位广东人开的中医铺子，治好了我拉稀的毛病。至今，还清晰地记得小时候父母强迫我喝中药的那股子难受劲，以及那位医生浓郁的老广腔调。儿童时期就这么健康地过来了。

上初中时，有一年的冬天非常寒冷，我感冒了很久都不好，可中医铺子因为修路早就搬走了，附近只有一家西医诊所，邻近村镇看病的地方也就只有这么一个。于是我一连输了一个多星期的液，从此就开始与鼻炎相伴，真是痛苦不堪。夏季还好，秋冬非常难熬，鼻塞、鼻痛、鼻涕、头昏脑胀、睡觉无法正常呼吸、记忆力下降、反应迟钝等等，以至于无法正常学习，成绩开始变得很差，课文、单词背不下来，被老师骂学习不好，回到家还被父母责备。身边的小伙伴个个精精神神的，而我是蔫蔫的，人家兜里揣着的是听歌的MP3和游戏机，而我兜里揣着的是厚厚的卫生纸，用来擦流不完的鼻涕。因为擦鼻涕太多，鼻子都被捏得疼痛不已。就这样，鼻炎伴随着我度过了整个少年时代，回忆起那时过的日子，真不是滋味。

高二的时候，稍微强壮了一些，鼻炎有些缓解，要好过一点了。有一次，我妈听人说，鼻炎不好治，最好是换个环境到南方去要好得多。还好考上了大学，父母帮我填了四川老家的大学。温暖湿润的四川确实使我的身体感到舒适。这时，在华西医院规培的姐姐也为我准备一些华西医院自制的治鼻炎的中药口服液。适宜的气候加药物疗效，我的鼻炎大为改善。青春期就这么度过了，身体还不算太坏，我也长成了178厘米的大小伙。

毕业了，就留在成都生活和工作。四川气候好，物产丰富，美食数不胜数，生活确实如方言所说安逸巴适。但年轻的我却不懂得如何爱惜身体，工作总是很拼，常常加班熬夜，饭局中也不懂得拒绝，常常喝得大醉。空闲了，就疯狂地玩手机游戏，玩着玩着，就忘记了时间，常常到晚上三五点才睡。如此这般，时间久了，身体就垮了。28岁开始失眠，起初只是偶尔失眠，没有在意也没改变自己。后面越来越严重，整夜整夜地睡不着。睡不好觉是非常可怕的，脾气会变得暴躁，没有精力，做事想放弃，也不想去多做任何事情。最麻烦的是内心的恐惧，觉得自己快完蛋了。姐姐知道后，说我是焦虑症，给我吃了一些镇静安眠的药片。这药一吃就睡着了，可早上醒来，依然很累，像没睡过似的。我吃药的体会就是，药只是把脑子麻痹了而已，身体依然是没有睡着。这个药还有个缺点，就是药力会逐渐下降，第一天能管 8 小时，但到第四五天只能管五六个小时了。于是，我便停止吃药去做体检，体检的各种数据结果却显示没啥大问题，只是有点前列腺炎。于是，泌尿科医生开了些中成药和西药给我回去吃，这一吃就出问题了，反而尿不出来，憋得难受得要死，好不容易尿出来了竟然是血尿。心情立马不好，脾气一上来，就把所有的药都扔了出去。发完脾气，收拾好心情，想了想该怎么办，觉得去看看中医。于是，在网上挂了号，第二天直奔成都中医大国医馆。中医大夫看病很细致，问工作，问生活，问饮食和生活习惯等等，中药来得慢，但效果扎实，随着每一次的复诊，我的状态也大为改善。

药吃了三个多月就没吃了，身体虽大为改善，但还是觉得没有以前好。每个月偶尔还是会失眠好几天，感觉精力还是不够用。于是我便开始了解和学习中医，喜欢上了听曲黎敏老师讲《黄帝内经》。在听曲黎敏老师讲《黄帝内经》的那段时间，我当舅舅了，两个可爱的外甥，让我对生命充满了敬畏。小宝宝是那么可爱，那么柔软娇嫩，需要大人们好好照顾。这时的我，特别想有个老师，手把手地教我学习养生，教我把身体照顾好，不生病，精力充沛，有能力照顾我们下一代的小宝宝，让他们能健康地成长。不知什么时候，微信中添加了半聪先生的公众号，看了先生的文章，让我学到了很多很多，尤其是关于丹道的，于是便下定决心要拜半聪先生为师。

我于 2020 年 8 月 7 日拜半聪先生为师，8 月 8 日开始习练抱朴堂功法。功法虽然简单，但却很是神奇。开始练习的第一天，在练习过程中，我的腰部处胀痛得厉害，耳朵在练功过程中堵得厉害，不断地有气体往外冒。功法简单且温柔，却让我出了大汗，衣服都湿透了，豆大的汗水从额头往下滴，眼镜都没法带。练习到中途，耳朵开始嗡嗡地鸣响，但脑袋却变得格外清爽，眼睛看东西也变得明亮清晰。练完后，整个腿部发麻胀痛，艰难地坐下，缓了好一阵才能站起来。练完吃早饭的过程中，整个人都特别清爽。去上班，在地铁上就开始犯困了，从来没有过的困意，想睡觉得不得了，眼皮子都睁不开了。勉强撑到单位，看到领导不在，真的是困到啥也不管了，找了个沙发躺下就睡。要是没有同事喊吃午饭，我可以一直睡。吃完午饭并不想立马睡，休息到一点就又困了，一个午觉睡到三点才醒。

就是这么神奇，一个曾经失眠严重现在偶尔还要失眠的人，现在是上午也睡，下午也睡，晚上照样早早就困了。这种嗜睡的情况持续了两周多，等身体睡得饱饱的，把以前的觉都补了回来，我发现自己的精神状态也好了很多。

在写这篇文章时，我已练功两个月了，其间身体也有各种奇妙的变化。得知师父在写书稿，我便把每次的变化及时记录在了手机备忘录里。这里就一条一条地说吧，因为手机备忘录里，也是一次一次记录的：

1. 刚开始练习的头几天，练习过程中腰部胀痛得厉害。

2. 第一个月，耳朵里总是会发痒，还会有气体往外冒，发出嘶嘶的声音。耳朵发痒难忍，就用挖耳勺掏，掏出来又油又稀的耳屎，这肯定是才分泌的，因为我随时带挖耳勺，没耳屎也经常掏耳朵。

3. 嗜睡。嗜睡的情况有两周多，睡到下午三点基本会准时醒来，晚上十点又会犯困去睡。

4. 耳朵不时会发出低频鸣响，仿佛塞了耳塞一样的感觉，也不怎么听得清楚其他的声音。

5. 二十多天的时候，下午三点多，后脑有股电流般的热气，一股一股地往上冒，冲着似的往上跑，一连持续好几天，每天都是三点多这样。

6. 8 月 27 日，家里只有我一人，晚上看了会书，不想看了，十点就关了灯，上床准备睡觉。不知什么原因，有点坐立躺都不怎么舒服的感觉，睡不着。于是，就静静地坐了一会，便自然地躺下了。不知怎么，莫名其妙地就开始静得可怕，觉得身旁有妖魔鬼怪，仿佛在地狱一般，害怕到了极点，快无法承受时，一转念，却变得坦然了——我把命都交出去了，随你发生什么。随后，额头有一股暖流直射而入，如春暖花开一般，一道星光从额头照进屋子，好似小太阳一样明亮。随后，可以清楚地看到额头部位出现三个小太阳，成三角形分布，一大两小，大的光亮最强。它们的光亮洒入身体。身体开始充气膨胀，耳朵一直放电般地低频鸣叫，身体好似充满了整个宇宙一般。这时可以感觉到自己身体的柔软，筋肉似清澈流水，骨骼似温润流动的玉石，舒适爽快极了。过了一会，我看到了我过世的爷爷，他是一副骨架，从骨架的神态，我知道那是我爷爷。我的骨头竟然和他有感应互动。这种互动很简单，就是彼此的骨头有一种相同频率的振动感，振动感最明显的地方是我右手的食指。

第二天走路，步态轻盈、飘逸而有弹性。看草木，有一种特殊的美，有一种气一样的微光，五光十色的。那些长得好的植物，叶片墨绿油亮的植物，会散发出一种淡淡的紫色的光。再过一天，就看不到了。

7. 9月3日晚上九点半，还没到睡觉时间，人还很精神，闲来无事，就看《道德经》。"俗人昭昭，我独昏昏；俗人察察，我独闷闷。澹兮其若海，飂兮若无止。众人皆有以，而我独顽似鄙。我独异于人，而贵食母。"读到这一句，身体就开始震动了，脑袋一下就空了，耳朵就开始鸣叫，人就空空地定那了，然后突然被我媳妇拍醒，她说从厨房喊，我就不理她。

8. 9月初的那几天，每天一点二十分我开始午休。睡醒之时，还没起来，闭着眼，耳朵就会发出低声的耳鸣。随后，脑袋会变得混沌，混沌过后，额头就会看见窗户外的光亮（眼睛是闭的）。随后，身体开始充气，不断有气充盈进来，身体也开始漂浮，感觉很美妙。每次进入状态前，总会先出现低音的耳鸣，仿佛堵住了耳朵，听不见其他的声音。

9. 9月17日，午睡之中，睡醒时，没有睁眼，看见一股暖黄色的暖流之气，从额头侧面直接流入了心脏，心脏胸腔充满了暖黄色的光。心脏是那么真实，跳动得那么有力，声音都是浑厚的，感觉自己就是心脏，在看着自己。随即意念一转，眼睛没睁开，那感觉却没了。

10. 练功期间，家里的花草长得特别旺盛。尤其是绿萝，已经是很茂盛了，其中有一个小盆的绿萝直径有五十多厘米了，实在是太茂盛了。

11. 9月，成都的桂花格外清香，老鼻炎的我，一直不怎么能闻到花香，一般只有稍微浓郁点的气味才能闻到。我突然惊喜地发现自己能闻到很多气味了，也能大老远就分辨出普通桂花和金桂花的花香。

12. 生活中精力更足，与人聊天时，能发现了他人表情上更多的细微变化，这在以前不常有的。

练功后我的身体和精神状态都大为改观了，脾气和心态变好了非常多，工作和生活中做事耐心也非常足了，毅力也增强了不少。以前看书是不怎么看得进去的，只喜欢喜马拉雅听书。我媳妇说，你变化真大，于是也跟着我一起练功了。以前我是一个完美主义的人，爱管闲事，很多事都瞎操心，别人的事也喜欢背在自己身上，尤其是特别喜欢与人争论时事政治，喜欢让别人接受自己"正确"的观点，以为自己学过一些国际政治，就该指导他人。现在，我的心态变得随和平静了不少，也不与人争论了，适当地说出自己的看法就够了。

现在的生活，我觉得就很好，我也很满足，哪怕是企业困难造成我经常换工作。我认真干好自己的工作，为单位贡献自己的才智。空闲时间，多多和家人一起活动，多多学习中国传统文化，给自己一个好身体，也能照顾好自己的家人，一家人身心都健健康康的多么好啊。上班的途中，在公交、地铁上我不会去耍手机，因为在摇晃的车厢里去看手机，眼睛是需要集中精力才能看清，那是会消耗很多气血的，我现在不会去做那种事了。我会上班路上揉揉耳朵，按摩按摩身体，或者掂掂脚尖，做些适当的运动。我现在能严格控制手机使用时间。手机是工具，得干些有用的事，不能沉迷于小视频、打游戏、低俗无趣的，这样会不知不觉地暗耗自己的生命。

学习《黄帝内经》时，因为没有老师，很多内容看不太懂，但是"上古天真论"，我却看得最多，理解得也最多。最喜欢的就是"恬惔虚无，真气从之，精神内守，病安从来。是以志闲而少欲，心安而不惧，形劳而不倦，气从以顺，各从其欲，皆得所愿。故美其食，任其服，乐其俗，高下不相慕，其民故曰朴"。我的工作有时很忙很繁琐，有时也会很烦心。下班回到家，我会躺在沙发上，盖上个薄毯子，静音手机，闭上眼睛，静静地放松休息一下。这时什么都忘记，什么也不去想，脑袋放得空空的。如果睡着了就小憩一会，有时没有睡着，空空的状态仿佛在充电一般。等睁开眼时，人又精神了，就去为家人做一顿简单晚餐，吃起来也是那么可口。

现代人虽然物质很丰富了，但是科技类东西多，对普通人并不是好事，因为我们太难控制自己的欲望了，放松自己的身心就显得格外重要。大道至简，生活宜简，好好练功、好好吃饭、好好工作、好好休息和睡觉。（曹天才）

不识庐山真面目　只缘身在此山中

我是宕子的亲姐姐，与他结缘快五十年了。我亲眼目睹他出生，从小看着他长大。打小，他就是个捣蛋鬼，经常搞破坏，家里要是有什么东西弄坏了，父母第一个想到的就是他——果真每次都是他。这也许是他天生就有超乎寻常的好奇心的缘故吧。

随着年岁的增长，他不再那么捣蛋，却开始研究像"原子弹"那么高深的数论了。初中，他就自学完了华罗庚数论与高等数学引论，以神童自居，以至于根本就不听数学老师的课，从来不交数学作业，经常被老师拎出来站讲台。因此，他练就了一张"铜墙铁壁"的脸，吹起牛来是脸不变色心不跳。后来他喜欢文学了，经常大言不惭地说自己已超越了 N 个名作家，除了鲁迅、周作人等，就没几人能入他的法眼。你们说他狂不狂？所以，一直以来，对他所说的话，我从来都是半信半疑。而且，他在我面前经常说的一句话就是"你不懂"，叫我这个老大情何以堪？因此，我不想与他交流，而且一般都是以吵架收场。

有一天，从我老公那里听说抱朴堂功法，说他哥哥练了管用。我当时虽然不以为然，但这颗信息的种子还是在我心里发了芽。直到两年前，我到外地出差，被机场的冷气吹得感冒了，差不多个把月才好。我才意识到自己虽然身体底子好，几乎没什么毛病，但毕竟年岁到了，免疫力在下降，是时候要开始保健了，所以，我终于愿意尝试一下所谓的"抱朴堂功法"。

看我对他有了那么一点相信，宕子就跟我描绘起他的实修经历，说什么内视到自己的内脏、什么偷天盗地诸如此类的话，说得天花乱坠，神乎其神。我在想："这个家伙是不是走火入魔了，怎么说的话跟天方夜谭似的，那么玄乎，简直不可思议！"直到有一天午睡时，在似醒非醒之间，我突然感觉到身体像插上开关通了电，每个细胞都被激活了，酥酥的；又像是被吹起的气球，不断地有气流往身体里灌，好舒畅！平生第一次体验到了这种感觉，真是妙不可言！后来又接连几次出现了这样的情况，我不得不相信，原来宕子说的那些话应该是真的，只是我们平常人体验不到罢了。世界真奇妙，不练不知道，还有许多未知的领域等着我们去探索呢。

练功快两年了，直到前几天，我才认真地请教了宕子师父功法的细节（我从来没有叫过他师父，比他大两岁，怎么叫得出口？但没办法，能者为师，在此也只能尊其为师了）。今天，看到好多抱朴堂弟子的练功心得，确实令我震惊，一方面没想到抱朴堂功法有如此神效，让我不得不对这位狂人老弟刮目相看，看来狂还是有狂的道理。另一方面，我也后悔自己不识庐山真面目，如入宝山而空手返，从来没有把它当"九阳神功"一样地好好练，只是兴起时玩玩而已。不过即便如此，我也还是有一些切身的体会和变化。一是出现了前面所说的通电感；二是精气神着实比以前更好了，不午睡也不觉困乏，面色红润有光泽，时常被人问起用了什么高级的护肤品；三是唱歌比以前更有底气。我业余时间教声乐，周末有时会有十节课左右。练功以前，持续两天上课的话，嗓子必定黯然失色，但现在不会哦，十节课下来，嗓子照样清亮——这不得不归功于抱朴堂功法。

这些就是我练功的点滴体会和变化，虽然跟那些身体抱恙、用功练习的人比起来差远了，但对于我这种身体比较健康，只是想老得慢一点、美得久一点的人来说，已经很知足了。其实，抱朴堂的宗旨就是有病治病，无病养身，做个身心健康的普通人。作为宕子的姐姐，我也希望他的功法能惠及更多有需要的人。愿健康中国、你我同行！（李雨泽）

一年来练功的流水账

我从小比较瘦弱，读中学时又得了风湿，春夏季节整天身体沉重，双膝盖可以提前几天预测到天气情况，比天气预报还准。

可能是风湿入侵了心脏系统，那几年心脏也不太好，爬个二楼就喘不过气。后来，离开老家去外地读书，气候改变了，风湿也没有发作了。但是，双手双脚的温度比常人低，特别是冬天，手脚都是冰冷的。

刚开始工作的那几年，我做的是市场营销，经常跟客户应酬喝酒。我的肝脏解酒能力是比较弱，喝多一次酒，三天后别人还能闻到我身上的酒气。那几天，头脑空洞洞的，两耳听力也会下降。几年以后，我感觉自己的健康状况快速地下降，记忆力衰退。于是，主动换了工作，不再做市场销售。用了一年多的时间，砍掉了应酬圈的朋友，几乎不再交往，同时寻求通过锻炼使身体康复的办法。这期间，练习了几年传统武术，效果还是比较明显，但不够究竟。随着对传统文化认识的逐渐加深，对健康的标准也逐渐提升，感到传统武术由拳入道的速度太慢，渐起了修丹道的想法。

我结缘抱朴堂是从头条开始，在头条追剧半年后加了老师的微信。又在微信朋友圈追剧了半年多，看到老师朋友圈分享的都是实实在在的修炼成效。而且，我从抱朴堂主的文章分析，抱朴功法简单实用，练习时间比较随机，不占用正常生活时间，正适合我——这是我理想中的功法。于是毅然决定拜师修习抱朴堂功法。至今，已经有一年零两个月了。

刚开始练习三周左右，每次练功时，脚踝小腿都酸麻不已，上半身没流什么汗，但是大腿小腿上大颗大颗的汗粒流淌出来。练完功，原来身体上淤滞导致疏密不均的气得以重新输布，胸中的气落到小腹，腿上膝盖上一整天都暖和舒服。有时，气通小腿上的穴位突突跳，而且非常疼，但我忍住痛静坐，让它慢慢通过后痛感就消失了，复归了平静。就这样坚持几个月后，感觉身体得到了实在的改善。后来，在某天的凌晨五点左右，人半睡半醒中感觉到尾闾有一股暖气突突地跳动，渐渐升到后腰，一直往上升到后背上，感觉有股暖气把身体托起，离开了床铺，漂浮起来，极度舒服，持续不长。那一整天，我感到精神充足，做事非常有动力。事后我询问老师，他说：“这就是睡功，咱们的功法能自动进入睡功，启动先天，这种情况只要保持身心如如不动就可以了。”还有一次，我回老家，在早晨练功的时候，脑袋中忽然出现了五颜六色的辉光，令我非常吃惊。我又询问老师，他说这是正常的情况，并建议我有时间多阅读佛道的经典，会有不一样的收获。在 2018 年的整个冬天，我的双脚变得暖和不再冷冰了，但双手还比较冷。

随后的大半年时间里，没有什么特别的症状出现，但身体也是在逐步改善。夏天在办公室，中央空调的风口在我头上吹，我感觉两肩井穴有冷气锥子似的刺入，很难受。在整个夏天，我都穿着外套在办公室度过的，很多人笑话我是异类，我心中暗笑他们傻。

上个月，在睡觉中，我身上又出现了通经络现象。当时，大概凌晨三点钟，朦朦胧胧中，感觉到尾闾开始发热，然后一阵阵暖流往上走，穿过后腰上升到后背到达后脑，另有一股暖气进入中脘位置。在通过夹脊的过程中，两侧的肌肉在慢慢蠕动，调整。在胃中，感觉到热气和冷气在搏斗，冷气就像小拳头大小的冰块在热锅中溜动，而且逐渐变小，最后变得像小指头大小了。这时，又感到后脑枕骨下面开始痛起来，好像后脑枕在一堆尖锐的沙砾上，痛得我忍不住掉了眼泪，但我依然保持不动。慢慢地，尖锐沙砾在变少，到最后剩下还有 3 ~ 5 粒的时候，我枕骨下痛得受不了，于是轻轻地转动一下脑袋，痛感就消失了。

尾闾暖气在上升的同时，还有一股暖气往下穿过大腿、膝盖、小腿、脚踝、脚背、涌泉。在膝盖曾经受过伤的部位，暖气不断地旋转，不断地冲击，直到完全打通。然而，在后腿跟又出现了严重淤滞，两脚跟贴床面的位置，感到又凉又麻又酸，暖气在边上怎么旋转都不通，坚持了一阵后，面积在逐渐减少，可是那酸麻的感觉也极难受。这时候，感觉整个身体都被气垫起来了，唯独枕骨和两脚跟鼎立，好像整个身体的重量只有这三点支撑，非常难受和疼痛。我实在受不了这种感觉，在活动后脑以后，也活动了脚跟，随后就从功态中出来了。一看时间，是凌晨三点四十分，估计在功态中大约有四十分钟。这四十分钟，感觉度日如年，令我终生难忘。到了白天，虽然人非常精神，但枕骨和两脚跟总有些不舒畅，也不理它了。

这是我一年来练功的流水账。通过练功，我的身体得到极大改善，也更加坚信抱朴功法的正确。我将继续坚持练习，持之以恒，以期未来能进入先天，体验天人合一的境界。（阮全业）

我为何拜在半聪先生门下

——一位中科院中医学博士的心路历程

我叫李慕白，中国科学院在读博士，国内某知名中医药大学医学硕士，执业中医师、中药师。

　　我读初中、高中时体弱多病，经常感冒发烧，扁桃体化脓。当地没有好的中医大夫，只能选择西医打针输液。西医解决扁桃体化脓的方法就是用抗生素。因为经常使用抗生素，导致我身体的耐药性越来越大，以至于最后当地居然没有适合我用的抗生素。我去各大医院检查，医院认为身体没有问题。为了提高免疫力，我使用了太多的所谓的提高免疫力的药物，如甘露聚糖肽、免疫球蛋白等，然而还是于事无补。

　　我高考填报志愿时，考虑到自己的实际情况，西医已经没有好的办法了，只能选择学习中医看能否改善自己的健康状况。高考结束后，我不顾家人反对，毅然决然填报了中医药大学的中医专业，决定学习中医自保。

　　上大学后，我刻苦钻研中医，经常使用中药自我调理。我在大二以后基本没有吃过西药，再也没有输过抗生素，感冒发烧次数明显减少，即使发作，自己也会在 3 ～ 4 天内用中药很快搞定。这让我觉得自己终于选对了道路，并对中医充满了信心。随着中医学习以及临床实践不断深入，我深刻体会到中医药在防病治病中的重要价值。

　　同时，我也发现一个重要问题，现在临床上大部分疾病是慢性病和亚健康，这其实是现代人的生活方式病，是长期的快节奏、高压力、高强度的生活方式造成的。中医药在治疗慢性病和亚健康方面非常有优势，这毋庸置疑，但也有长期服药不能除根的弊端。这倒不是中医药的作用有限，而是这些病的根源在于不健康的生活方式（然而，很多人依然不觉得这是不健康的生活方式），不改变这种生活方式，即使吃药有效，停药后也会反复，这是慢性病、亚健康难治的主要原因。

　　在这种情况下，怎样才能更好地解决慢性病、亚健康是我长期思考的问题。中医治病的最高境界是"治未病"——将疾病扼杀在萌芽中，换句话说，如何在现代工业文明中保持一种健康的生活方式就是当代"治未病"的最好体现。经过深入思考与研究，我发现这个问题其实古人已经做了很多探索，比如通过练习养生功保持健康的养生方式，只有在不得已的情况下才借助药物来治病防病。

我自学了很多养生功法，但都没有达到预期的效果。我意识到学习养生功法需要传承，不能依靠模仿几套简单动作，更需要有明师指点。为此，我进行了长期地寻找明师的工作，直到有一天，偶然间发现了抱朴堂半聪先生。我一口气阅读了半聪先生的很多文章，心中欣喜，直觉告诉我——终于找到了追寻已久的明师。为了谨慎起见，我又进行了一段时间的观察，但最终我还是决定南行千里下广东拜师。

我觉得，抱朴堂的养生功属于古代上乘的养生功法——丹道。很多人一提起丹道，总觉得既神秘又深奥，甚至有人把丹道跟封建迷信联系在一起。其实不是那么回事，丹道是古人实践出的一门锻炼身心的学问，因为懂的人很少，所以世人总是觉得神神秘秘的。丹道属于生命科学的领域，也是我国著名科学家钱学森晚年的研究领域之一。

我与半聪先生一见如故，向先生请教了多年困惑的问题。半聪先生寥寥数语，让我恍然大悟，不禁抚掌赞叹。我拜师后感叹道："这次没有白来，方法已经基本掌握，回去就得靠自己勤加练习了，希望能有所获。"

我希望，以后不仅要做一名合格的中医大夫，更要做一个健康生活方式的倡导者，还要将这种健康的生活方式传递给更多的人，这才是中医"治未病"的最好体现。同时，配合中药调理，这应该是现代慢性病、亚健康可行的解决之道。（李慕白）

接纳那个不完美的自己

2020 年 6 月份，体检的时候查出了乳腺的肿瘤。西医检查了一通，各种不乐观，只说很严重，让我抓紧时间手术。除了要求尽快手术，医生只字不提任何关于病情的事。然后，就是催款缴费，跟我敲定手术日期。这还是我们当地有名三甲医院的一位副主任医师。总之，医生给我的是无尽的焦虑。思来想去，我不想坐以待毙——上有老下有小，人到中年不敢病，更不敢死。说实话，精神压力很大的。从肿瘤医院拿到报告的时候，我就马上联系了一位熟悉的中医，说明了情况，下决心进行中医治疗。

起初，治疗也不是特别顺利。药喝不下去，喝完了就吐，基本就是靠着意志力吐完了继续喝。在这种状态下，反而加重了我的焦虑。我睡不着觉，一直想着自己生病的事，也不敢跟家里人说，怕父母孩子担心。那段时间，特别难熬，我也知道这样的情绪不利于病情恢复。好在还有非常理解和支持我的朋友，他们帮我在北京找医生咨询，告诉我这个病不是那么可怕。在一位做河洛物理能量朋友的帮助下，我也开始反思自己的病是怎么回事。我为什么会得这个病？也找了一些心灵课程来听过。总之，那段时间翻阅了很多文章，关于养生术及赛思书类的灵魂话题，自己经常会学着放松，做些冥想。

偶然间，刷到朋友圈一篇关于抱朴堂公众号的文章，我记得标题是《我玄关打开后的奇妙体验》。当时，看完觉得很不可思议，闻所未闻。那是第一次知道半聪先生这个人。关注了公众号，然后看了一些先生的文章，只觉得先生这个人很博学。至于功法这个事我当时也是半信半疑的，于是，就只是看先生的文章。我那时除了站站桩，没有什么别的运动了，曾经很爱健身的我因为吃药后的药物反应，也没法做剧烈运动了。不管一个人生病到何种程度，只要保护好胃气，就有一线生机。作为一个药学从业人员，我深知这一点。所以，用药后的一些身体反应我都会很关注。人无远虑必有近忧，想想未来治疗的路还很长，总这么下去也不是个事。看到了一些学员的心得，我确实也很动心，也很想知道抱朴功法的神奇之处，最后加了先生的微信，拖拖拉拉地到了8月底，才正式拜了师，开始练功。

刚开始练功的时候，我还有点失落，就这么简单啊。8月底，还是稍微有些热，北方虽然不吹空调了，但是还在开风扇。正如很多学员在心得里说的，练功一周后对风就非常敏感了。我出门就会套个衬衫，因为一到有空调有风的地方就觉得很不舒服。刚开始练功的时候，打嗝、放屁，有时候练到一半就会要去上厕所排便——还是第一次遇到这么有趣的功法，这确实挺出乎我意料的。对于大家反应的练功后更神奇的事情，我还是有些期待的，师父说要傻傻地练，不要有太多的预期，做一个身心健康的普通人才是这个功法的宗旨。是啊，人只有生病的时候，在真正危机的时候，在生死之间徘徊的时候，才会觉得身心健康是多么的可贵，才会觉得只有健健康康才是最大的福报了。

每天两次，认认真真地练功。在练到第一周的时候，生理周期到了，多年没有如此痛经的我意外地开始痛经了，而且非常非常痛。师父说这是排寒的显现（从生病以前寒凉的东西就不再吃了，我已经有好几年夏天不吃冷饮、不喝冷水了，一是有严重的湿疹，二是为了健康，就连水果吃得也很少）。这么看来，这是个好现象。练到半个月的时候，开始嗜睡，每天特别困，就是想睡，晚上8点多就困得不行了。我知道这是练功以后经络拓宽了，身体在自动调配气血，师父说过要听身体的，我们的身体非常智慧。那就好好地睡吧，两周后嗜睡的症状减轻了。练功一个月的时候，后背特别痛。从大学毕业的时候，我就有后背痛的毛病，练功的第一个月疼痛加重了。我跟师父沟通了下，他说这是正常的现象，身体会出现各种排病反应。这是气冲病灶的表现，而且，自从练功后，我有病灶的肿瘤部位也是疼痛的。我也跟我的医生沟通过，说有疼痛是好事，一是解聚病灶的粘连部分，二是恢复感觉神经的表现，让我不用担心。10月初的一天晚上，躺在床上，突然感觉肚子一湿，用手一摸，从肚脐里流了好多腥臭的水来，除此之外也没有什么特别的感觉，不疼也不痒，过了两天自然就好了。我知道，这也是排病的一个反应。年轻的时候，喜欢冷饮，吃东西也不节制，每年夏天都会起严重的湿疹。我们是不是要反省，有时候我们对自己的身体真的太坏了。伴随着练功，后背一直在痛。然后，我的颈椎也开始不好了，貌似身体多年的顽疾都翻出来了，一次性报复性地爆发。

但我的练功一直没停下，即使痛也坚持。

练功的第二个月，有时候脚底感觉酥酥麻麻，很舒服，让人愉悦。10月28号，是我练功的第二个月整。大概早上5点多，似醒非醒的时候，头部突然一阵轰鸣，然觉呼吸和身体都不受我自己控制，肚子很胀，一鼓一鼓的。我当时有点紧张，后来想到师父说的保持如如不动，就那么持续了一会。师父告诉我这是梦修。这次经历不能不让我感叹功法的神奇，也给了我莫大的信心。

写这篇文章时，正是我练功的第5个月。就在昨天晚上，我经历了第二次梦修。躺下睡着才一会，刚开始进入梦境，脑子突然开始清醒起来，从脚底传来一股股电流般的波浪，到大腿到后背直冲头顶。这股能量特别强，以至于冲到头顶的时候，我居然闭着眼睛在黑暗中看到了彩色的光。就这么持续了一会，感觉周身还在酥酥麻麻的过程中，我发现我此时没有盖被子，也并不觉得冷。虽然北方冬天有暖气，单穿一件背心，夜晚睡觉也还是会凉的。一切复归平静后，我想接下来就好好睡觉，给自己盖好被子，可没一会又热醒了，身上一层细汗，这对我来说是从来不曾有过的情况。于是，这一晚也没有再盖被子，觉得浑身清爽，身体周围像是有一股暖流包裹着。早上醒来的时候脚底还有温热的感觉。这真是奇妙！

而且，此时我的心态也有了翻天覆地的变化。这种经历在以前我是不敢想的，遇到师父真是我的福报。练习抱朴堂功法让我更加尊重生命，敬畏天地，也让我对传统文化多了一层理解。练功几个月以来，我的心态真的平和多了，后背痛的问题也有了很大的改善。我会继续坚持练功，就像师父在文章中提到过的，制心一处，无事不办。

虽然肿瘤还在，但是带着它又何妨。我们身体本是一个有机的整体，只要改变我们的不良心念与不良习惯，身体的土壤也会随之改变。我们应该勇于接纳那个不完美的自己。在《西游记》里，取经回来时，在晒经石上，八戒不小心把其中一页撕坏了，悟空说："不在此！不在此！盖天地

不全，这经原是全全的，今沾破了，乃是应不全之奥妙也，岂人力所能与耶？"（赵仁琦）

萍水相逢得真传

我结识半聪先生是在 2017 年的春季。令我惊诧的是，刚刚认识，他就教我他的独门功法。那一天正是我的生辰，或许隐藏着道缘。

从后来实修验证，可以知道他的功法确实是养生妙法，道门珍宝。如此绝技，先生完全可以藏诸名山，侧漏鳞爪，以显自己尊贵神奇；或者高设门槛，向请法者收取资粮，以此发财，但先生竟倾囊授给一个萍水相逢的人。

先生授我以法，却从来不以师者自居，至今呼我"兄弟"，这让我深深感愧。其实，以先生的学问道行、见地修为，呼我为徒完全够格。何况，所授功法乃先生独创，所传心法亦先生自悟，传承者若不以弟子居，实在也是不该。念及于此，至今我还常常惶恐。由此可见，先生之胸襟气度，非博地凡夫可思量也。

与先生结识才两三年，眼见先生从微信群"众妙之门"起步，创建"抱朴堂""得一堂"。其堂下弟子加朋友已经数百人，受益于先生功法者更是难以统计，甚至有不少人因练功而入道，可见先生功法之纯正。末法时期，邪法流播，故先生只将自己的事一味做去，无形中就成就了教化人心、匡救时浊的大业。虽然先生说"做一个身心健康的普通人"，但没有一定的功德，怎能说出看似轻飘飘实质分量千钧的话。

我在年近知天命时，逐渐把生活做成了减法，不想将有限之光阴耗在无益之闲戏。近几年深居简出，剪除芜杂。先是辞去职业，然后摒弃文艺，只剩书画谋生，以养向道之志。旧交疏于往还，新朋鲜有荆识。唯半聪先生，以人品、道行、学问深深折服于我，其交虽如淡水，其心确是钦佩。

故先生所授之功法，亦老实行去。几年下来，身心变化巨大。

现在处于常态的是：一、每天午时觉，身体如同处于温泉，常有热浪从脚往上涌，间或有"活子时"，禅悦明显；二、晚上睡觉前，眼前时时出现性光，身体有落入虚空感，间或有"活子时"，但是去年冬至前后频频，今年开始各类感觉好像都平淡了。

过去有过的一些体验：一、有个晚上，醒着的，全身如同强电流通过，百会穴尤其明显。最清楚的是，舌头自动往上顶，且往后翻卷，最后顶住喉咙。二、有个晚上睡眠中，突然有股能量流从头顶往面门下灌注，灌注的线路呈S形，当时感觉掉入了另一个世界。三、有个晚上睡着，突然全身轻微一阵，山根前面出现了漫天星空的样子，但是稍纵即逝。四、最近有个晚上，醒着的，出现活子时，但不是很强烈。活子时后，身体有虚空感，之后，全身化作了一阵阵的气，这些气又呈现出一个齿轮的样子在身上转动，后来又变成三角形、方形等等。五、最近一次站桩，站着站着突然呼吸停了，当时一惊奇，起心动念又不见了。（朱后求）

先生屠龙亦屠病

从2018年9月16日认识老师，练习抱朴功有一年多了。当时，在一个健康养生群里，被老师写的一段文字吸引住了。文章说老师得了被西医称为绝症的病，通过自救恢复了健康，引起了我极大的兴趣。我从小就病歪歪的，还得了两次要命的大病。通过西医治疗，命是保住了，但各种治疗对元炁的耗损及带来的后遗症，加上从小就严重失眠，身体早已被摧残得千疮百孔、风雨飘摇了。

为了养好身体，这些年花了不少时间与精力，去寻找好的养生方法，身体比以前是好了很多，对身体对疾病也有了一定的认识，也见识了各种各样、五花八门的养生方法。对一般调理身体的方法或仪器，是怎样帮人们解决身体问题的，我心中有数，懂得分辨。各种群里分享的健康资讯已很难引起我的兴趣了，老师的分享却让我眼前一亮。

从他的文字言辞间，能感受到他真实诚恳，不做作，不虚伪。再看头像，气度不凡，让人心生敬意。于是马上就加了老师的微信，看了他的朋友圈。当看到他写的《屠龙歌》（十年深山里，练得屠龙技。一朝出山来，应教天下惊。半生秋雨江湖中，长铗挂壁日日空自作铜吼。昨夜梦陶潜，殷勤留我饮。谓我何太痴，对月起舞为我长歌归去来："世上元无龙，何用尔营营！"）时，感动得泪流满面。只作了少量沟通，就毫不犹豫地拜师学习。当时想，认这样的人做老师，就算学抱朴堂功无所成，也能在他身上学到不少东西的。

我总结一下这一年多练抱朴功过程中身体出现的一些反应吧：

练功的头一星期，就开始调理肠胃，肚子咕咕作响，肠道蠕动排气。练功时背是暖暖的，腿和脚凉飕飕的，比平时凉，在排寒气。每次练完后人很松，心很静，很舒服，通常都要睡上一觉，头一两个月大多数是这样。之后有一段时间，特别能睡，每天连续睡十几个小时。睡醒后很满足，我从小就严重失眠，从没像这样睡过。

后来，胃口越来越好，身体明显结实了，长了六七斤肉，脸部轮廓也提升了不少，白天可以不用睡午觉，精神、精力也越来越好。右脚踝处奇痒无比，出很多疹子，要抓破才舒服一点，有小孩子巴掌大，颜色慢慢地变深，差不多两个月，才恢复正常颜色，也不痒了。那个位置，我小时候曾扭伤过好几次，最严重的两次是通过扎针灸才消肿止痛的，想不到练功居然把旧伤给揪出来，治好了。

近来，身体对环境变化的感知力越来越敏锐。我只有小时候感冒过，以后再也没有感冒过，连鼻涕也没怎么流过，因为我患有慢性萎缩性鼻炎，总是干巴巴的。2020 年 10 月底，去了一个冷气开得很大的地方上课，感冒了，没吃药，流了大量的鼻涕就自己好了。直到现在，只要一静下来，就会自动流清鼻涕。如果去了开冷气的地方，鼻涕就会流得很凶。以前小腹长期都是凉凉的，现在是暖暖的了，手脚也是热乎乎的。有时候，还会自动掉痰出来，像果冻那样，一坨坨，透明的，没有咳嗽，就直接从喉咙掉到口腔里了。

此外，注意力比以前集中了，头脑昏沉的时候越来越少。（萧卫群）

久病成医悟天道

我小时候身体就不好。记忆中，感冒发烧是家常便饭。总记得，父亲三更半夜背着我，去敲村卫生室大夫的门，焦急万分地带着恳求的语气嘱咐医生一定要用心，要开好的药。有时，输液之后大汗淋漓，很快退烧，可是回家又烧起来，父母亲只好又背着我往隔壁村的卫生室跑……后来烧是退了，咳嗽却可以拖上一个月。

有些伤害可能会在大脑里形成深刻的痕迹，所以，在关于童年的苦涩记忆里，总还清晰地记得米袋子搁在额头上退烧时的清凉，课堂上停不下来的撕心裂肺般的咳嗽，奇痒无比的皮肤病让人痛不欲生地绝望，吞不下的白色和黄色西药片卡在喉咙里的苦涩感，青春期对性的无知和幻想让我染上手淫的恶习之后的悔恨和沮丧……这种童年便开始的病苦，并没有随着青春的生机蓬勃而褪去。到社会上参加工作，熬夜，不正常饮食习惯，压力和欲望使身体变得更差。我个性变得偏执，有时感性到看一只小动物就流泪，有时又理性到让人觉得不通人情。不善言辞，不喜交际。这让我一度陷入了抑郁症的苦痛之中。那段日子，我时常思考生命的意义是什么，难道就是无止境的痛苦、少有的快乐和渺茫的希望前途吗？

到了二十六七岁，正是意气风发的年华，我却开始了与严重的慢性疾病做斗争的日子——患上了严重的心律失常和慢性肾病。当医院明确告知此病无法治愈的时候，我觉得我的天已经塌了，我以为我的人生就这样了……

幸运的是，苦难之中的我并没有很快倒下。剩余的理性告诉我，我应该面对苦难，并且找到原因。哪怕失去生命，也要尽力弄清楚命运到底如何摆弄我。在确诊为慢性肾病之前，我接触过中医，并且开始学习中医。于是，我开始试着放平心态，决定寻找中医治疗，并通过自学中医来进行自救。随着寻医问药和学习的深入，我发现中医与西医在理论认识和治疗上有很大的差别。简单地说，就是中医治病注重寻找和消除病因，而西医治病则往往只看到和针对结果。明白这个道理之后，我内心其实很满足。至此，我终于明白一个道理，疾病都是由于自己的无知，自己生生折腾出来的。

可能上辈子我还结了不少善缘，让我在生命中最艰难的岁月里遇见中医和中国传统文化，还有生命中不同阶段的指路人。每次绝望的时候，总是会有遇到生命里的导师与智者。

半聪先生就是这样的一位导师与智者。

第一次从微信朋友圈看到先生写的抱朴堂丹道的文章，应该是在 2018 年，之后关注了公众号差不多一年的时间。到 2019 年 6 月 16 日，正式去拜见了先生。

关注先生的公众号，最开始让我感动的其实是先生写的文史哲类文章，有一种悲天悯人的情感，那时让我觉得此人正直而善良，才华横溢，傲骨铮铮，却又懂得对天地万物的敬畏。有点像古时候的侠客，喜欢仗剑天涯，让我莫名地感动落泪。在当今这个如此人心浮躁、物欲横流的社会中，这样的人格魅力让每一个懂得欣赏的人都会觉得稀少而可贵吧。

丹道，我之前不知道到底是什么。因为丹经里或者网络上看到的，都是些听不懂的"铅汞，水火，龙虎，文武，采炼"等术语，或者是"服食，辟谷"之类的行为。对我来说，还不如释家"一切有为法，如梦幻泡影""心开脉解，脉解心开""外不着相曰禅，内不动心曰定"好理解。直到看了先生写的介绍丹道的文章，才明白丹道的科学性与前沿性，而且，他还更加明确地提出，丹道通医道。先生说："《黄帝内经》是最好的丹经。"

拜师那天，先生跟我讲医理。因为自己学医也有几年时间了，师父边喝茶边聊天，跟我讲阴阳怎么来的，二十四节气与人体的关系，经络等医学知识，一直延伸到功法原理和口诀。最后说："丹道就是这些东西。"

现在想想，其实那时候我有点激动想哭。有明白后的兴奋，有师父真诚对弟子的感动。听君一席话，胜读十年书。经过先生的讲解后，我对中医单纯从医学角度的认识和理解，上升到了对生命的理解。所以，其实拜师那天开始，我想要找的答案已经在心里萌芽。

学医之后，我常常幻想，如果我的父母亲是学中医的，也许感冒的时候他们会给我熬上一碗"桂枝汤"或"麻黄汤"，咳嗽的时候会辨证用"小青龙汤"或是"麻杏石甘汤"。有皮肤病的时候，会不会考虑"清风散"或者"麻黄加术汤"，而不是请大夫用好的消炎药和激素类制剂，不至于让病邪深入（按照《伤寒论》来说，病邪是从表往里传，治疗就是从里往外治。如果误治，会导致病邪深入。比如感冒属表证，应该解表，如果治疗不当，一味消炎，只会让病邪深入肠胃和脏腑，形成慢性疾病），我就不会患上慢性肾病了。或者告诉我什么是炼精化气，或者教导我少年人当立志修身齐家，也许，我的人生可能会是另一番模样。

其实，西方医学也发现了一些问题，比如慢性肾炎，很多是感冒的后遗症，还有的是皮肤病的后遗症。所以，才会建议感冒患者，发烧之后要做尿常规检查。不过西医始终属于后知后觉，不像中医，可以一开始就预防它的发生。

中医是一门关于天人合一之道的学问。简单来讲，中医认为，人是天地的产物，受天地的滋养，其生理病理自然受到天地运化规律的影响。人只有遵循天地规律生活，才能获得健康，违背规律，就必然生病受害。可偏偏这么简单的道理，却没有多少人能够相信和理解。

中医的伟大，大概只有经历过生死，有缘接触和学习中医，并从中获益的少数人能够理解吧。当今社会，对于中医来说，是式微的时代。中医是合道的，道就是本来的规律。可当今社会，大多数人都背道而驰，违背自然规律而不知道其后果。

中医几千年的传承，虽然多次经历被消灭的劫难，现在仍然有着强大的生命力。医学的起点，是对于生命的敬畏和尊重。医学的最高境界是"治未病"，追求的是生命的高质量生存。作为一个亲历重病的人，学习了中医之后，从对身体、生命的无知，到了解身体、了解生命，从而懂得谦卑，懂得敬畏生命，敬畏天地万物。生命的意义也许就在于——在红尘之中经过一番磨砺之后，能够认识自己，认识世界吧。

最后，谈谈练习抱朴堂功法已有的体会：

一、最开始练习的半个月，大便不成形的情况得到改善，脾胃痞塞之感变得通畅；

二、与以前相比，眼睛变得有光，有神采；

三、晨勃几乎天天会出现；

四、白天有时脊柱会自然产生温热感；

五、三伏天不怕热，冬天也不那么怕冷了；

六、鼻炎康复。

其实还有许多小变化。只是我身体亏欠太多，需要时间来修复。在自我救治和求医问药的这几年里，我也学习过一些锻炼身体的方法，如站桩和一些呼吸吐纳的方法，也确实有一些疗效。但相比而言，还是抱朴堂功法更简单、更有效。究其原因，有以下几点：

一、功法来源于中医原理，符合人体生理良能；

二、遵循天地规律，拒绝苦修；

三、过来人指路，不至于误入歧途或茫然停滞不前。

总的来说，通过中药调理与丹道的练习，从以前常年感冒到如今的很少感冒，虽然疾病还没有完全康复，可现在的我与刚生病时候的我，不管身体还是心态，都有天壤之别。

本来是要写练功体会的，似乎有点跑题了。因为，我也算是有两重身份，除了是病人外，后来通过学习还考了中医专长医师证。并且，我还治疗过一些病如肺气肿、脑中风偏瘫、风湿关节痛、妇科疾病等。所以，有些内容是以另一重身份来写的。借师父出书之机缘，写下这些文字，希望同我一样经历苦难折磨、身处迷茫之中的人，能够有所感，甚至有所得。愿世界少病少祸、多慧多福！（贺烺望）

多年顽疾一朝除

2020 年 6 月 13 日清晨 5 点 40 分，我突然醒了。平时，我会懒洋洋地眯着再睡个回笼觉。那天头脑却异常清醒，眼睛怎么都眯不了。想起昨晚与师兄老三的闲聊，他又推荐我练抱朴功（他已请示过他师父，他师父同意他将功法传授于我）。于是打开手机微信，老三发的练功视频与文字解说浅显易懂，何不试试？

我立马下床洗漱，开始练功。才练了一会，我就脑袋充血，感觉头皮发热，手心开始出汗。我是个极少出汗的人，就算炎炎夏日也出汗不多，平时除了偶尔散步，几乎没有任何运动。勉强做了二十来分钟，出了不少的汗，当下心生欢喜地跑下楼去姐姐院子里看菜。

那天是周六，当医生的姐姐难得碰上了休息，我们约好外甥等四人去4S 店做车辆保养。临出门换衣服时，我有点想大便，告诉姐姐等我。姐姐很高兴地赶紧让我快去，因为她知道我一直便秘，很少有自主便意。疫情期间，我原本就不多的活动量更少了，十多年前的痔疮加肛裂又发作了，痛苦不堪。每天想着这个大便，我就如临大敌，坐立不安，紧要关头更是痛得满身冷汗，倒吸凉气。不得已，我 3 月 26 日住院了，在湖南中医附一找了一位老友，准备第二天第一台手术，以求绝后患。谁知当晚偏遇上生理期，手术不得不推迟了一个礼拜。在医院对症消炎后，肛裂有所好转，加上看见手术患者换药时难受又无奈的表情，而且有患者告诉我，手术后也会复发，让我心生害怕。最后，听了姐姐的话，选择保守治疗，在医生疑惑不解的眼神与不能自愈的预言中，我择期出院了。此后，大便一直调不好，肛裂反复发作，经常要用开塞露。最难堪的时候，我强忍剧痛，自己还用手去抠过。

今早，练了抱朴功后破天荒地有了点便意，我忐忑地试着去蹲蹲，感觉肚子微微作痛居然排便了。前面的仍然干结，一粒粒像羊屎粒，后面的很神奇居然是软便，而且成条形，颜色也不似前面的发黑，总算带了点黄色。我惊呆了，飞奔下楼告诉姐姐这个好消息，姐姐当然非常开心——我的健康一直是她最关心的事情。听我说是刚刚练了抱朴功就出现了变化，她也啧啧称奇，忙问我是如何练的，并嘱咐我天天坚持练。

到了4S店，我特意跟师兄老三通了电话，把这个神奇的变化告诉他。老三不以为然地说，早就说让你练，你总是不练，固执得不可理喻，我也是看见自己练后身体的变化才推荐给你的，谁知你一直不信，我忙打哈哈掩饰自己的尴尬。

我的师兄老三是我1993年在湘潭师院上大一时偶然认识的一个茶陵老乡（我老家安仁在茶陵隔壁）。在师院交集并不多，他1994年就匆匆毕业了。奇怪的是，我们毕业后很多年却没有失去联系。那个年代，信息并不发达，我至今仍觉得不可思议，只能想——也许我们就是传说中的有缘人吧。2015年，我在北京见到了分别十一年的老三，他告诉我他已皈依，信佛好几年了。在我的认知世界，信佛的人都心地善良，老三当然不例外。同时，我也认为信佛的人都很神秘。彼此加微信后，联系较之前多了起来。得知我老公两年前因病过世，他唏嘘不已。我带着女儿独自生活，女儿初中寄宿后我更加孤单，经常是一个人独来独往。2018年，我因单位搬迁，工作调整等原因诱发了抑郁症，一度自卑自闭，几乎不与外人联系了。老三得知这个情况后，辗转联系我，推荐我练抱朴功。

我总觉得师兄老三信佛就是道上的人，道上的人不外乎神神秘秘、神神叨叨，他所说的功法肯定深不可测、无人能及。我又自认为无此慧根，只当笑谈，从未当真，更不要说重视并实操。老三却锲而不舍，有时机就建议我练，甚至把自己练功的心得体会，多次以文字、影像等方式详尽告知。我知道，老三念及当年师院的数面之缘，颇为关心我，用心之良苦我也看得见，却仍是敷衍了事，冥顽不化。

6月13日的偶然一练，当天立马见效，让我大跌眼镜（如果我当天戴了眼镜的话），直呼不可思议：抱朴功太神奇了，一点都不神秘，而且对我有奇效！怪哉快哉！原本只想调整我的抑郁情绪，却无意间调中了我的便秘，不管怎样，对我治疗便秘是件大大的好事。自此，我每天卯时起床练习抱朴功，每次坚持二三十分钟。便秘的症状越来越轻，每天至少能上一次大厕，而且一次比一次轻松，不管是形状还是颜色，都越来越接近健康，自主便意也一天比一天强。现在，我每天都能在练完功的早晨解决如厕这件大事，然后梳洗打扮好自己，轻轻松松、精精致致地去上班，美哉乐哉！

2020年6月29日早上7点40分，我在湖南中医附一陪人体检。想起自己去年11月份的体检，HPV有一项指标呈阳性，该指标是罹患宫颈癌的风险预警，今天正好复查一下。老友红为我开好化验单，引我们走VIP通道。我上检查台准备取样，女医生告诉我来例假了，做不了HPV的复查。啊？我有些诧异。怎么自己一点感觉也没有？算算日子，大姨妈恰是这两天要来。原来每次例假前都会腰酸脚沉，不想动，只想随便歪着，这次怎会如此轻松？当天上午，只现了些血丝，跟以前差不多，下午出血量就多了，颜色鲜艳。以往的第一天都是血丝，缠缠绵绵来得一点也不痛快，人也有些疲惫，心情小烦，29日我却轻轻松松、欢欢快快地回家了。

一般第二天量是最多的，颜色有点黑，时不时还会流出黑色血块。30日我丝毫没有疲累感，还出门开车跑了两趟外勤，更换月信纸见到的都是鲜红，一点不黑，也没有黑色血块。1、2号更是全天无恙，出血量渐渐收了。第五天，我已经只垫薄护垫了。

我自6月13日开始，天天卯时起床，准时练功，每次坚持20～30分钟。连续发生在我身上的变化太快了、太多了、太大了，我简直不敢相信。可这一切又是真实的，并非南柯一梦。我的饮食习惯一直不错，可是作息习惯不太好，晚上睡觉颇晚，还总是反反复复孤枕难眠。若能听从师命，能够早起更要早睡，相信自己的身体状况会更上一层楼。

感恩我的师兄老三！感恩师兄的师父！是他们把有益于身心健康的抱朴功传授给了我，让我在短短的二十天就感受到了练功的种种好处，体验到了生命出现奇迹的美妙！我相信便秘不会再来，抑郁也会与我绝缘，更加相信自己从此能够健康、快乐、长寿。（侯春鹃）

专气致柔似婴儿

认识抱朴堂主半聪先生，正是我身体最差的时候，脾胃寒湿，没精打采。与先生见面握手后，坐下喝茶聊天，先生说，你身上有一股老人气，脾胃很差，且嗜睡。短短数语，令我大吃一惊。这是要有很高修为的人，才能敏锐且准确地感知到对方的气场，并且要精通医理，方可精确断定问题之所在，以及所表现的症状。我当时很震惊，不由得暗暗叹服。

当夜，做了一番非常大的心理斗争，最终决定拜师学习。一直以来，我研习中医、周易，但从未触及过丹道，对修炼或练功完全是一无所知。要不要进入修炼领域，若干年来，一直都是我的一个心结。周易预测与风水勘测，在我看来都是物理层面的，就是实实在在的卦象，实实在在的空间场，可以由此推导吉凶祸福；但是，丹道、法术、祝由等，是更高层次的领域。而且，我自认为是一个感觉迟钝的人。以前，参加过很多“气”层面的学习，当别人惊呼或呐喊，哪里热了，看到金光了，某个穴位膨胀了等等，我常常都是毫无感知，如木头人一般。这次学习丹道，能否有体悟，真是不得而知。但是，内心的直觉告诉我，半聪先生是一个高人。而且，通过接触可知，先生是一个说真话、已实修、有诚信的人。所以，我当晚立刻与先生联系，敲定了拜师事宜。

学习了“抱朴堂”功法的动作与心法后，就开始练功。那时正值三伏天，第一次练习，才练一两下就停了下来，感觉天旋地转，气息根本无法下沉。可以想象，当时我的身体有多差。坚持了半个月，呼吸明显顺畅了，气息也能下来了，而且每日睡眠超好，让我信心倍增。

这套功法对我简直如同救命稻草一样。近一年来，我各种中药、针灸尝试了无数，还没有哪种技术能够在半个月给我如此多的惊喜。在练功的时候，经常都是大汗淋漓，但是很奇怪，并不需喝水，全无渴意。此时，一个明显的变化出现了，空调完全不能吹了。深圳的夏天，通常酷热难熬，但是，我真的不需要空调了，空调风一吹，浑身疼痛。练功一段时间后，电扇也停掉了，因为电扇的风吹到身上，只觉寒风刺骨，身体的那层皮肤完全不具备阻挡这种非自然的风的能力，但室外自然之风，无论多大，都不会觉得不舒服，这种“自然”和“非自然”的能量变化，身体都可以迅速地感知出来，因为身体变通透了。中医有“表实”之说，大量的能量、热量都聚集在体内，外边靠风扇空调，里面靠吃冷饮冰水，但内外不通，反而越吃冷的越热，越吹空调越困乏，暗暗伤了内脏和营卫之气，人们却不自知。抱朴堂的功夫要返先天。返先天，人至少要内外通透，真的内外通透，经脉舒畅了，根本无须借助外界人为的“非自然”的力量。

《老子》说：“专气致柔，能婴儿乎。”“专气”就是呼吸，“抱朴堂”功法，在练呼吸方面可以称得上至为简练、高效，呼吸条达，则百脉柔顺，如婴儿般。难怪半聪先生年近半百，有点微胖，却仍可毫不费力地随时随地"一字马",此之谓"致柔"。

与半聪师结缘,才半年左右,加上自己修为尚不够,很多师兄们修证出的高深、玄妙的体悟尚未出现。以后,我当勤加修炼,争取早日达到"返先天"的内丹入门境界。(刘金起)

年近耳顺得"抱朴"

光阴荏苒,我正乘坐时间列车向着"耳顺"站驶去。回顾前尘往事,感慨万千。

我自幼体弱多病,幼年时几乎把能得的病都得了一遍。长大后又好静不好动,手无缚鸡之力。我长年在脑力体力耗费都巨大的行业工作,透支的身体再也撑不住了,生命差点随着两次救护车的鸣叫而终止。

对健康的关注激发起我对丹道的兴趣。人生天地间,实在太渺小了。就像电池,如果容量既小,放电又多,那么点小小的能量肯定用不长久。注重养生,就应该少放电。但是,生在现代社会,不多放电,怎么能换来衣食住行呢?

凑巧,在一个养生群里结识了老师,加了微信。我在老师的文章中产生了强烈的共鸣。一年前,拜见老师回来后,我便开始练习"抱朴堂"功法。虽然道基浅薄,悟性钝拙,用功也远远不足,但数月后效果已有显现。

本意想进入先天境界,有趣的是,没修出先天,而日常生活却发生了一些细微的变化。例如,我嗅觉开始恢复,并逐渐变得灵敏——这是我始料未及的。有一次走在小区里,鼻子忽然闻到路旁住宅飘来的菜香,一下勾起儿时的回忆。那时,正是过年,走在街头巷尾,闻着一家又一家各种菜香,感到温馨愉悦。但长大后这种感觉却慢慢消失了,到底是年龄大了嗅觉退化了呢,还是美食佳肴不再稀罕了呢?我从没深究。但几十年都没在意过，肯定跟年老嗅觉退化有关。这以后，我对各种气味的感受愈加明显，这肯定跟嗅觉的恢复与增强有关。顺带说下，这同时带来了稍许烦恼。在街上或公交车里，对烟味和各种古怪气味太敏感了，只好随时离有异味的人远一点（我听一个肿瘤科医生说过，不同肿瘤病人身上散发出各种特定的气味）。

生活不离吃喝拉撒睡。我原来饮食很随意，现在变得好像有点挑了，对含有各种色素、味素添加物食品，或者不合季节的果蔬不愿去碰，像是胃有了自动筛选功能。拉撒睡等功能也都有改善。习练抱朴堂功之后，能感觉到我的"电池"容量或许还能再增加一些，有些身体机能还能与年轻人比，比如身体柔韧性及敏感度等。更大的收获是心境平和了很多，愿意自己更简单、更平凡，乐意做一个"普通人"，对已有的这些变化也真的很满足。

老师从不言怪力乱神，秉持"知之为知之，不知为不知"和"先修命，后修性"的理念。我坚信，坚持这套功法就是向着性命双修的目标迈进，无论进展快慢，都能对身体和精神大有裨益。最起码，对脊柱好，对膝盖好，对通便好，对腰力腿力好，对柔韧性特别好。这功，一步有一步的证验，一步有一步的收益。我虽然学了已有一年，但练得不够一年，还有一些老年慢性病有待祛除。（观明）

咬定"抱朴"不放松

多年以前，随领导到阔别三十年的故乡谈业务。业务是他们的事，我只是个司机。怅然若失间，有人添加我微信，看了他的朋友圈，初步判断：这人要么是卖药的，要么是卖课的。因此，他虽然每天更新十几条朋友圈，可我也没怎么在意。

这期间，我先后学习了李少波的真气运行法、一尘丹道，一直还在练习陈氏太极拳。因时间等原因，前两种功法都放弃了，只有太极拳还断断续续地在练。虽然太极拳老师是难得一见的真高手，教授也倾心倾力，奈何由于体质和时间原因，还是入不了太极拳的门。

那人的朋友圈在日复一日每天十几条更新。通过他的朋友圈，我了解到他因为是身体不好，练拙火定、宝瓶气、岳门功法，身体发生了巨变。治愈了自身疾病，还出现过灵魂出窍、内视，见到了先天师父。我天生对神秘的事物感兴趣，从此就开始了对他的格外关注。他看什么书，我也找这方面的书看，买了《中华仙学养生全书》《道家真气》《黄帝内经》《太素脉法》……

通过他的思想引导，越来越觉得他的养生理念与市面上流行的理念不同。同时感觉他与古人的理念是相同的，是正确的。在他的影响下，我还在网上购买了不少讲授《黄帝内经》等的中医课程，也尝试练过宝瓶气，以及他最早在网上公开的功法。可看到他光头、穿道服，有时佛家手印，有时道家手印，时而道家功夫，时而藏传密宗，感觉他没有什么传承。我对他也没有信心，所以也没坚持练习（没有口传心授心里也没底）。入道的法门很多，对他的不伦不类的法门，我也将信将疑。

直到2017年3月份，看到一位做服装生意的女学员在半年左右进入先天之境，我才坚信他的法门不但真实不虚，而且是可以在普通人身上复制的。于是摈弃了我执（他长我两岁），决定拜师。我特意选了生日那天，希望能开启一段新生。

当天，师父就在电话中给我传授健康理念，纠正一些我在养生中的错误认识，发来视频指导我练习抱朴堂功法。

刚开始，对功法的量没有认识，上来就做足五十下，那种疼痛真可以用痛不欲生来形容。后来向师父讨教，原来也可以循序渐进地慢慢来。看我傻不傻？半个月后动作顺畅了，感觉很简单。从此，几乎停止了其他一切运动，每天保证一次练习（在一次夜宿泰山时，计划四点半在帐篷内练习的，结果三点钟帐篷外都开始人声鼎沸了，没练成）。

我以前爱好游泳，可以下水连续游三个小时；爱好骑自行车，可以三十三天从南阳骑到拉萨；爱好打羽毛球，轻伤不下火线；有一段爱好夜跑，别人不停我不停；爱好打太极拳，无论严寒酷暑。这一切对膝盖造成了伤害，运动时活动开了不怎么疼，一旦休息就疼痛僵硬，基本不会下蹲了。练习抱朴堂的功法半年后，我的膝盖竟然痊愈了。有时，禁不住球友邀约，打几场羽毛球，感觉膝盖比过去结实了许多。

没练抱朴堂功法以前，从 2007 年开始，每年随季节变化，会发生一次迁延日久的气管炎。这两年，已经没有这种情况了，即使出现咳嗽的症状，也是吃几副中药就痊愈了。上初中时，曾得过严重的鼻炎，眉骨疼痛，还因此休过学。以后转成慢性鼻窦炎，时不时地有流涕、喷嚏、鼻塞的症状。练习抱朴堂功法半年后，在练功时鼻腔时缓时急有气泡炸裂声，有时在浅处，有时在深处。2019 年，几乎痊愈了，2020 年不得不骑摩托接孩子，鼻炎会偶有复发，练功时也会鼻塞，练完后比较通畅。

练抱朴堂功法不久，还发生一件比较神奇的事情：偶尔做春梦时不会有遗精。但今年，如果吃到辛辣刺激性食物，还偶尔会有遗精。

在师父指导下，深切体会到以前的运动大部分是伤身的，因此让身体欠了不少账。今年，或许因为本命年的缘故吧，房子、孩子、工作多了不少麻烦，虽然在疲于应付，可内心比以往要平静许多，几乎没有能怒发冲冠、火冒三丈的事情了。

比起师兄们，我是练功最不精进的。可我自己知道，这与我今年的运气、先天肾阳不足、后天脾胃功能差、心理素质差都有关系。抱朴堂的功法和理念正在指导和修复着我的身心。和我接触的种种运动和功法相比，抱朴堂功法是最简单、安全、高效的。通过练气练形，达到预防疾病、治疗疾病、清除隐藏病灶的作用。

我虽没有进入先天之境，通过练习，也理解了师父说的"求之不得，不求乃得"的道理。如此好的功法，在没进入先天之前，我今生不会再练习其他功法。期待着生活有所转机，期待着有一天能多练一次的机会，期待着进入先天之境时，能当面叩谢师父。（李松栋）

开启身体的奇幻之旅

我是一个80后，也是中医爱好者，一直以为自己很健康。我学习中医，一方面是喜欢传统文化，另一方面，希望通过自己的努力让家人身体健康。一直致力于家人健康的我，以为自己是家里最健康的，直到练习师父的功法后，才知道自己的无知。我心里既觉得后怕又暗自庆幸：后怕的是，不敢想象自己身体里潜藏的风险，到20年后会引发怎样的危机，庆幸的是，遇到了半聪先生，我的师父。

初识先生，是在一个中医群里。每天读先生的文章，被文章内容吸引，认同先生的观点，觉得先生是一个真实不虚的人。记得先生通过我微信的时候，还开心了好久。师父第一次来电话指导功法，我突然不知道说什么了，紧张，激动，有点懵。功法很简单，以我当时的认知来理解功法，只有一个字——"妙"！果真是大道至简！那种无条件的信任，现在回想起来，应该源于先生字里行间的真诚，不故弄玄虚。

2018年11月，开始了我的练功生活，这也是我30多年来坚持时间最长的一件事，没想到从此踏上了身体的奇幻之旅。

练功后，精神足了，不易疲劳，就算累了，睡一觉又满血复活。练功月余，走路轻快了，后腰有热感传来，像是贴了暖宝宝。对我这样一到天冷就手脚冰凉的人来说，不得不说是惊喜。再三确认不是自己的幻觉后，告诉师父我的感受，师父说这是好事情。这些自己可以感觉到的变化，让我很惊喜。师父的功法可以让身体自我修复，更加坚定了我的信心。

练功小半年，在一次开视频会的时候，发现视频里的自己大小脸不明显了。这是我第一次感觉到，功法还有美容的功效。

大半年过去，在我真正意识到自己身体潜藏的危险的时候，我身体已经开始好转了。刚开始练功的时候，师父让我发舌面图给他看，说我身体淤堵很严重，还给我开了药，因为不喜欢吃药，渐渐就没有吃了，也渐渐忘了这件事。一天，无意翻到初练功时候的舌面图和自拍照，对着镜子，才发现唇色已经变得红润，舌头褪去了暗沉的紫色，开始变得鲜活起来，草莓点少了很多，舌下的两根血管变柔变细了，不再扭曲着怒视着我。满是草莓点和齿痕的紫色舌头，是印象中我的舌头的样子，怎么就变了？一下子就被什么击中了，鼻子很酸，不敢想象，如果没有遇到师父，照此发展，20 年后等待我的是什么，高血压？中风？猝死？原来我的身体已经有了很多求救信号，只是我无知无觉，自认为健康，熟视无睹罢了。和一场 20 年后的危机擦肩而过，只有危机化解后的后怕和满心的感恩。感恩师父！感恩遇见！

练功一段时间后，那些我习以为常的生活习惯与身体细节，都自然而然地发生了变化：空调、风扇不再是夏日里的享受，而是必须避开躲着；喜欢步行在阳光下，接受阳光的沐浴；在潮湿的四川，汗液变得不再粘人，却有汗后凉爽的畅快；皮肤变得细腻润滑，护肤品用得越来越少了；手掌上的青筋隐身了；五官紧致，更精神了。更大的惊喜是，30 多年的内双也显现出来了，在双眼皮流行的今天，也算是赶上了潮流。

师父的理念是，做一个身心健康的普通人。师父的功法，不仅调身还可以调心。我以前胆子很小，怕黑怕鬼，反正就是怕。一个人走夜路总是回头看，一个人在家总会开很多灯，现在不怕了。看事情开朗了很多，像是黑暗的小角落里投进了一束光，不仅带来了温暖，还有希望。

至于那些神奇的体验，也有过一些，次数不多。记得有天晚上，不知道睡了多久，迷糊间，感觉手脚传来的阵阵的热感，但又觉得手脚不能动，像是被艾灸的气感固定，挣扎了几下，然后就醒了。师父说，这些都是路过的风景，不必执着。这也是师父让我最信任的地方，没有那些神秘的、玄之又玄的说法，有的就是实证和最朴实的表达。

当初练功，也是奔着身体健康的目标去的。这一年多，只感冒过两次，每次都是一周内自动痊愈，也算达成所愿。其他的收获，也让我倍感惊喜。不知自己能否有缘入得先天，有机会去体悟《清静经》《阴符经》等经典里的境界？但不论怎样，我会一直坚持下去，因为所收获的身心改变都是真实不虚的。（沈莉）

《黄帝内经》让我重获新生

从坐进德育处的那一刻，就收起那个肆意的自我，把初心给彻彻底底地给改变了。读过几本书的女人，脸皮通常会比一般人薄一些。哪怕"不"字到了嗓子眼，也还是会把烦恼和不满一起忍住，硬生生地给吞下去。这种面部表情与内心意愿相背离的日子持续了四年，直到身体扛不住的那一刻才打住。

暑假前夕，头痛、头晕、胃胀、肩酸……所有可能的不舒服症状都从身体里蹦出来。无力招架，除了忍耐，别无选择。在我的头上有一个紧箍咒——德育处主任。假期里，我拿着医保卡，把身体查看个遍。医生的回答如出一辙："没问题！休息休息就好了。"拼命地睡，还是累。锻炼也从未停歇过，累始终停留在血液里、关节里、皮肤里。如果身体的器官会说话，我猜想肯定能听到它们喊累的哭泣声。

和身体对抗是没有任何好处的。违背自然的规律终究是要受到惩罚的，这个道理直到耳鸣开始后方才明白。开始是耳沿发烫，如果那时开始重视，或许会好些，但我错过了！随后，耳朵开始发闷，如果那时开始重视，或许会好些，我却又错过了！接着，耳朵开始出现被人揪扯的不适，如果那时开始重视，或许会好些，我仍然还是错过了！太过自信的我，总以为没什么大不了的。的确，四十年来，再多的不舒服，熬一熬都是可以撑过去的。这次，我大意了，忽略了自己已经到了撑不过去的年龄。耳鸣来了！那是什么声音，蝉鸣？电流？二十四小时持续着，连个暂停时间也没有。伴随着暑热，还有扑面而来的新学期工作，我越发烦躁。医生的回答如同判了死刑——目前没有特效药。

四十岁，人生正当芳华，一切尽显美好。家住城市中央，去新光购物或诚品读书，仅仅只有一条马路之隔。可这样美好的日子，戛然而止。我失去了感知美好的原动力，多彩的世界被耳鸣阻隔了。恐怕只有经历过重病的人，才能体会到这种彩色和黑白幻化的落寞。生病是孤单的，谁也没法替你难受。

即使到了这个时刻，我依然认为自己是熬一熬就可以渡过劫难的。

我仍然坚持上班，但早上八点到中午十二点去医院挂水。每次都以同样的坐姿窝在黑色的沙发里打点滴。腰以酸的方式向我无声地抗议着。实在受不了时，就在原地左右挪动几下，换个姿势。生病的滋味是极其难受的。乏力是必然的，头晕得恨不得搁在地板上才好。挂水很无聊，只能以无聊的方式打发时间。先是紧盯护士用橡皮管勒紧我的手腕，待到青筋在手背上凸现出来的时候，一针扎进去……熟练工的操作，前后最多几十秒，以至于矫情的我来不及装模做样地呻吟几声。然后，护士又面无表情地端着药盘走向下一个病人。我心里嘀咕着：终日待在这个小小的输液室里，重复着简单的动作，看着毫无生气的病人，如果是我，肯定选择逃离。一点左右，回到学校。同事很暖心，轮流帮错过饭点的我从食堂里带回早点或午餐。顾不上饭菜的冷热，胡乱吃几口，德育处主任继续上岗——踩着风火轮开工。

水池一边在蓄水，一边在漏水。任你精神力量再强大，也抵抗不住这种负消耗。

十月，我终于真正地倒下了，再也爬不起来了。夜夜盗汗，从脖子到手腕，如同从水里捞出来一般，一夜之间至少要换两身透湿的衣服。夜里几乎无法入睡，因为脊柱总是疼痛难忍。每天下午两点左右，千万只蚂蚁如约而至，吞噬着我的肩颈，钻心地疼，一阵一阵的潮热。我第一次体会到了害怕与绝望的滋味。从楼下走到小区门口，仅仅几分钟的路程，我走得大汗淋漓。那日，终于控制不住地蹲在地上放肆地大哭。母亲无助地拍着我的后背，她也一起默默地流着泪。去上海最好的医院，每天花费一万多，无药可治。苏州最好的医院，查遍全身，仍然无药可治。

我累了，累到再也不想日日重复这种身心的煎熬以及身边人的不理解。无知是多么可怕！无知，你就会和身体作对抗；无知，你就会难以理解病人的放手。写到这里，我不禁泪流满面——那些躺在床上、无能为力的日子依然那么真实。

绝望之时，我有幸遇到了李辉老师。

李辉老师起死回生的传奇经历给了我重生的希望。

电话里，李辉老师先是不急不徐地问诊，然后又让我拍了一张舌面照给他看。后来，他又给我电话，告诉我可以好。他花了很长时间给我讲《黄帝内经》，并且告诉我，他的功法就是从《黄帝内经》中悟出来的。当时，我身体非常虚弱，偶一吹风，就会腹痛，感觉连肚皮都是透明的。不知道是不是冥冥之中的安排，在我生病期间，偶得一套《黄帝内经》。为了转移痛苦，总以《黄帝内经》和《王阳明传》打发时间。老师一讲解，我似如醍醐灌顶，一下子领悟了不少《黄帝内经》里的知识。没有老师的点播，估计我对《黄帝内经》依然只是停留在打发时间的层面，绝不会身体力行地去践行。

真是天定的传奇！一位老师注定来解我身之困，一位老师注定来解我心之惑。

李辉老师教我的功法极其简单。我的精神导师也多次教导我，化而用之谓之道。道往往是最简单的。每天清晨，起床最盼望的就是练习师父所教的功法。才几天，神奇的事情发生了——我的腹痛竟然大大缓解了。我兴奋地告诉师父，师父说越是身体差的人，反应越快，也越明显，需要坚持不懈地练习。听从师父的教导，我不敢松懈，日日坚持。眼睛下原来有好几粒疹子一样的东西，竟然逐渐消失了。倘若前晚睡不好，如头胀、眼矇等，早上一练功夫就好了。以前各种不适症状，在坚持练功中逐渐消失了。生活正在为我重现光芒！真正的中医的力量就是这样的强大！300多日的坚持，回馈了我太多的惊喜。

暑假，有幸去深圳拜访了师父。他的衣服打着补丁，布鞋露出了大脚趾。哇！这就是我赛似山中仙的师父——好洒脱。盘坐在椅子上的师父，说话如耳语，但是有一种我从未见过的气场。我第一次在生活中见到了目光如炬的人，就是师父这样的眼神。师父扫视了我两眼，告诉我应该如何调整生活习惯，继而耐心地给我讲解《黄帝内经》，我真是听得如痴如醉。恍惚间，我觉得自己是不是真的遇上了神仙？师父赐予了我仙丹妙药。这个仙丹妙药不是常见的药，而是师父在改变我对身体的认知，他在教我如何依靠身体的自愈力实现自救。如果能早些年认识师父，我想，我一定不会经历那么多痛苦的。因为，两年前，我的身体已经发出了警告。只不过，由于无知，被我一而再再而三地忽略了。师父常说，世间无知的人太多，曾经的我，就是其中的一个啊！多少人依然行走在无知的路上，而我在师父们的点化下已经脱胎换骨。

对于身体之伤，我没有任何遗憾或者后悔。甚至，我无比地感恩我的病。因为生病，让我结识了师父；因为生病，让我懂得了珍惜；因为生病，让我重新认识了我所做的教育事业。

余生，我将以中医滋养生命，以中医的理念做教育，并以教育之力唤醒苍生。（秦晓燕）

习练让我如获新生

我1960年代年末出生于江苏省句容市，也就是现在的茅山风景区，家中排行第四。自幼体弱，发育迟缓，先天不足后天失养，属体质偏弱的那种男孩子。从吃不饱穿不暖的小穷光蛋到衣食无忧小有所成的青中年，经历了太多的起落。心理、生理、物质上过多的欲望，过早地透支了我的身体。2015年5月，体检发现有一系列不容忽视的健康问题，于是扔下工作，开始了南下北上的各种求医之路。历经四年多的西医检查、小手术，找了几种所谓养生理疗方术，找名老中医把脉开方，也遇到过挂着中医之名卖药的骗子。

四年来，坚持自煎中草药服用，这期间吃的苦受的罪着实够呛。往往服用一两个月就去医院做理疗化验检查，希望从报告中看到所谓好的健康指标，就这样耗资近十万。

"药不瞑眩，厥疾弗瘳"，意思是说在治疗疾病的过程中，如果不出现瞑眩反应，疾病难以痊愈。我服药后的瞑眩排病反应，每年都会不同程度地轮流重复出现，直至消失不再出现，估计病就好了。这些经历体验我都记录在案，所以才有后面练功后的排病反应对比和总结。体检指标虽然有所扭转，但感觉精气神还是提不起来，说话有气无力，说话前得储一口气，才能连续不断地把一句话说完，经常声音嘶哑，常需要咳几下来清嗓子。

中药虽说是药食同源，但是药三分毒，更何况商业化种植的中药。我感觉再这样吃下去就得不偿失了。通过一年自学倪海厦的中医课程，才知道中医有南温北经之分，温病派大多数调补性的慢郎中，真正能快速治病的中医是经方派。所以，2019年下半年我停了中医中药。

在这四年中，为了自救，我特别关注健康养生方面的知识。2016本命猴年11月，拜了人生中的第一个师父。我本以为拜入道门能找到道家养生秘诀，但看看道院里各师的状态，离心目中的道士形象差距还是蛮大的。很多人形容道士都用"道骨仙风"这个词，我却几乎没有找到能对得上号的道士。

2017 年，在某微信公众号上看到来自终南山的某师传授周天功法，经过申请免费报名网课自习，然后去终南山实地参训，拜了人生中的第二个师父。后因功法繁多，无所获而放弃了。

我是在微信推文中看到李辉师父所授功法的分享，才持续关注的。于 2019 年 4 月添加了微信，简单聊了几句，也了解了拜师的要求，以为又遇到了骗子，之后等待观察了约一年时间。他所发的公众号推文和朋友圈，我每篇都看过，感觉不像是个玩江湖骗术的人。再则，根据文中内容所述功法，猜想应该是很简单，能持之以恒地坚持练习，很适合我这种好了伤疤忘了疼的懒人的那么一种功法。如果再等下去，就感觉浪费自己的时间了。2020 年 3 月 8 日，我在微信里写了一段拜师文发给他，拜了人生中的第三个师父。师父主动要求我发了几张照片，师父通过照片望诊，竟然能一语中的，原来师父也懂医哦。

师父说："你这种情况半年就可以调好，无非就是提不起精神来。"没想到师父这么早给我定了性，真是白白浪费了一年时间。

师父把功法习练的文字和视频发给我，几分钟就看完学会了，真是太简单了，有点不敢相信。会不会这是第一套功法，后续再传授第二套、第三套呢？也没敢多问。犹豫了两天，3 月 10 号开练了，至今整整 290 天了。没有急于写练功心得体会，是想用时间和感觉来验证师父所授功法是否真切有效。如果经历一年的轮回，把一年四季都在练功中体验完整，会更有说服力。

俗语说，"投师如投胎"，从开始练功到现在，我只在早上起床时练习一次，并把练功后的变化做了笔记。我练功目的只是想对身体健康有帮助，如果短期不见效，肯定要扔掉的。无效就是自欺欺人，浪费时间，管它什么是先天境界，我不做玄之又玄的回忆，挑些有代表性的真实感受简明扼要地罗列如下：

2020 年 3 月 17 日，刚练了一个星期，很长时间的双眼上眼皮不自主地跳动消失了，眼皮奔拉的感觉也明显好多了，信心倍增。小腿肚痒了 3 个晚上后不痒了，中脘穴压痛感几天后好了，至今没有再出现过。

3 月 28 日，舌头右下侧白块条状痛感，压痛减轻许多，只有少许点不适，几天后不药而愈了。5 月 23 日，又出现微痛，3 天后消失了。10 月 4 日，同样症状再出现，淡白小块略有不适感觉，无显痛，3 天后消失了。一次比一次症状减轻，持续天数也变短了。有外相必有内因，至今没再发，病应该褪完了吧。

4 月 1 日，中午饭前无力低血糖样的症状又出现了，至 4 月 15 号开始递减，至今没有出现了。

4 月 7 日，后背肺俞穴、心俞穴处有强烈的从未有过的刺痛感，不得不把丢下很久的橡皮经络锤又找出来用，9 日没有再感觉到疼了，之后也没有了。

8 日，喉结右侧有不适痛感，9 日消失了。

25 日，不知不觉中每天早上的一泡尿没有以前那么急了，憋尿感不明显了。以前早上 4 ~ 5 点的时候，尿憋着就涨得难受睡不着觉，被憋无奈起来尿了才舒服。冬天起来怕冷就备个尿壶，有时一晚上尿两次，早上起来一次。这是我练功第 45 天后出现的最明显的变化，至今仍只有早上起床后一次尿，也不憋或急。

28 日晚，梦境中有一件急事发生，醒来后感到心跳超快，似乎要跳出身体外，心想：这下完蛋了，发心脏病了吧？过了半小时左右，平息如常地睡着了。

5 月 1 日，气温渐升，忽然发现额头上流下的汗水流入口中，尝到有咸味了，流入眼中辣眼睛了，很多年没有这感觉了，衣服上也能看到出汗风干后的盐霜了。

6日，发现胡须长得比以前速度快了，之前服中药期间也出现过，按中医理论，这是男人的日经，是精之余，和女人的月经形式体现是一个理，太好啦！

6月12日，在家里挖40米排水沟，3个小时不到的体力活，一身军训工作服都被汗水湿透了，是凉凉的汗，头上流下的汗含盐辣眼睛。虽然有点累，需要歇一会，喝了一热水瓶热水，几乎没有尿意，结束后只尿了一次，洗了热水澡，体力基本恢复了，全身皮肤光滑。记忆中，年轻时体力活会出这么多汗。以前没练功的时候和刚刚过去的半个月之前的状态是干体力活出汗少，出不透，汗淡淡的，嘴里尝尝没有咸味，不辣眼睛，十几二十分钟不到就有尿意，要尿尿了，但量又很少。尿道还感觉不舒服，这种现象困扰我多年了，可能要从此拜拜了，好事！我猜肺经、膀胱经的通路可能打通了吧。

7月11日，夜梦中场景出现了红、黑、白、青、黄色。14日夜梦中场景又出现了绿色，各种花色，18日夜梦中见地衣的青、狗黑、炒米的黄、五彩缤纷的线束。20日夜，梦中着绿色的T恤，骑着蓝色的摩托车、黄色的自行车。这几夜的梦中色彩记忆深刻，之后也经常梦中出彩，且在梦境中心生喜悦。说给家人听，都不相信梦是彩色的。这类似彩色的梦在服中药期间也出现过，但没有这强烈的记忆犹新的感觉，这是好事！

31日，近月余，每每练功出汗能闻到腋下散出的醋酸味，整个夏天出汗时腋下也是酸味，我已有几十年没闻到这腋下的醋酸味了，我猜这是在排肝毒吧。

8月2日，功后出汗不再那么冷了，也没有以前那么怕风了。穿衣服时带动的微风也不觉得冷了，以前练功时有一丝丝风都怕，因为汗是冷的，所以不能有风。

在左后腰肾位置有巴掌大一块区域的红斑，有时也稍微痒，皮肤表面毛糙不光滑，有几年了，一直是这个状态。2019年5月，服中药一个月期间，慢慢整体转移到左肋腰以上，往肚脐处消失了，后腰肾位置皮肤正常光滑了，以为从此不会再出现了。2020年9月14日，发现以上症状又出现了，红斑痒还会向肚脐方向转移，大概十多天后消失了，应该是在排胰和肾毒。

11月21日，近日肛门排肠腹之气的气量和压力明显减少。这也叫放屁，但我称之为气，是因为无臭味。从3月份练功以来，每次早上都会持续大量排几次气，很响，估计隔壁房间都能听到，排得很舒服。

我从排病反应高峰期到现在平稳期，与没练功之前的2019年相比，真是脱胎换骨，家人也感觉到了我的变化。我的睡眠大大改善了，现在的我天天精神很好，思维灵活了，视力也增强了，看手机上再小的字都不费力，也不重影了。体力劳动时，感到肺活量增加了，说话中气足了，在家里K歌气息长了，声音也亮。撒尿将尽时，身体不由自主地颤抖一下的症状很少再现了。

还有很多很多的一晃而过小的体证变化就不提了，待功满一年后再续吧。以后还要与懒惰作斗争，中午下午也要抽出时间用于练功。下半辈子决心持之以恒地练习，以后在征得师父同意后再传给我的家人，让健康的生活方式世代流传。（刘喜平）

"抱朴堂"开启了我生活的新篇章

亚健康已有十几年了。从怀大宝起，一直觉得身体不适。2010年，我开始改变饮食，练习瑜伽，打坐，调整作息，早睡早起，可身体一直也只是略有改善。知情的朋友们都说，我是靠意念活着的。确实，我一直觉得身体疲惫不堪，过日子总觉得力不从心。

从2019年开始，在打坐时一直祈祷老天爷让我的身体健康起来。然后，就偶然关注到了抱朴堂的公众号。关注了几个月，觉得太神奇了，不敢相信里面的记载是真的。

2020 年疫情爆发后，因为工作关系，有很长的时间被隔离在单位，不能回家。没有家务琐事，没有孩子在身边，除了工作就是休息，就升起了想更进一步了解抱朴堂功法的念头。抱着试试看的心理，我加了老师的微信，老师通过了，觉得很雀跃。和老师沟通，感觉不可思议。对健康身体的渴望，让我放下一切的怀疑和困惑，于是拜了师。

老师发来视频，我不禁哑然失笑——天哪！有这么简单的功法吗？

老师让我先练了再说。才练了两天，身体反应就非常大，流眼泪鼻涕，出汗特别多，一天要换几套内衣。又过了一个星期左右，脚底呼呼地冒寒气，盖几床被子都觉得冷。请教老师，老师说这些都是正常的，让我不要太在意。练习一个月，有呕吐现象，有时吐出东西来，有时候不停干呕。大概两个月的时候，连着几天嗓子里掉出了果冻状的痰，就再也没有呕吐感了。大概三个月起，睡觉时，经常感觉到手心、脚心都有一团气围绕着，特别舒服，睡得特别沉。慢慢地，身体变得越来越健康，坐着或骑车时，不自觉地会想将背坐直些，肩打开一点。

特别开心的是，练功后脾气柔和了很多，原来很多放不下的事，现在根本想不起来。每天都很开心，即使遇到不开心的事，一会儿也就过了。

想想这么多年来，脾气不好，爱生气，原来是因为自己身体太差，一点儿事就受不住。身体好了，一切都好很多。遇事不过于执着，生活更轻松了。

上周体检时，查视力的医生说我的视力是 0.5，0.8。我惊讶极了，以前视力是 0.3，0.4，因为手机使用过多，这几年视力每况愈下，想不到还有好转，太不可思议了。

从 4 月 7 日拜师后，坚持每日练习，偶尔特殊情况间断过一两日。刚开始练习时，前半个月每天练习三次，后来基本每天两次。

我练习一个星期后，经过老师的允许，让十六岁大儿子也开始练习，每天早上练习一次。孩子当时备战中考，学习压力一直很大，总是显得很疲倦。他自四月中旬练功后，精神越来越好，脾气也越来越好，前胸后背的青春痘也在慢慢好转中。现在上高中了，更有信心应对学习和生活了。

漫漫养生路，我曾尝试过很多种功法、保健品，看过很多中西医。茫茫人海，有幸遇到了李老师。大道至简，让我的生活开启了新的篇章，每天都能从容喜乐地开始新的一天——终于能真正地轻装上阵，轻松生活了。（林敏）

低谷时节恰逢君

——我与半聪先生的师生之缘

应该说，我是非常幸运的，因为在我35岁那年遇到了半聪先生，并拜他为师。这改变了我后面的人生规划，也让我看到了一个不一样的自己。

那是2017年，我正处于人生的最低谷。工作很累，有时候一站就是十几个小时，连续几天高强度的工作，体力和脑力透支严重。又因家中长辈突然离世，这对我的打击是前所未有的，也让我原本就因工作疲劳和思想压力而处于悬崖边上的心弦瞬间断了。

此外，2017年3月份，肾结石体外碎石以后，左侧小腹时常有坠胀压迫感，使得我很少有舒服的时候。只要一想起离去的亲人，或稍微累点，哪怕是听到别人不太好的信息，就会胸闷、气短，感觉吸进去的气不够用，有时候甚至四肢麻胀无力。曾经有三次在工作的时候去挂急诊，但最后各项检查都正常，没什么问题，可实际上我确实感觉到非常不舒服。那种无奈和不知所措，让我急于寻找解决的办法，但真的什么都做不了，因为不得其法，找不到门路。

就在这个时候，我的一个知己好友无意中说她微信中有一个人，和我很像，经常发一些古代的她看不懂的东西。我问她哪里来的这个好友，她说是在一个群里加的，说这个人说的有关健康的东西，她很认同。我那时候其实人很不舒服，连回复她的气力都不太有，但出于礼貌和好奇，我还是勉强打起精神，让她给我看了她说的那个人的朋友圈。正是这一看，让我瞬间入迷了，我马上让她把微信名片发给我，加好友，最后通过验证，就这样，有了老师的微信。

大概过了一天半，我一口气看了老师所有微信朋友圈发的文字。老师在朋友圈里有一篇讲到他功法的一些内容，我那时候就感觉到，这就是我一直在苦苦寻找的。最后我鼓起勇气，给老师第一次发微信，并拜在老师门下。

老师通过微信语音给我讲解。讲了几分钟后，我意识到这些话的分量，打开手机免提的同时，立马找来另一个手机，把老师对我的指点都录了下来，后来每每再听，仍旧受益良多。如果说老师的功法对我的改变，那是后面的事情了。与老师第一次的语音通话，对我的指点就已经打通了我的思想壁垒，让我看问题通透了，开了我智慧，使得我的思维意识、处事方式得到了彻彻底底的提升，这才是根本。

两年多来，对于练功，思想上我是持之以恒的，但实际上应该说我是非常偷懒的。这不是说的玩笑话，是大实话，因为我的思维意识得到了极大的提升，很多以前不懂的方面，被老师那一次指点打通了。每天早晚的练功，我虽然持之以恒，但没有做到每天坚持，所以和其他勤快的师兄比起来，我算是不用功的那种。哪怕是这样，我也确实感觉到了自己练功后的变化，比如说：

一、对冷非常敏感，夏天不用空调了，哪怕再热，汗一出，皮肤表面依旧凉凉的，很舒服。就算夏天，太阳底下骑电瓶车，风一吹，立马鸡皮疙瘩起来，汗毛竖起来。一吹空调，那种寒气往毛孔里钻的透骨滋味实在受不了；

二、皮肤变好了，比以前光滑、细腻，并且敏感，只要靠近冷的东西，哪怕保持二三十厘米的距离，都感觉得到寒气，但不靠近的一侧是不会有这种感觉；

三、不喜欢用洗涤用品了，对气味、体感非常敏感，洗澡、洗头基本都是清水，这样似乎更舒服；

四、原本胸口正中心有一粒米大小的肉肉，碰到疼，不知不觉掉了。原本没当回事情，后来看到好多个师兄弟都说有"瘊子"掉了，自认为那不算是"瘊子"但也应该是差不多的东西，也掉了；

五、好几次在睡梦中感觉被一团气包裹着，有时心跳加快，瞬间突然感觉不到自己呼吸了，似乎整个人浮在床上面，就这么浮在空中。还有一次感觉到有一束绿光在我身上从头到脚地来回扫描；

六、好多次明明自己睡着了，旁人都听到我打呼了，但我却可以听到别人在说话，也听得到自己的呼声；

七、闭上眼睛，稍微静一静，似乎还能看到东西，比如看到很多细小的微粒在眼前动，有几次闭着眼睛，似乎能看到有东西在血管里运动，速度时快时慢，类似车在公路上开，从行驶记录仪，又或是手机录像模式看到的那种画面，但不是彩色的，如 X 光透视效果，但是黑、黄，偶尔泛红，烟灰色，说不清楚，类似巧克力咖啡奶茶那种颜色吧；

八、有一次平躺着入睡前，被后脑勺发出来的一声巨响，吓得够呛，自那以后，后脑勺对冷非常敏感；

九、每天晚上睡觉感觉脚底板风飕飕的，明明被子盖好的，但就是觉得两个脚底板有一丝丝的风在；

十、如果周边人家里有重病人，或者那时候他（她）心情非常不好，我也会有感觉。人不舒服，想吐，感觉不干净，想远离这样的环境；

十一、喜欢吃素了，吃肉再也没有以前的感觉，反而吃素菜浑身暖暖的，很舒服。以前三餐无肉不欢，现在好多时候，肉吃进嘴里都咀嚼了，可就是咽不下去，最后还是吐掉舒服；

十二、坐灸一会，就感觉鼻子处有一丝丝寒气，类似一丝丝小露珠在那里，若有若无地往外冒；

十三、到一处地方，甚至感觉得到哪里阴气重，哪里阳气足。不止一次感觉出来曾经的乱葬岗，后来询问当地人，证实这感觉是对的；

十四、不知不觉，打坐的时候可以双盘了，大概是练了功法半年的时候吧，觉得很不可思议；

十五、有一年夏天，大概 7 月份，出差工作途中，无意间排出一颗米粒大小的肾结石。结石从右侧输尿管排入膀胱的时候，有一丝丝隐痛，持续时间大概一两分钟，这对于曾经三次排过结石并痛得刻骨铭心的我来说，简直太不可思议了。我承认，这次排结石这么顺利，可能和结石在输尿管中的"体位"姿势有关，但是，2017 年 3 月份那次碎石以后，差不多一周才排出比这次小的碎石，而且那次要痛得多，这次几乎可以说是没什么大的感觉；

十六、着凉、感冒、咳嗽，相对来说，要比以前轻点；

十七、疲劳恢复，比以前要快，体力、精力比之前好；

十八、五官比以前好看了。

以上就是这两年多以来练习功法后自己感觉到的。开始的时候有变化，会及时联系老师，后来老师的话让我以平常心对待，不要在意这些感觉，也就随他去了。所以，后来很少主动联系老师讲这些，淡然处之，但老师的话，时时刻刻牢记在心，有一次还梦到过老师。

说来也奇怪，老师对我思想意识上的影响与澄清，如一阵春风迎面拂来，让我充满了生机。润物细无声，却又深深根植于内心深处，实打实地感受到了希望、阳光，"不语怪力乱神""做一个身心健康的普通人"。

今生有幸拜先生为师，足矣！（凌益华）

遇见"抱朴堂"成了我人生的一个转折点

自从 2019 年 4 月份的一次空腹喝黑咖啡开始，我就患上了心慌的毛病；可到各大医院检查，心脏都查不出什么问题，但人就是很难受——前胸后背疼，头晕，不停地嗳气，肠胃也不舒服，还会时不时地拉肚子，后来还有牙龈出血、手指发麻等症状。长这么大，还从来没有出现过这种情况。那时，我的状态差极了，也没心思上班，没心思带孩子，家里人都为我着急。期间，还看过好几位中医，都说我气血不足，没有大碍。喝中药调理了一段时间，头晕的症状好点了，但还是胸闷，胸闷的症状好点了，但还是背疼，背疼好了又开始胃疼，胃疼好了又开始心脏疼，如此循环不已。因为身体原因，让我开始关注中医和中医养生。在 2019 年底，在茫茫的中医养生公众号之海里，我发现了"抱朴堂丹道"——没想到这一偶然的遇见，让我的人生出现了转机。

开始练习抱朴堂功法，我持半信半疑的态度。但那时的我太虚弱了，连吃饭睡觉都觉得困难，而且正值新型冠状病毒爆发的特殊时期，也没有别的办法，索性就好好按照师父的话去做，并且每天向师父汇报身体情况。开始一两天还是难受，我很迷茫，师父要我不要心急，慢慢来。越是着急，情况越糟糕，而且还会乱吃药，乱投医。练了三四天，我的心开始静下来了，特别是早上练完功，看着窗外的朝阳，会有一种朝气蓬勃的感觉，就像小时候迎着朝阳去上学的感觉是一样。

后来的一个星期，每天中午午睡的时候，会感觉肘关节和膝关节有一股暖流流过整条胳膊和腿，整个人热得很，还会冒汗。我问师父，我是不是得了焦虑症或是抑郁症之类的心理疾病，为什么情绪总是很低落。师父说这些都是你的身体原因，身体好了，自然不会想那些不好的东西，只要坚持练功就可以了，并且还建议我吃补中益气丸配合调理。又练了几日，我更加理解抱朴堂功法的神奇，其实就是在唤醒我们身体里最神奇的自愈能力，而身体的自愈能力其实也是大自然神奇魅力的一部分。我感觉自己的状态每天都比前一天有所进步，这给了我很大的信心，而且心态也更加平和了。我在心里告诉自己，只要傻傻地练习，傻傻地坚持，身体有她的自愈能力，我一定会好起来的。

在练功第 23 天，我第一次出现了梦修。当时，是在午睡将醒之时，我还能听见卧室外面家人说话，忽然一声巨响，全身像通了电一样，电流酥酥地在全身游走，每一根手指脚趾都可以感受得到，脑袋里还伴有金属轮飞转的声音，整个脑袋都特别憋胀。最后，有一股力量集中在嘴唇上方一个点，像是要冲破皮肤出来一样。我心里特别清楚地记得师父说，遇到这种情况，身心要如如不动。起来之后精神很好，内心喜悦。后来，就会时不时地出现梦修，每次的感受都不尽相同，但大多都是在午休的时候，进入一种混混沌沌的状态里，脑海一片空白，心跳加快，感觉身下有一团热气把身体托了起来，然后全身不同部位会出现皮肉跳动，有时还会出现小虫子窜的感觉。

还有过几次比较特别的经历。有一天中午，在沙发上闭目养神，突然面部有一股清凉之感，一会儿在脸上，一会儿在额头。起初我还以为是哪里吹风，后来把手放在脸附近就感受不到了，同时身心都有一股清凉之感。师父告诉我，这叫"甘露洒须弥"，也叫"醍醐灌顶"，是真气到了头顶由阳转阴的结果。还有一次，在梦修中，全身又是那种通电的状态，从手肘到小拇指和无名指的地方麻痛难忍，稍动一下似有火窜一般，师父说这是心经不通，在通经络。结果两天后，手掌劳宫穴出红疹子，我后来看文章，说这是病在心经的排病反应。另外一次在早上五点起床练功的时候，觉得特别头晕，我之前也头晕，但这次是不一样的感觉，感觉自己要摔倒了。于是赶紧上床又睡了一会儿好了。下午的时候，新闻说我们市下属的一个县城发生了 4 级地震，我这才恍然大悟，原来早上的晕是身体提前感知了地震，甚是奇妙。有一次更神奇，在睡午觉的时候，梦见自己在大雪中奔跑，睡醒睁眼发现外面真的飘起了大雪，我竟然梦到现实中正在发生的事情……

在练功差一天满三个月的时候，我的体验又有了一个新的突破。也是在午休将醒时分，全身又像一个气球一样，四肢和身体仿佛融为一体，感受不出差别。后来，身体的毛孔竟然塞塞窣窣地开始呼吸了，一呼一吸都是暖呼呼的，就是鼻孔呼吸的感觉，身体的每一个毛孔都可以感受到了。接着，出现了禅悦，就和之前师兄们出现的感受一样，内心也是十分平静而喜悦。出现胎息的第二天，午饭后我的肠胃开始咕噜叫，还伴有轻微腹痛，于是去上厕所，泻出了黏稠发黑排泄物，身体顿感轻松了许多。师父早就说过，我身体的难受都是中焦的寒湿造成的，这一泻感觉病已去了大半。

在这短短的三个多月练功时间里，发生很大变化的还有我的心态。从刚开始的焦虑、抑郁、不安，到后来的自我怀疑、急躁、悲伤，渐渐的，一切都归于平静，相信一切都是最好的安排。

塞翁失马，焉知非福。这次生病，其实对我来说收获蛮大的。也许，多年之后再回顾，可能是我人生中的一个转折点。在这期间，我认真思考了我以前的生活习惯、思维习惯、人际关系，以及什么是真正健康、智慧的生活。有缘结识抱朴堂主半聪先生，我很感恩！先生通过他超强的领悟能力，让我们更加容易理解博大精深的中国文化。撇开民族自豪感不说，中国文化向我们揭示了和每一个人生活息息相关的、充满智慧的生命科学。

"抱朴堂"的终极目标是"做一个身心健康的普通人"，这其实是一种非常智慧的生活哲学。我们活在这个世上，无论有多少财富、多少学识、多大名气，前提都离不开一个健康的身体。但是，当你真的有智慧做一个身心健康的普通人，就会理解所谓的财富名誉都不过是你向这个世界"借"来的，离开时终将归还，而真正可以让人心生喜悦并满怀希望的是拥有充满活力的健康身体和一颗平和宁静的心。（任佳璐）

一名中学老师眼中的"抱朴堂"主人

我是深圳的一名中学老师，很早就认识了李辉老师。我们单位的很多同仁都读过他的文章。那时，他在区教育局工作，经常可以看到他在报刊上发表文章。我觉得，他非常有正义感，敢于仗义执言，敢于抨击社会的不良现象，并且博览群书，语言犀利，所以对他很是敬佩。

但是，李老师那时并不认识我。有时，我们单位组织一些活动，李老师常常会出席，我也只是远远看着他，因为他比较与众不同。他穿的都是练功的人穿的布衣服，穿一双千层底的布鞋，背一个布袋，有时候瞅空还要练上一招半式。我想，李老师应该是个修道练功的人，可能不太愿意跟我们这些凡夫俗子打交道吧，所以基本上不敢见他，也没有机会打交道。

后来在李老师的微信朋友圈里，经常能看到一些关于中医、丹道和养生的文章，我觉得非常好。尤其是，他特别推崇《黄帝内经》，所讲的天人合一的思想我很认同。我认为，他的文字是真真正正地从心底流出来的。在博览群书的基础上，他结合各门学科，深入浅出地把中医、丹道和养生的道理讲得很清楚，也很科学，没有任何神乎其神的色彩和字眼，都是实实在在的一些体会和实证经验。渐渐地，我就对他的这一套养生理论和方法特别感兴趣，也找来了一些书看，越看越觉得他的学问博大精深。于是，我想进一步了解李老师的学说。

我在网上输入李老师的笔名宕子，搜到了一些文章，大部分都是抨击时政的，中医养生方面的并不多。正在失望之时，我在喜马拉雅上搜到了一段老师在终南山讲座的音频。我如获至宝，把这段音频反复听了好几遍，觉得非常受益。原来，老师还在区文联和图书馆等地方做过一些养生的公益讲座，遗憾的是，我一次都没有听到过。这个喜马拉雅上的音频，我一字一句地听了很多遍，并把它整理成文字发给了李老师。我觉得，老师这些宝贵的东西如果用文字的方式呈现,可以更加有利于资料的保存,也更加方便他教授学生。

后来,李老师让我加了他另外的一个微信号,把如何练功的视频发给我,让我好好练功。我又关注了老师"抱朴堂丹道"的公众号。他的公众号里边的文章,我几乎每篇都读,每每很有感受。老师也经常分享他的那些弟子们练功的心得,我觉得,老师的方法是真正可以帮助人解决问题的。

2018年,我女儿得了湿疹,浑身起疙瘩,痒得无法入睡。她爱喝冷饮,甚至里面还经常加冰块。暑假,她从美国回来的时候,我就带着她找到李老师,请他帮忙看一看。老师看了之后,给她很多建议,让她练功,告诉我们要用中药调理,不要服西药,注意不要吹空调,不要喝冷饮或吃寒凉的东西,要遵循大自然的规律,早睡早起等等。平时,我跟女儿讲这些的时候,她根本听不进去,但李老师这样指导她,她还是听进去了。暑假期间,她遵循了老师的教导,湿疹就很少发作了。回美国之后,她也尽量注意保持健康的生活习惯,坚持不喝冷饮(在美国大家都是喝冷水,从来都不烧水喝),喝温开水等等,湿疹居然没有发作过了。所以,我非常感谢李老师。

我自己也坚持练老师教给我的功。老师的理念里,不违背大自然规律,不做损害身体健康的事情,启动身体的自愈力,很多疾病,甚至在西医看来是疑难杂症的病都是可以治愈的。其实,我生孩子以前,身体底子还是很不错的,后来在刚刚生完孩子不到一周的时间里,因为偶然淋了一场大雨,感染了风寒和湿气,所以寒湿一直停留在体内,排不出去,身体很不好。2008年,我还因子宫内膜增生做过宫腔镜手术。人特别虚,也特别胖。因为虚胖,心脏的功能也不是太好,有时候还会有胸闷气短的情况。我父亲就是2003年心肌梗死突然去世的,所以我觉得自己一定要特别注意身体。刚开始练功的时候,我身体基本上没有什么大的反应。但是,我还是坚持，中间有一段时间感觉好一些，但动不动就感冒，不过我的脸色倒是逐渐地比以前好一些了，因此我告诉自己要坚持。

我的胃口一直都很好，能吃东西，从来没有出现过吃不下饭的情况。但是，这样一来也就导致我人很胖，根本减不了肥。腰部以下，尤其是腿部，都特别凉，像现在这样春天的天气，坐在凳子上，还嫌凳子凉，我要在凳子上放一个坐垫才可以。我以前坐在大办公室，人很多，夏天必须开空调。我们女士又喜欢穿裙子，长期这个腿都暴露在空调里边，所以我的腿寒得不得了，有一点点冷风吹，我就受不了。有时，空调从后面直吹到我脖子上的大椎穴，顿时觉得寒气长驱直入，进入我体内，很难受。有时候，感冒20多天，一个月都好不了。后来，我索性搬到一个很简陋但不开空调的办公室，便觉得没有那么怕冷了。加上练功，现在觉得比以前好多了。

说实话，因为我上班很远，早上又要到得很早，有时候早上起来晚了怕堵车，练功的事情就经常耽搁下来了，其实并没有坚持得那么好，所以一直觉得自己进步不大。我经常会在半夜三点多醒来，然后到天亮的时候就犯困，早晨又不太容易起床。现在疫情期间，待在家里，我坚持得好多了。练功多了之后，觉得臀部特别凉，就好像是河里的冰解冻了一样，寒气一直往外排。最近，我晚上睡觉放一个热水袋在臀部，那一晚都会睡得特别香。前两天，我拍舌面照发给李老师，李老师说我的舌头颜色比以前好一些了。

我的感觉就是，只要我坚持练功，就感觉到精力好，不用睡很多觉也不会觉得难受。另外就是容易入睡了，醒来也是自然醒来，也不难受了。总之，我觉得身体一天天在朝好的方向发展。我相信，老师的这个功法很符合养生的原理：既要让气血通畅，又要将身体的损耗降到最低。这一点是我最认同的。像那些跑马拉松的和练健美的，老师说是跟健康和养生背道而驰的。所以，我知道运动量大的锻炼方法不适合我，因为很难坚持，而且我有时候锻炼强度大了会特别难受，心脏还特别不舒服。所以，非常感谢李老师教给我这个方法，我会一直练下去。因为，这只是一个并不复杂的动作，很简单，也很容易坚持。

每次练功的时候，我都带着感恩的心情，我会在心里感恩天地万物，感恩父母亲人和老师，也会在心里默默祝福。所以，我现在心态也很好，没有以前那么脾气暴躁了，性格好很多了。我相信，李老师的这个方法是特别科学的，我也希望有更多的人能够用到老师这个方法，但是因为我自己的能量还不够，不足以去影响我周围的人。

有时候，我觉得有人需要帮助的时候，就会把人带到老师那里，请求老师帮助。我有一个亲戚，是深圳中学的体育老师，以前身体一直都非常棒。早在1992年，他就是高级教师了。他教出来的学生也是特别的好。体操、武术、乒乓球、羽毛球样样都会，他几乎是全能。他的体力一直很好，打羽毛球有时候可以连续打5场。但是，他经常是在满头大汗地打完羽毛球之后，一瓶冰水喝下去。长期不健康的生活习惯，导致了他于2015年3月查出了胃癌，并于当年9月在医院做了切除手术。2019年年初，我把李老师介绍给我家亲戚。李老师教了他很多养生的知识，我这个亲戚本来自己心里有很多的想法，一般人都说服不了他，但李老师讲的他却听进去了。但他练功坚持得不太好，一来是他本身不太愿意动，另外可能觉得老师的功法很简单，还不是太看重。我有时候跟他说说，他就会多练练。他现在的健康状况，也比以前好很多了。

我非常感恩李老师，不但是因为他把自己经多年研究总结的锻炼身体的好方法传授给了我，更是因为他坚持实事求是，不故弄玄虚，真正身体力行，弘扬我们的传统文化，是真正具有情怀和大爱精神的人。因此，我也希望自己能够像李老师那样，为弘扬中国优秀的传统文化去做一些力所能及的事，并努力做一个身心健康的普通人。（戴爱珍）

简简单单地过好每一天

我 35 岁，是三个孩子的妈妈，认识老师已经一年多了。我在朋友的微信朋友圈上看到他的文章，于是一直默默地关注着。他的文章写得很好，很接地气，没有什么虚的东西，有时一针见血地说到重点。我也一直对中医养生很感兴趣，感觉他说得很有道理，所以只要是老师发的文章我都必看。

这两年，我家里发生了很多事，说起来也算蛮大的。那时，刚生完老三，身体还没恢复过来，又要照顾小宝宝，又要处理大大小小的事，身体真是吃不消。那个时候，我筋疲力尽，几乎处在崩溃的边缘。好在一直关注老师的微信文章，让我学到了不少养生的知识。老师文章里面的东西有时让我感觉好神奇，于是抱着试一试的心态，想拜老师为师。加老师微信关注他有好几个月后，于 2020 年 1 月 11 日，我正式拜在老师门下。这是个特别的日子，我这辈子第一次拜了一位神奇的老师为师！

紧接着，老师发来练功的视频过来。我一看，就这么简单，出乎我的意料之外。我一直在练瑜伽，也学习过道家的东西，但老师这个功实在太简单了，当时感觉是不是上当受骗了。内心挣扎了小一会后，于是说服我自己——既然已经请了回来，不管怎样都要坚持练，不试着练，怎么知道到底有没有上当受骗。我的性格和一直以来的做事风格也是如此，一定要弄个明白。

于是，每天早上，我开始勤勤恳恳地练功，几乎从未间断过。在练功之前，我气血虚，大便不正常好多年了。身体很乏力，一到冬天手脚冰凉。刚开始练功时，身体很累，想睡觉，每天放屁，而且很臭，让身边的人受不了。有时在电梯里放屁，有点尴尬。我问老师，老师说很正常，让我不必理会。记得两个月后的一天，肚子特别不舒服，感觉要排便，排出了一些黑黑脏脏的东西，排了以后，感觉从未有过的轻松。事后问老师，老师说是在排肠道的毒。有一天，我刚睡下，脑袋里响了一声炸雷，整个人像充了气一样，慢慢飘到半空中，当时感觉好害怕，就一直默念着快点下来，于是就醒了。第二天问老师，老师说这就是吕祖《百字铭》里说的"阴阳生反复，普化一声雷"，下次遇到这种情况，保持身心如如不动就行了。

慢慢地养成了一个习惯，每天早上起来一定要练功。身体也越来越正常了，每天早上起来正常排便。而且，身体变得也越来越敏感了。我能感觉到其他人身上的不舒服，只要跟我凑近一点，他人身上的不舒服我的身体也能感觉到。我觉得好神奇，于是问老师，老师说每个人练出的感觉都不一样，我可能属于比较敏感的那种类型。前一段时间，我去看一套房子，那时正下着雨，可是一进入这间房，我的整个身体就热起来。我问房子主人，说这间房一定阳气很足。女主人回答说："是的，整个白天只要太阳不落山，一直都有阳光。"于是，我记起了老师的一篇文章里写到的身体像行走的罗盘，原来就是这种感觉。

练功快一年了，我越来越不喜欢吃外面的东西。只要是油不干净，一到身体里就能感觉得出来，不舒服。心态也越来越平和了，不喜欢待在人多的地方，几乎没有什么欲望。身体只要是很累，稍微休息一下，整个人就充满了精神。身边的人都说我性格好，都喜欢和我接触。我每天能吃能喝能睡，简简单单地过着每一天。

现在，我领悟到了——原来道家一直讲的"大道至简"，就是要我们过简简单单的生活，恢复到幼年时的状态。（水晶）

做一个身心健康的普通人对我不再是梦

我47岁，有20多年双相障碍（心境障碍、躁郁症）史。我是家中长女，幼时父母宠爱有加，原本也身体健康。九岁时，外祖父病逝，父亲也得了重病，变得脾气暴躁，于是父母吵架成了家常便饭。恋爱时，家人强烈反对，几经曲折，虽然最后还是结了婚，但因此小产了几次。再加上和专业毫不相干枯燥机械的工作，令我情志不畅，疯癫入院。

成婚生子，常年西药，上环十几年，造成例假紊乱，本地的医院大多都跑了个遍，病历本一大堆，却始终未能治愈，反而越来越严重。后来，国企改革减负，我因七年来疾病缠身被下岗，成了居家主妇。闲时，我就看中里巴人、吴清忠、曲黎敏等养生达人的书寻求自救的方法。浩瀚的医书，复杂的经络，我本来就是一个脑筋不够使的人哪里能整明白。我皈依佛门，翻阅经书，以求解脱，终不能得。赖氏国学经典、权健火疗、艾灸推拿、加中医群在微信学习养生之道、买书买产品等各种花钱如流水的自救痴迷劲，让老公与家人十分担忧。

2017 年 12 月，在我生日那天，正下着大雪。在海青老师的中医微信群里，我看到宕子师父的一小段文字，冥冥中似乎有什么力量指引着我，没有多加思考，就瞒着家人与师父及抱朴堂结下了不解之缘。

习练没几天，胃口清淡了许多。由于被抱朴堂群和师父的博学以及丹道的新奇天地所吸引，沉迷于手机微信，招致老公的不理解，圣诞节那天，将我送入医院。不想我半路失踪，直到天黑才回家，原本就焦虑的老公不由分说，打 120 连夜将我绑送入院。在被隔离的日子里，手机被老公彻底检查，所有的信息都被过滤。住院期间，因担心被查房护士误解停止练功。积极配合吃药治疗，一个多月后出院。服药四月后，开始私下停药。真正坚持练功，始于拜师一年后。

无人打扰的清晨，阳光灿烂。我每天早晨都坚持练功，身体日渐变得轻松愉悦，所谓“骨正筋柔，气血以流”，随着呼吸的由粗至细、由重至轻、由浅至深的变化，我的五官也越来越敏锐。眼前平常不过的日光，现在却能觉察出绚烂多彩的绮丽图案。我沉浸在这梦幻般的场景中，感觉非常幸福——原来世上最美丽的风景就在自身的小宇宙里。我的心情变得日渐开朗，眼里有光了，脸润泽了，平常爱出油的皮肤也趋于中性。多年的鼻炎不再烦扰我了，头晕失眠现象好转了，发质发色也柔顺乌黑了许多。手脚开始温暖了，走路轻快灵活，协调感强，月事慢慢恢复到了年轻时的常态，连排便也变得按时、成形了。每日天亮时分，体内的生物钟自动开启起床模式，睡眠质量明显优于以前，困扰我数十年的睡眠问题终于得到了解决。想着功法带来的睡觉时都有老天自动给发红包的乐趣（师父对于"睡功"的生动描述），也渐渐养成不熬夜的好习惯。我开始善待自己的身体，生活作息与天地日月同步。远离空调，冬夏也安然。

坚持练功的第十个月，国庆节后的月圆之际，凌晨3点多，伴着腹部下丹田区像心脏一样有节律的跳动，在半梦半醒中，感觉自己化成了一束光，在天际间回旋，似乎要撞上卧室的墙壁可又不在室中。想到师父常提起的身心如如不动，对身体出现的任何体症都要保持不动念。但是，耳边传来的不知何处的争吵声最后还是将我惊醒了。事后，给师父汇报，师父说我终于摸到"先天"的门了。

自此以后，平日骑车多少有些匆忙和莽撞，时常跌倒的我开始平稳了许多，对时间的掌控也游刃有余。我的厨艺也有所提高，年终参加区里举办的残疾人中式面点大赛，没想到竟摘个头名。高兴之余，话匣打开，给家人透露了自己练功没吃西药快两年的事实，却引来了家人的担心恐慌，再次被安排入院，无奈配合吃药治疗了一个多月。精神类药物的两大作用——帮助睡眠与改善情绪，通过抱朴堂功法一年多的习练和自我观察，已经完全能做到，于是又私下断药。如今，我夜里时常因皮肤瘙痒而醒来，但知道是身体在排肝毒，也就释然了，睡眠基本不受影响。精神类药物带来的副作用——嗜睡，便秘，反应迟钝和体位性低血压，也在练功过程中慢慢得到了改善。虽然身体还残存着旧疾，但我相信明天会越来越好。

一切都是最好的安排，感恩家人多年来的关爱照顾，感恩遇见可敬可佩的宕子恩师，让我回归常态生活，不再四处寻觅折腾。抱朴守一，我对

未来的路不再迷茫恐慌，内心变得安定而强大。做一个身心健康的普通人，对我不再是梦。（思思）

习愚存道性　守拙方为真

初遇李辉大师兄，是在若干年前邵东一中深圳校友的某次聚会上，这也是我尊他为大师兄的原因。当时，我与他只是进行了简短的交流，互留了各自的联系方式。他给我的印象是很有风骨——他盘腿坐在椅子上，额头部位发着光亮，有一种说不出的神秘感，但与武侠小说里描写的世外高人又大不一样。

我与大师兄都在南山工作，其实很近，但平常各忙各的，也没有联系，可我一直都在兴趣盎然地拜读大师兄微信朋友圈里面分享的每一篇文章。阅读学习这些文章，令我有种如沐春风的感觉。深圳确实是座很特别的城市，一个离得很近的熟人，十年八年也不见得能聚到一块，相反，有朋自远方来，如有相约，反而会拨冗相见。然而，不相见不代表不相爱，不相见不代表不相亲。

由于长期积累的种种错综复杂的原因，我的身体出现了严重问题。2019 年 12 月 16 日上午，我不得不前往大师兄处求助。和上次见到的大师兄相比，他愈发年轻了，人也更加精神。阐明来意后，大师兄看了我的面相和舌相后，把我身体出现的问题一一指了出来，接着教我如何调整生活习惯，并当场教我练习他悉心研究多年的抱朴堂功法。老实说，我当时对这一功法并不以为然，因为太简单了，简单得难以想象，也很难让我相信——难道这就是传说中的"大道至简"？

尽管如此，我仍怀着将信将疑的心态试着练习。由于我的工作时间很不规律，身体也很有点肥胖，前期练习的动作到不了位，练习时间也没有得到充分保障，起初的效果并不明显。2020 年 1 月 10 日下午，我又去叩扰大师兄，他现场帮我纠正了一下动作，告知我要坚持不懈地练习，才能取得成效。

我仍然是半信半疑地练习着大师兄亲授的功法。到了 2020 年 2 月 10 日，我拿起一根放了两个余月未用的皮带来系时，惊奇地发现皮带已经没法系了，肚子变小了，皮带原来打的孔已经失效了。神奇，真的是太神奇了。新冠肺炎疫情发生以来，天天都是吃了睡，睡了吃，运动量几乎为零，居然肚子变小了，真是不可思议！除此之外，我不像以前那样容易犯困了，脾气也变好了。

之前，一直想着写点什么记录一下自己的惊喜与快乐。但由于工作及家庭的种种原因，一直没有心情提笔，一推二拖三忘记，直到愚人节将至，突然见愚思"愚"。回想起与大师兄的相遇，以及从他的文章中感受到他的"习愚存道性，守拙归园田"，于是，潦潦草草地将自己近期的改变及所带来的快乐，用文字记录下来，并分享给大家。

"愚"者，大智慧也，大智方能若愚；"道"者，自然也，顺乎自然方为道；"守"者，恪守也，恪守初心，方能始终；"园"和"田"皆为"身"、"心"的发源地，即"大自然"，最终人不都是"尘归尘，土归土"么？我想，或许只有返璞，才能真正地归真吧。

在练习的过程中，我最深的感受就是，傻傻地练习，傻傻地坚持，只问耕耘，莫问收获。功夫到了，一切都会水到渠成，自身的所见所闻，所悟所感也会越积越多。不论身份，不论地位，不论长相，不论贫富，只要心存道性，顺其自然，必有所获。（佘志明）

这是一家没有厨师的餐厅

在抱朴堂待久了，总有一种想揍堂主的冲动。因为他老是告诉你，一切都靠你自己去体会。就像一个很饿的人跑进餐厅，却被告知只有自己动手才能有饭吃。饭店老板用手一指，说从后门出去自己挖野菜，吃过野菜，恢复一点体力了，你再上山打猎。估计那饿肚子的人想死的心都有。

有时候我觉得很矛盾。抱朴堂总是告诉大家不要动念，不要执着。但总体看来，大家其实还是有所求的，起码求个身体健康，做个正常的普通人。有些师兄取得了进步，也表现得非常开心。我觉得这些非常正常。大家也不必要像我这样，执着于求或不求。以我现在的境界，远还体会不到堂主所说的那种状态。所以以下所说，纯粹是个人的体会，大家要认真分辨真假对错。

一、气走上下。练习一段时间后，呼吸会变得很有趣。一口气吸下去，大约在横膈膜的位置，在呼气的时候，一股气往下走，一股气往上冲。这个时候开始，没有了刚练习时呼吸受阻的情况，感觉呼吸比较畅顺。如果平时能维持这种状态，会感觉身体轻盈许多。

二、脚分长短。呼吸畅顺之后，再过段时间，你会发现自己变成长短脚，走路一拐一拐的，其实这种感觉有点好玩，但并不有趣。这种状态很快就会消失，因为你很快就会习惯这种状态。

三、力从背发。再过些时日，你会发现身体变得很有弹性，就像一把弓。如果你坐在凳子上，你起来的时候感觉自己是弹起来的，而不是用脚发力站起来的。而且，这个时候你身体的平衡感会很好。有一次，我站在凳子上拿东西，踩空了，却很稳地站在了地上。还有一次，我跟小孩子在花园玩，退着下楼梯，一不小心又踩空了，但还是稳稳地站住了。另一次，我坐在一个凳子上，凳子突然断了一条腿，我还是没摔倒。

四、气从头入。有一天晚上，我正睡觉，突然间，感觉有一股暖气从头顶进入身体，然后身体开始发麻，呼吸慢慢变得快，于是就醒了。还有一次，也感觉到一股能量从头上来，然后就看见自己浑身通红。那时的感觉很美妙，但是后来被小孩吵醒了。

总的说来，我练习"抱朴堂"功法后，感觉身体舒服了不少。以前偏高的血压，较快的心率，现在都恢复到最佳的状态。以后的情况，就交给自己的努力和时间来验证吧。既然进了这家没有厨师的餐厅，那就只好自己动手，丰衣足食了。（陈健明）

基于对生命正确了解的养生才能极简

由于家里经营艾灸品牌——艾王，我结识了很多做大健康的朋友。在一位好友的介绍下，与师父结缘。观察两个月，惊叹：抱朴堂的丹道不但极简，而且能贯通中医与儒释道三家。2019年年初，我正式拜入门下。

在深圳，我拜见了师父两次，亲身体验了硬如钢铁的手骨，确信由骨密度可以判断修为成果。而且，见师父的样子，一次比一次年轻（不是相机里的美颜，而是活生生的返老还童），因此更坚定了练功的信念。更难得的是，和师父直接交流，有问必答，博古通今，体系清晰，要点分明，触及一些人体潜能方面的问题，也不语怪力乱神。

练功以前，脾胃不合，饭后总难受，老打嗝。练功月余，发现脊椎强壮了，消化不良问题不药而愈。在投行工作，压力和强度大，和多数人一样，出现亚健康和早衰的症状，包括一些常见现象：腰酸、大便不成形、没精神、掉头发、脸油腻，但这些症状在练功后都很快得到了改善。此外，还练出了一些副产品：酒量提升了一倍，每天早上基本都会晨勃。人到中年，一度感觉到生命力开始远离而束手无策，现在重新能把握了，喜悦之余，自然倍加珍惜。于是，第一时间给家人、孩子分享，并暗中引导，希望成为一种生活习惯。我也特别能理解，为什么有些师兄们甚至想将功法融入走路上。

在抱朴堂的群里，听说不少师兄们都开了玄关，或者出现了禅悦与梦修，在节气时能感应天地气场，更加心生向往。私下里想，自己要加倍努力地练功了。中医的体系博大精深，很难分清高手、江湖人和假中医。以前因为个人兴趣，喜欢偏方绝招，看完抱朴堂的文章后，才慢慢懂得元炁、阴阳、五脏、六经的重要性，明白外治法和草药内服都应该建立在辨证的基础上。练功后，更能明白要练哪里，核心是什么。借《心印经》的开宗明义："上药三品，神与气精。"抱朴堂功法，的确是一以贯之，大道至简！

很多人对大健康的了解就是医院治疗，或者是卖药送药的线上模式。真正的大健康，应该是基于对生命的正确了解，并能为生命提供解决方案。生命是财富外更大的资产，是最具魅力的东西。在可见的未来，传感穿戴可能会普及得像衣服一样，人类对生命力的理解一定会更数据、实时和连续，中医和丹道有效性也会更容易被呈现、体验，并获得民众的点赞。因此，东方的生命科学一定会日益光彩照人。有志于此，抱朴堂功法可能是最好的入门之道。（苏祖浩）

身体的亲证

练习"抱朴堂"功法，已经满两个月了。40 岁是人生最好的年龄，对我来说也是最幸运的年龄——得老天垂爱，许我收获了一件宝贝——"抱朴功"。在这全国上下众志成城抗击疫情的特殊时期，让我年轻时自我糟蹋过的残躯得以成功逆袭。

我的身体是流产与无知给折腾坏的。在生头胎前，我曾做过四次人流。生头胎时，说话的气都提不上，后来自学中医才知道那是大气下陷。但我却没做任何治疗，仗着年轻扛过了此关。本来，母亲想让我顺产，自作主张让我在家待产。预产期超过 16 天，于是不安地来到医院去检查，但拒绝了医生剖腹产的建议，坚持催产。熬了一天一夜，却没有一点生产的迹象，只好挂急诊剖腹产。医生把孩子抱出来后说："你的胆子太大了，孩子在胎里没有羊水了，全是血。"五年后怀了二胎，产检发现孩子脐带绕颈，未足月就剖腹产了。医生说我的子宫壁薄如纸，要是生第三胎子宫肯定会穿孔。二胎后，我又流产过一次。经历了那么多次鬼门关，我一直都是不吃药也不听劝，人流后也不当回事，照样风里来雨里去。我平时的生活习惯也很糟糕，熬夜是常事。饮食无度，作息无常，没有一点养生保健意识。

身体欠下的债总是要还的。30多岁的时候，我的身体开始频繁报警。印象中最深刻的那次，那种说不清、道不明、游走式的疼痛，让我生不如死。起先只是隐隐作痛，忍受了一个月左右，升级到呼吸、行走、坐卧都疼。到医院做了所有检查，居然查不出原因，只是开了一纸住院。我拒绝住院，医生只好开了不少的止疼、消炎药让拿回家，我一颗也没吃，却走进了养生馆接受理疗。药浴、推经络、刮痧、拔罐、艾灸都做过，坚持一段时间后，才逐步好转，慢慢地，积累了一些中医常识。

遇上"抱朴功"之前，自认为经过这么些年的调理，身体已经好得差不多了。但师父火眼金睛，看了我的舌面照，就直言我脾胃不好，气血虚。练了"抱朴功"后，一系列的旧疾全部翻出来了。练功初期，身体僵硬，身体撕扯般地疼痛。遵照师父指导，喝了6天的生姜当归羊肉汤，开始放屁，声音又响又粗，而且如连珠炮一般，持续了近40天。渐渐地，感觉腹部有了温热感，大便排得很通畅。几天后，发现脸上法令纹往上移了，面部皮肤也变得紧致了。原先的不定期便秘消失后，腰腹部小了一圈。精神状态倍儿好，伴随我多年的疲劳感离我而去了。

这些变化让我很兴奋，也是我坚持练功的动力之一。我开始饶有兴趣地留意身体的各种变化。我的四肢由冰凉变得温热，手臂在睡觉醒后，会出现触电式的发麻，胸部起床时有过几次潮湿。眼睛原有厚实感的青色转至浅白，黑眼圈也比以前淡了。手上和面部的斑点慢慢变淡了，皮肤变得润泽通透。下体有淤血样的东西排出，指甲上的竖条纹也有了光泽。练功期间，连续3天，我头上像有架飞机，耳边好似刮狂风，眼睛胀胀的，眼袋又黑又深，整个头部好像罩在蒸笼里，让我情绪变得焦躁。有一段时间，脚底变得冰凉冰凉的，持续了很多日，袜子每天都是潮湿的。师父说那是身体开始排寒湿了，让我睡前用花椒煮水泡脚，但泡脚的热感散去后，通晚脚还是冰凉的。师父还针对我的体质，指导我艾灸。艾灸后，睡前不自觉地流泪，早起有眼屎，嘴里还伴着苦苦的味道。大腿到屁股两侧也是凉的，后背右肩胛骨的疼痛反复出现，时隐时现。以前八髎区大面积的丘疹消失了，但下巴色素沉着处却冒出了痘痘。舌面由深红无苔，到粉红覆盖一层白苔，由厚渐薄。每次问师父为什么会出现这些反应，都是回应："不必理会，练功出现的那些反应都是正常的，是脏腑排毒、排寒、排湿的表现。"

师父告诉我们，身体各种反应的减轻、反复和自动消失，都是身体自愈力运作的结果。"抱朴功"真是神奇！随着我的经络慢慢变得畅通后，我的心也变得清静了。练功已经成了我日常的必修课，同吃饭一样重要。我开始变得肤色均匀，步履轻盈，身体由里向外散发出健康气息。

根据我的观察，我身体的变化是从上焦开始启动的，再到中焦与下焦，交替反复。各种症状的出现对应了各脏腑，慢慢地激活、调理、修复。对于师兄弟们练"抱朴功"的各种分享我也特别关注，但我更享受自己与身体对话的每一个过程。因为，只有亲证才最靠谱。（安如意）

因梦入抱朴

我幼时体弱，已不记得母亲抱着、领着我到同村的（神婆）家多少次了；父亲则骑自行车带我去看医生，也学会了给我打针。长大成年后，身体较以前有所改善，这都是父母悉心呵护和照顾的结果。每每想起往事，我禁不住两眼泪垂。

二十岁左右时，我便用自己挣到的钱买了些书来读。和先生结缘前，不仅看了不少健康类的书籍，还学了些锻炼身体的方法和功法。虽然有点用，但总是觉得不理想。直到 2016 年 9 月，在一个群里看到先生的发言，感觉与众不同，说话很有分量，于是毫不犹豫请求先生加微信好友。

接下来，就经常关注先生的微信内容。当时还没有拜师的想法，直到 2017 年 6 月的一天晚上，竟然梦见我跪在未曾谋面的先生面前。先生一手执锤，一手执凿子，在我后背敲……梦醒后，我有一种很奇特的感觉，这或许是在冥冥中的暗示？此后，我就决定要拜先生为师。

2018 年 12 月 18 号，通过微信与先生联系，拜在"抱朴堂"门下，并请教功法。先生在电话中说明了练功的要点和注意事项，我便开始每日不辍地练习功法。在练功一个多月以后，陆续出现过几次不寻常的感觉：

第一次是在刚入睡不久，感觉有股能量从头部进入，然后到腹部，接着在梦中清醒地感觉没了口鼻呼吸，而小腹则一起一伏的，但又不觉得憋气，这样持续了一两分钟。

第二次感觉有透明的光呈波浪状地从头顶向下涌动，身体感觉特别舒服。

第三次的感觉是，从胸部有股气向小腹流动，在会阴穴处有勒紧感，突然在会阴穴处发出清脆的噼啪声响，当时自己吓了一跳。

这三次均是在入睡的情况下出现的，并且到第二天感觉特别精神，头脑很清醒。还有，在心理上，也变得比以前平静、坦然，面对事情不那么急躁了，性格也开朗很多。

先生的抱朴功法，性命双修，所言非虚，得之甚幸，在此感恩先生！诚如先生所言："做一个身心健康的普通人。"（秦松涛）

疫情期间的意外收获

——"抱朴堂"功法让我对中国传统文化有了新的认识

2020 年 2 月，随着武汉封城，各地疫情形势越来越紧，刚刚开始注重锻炼的我，不得不听从禁足令待在家里，不能去健身房，不能出去散步，焦虑和不安随之而来。于是，开始听张其成和曲黎敏精讲的《黄帝内经》，看郭生白的《本能论》、郭达成的《本能论新解》，关注跟健康相关的书籍、视频、公众号，希望通过锻炼增强自身免疫力。

这时想起了曾经的同事李辉老师。我有幸和李老师在深圳某区教育局督导室共事三年半。之前，对他就早有耳闻，接触后才发现他是一位充满书卷气、特立独行、博学多才的读书人。大学读的衡阳医学院，研究生阶段修的是古代文学。原本学西医的他，因为一场疾病迷上了中医，从此走上了中医学习、研究之道，并以自己独创的"抱朴堂"功法治好了自己的疑难杂症。

我常常在食堂的餐桌上听他谈医道、丹道，也关注了他的公众号，偶尔会看看他发的文章，对他所说将信将疑，从没想过去学习、实践、印证。

疫情期间无法出门锻炼，于是在家读李老师公众号的文章，发现不少他的追随者在锻炼后身体发生了奇妙的变化。想着没有其他相对系统的家庭运动方式，于是试着练起了李老师说的只有一个动作的"抱朴堂"功法。连我自己都没想到，从2月份坚持到现在，一天也不曾中断，练功成了我生活的一部分。早上起床，就在瑜伽垫上练习，不受场地、天气等众多因素制约。简单、实用、方便、有效的健身方式让我着迷。

我的肠胃一直不好，大便不成形，便溏、便急、便不净困扰了我十几年。2018年开始，腿脚、右膝盖疼，上下楼困难，小腿常常抽筋、发麻，蹲下去得把手撑在地上才能站起来，常常觉中气不足，一动就满身大汗，颈椎病时常发作。

练习抱朴堂功法以来，十几年排便的困扰解决了。除右膝左下侧依然有轻微痛感外，现在上下楼，蹲、起都没有问题，易出汗的情况也得以缓解，中气足了，飞蚊症减轻了，颈椎病也不见发作了。

身体的变化给了我极大的信心，也让我从开始傻傻地练到思考、琢磨一直困扰我的毛病是怎么消失的呢，于是开始研究"抱朴堂"功法的原理。我发现，其动作设计精妙，完全合乎《黄帝内经》所阐述的医理。正如李辉老师所说："抱朴堂练的是内脏，内脏功能强了，身体自然会好。"

从将信将疑到坚持每天练习 40 分钟，从试着练到静下心来跟身体对话，到默默感受并察觉身体的反应及细微变化，在喜悦中迎来每一天。原本对身体诸多问题感觉无奈的我，竟通过一个简单动作的练习收获了意外的惊喜，不得不对李辉老师心生感激。谢谢李老师让我在重获健康的同时，对中医、中国传统文化有了新的认识、理解和兴趣。（钟莉）

傻傻练功，终得回报

习练抱朴堂功法 3 个多月了，每天坚持傻傻地习练两次。最近一周，终于收获了惊喜。和国医大师韦贵康一起代表中国民族医药技艺走进东南亚的"瑶医技艺圣手"张医生昨天对我说："你的背部现在比 18 岁的年轻人还柔软，全身经络很通畅，原来推拿按摩时疼痛堵得厉害的部位，现在都柔软了。"我哈哈大笑，说："您这话比我中一百万大奖还开心啊！"

一周来，手心脚心暖乎乎起来了。原来，手脚一直都是凉的，手麻……气血严重不通。现在，全身开始暖和起来了。最神奇的是，上周有个晚上，半夜迷迷糊糊的，腹部丹田位置有灼热火烧的感觉，半睡半醒中，我还以为是发烧了。持续了几分钟，后来全身发热出汗。早上醒来时，回味无穷，我知道，身体的阳气提升了。

自从习练抱朴堂功法后，不知道从哪天开始，感觉鼻子嗅觉很灵敏了，身体的敏感度也大大提高了。巴马百魔洞旁边有家酒店，前些年，我在那住过两晚，没啥不舒服。上个月，我再到那酒店时，就浑身难受，感觉阴气很重。没呆两分钟，就赶紧出来，不敢待在酒店里，一出酒店就舒服了。

短短的 3 个多月，抱朴堂功法就让我有了不少健康方面的收获。真心感恩师父独创了这么神奇的好功法，希望让天下更多的有缘人得到抱朴堂功法带来的健康和快乐。看到今天收获的健康和快乐，没人知道我开始习练第一个月时的痛苦（轻微中风后过度理疗两年造成大伤元炁，身体很虚弱）：每一次的练功都让我用了吃奶的力气，每天就这么傻傻地相信师父的话坚持练下去。一个月后，慢慢地开始感觉没那么吃力了，仍然每天就这么坚持傻傻地练，不问结果如何。有时也犹豫过，为了健康，为了早日康复，总是告诫自己一定要坚持听话、照做。

水到渠成，功到自然成，自小习武的我深知这话的道理。或许，这就是抱朴堂功法的魅力吧！傻傻地听话，傻傻地习练，最后一定也会傻傻地收获健康和快乐！（刘继敏）

帮助患肾癌的朋友让我得遇明师

一年前，跟朋友聊天，他说认识了一位高人。由于朋友说的那位高人很神奇，我就加了他（半聪先生）的微信。经常看到他的朋友圈里，发布了一些各种病患者练功康复的截图，还有一些人出现了常人没有的玄幻的、奇妙的体验，当时有些半信半疑。

直到 2019 年年初，我的一个朋友查出了肾癌，医院当时让他住院治疗，他家里还有一个年迈的母亲和一个未成年的孩子，平常家吃低保，没钱住院，只拿了点药回家吃。我们听说后，就打听各种偏方，让他吃了好多中药，但不见效果。他自己也看了些中医，吃了些中药，仍然不见效果。我们又听说一些道家功法，让他练，两个月过去了，他说他越来越没劲了。就这样到了 2019 年 9 月份，给他打电话时，他已经站不起来了，只能躺着，说话有气无力。

我翻看手机，看到半聪先生的朋友圈时，心想，不如让他试试半聪先生的功法。不能这样等死啊，死马当活马医吧。我立即给他打电话，他已经走投无路了，立马就说行。联系了先生后，由于没有行医资格证，先生就指导他的弟子侯端强——也是患者的朋友——告诉他应该用什么经方，并把功法无偿传给了我的朋友。由于先生的功法简单好学，他每天都坚持练功，一天三遍，并按先生的经方喝药，很听话。就这样坚持了一个月，居然能站起来了。我们都很激动！又过了一个月，他连家里的活都能干了，能照顾母亲和孩子了。现在，他都想去找工作了。

我亲眼见证了先生的功法，真是让人称奇。随即，我也拜了先生为师。师父很和蔼，也很耐心地指导我，经过几天的调整，我的体会如下：

一、原来眼睛干涩，现在感觉湿润，原来有血丝，现在明亮；

二、以前老觉身上得冷，现在觉得热乎；

三、脸上的斑比原来淡了，脸色好多了；

四、精神好多了，比以前开朗了，爱笑了；

五、练功后感觉后背热，有时候脚底也热乎了；

六、身体整体都有好转。

如此简单、效果却这么好的功法，我当然会终身坚持练习。（于勇苓）

身心健康的人就是这样"练"成的

2020 年 2 月 6 日早晨，当收到"抱朴堂"堂主李辉先生发给我的练功视频后，我按照要求认真地练起了"抱朴堂"的功法。当时，自己觉得是在认真地练功，可在今天的我看来，只是草率地完成了这个我观察已久的"抱朴堂"功法的第一次练习。

可能是冥冥之中的安排吧，大约在 2015 年，我有幸成为"抱朴堂"堂主李辉先生的微信好友。那时，先生在朋友圈发的内容我都喜欢看，还把大多数内容收藏了起来，闲暇时翻出来看。我坚持练了十多年气功，先生发的内容拓宽了我的视野，让我受益匪浅。我学的功法里有动功，我懒，不练。我是从小就喜欢静，不爱动，懒。随着年龄的增长，让我意识到动功的重要。于是，我又找了一个简单的动功练了起来。正在这时，才发现先生也有功法。以前，知道先生是学医的，而且是写文章的高手，却不知道他还有功法。当我知道"抱朴堂"功法很简单时，就想学。

但那时我已经换了一个功法，再换一个觉得说服不了自己，于是放下了学习"抱朴堂"功法的念头。2020年2月5日深夜，在先生的朋友圈里看到他弟子写的《基于〈黄帝内经〉的懒人功法》这篇文章时，我再也按捺不住自己对功法的热情，马上给先生留了言。2月6日早晨，看到了先生的回复。先生把视频发给了我，并对我进行了面诊和舌诊，教我如何调整生活习惯。

"抱朴堂"功法还真是简单易学。第一次练功大约是二十分钟完成的，每天练三次。练功第二天就吐出了少量带血丝的痰，吐了好几口。我拍下来，发给先生看，先生说："正常，在排毒呢，继续练。"2月8号早晨，练功后又吐了带血的痰。从练功第二天起，大便成形，直到今天基本都是成形的。

练到十多天时，晚上睡得好好的，腿又是跳又是抖动地把我闹腾醒了，而且这痛那痛的，都没法睡觉。于是索性不睡觉，看电视，熬到特别困时再睡，要不就听网课。先生知道后，告诉我不能这样处理。练了二十多天的时候，发现自己在练功时太急，于是在先生的指导下调整了一下，每天根据自己身体的情况，慢慢地练。也就是先生常说的，傻傻地练，不急不躁地练，以前的不适慢慢消失了。

我的腰也开始有热感了，脚心也热了。有一次，做梦看到天上的太阳，看着看着我醒了，窗外还真是黄黄的太阳，我用手摸摸被子，确定自己是醒着的，继续看，看了一会又睡着了。有一天早晨，练功后，七点多又睡着了。突然全身像个气球一样充满了气，特别舒服，我保持身心如如不动，一直处于这种状态。忽然头脑特别清醒，知道九点读书群里该叫我读书了，就从这种状态出来了。这时我看了时间，正好差一分钟九点。

练功到五十多天时，出现早晨不爱起床，不想练功，就是想睡觉的现象。我问先生，得到的回答是"听身体的，过一段就好了"。后来，果然如此。随着练功的深入，我的嗅觉变得比以前灵敏了。在练功的过程中，经常出现好玩的事，比如小腹会自动起伏，把我给折腾醒了，睁眼一看，天都亮了。

练功第一天，我跟先生说："我爱生气，爱发脾气。"先生说："没事，练功一段时间你就没脾气了。"还真是这样的，我现在心里一点也不起烦恼了，就是想发脾气，身体也不配合。现在，心里总是喜悦的。最近有一天，晚上 12 点多睡觉，好像一直没睡，头脑很清醒，但是在功态中，在这种状态下，睡了六个多小时。起床后，身体很舒服，心里充满喜悦感，美滋滋的。

这些现象让我实证了，做个身心健康的人，就是这样练出来的。（张春青）

年近六旬老太的练习心得

自从 2020 年 2 月 6 日习练抱朴堂的功法以来，受益颇多。我在练功两个多月时，曾写过一篇练功的心得体会。时间过得真快，一转眼就过去八个多月了。由于又出现了新的体证与内景，先生让我再一次把这一段时间的经历记录下来，以丰富这一功法的实证效果，对于其他的人，可能也有参考和借鉴的作用。

首先，从身体上来说我的变化。我从小身体不好，父母不舍得让我干活，兄弟姐又都听父母话。没有人攀比我，就让我养成了不干活的习惯。婚后，爱人会做家务，为了照顾好我，妈妈基本上一直跟着，帮我看孩子，做饭，收拾屋子，而我只管上班。就这样，到了春秋两季，也必定会咳嗽半个月到一个月。到了冬天，春节前，也经常咳嗽。到医院检查，还查不出来什么毛病，最多就是扁桃体发炎。那时，经常打青霉素，一打就是两三个星期。随着我的年龄增长，我就不打针了，硬挺。要不就含服四环素片或甘草片，含几次就好了，但是太难受了。有时，要挺两三个星期才能基本好。在这期间，我喝过中药，往往一喝就是一个月，接着又吃医生自制的大药丸一个月。这是 20 世纪 80 年代，我自己花一千多块钱喝中药吃药丸，这一千多块钱可是我一年的工资。但是，也只好了一年多，过后还是那样。

自从我知道练功以后，就不经常犯了，这让我知道了练功的好处。但我懒，不爱练动功，所以一直没有好彻底。自从练了抱朴堂的功法，我的身体可就大有改变了。每天收拾屋子、做饭、买菜全是我干了，就是干得慢些，但不觉得累。爱人看我能拿起家务活了，退休后就又回单位上班去了。我活了五十多年了，从来没像现在这体轻松自在。以前是一累着了，就浑身疼，胳膊腿酸胀，睡得香香的就疼醒了。现在可是想什么时候醒，就什么时候醒。即便醒了，还能自然练功。现在有时也咳嗽几声，一般是晚上偶尔一次，但我知道是翻病，是把过去的病翻出来。我的肺部越来通透了，我能感觉到。

退休后，我买了一双半高跟皮鞋，当时穿着正好，秋天就穿不了。小了，顶得脚趾头疼，没办法，又买鞋，买的都是大号的，都是不让鞋贴脚趾头的，那样就不痛。没想到的是，练抱朴堂功法两个多月，我又能穿上半高跟皮鞋了。这让我真正理解了气血的重要。我练功后，气血充盈，筋变得有弹性了。其实，我买那双鞋时，我的体重比我练抱朴堂功法时轻十斤左右，可当时不能穿，因为气血不足，筋没有弹性了。老话讲，人老腿先老。练抱朴堂功法后，仅两个多月，我的气血跟上了，气血足了，没有肉的双脚有肉了，可照样能穿上半高跟皮鞋。练功后虽然重了，可以前的衣服还是照样能穿。2020 年夏天，女儿起床后，走到我跟前，捏我腿和脸，跟我说，睡一夜觉，你身上的肉都紧致了。我自己也摸了摸，确实紧致不少了，不像以前那样松懈。

练功两个月后，一天下午一点多，午觉后没起床，身体自动练功，出现了禅悦现象，因为看到过大家写的心得体会，所以知道是禅悦。紧接着，感觉双腿又粗又壮，一会就两股气流合而为一，往上走到了脑后。我知道是功态，就睡着了。还有一次坐车，看着路和远处的天连接起来，顿时感觉自己就和天融为一体，心中豁然开朗，那感觉真是很美妙。当然，我知道这都是幻境。所以，按老师说的，如如不动。真的做到如如不动，还挺不容易的。

以前先生经常发朋友圈说老天爷给他发红包了，现在我也能经常收到老天爷给我发的红包。以下是入冬以来练功真实的功境记录：

11月2号下午五点多，我坐在家里读书。忽然一股热流从尾椎骨上行到胸口，直达后脑勺，暖暖的，特别舒服。先生告诉我："遇到这种情况，身体别动，念头也别动。"

12月6日晚上，我上床一闭眼睛，身体就消失了，看到了光和气从高空旋转而下，转一会，就变成蝴蝶结了，然后出现了一朵大花，花上面有图案，没看清楚就睡着了。先生说那是曼陀罗。

12月8日，我跟先生汇报，最近每天早晨四点多开始"功炼人"。从后脑勺起，一股热量达到全身。只要站着干活，腿就不自觉地有反应，感觉好像是每个细胞都在运动，思想不由自主地集中到双腿上，有种心身合一的感觉。

12月13日，以腰部为中心点辐射到胸部和头部，下到双腿双脚，热流充满全身。

12月20日，早晨三点多，我醒了，有点睡不着了。过了一会，我闭上眼睛正准备睡觉，额头上一下出现双眼，周围跟白天的天空一样。我再一看是我自己的头像，吓得不敢看了，就睡着了。接着，梦见有人用手指教我三慧剑。

12月21日，正是冬至那天晚上，我梦见先生在那看字，我感觉是先生写的，字写得工整方正。虽然是用圆珠笔写的，但却都带着笔锋。在我写这篇心得之时，还是记忆犹新，非常清晰。先生没有跟我说话，给了我一颗像核桃的黑色圆球，示意我吃下去，我吃了，可好吃呢，还很香。先生还示意我不要在那屋子里多逗留。从那天到现在，我就是不想吃饭，不饿。即便吃也就吃一点。先生说这种情况过一段时间就会消失，以后我的食量还有可能会增加。昨天晚上我没吃饭。今天是12月24日，早中两餐也没吃，晚上勉强吃了米饭和炒土豆丝和豆腐。

练功以来，身体变得非常敏感了。我以前爱吃水果，现在是不怎么吃了，因为一吃凉的东西，肚脐就冒凉气，双腿激凌激凌的。要是再吃，肚子就不舒服了。所以，特别感恩遇到先生，让我在不自觉中改变了自己，养成了好的生活习惯。

最近，我才知道什么叫上虚下实。老师的功法一起步就练上虚下实，让我们的气血都往下行，气沉下去了，自然也就没脾气了。这是我对"上虚下实"的粗略理解，不知道是否对，权当抛砖引玉吧。（张春青）

简单到令人怀疑的功法
却改善了我与家人的健康状况

2019年6月，我丈夫检查出食道癌，右肺下部脓肿。看到检查单时，真希望那是误诊，一百个不愿相信，但事实就是这样。接下来，就是以最快的速度做手术。住院治疗一个多月，全家人精心护理，他终于出院了。

丈夫住院期间，我基本是寸步不离。七八月份，正是天气热的时候，医院24小时开着空调，对于我这个长期不吹空调的人来说，无疑是一种摧残。加上心理压力大，从那个时候开始，胃不舒服（之前胃没有明显的不适），慢慢地没有食欲。每餐只吃几口饭，但人活一口气，我就是这样靠毅力硬撑了二十多天。丈夫手术后瘦了二十斤，我瘦了十几斤。

回到家里后，丈夫开始服中药调理，看着他一天一天好起来，我也就松了一口气。精神一松，身体的问题也来了——胃胀不舒服，每餐吃得少（吃什么都没味），心脏反流，心肌无力，血压100～160毫米汞柱，头晕头胀……诸多症状蜂拥而至，我感觉身体极度虚弱，难以支撑。我去找了当地最好的中医，吃药调理，一个月之后，血压基本恢复正常，但新的问题又来了，养阴的药吃多了导致血淤，手掌和手背上出现了两次细微血管破裂情况，于是我又找了中医用药，以活血化淤为主，身体感觉稍微轻松一点，但心脏又受不了，每天到了午时就特别明显难受。后来，又找别的医生看，但各种问题总是此起彼伏，真的让我很绝望。

人在无奈的时候，总希望有一种看不见的力量能帮助自己，我也不例外。我就在各种群里找，希望有一种功法能把天地间的能量传递给我（之前接触过气功），改变身体的状况。在一个道教群里，我发现了半聪先生的文章，加了他的微信，一口气读了他好多文章，觉得他的功法或许对我会有帮助。

2020年1月5日，我选了吉日，拜了半聪先生为师。当时，觉得那么有效的功法一定是一个系统，比较高深，满怀憧憬，心情有点小激动。当看了功法视频以后，顿时感觉从头到脚地失望。心想，就这么简单的动作，能有如此神奇的效果？唉，可能上当了，当天没练。

又过了一天，心想试试吧，别人都有用，我怎么会没用呢，这样一练就是四个多月。

刚开始练，头痛，背部疼痛，打嗝特别厉害。有时候，练完功还特别饿（饿的情况不多，也不持续）。又过了二十多天，所有症状没有明显改善，但身体稍微有点力气了，这让我看到了希望。

在这里，要说一下我丈夫。2019年手术之后，医院要求术后一两个月再去做放化疗。当时，考虑到连续打了一个月的点滴，身体弱，老中医说做放化疗会加速死亡，很迷茫。后来，请教了李老师，他也不赞成去做。在我最无助的时候，李老师给了我很大的信心。

我丈夫也跟着练功，虽然他刚开始做还是比较困难，求生的欲望让他坚持下来了。后来，老师还指导我丈夫结合药物调理。练功和调理后，身体明显好转，精神状态也很好，肤色由暗转亮，大便也逐渐成形。前几天受了风寒，去看中医，医生一把脉，说他肾气比去年好很多了。

练功两个月以后，我能感觉到农历十五前后能量比较强，容易调动全身的阳气。练功时，背上的能量自动向双手传递，练完功会感觉能量满满的。那个月农历十五练功后，胃舒服了几天，人也有精神。我个人体会，去病过程是螺旋式地发展，好几天又回到老样子，然后又好几天再回到老样子，但你始终能感觉到整体机能在提高，精力和气力都更好，这是我坚定练功信心的基础。

练功三个月以后，我对照老师的文章，根据自己元气消耗太大的实际情况，加强了静养、调息的功课。每天练功以外，晚上8点多就上床，早早地睡觉。慢慢地，感觉脏腑的能量充足，胃也开始好转，大便成形了，颜色也由青黑转为黄色。小腹冲脉经常跳动（腹部有脉搏跳动），进入功态时，整个晚上很清醒，第二天不会觉得很累。安静时，盖着被子，身体却感觉到清凉，甚至会冷，一会又会回到正常。有一次，一股清凉的能量从印堂往下走，吓了我一跳，立刻让自己醒来。老师经常说如如不动，后来再遇到类似的情况也就不太在意了。

四个月以后，我的胃基本正常了，不舒服的时候越来越少。五月初，我们全家还去外面玩了几天，但身体还是比较虚弱。回来以后，就一直冒虚汗，练功时心脏难受，手背血管胀痛，在老师的指导下，到药店买了一些补气血的中药。最大的感受就是，以前无法进补，如喝了黄芪水，晚上就睡不好，现在没事了，连喝了几天，虚汗基本没有了，能进补就说明三焦比以前更畅通了。

前几天午睡时，脑子里突然出现了从盆骨到膝盖的画面，黑白的。心里一想怎么回事，画面就消失了。后来问师父，师父说这就是传说中的"内视"，以后遇到这种情况，一定要"保持身心如如不动"。在师父的弟子群里，常见其他师兄妹分享过很多奇妙的感受，我总体来说还是平淡，但确实身体在一天天变好，包括我的家人。

几个月下来，我真实地体会到了简单到令人怀疑的功法改变身体的魅力，与我一样，许多同门师兄们的身体也都在向好的方向变化。我将永远珍惜这一功法，跟随老师学习中医养生之道，做一个身心健康的人。（邱邑郲）

一位练了三年八极的"抱朴堂"菜鸟的练功体会

我是一个早产儿，没有吃过母乳，所以从小体质很弱，经常感冒发烧，跑医院打针吃药。上学期间，个小瘦弱，怎么吃都不会胖，而且很奇怪的是，一到期末复习的时候就会感冒发烧。读高中时，就立志考中医，后来如愿以偿地考上了，学了针推系。毕业后，去医院上班。感觉医院上班压力太大了，就去了小诊所。上班时间很长，早九点到晚十一点，做了六年推拿。感觉自己的身体差了，就去看中医，自己针灸，效果不明显。

后来，有幸遇见了一位八极拳名师，学了三年八极拳，身体好了不少。由于八极拳过于刚猛，天天靠树撞墙，身体出现了损伤。于是，我在网上找道家功夫，找到了很多关于丹道的内容，加了不少丹道群，发现群里说得神乎其神，很不靠谱。无意间，看到老师关于练功的文章，马上加了微信，试图了解一下抱朴功法。当时，还是在观察，看了师父写的所有关于丹道的文章，感觉是把神秘的东西变得很简单、很真实。我看了很多师兄们关于练功的体会，有的师兄练了一段时间就进入了先天境界，很是羡慕。

因我家住普陀山附近，从小跟随家人去寺庙里参拜，对佛道非常喜欢。家里有《金刚经》《心经》等佛教经典，有《道德经》《庄子》《中华道家修炼学》等道家经典，还有《黄帝内经》等。佛道经典看了又看，就是看不透里面内容。身边也有学道的朋友，问他们也问不出个所以然来，让我很烦恼，我渴望得到老师的解答。

终于在 2020 年 10 月 28 日拜了师，学习抱朴功法。师父传我功法时，我都不敢相信这功法居然这么简单。将信将疑地练了起来，一开始动作做不标准，后来慢慢地越练越热，练功结束时真是汗流浃背。晚上睡觉时，肚子里感觉有气在鼓动，有经络穴位在跳动。每天至少练一次，有时练两三次，每次练得浑身暖洋洋的，精神很好，也没有出现很特别的现象。

某一天早上六点多，上完厕所，我躺在床上翻来覆去睡不着，于是闭目养神，放空大脑，任念头自由生灭。不知道过了多久，突然感觉脑袋里出现像发动机一样的轰鸣声，脑袋越放松，轰鸣声越大，然后慢慢感觉身体在旋转，渐渐地失去了知觉，感觉身体悬空了，飘起来了，像没有了一样。感觉体内有根像光束一样的管子连着外面，很舒服，很享受这种说不出来的平和的感觉。不知不觉中就睡过去了，直到九点才醒来，然后去练拳，发现打拳发劲很有力，手臂胀胀的，有使不完的劲。

经过这段时间的练习，我感觉抱朴堂功法简单、安全、高效。通过坚持不懈地练习，确实能达到预防与治疗疾病的作用。（吴海东）

孩子他爹介绍我认识了生活和婚姻上的领路人

遇上李辉老师，还得从 2014 年的盛夏说起。那时，我与网恋的孩子爹刚认识没多久，到深圳桑姐姐家里吃晚餐，李老师一家人也参与晚宴，就在华侨城附近。

那天，我和孩子爹去得早，李老师一家到了后，李老师换拖鞋子进房间，孩子爹说："李辉，你穿的鞋子很特别。"还拿在手上看了看，是和尚穿的鞋子。老师笑笑，没回答，继续看手机。那是我第一次见到老师一家人，师娘很亲切，他儿子很幽默，那年上高一。

同年9月份，我和孩子爹来到东莞生活，就没再见过李老师了。2015年11月，我和孩子爹去深圳见客户，在南山一家素食餐厅，又是桑姐姐请我们吃素。在饭桌上聊天时，我说昨天吃饭太辛辣了，今天有点胃疼，艾灸了足三里就好了。李老师说："我也艾灸。"我们聊了一些养生话题，因为艾灸，我们的距离更近了。

我已经生完儿子几个月后，孩子爹说："我深圳某教育局的一个朋友在塘厦买了房子，离得不远，我们去他那里玩一下。"就这样，第一次去桃花岛拜访了老师。那时，老师一个人在桃花岛过周末，练功，看书，喝茶。当得知李老师在两年前有口腔癌前兆，一年到头口腔溃疡，几乎没有一天是好的，后来通过练功身体慢慢好转后，让我对他的经历充满了好奇。12岁那年，我去溜冰，不小心把脚扭骨折了，以至于有几年走平路也会摔跤。小时候，经常落枕，20岁时还落枕，右边整条筋都有问题。我说："怎么这些天腰疼得厉害？"他说："教你练习一个动作，你试试看。"在李老师家里我开始练习，当下也感觉不到什么，只是记住了要领。

回家后，天天坚持练习抱朴功。一个星期后，在深圳山东大厦的朋友会所吃饭，又一次见到李老师。我告诉他，练习后腰椎不疼了，效果很好，洗头发时可以弯腰站起来了。

此后至今，一直练习抱朴功，脸色比之前好了很多。冰冻三尺，非一日之寒。以前，我在夏季非常喜欢吃冰冻的饮料，如冰激凌啊，有时一个不够要吃两个才过瘾。北方的冬天又寒冷，河南产苹果，下雪的季节每天吃一个苹果，长年累月，久而久之，身体出现了很大的问题。

20岁出头的时候，听音乐喜欢悲伤的，整个人没精神，到现在也还是精神不足，没力气。所以，经常坚持艾灸，吃中药，偶尔还要扎一下针。

2018 年年初，练功期间突然发现怀孕了。刚开始还一直练功，孕期没有不适，肚子慢慢大了，练功停止，泡泡脚。广东的夏季，夏天晚上睡觉不用开空调，电扇也不用，吹着自然风睡觉很舒服，扇风用扇子，一夜到天亮。如果时间早，躺在床上艾灸肚子一个小时，肚脐和周边的水珠都会被熏出来，寒凉至深，整个腹部冰凉冰凉的。生了两个孩子，都是寒湿重的体质，家里水壶里的水都是用干姜煮的，从不让孩子们吃冰激凌、冰酸奶等，在寒凉食品上吃过的亏，不想让我的孩子们再犯。

三伏天的夏季，我每天花时间在太阳下晒背，整个背部晒得乌黑乌黑。今年没有长湿疹，阳气补足了。以前，每到夏天就开始泡脚泡澡，不然到了夏季，小腿上长湿疹，奇痒无比，难受至极。三伏天艾灸和晒背是必做的事情了，效果很好。以前夏季穿裙子、短裤、凉鞋，吹空调，喝冷饮，真是自作孽不可活，后悔死了。

到现在为止，身体寒湿还是很重，每天只要有时间都会晒背，人也精神了很多，皮肤状况也非常好，从没用过 SK2，也没有吃过什么保健品。怀二宝时，整个孕期主要喝鸡汤、骨头汤，没有吃过钙片。生宝宝的当天，我的身体还是非常柔软，可以盘腿坐，医生从产道敲孩子头说："钙补得很好。"8 斤的女宝宝，顺产，生下来没有黄疸，没有疹子，一切安好。

我的近视眼，这几年没戴眼镜，度数也没有增长，坚持练功和艾灸，度数还维持在 200 多度。生完二宝至今，脸上无斑无痘，气色很好。饮食味道偏淡，油腻辛辣食物基本很少吃了，养好脾胃，吃五谷杂粮，人的情绪也比之前好了很多。

没有练习抱朴功时，一年至少有 5 ~ 8 次口腔溃疡，每次都要疼几天。练功后，这种症状消失了。还有偏头疼，每次情绪一激动，感觉有根筋一直在跳着，非常疼。这几年就没事了，比较注意调节情绪，勤奋练功，坚持艾灸，还吃一些中成药。也没有胃胀了，放屁还比较多，水果基本不吃，偶尔吃些榴莲。到了冬天，喝生姜当归羊肉汤，调理身体，也不会上火。

喝点红参、鹿茸也挺好，补足气血是根本。

我嫁给孩子爹，最大的原因是公公是个老中医，号脉开方，针灸，西医都会，在他老家方圆几十里地赫赫有名，不孕不育、抑郁症、肝炎等疑难杂症都治，治愈了很多人，临床经验非常丰富。本希望他能教我几招，但在我生完儿子40天后，他突然肺癌晚期去世了。这对我打击很大，婆婆对医学一窍不通，她是一个标准的农妇，孩子一发烧就让我赶紧带去医院打针。虽然从小在公公家里长大，中医世家的一招半式，一点也没有学会，很遗憾。

现在的我，一边练习抱朴功，一边调整自己的情绪。我对孩子他爹说："要是你爹早点死，我是不会嫁给你的。"他说："我爹死了，我介绍了比我爹更厉害的师父给你认识。"

孩子爹带我认识李老师，他是我生活和婚姻上的领路人。在练习抱朴堂功法的过程中，他给了我很多中肯的建议，我的身体也慢慢好起来了，家庭矛盾也少了很多。

正如李辉老师说的，作为一名老师，把自己学到的最好的东西分享给了身边的朋友，让身边朋友都受益，他也很开心。

生活还在继续，练功不能停止。希望我可以优雅地老去，无疾而终。也祝福抱朴堂的每位师兄师弟、师姐师妹们都身心健康，福慧双增。（习松）

天马练功记

2020年疫情期间，全城封锁，足不出户，不是不能出，是不敢出。练书法，刷微信，在一个中医圈里发现了师父发的文章，觉得很特别，似乎是练过功的人写的，写的内容与市面流传的不一样，于是加了关注。一篇一篇地看，迥然不同于社会上流传的说法。看师父的简介，竟然是同行，欣喜不已。

迅速加微信，询问功法。师父说，很简单，不用面授也可以学会。老实说，现在网络时代，网上的各种功法、功夫、搏击等琳琅满目，盛行的一些功法我也练过，深刻体会到没有老师面对面教授，是学不到什么的。师父说功法简单，我真是半信半疑，但最后还是狠下心来拜师了。

刚开始练，大汗，十多天后小汗。肠胃舒服了，小腹长了一些痒痒的小红粒，小痔疮不见了，阴部干爽，真是太厉害了。以前练了一年半载的什么功，都没有这样好处，现在十多天就解决了，真神！但是练功后眼屎多，头皮屑多，打瞌睡多，还常常有不好的梦，问师父，说这是正常。可能是平时应酬较多，常喝酒，第二天练功出的都是冷的汗。

4月20日早上，大致5点半，半梦半醒中，我注意到呼吸越来越轻，一直轻到极限，保持了几秒，又自动调了一次深呼吸，然后又轻呼吸，越来越轻，反复几次。我记得老师说如如不动，我就没动，静静注意自己的呼吸。后来闹铃响了，就起床了。这是一个奇妙的过程。

单位体检，前列腺有些炎症，师父介绍了两种中成药，服用一周，尿尿不分叉了，立竿见影。

12月4日出差，正坐在车上，午休时间到了，当时感到特别困，刚闭上眼睡下去。眼前似乎出现了扭曲的线条，在梦中似醒非醒，好像看见人。过了一会，感觉到腹部自动大幅度地呼吸，不一会就醒了。醒过来看时间有1个多小时，但在梦中感觉就是几分钟。醒来后，人异常清醒，当时的情景直到现在都记得很清楚。

现在练功，能感觉到气往下走，不知是不是天气冷的原因，我感觉是有冷气下到脚掌。

口里金津玉液多了。这是好事，我知道。

练师父的功法真的是人们常说的功简效宏，值得练上一辈子。（天马）

为母亲试功让我也跟着受益了

我与宕子是华中师大的校友，做了近二十年的朋友，对于他的抱朴功，我本应该深信不疑的。宕子天资聪颖，思想深邃，学贯中西，勘透人性却不改率真……他前些年来武汉时，劝我也练他的功，可惜当时我正在练真气运行法，所以没有改练抱朴功。

2020年1月，我母亲检查出结肠癌晚期，不动手术可能会形成肠梗阻。只有先动手术切除肿瘤，但手术后，没有进行化放疗。我小时候受西医的害不浅，所以不相信西医那一套。西医把人当个没有生命的物体，哪里有病灶，它就切除哪里，或用抗生素、放射线杀死所谓"病原体"，或者哪里不通就搭个支架什么的。除了能救急，哪能治好什么病呢？我们的中医和道医，建立在天人合一的基础之上，利用草木的偏性、天地的灵气，通过人体本身的自组织能力，打通经络，平衡阴阳，运行气血，远非西医所能望其项背。我一直认为，中医是中国文化的瑰宝，可惜现在却被许多无知之徒认为是骗术或玄学。

由于我练真气运行法没什么成效，因为母亲的病，我于是向宕子请教如何练习抱朴功。为了保险起见，在开始教我妈练抱朴功之前，我先练习试试。当时我身体也不适，疼痛难忍，试着用真气运行法治疗，但气到那硬是被顶住了，无法通过。宕子看了我的舌相，给我开了一副中药，并将功法传授给了我。用药加练功，不到两天，我原来堵的地方就豁然贯通了。我练功大约十来天的时候，开始一练就汗流浃背。有两三天，特别嗜睡。后来，凡是曾有疾患的地方就会疼痛。练习一段时间，整个人都很轻松，步履轻快，胸肌饱满了，原来隆起的腹部变小了，面色变好了，身体变得胖瘦适中，皮肤变得光泽紧致。有一晚，明显感觉到气冲病灶，有两夜，感觉到半醒半睡中呼吸很深。

2021年元月10日，早晨醒来，额前出现了一圈光圈样的图案，非常清晰，绝不是未曾经历的人可能妄猜的所谓幻觉。光圈四周，是火焰一样的红黄色，中间黑色，反复出现了几次，每次几十秒。2021年2月4日凌晨5：25（2月3日晚22时59分立春，今天是立春后的第一个早晨），我刚一醒来，再次出现内景。这次看到是光圈内有一个圆球形状的东西，不一会又出现一个像山的东西。轮番出现两次，各十几秒，很清晰。通过这几次经历，我才晓得《西游记》里的二郎神额上有只眼睛是有来历的，是有丹道实证经验的人写的。我练习真气运行法多年，没出现过什么内景，练习抱朴功才数月（正式练习从九月开始）就出现了内景。我感觉抱朴功比真气运行法好多了，而且更简单易行。

我母亲练习抱朴功效果显著。她老人家练功一二十天时，脖子下方出现湿疹。她以为是长蛇盘疮，瞒着我去打了一针，我知道后打电话叫停了。接着几天，她双腿开始疼痛，疼得下不了床（我母亲年轻时劳动，下水太多，饮食习惯不好，寒湿很重）。练功一个多月后，她觉得身体很轻松、很舒服，但身上各处还是疼痛，宕子说继续坚持练一段时间就不会痛了。不久，宕子又开了两副中药给我母亲吃。吃药加练功，过了两月，冬天时，我母亲体重下降了五六斤，肚子变小了，脸上气色变好了，饮食起居正常。她原来虚胖。我姐、妹去年给母亲做了两次复查，一切正常（其实练功后，我对母亲做不做那些检查不怎么在意）。

我是中国人民解放军国防大学军事学专业的研究生，不是医生，但中西医的优劣我还是能看得明白。正如要打好仗，并不一定要掌握每一种武器的专门知识，但一定要懂战略战术，看清天下大势。我相信，我妈妈不需经过西医化疗放疗，通过练功、中医调养，并养成良好的生活习惯，身体就会康复，而且会越来越好。我自己也会一直坚持练习宕子的抱朴功，好好保养身体，积德培福。（袁野）

多年便秘让我与抱朴结缘

我关注抱朴堂丹道公众号快一年了，但却并没有特别在意。现在各种修行养生的东西太多了，我只是偶尔看看，也不以为然。至于里面写的开玄关，入先天境，我则根本连想都没有想过，甚至觉得有点玄乎。

进入抱朴堂学习，源于我的一个老毛病——几十年的便秘。我从年轻就有严重的便秘，可以五六天不解大便，经常吃通便的药，也吃过中药调理，但是收效甚微。

有一次闲来无事，又在翻看各种养生修道的公众号，偶尔看见抱朴堂的一篇文章《多年顽疾一朝除》，我当时想，有这么厉害？我倒是要看看除了啥。进去一看，那位主人公和我一样便秘，练功不到一个月竟然基本好了，这下引起了我的极大兴趣。

为了搞清楚这功法有何神奇，我开始仔细读了读公众号里面的文章，有很多练功的弟子写的心得体会。最关键的是，我看了半聪先生本人的经历以后，更加深信不疑——此人可以称得上是当世高人。只有通过自己实证实修得来的，才不是纸上谈兵。

所以，我毫不犹豫地加了先生的微信，提出向先生学习练功，告诉先生我就是想治便秘。这件事每天都在困扰着我，我觉得比哪个都着急。现在想想，都要笑出声来。

其实，我的身体可不光是便秘这么简单。我从小身体就不好，自我有记忆起，就记得每年跑无数次的医院，吃无数次的药。上学以后，每学期都要请假好几次——没办法，扁桃体发炎、气管炎，经常咳嗽一整个冬天。胃也不好，吃不对了就要吐。发烧打针吃药，充斥着我的童年记忆。长大后好了一些，可还是比一般人要弱。每年好几次感冒，每次要吃一大堆药才能好。

我这个人，用我家乡话讲，就是很"皮实"，不娇气，不舒服也扛着，不当回事。人们总是夸这样的人泼辣能干。现在想来，皮实泼辣就身体而言其实不是一个好事情。总是扛着，慢慢身体越扛越糟糕。

这两年，随着人到中年，各种毛病不断增加。在西医看来，我没毛病，体检很健康。比如颈椎不好，脊椎腰椎变形，胃不舒服，睡不好觉，心脏早搏，便秘，等等，在西医都没有啥好办法，于是我开始了我漫长的调理之路。

我开始找中医，喝汤药，但是收效甚微。首先，我声明，有的大夫开药也是多少有作用的，只是感觉改变不大。我也知道，我需要长期调理，可是每个月的费用也实在是负担不起。

折腾了一段时间，自己都觉得累了，也没啥信心。总在想，好中医是有的，只是我没福报，遇不到吧。半年多以前，我开始站桩。我的身体不好，但这也成了我刻苦站桩的动力，每天都要站两三个钟头。半年下来，身体觉得有所改善，比如以前特别爱疲劳，站桩以后好了很多。

不过，就整体来讲，我的身体依然如故，直到遇见了半聪先生，我觉得起码每天困扰我的便秘有救了。

在我正式拜师以后，先生教了我功法。以前看文章里面说了，这个功法很简单，所以我有心理准备。诚然如此，我看了文字和视频以后，依然是一脸的懵，甚至自言自语："就这么简单吗？难道就这样吗？简单到如此？"甚至在想，大家练的是同一个功法吗？

不过既然拜了师，认可师父，那就认认真真地练吧，师父总爱说要傻傻地练功。说实话，我对于自己的身体也没有啥好办法了，就老老实实地开始练功。我不上班，所以在家每天尽量保持练习三次。

每次练功，肚子就会咕噜咕噜地响，有时候还排气，感觉挺舒服的。我就每天都傻傻地练功。

我的后背，近几年一直不舒服，连带两个胳膊，甚至手背都觉得很不舒服。而且，经常会持续一整天。有时候，练完功就觉得后背不怎么难受了，可是过一会就又开始难受。和师父沟通后，师父说："贵在坚持！"

在练功一个礼拜后，我觉得两个手的手指发麻，针扎一样，后背肩胛骨也觉得是蚂蚁爬一样向两边辐射，痒痒的。头顶也又麻又痒。我是佛教徒，平时也有各种"修行"（惭愧，借用一下这个词），以前这些感觉都有点，开始没有太在意。我站桩半年以后，手指才开始有点麻的感觉。练抱朴功以后，我发现这种感觉明显开始强烈起来了，而且每天站桩比以前有了更加强烈的体感，肚子也是响屁连连。我知道，这是练功有成效了，更加坚信先生的功法，傻傻地练功。

练功半个月以后，我的体感更加明显——后背肩胛骨的一片麻痒的感觉特别明显。白天做事的时候，也总是能清晰地感觉到那种麻痒，而且在向周围扩散，尤其每次练完功以后更加明显。我知道，这是在调我的身体。

练功快到一个月的时候，我的那种体感已经由后背到了两个胳膊、手背、脖子，就像针刺一样。我发现，在这种现象以后，我手背的那种难受的感觉基本没有了。有时候站桩，觉得手指的针刺感一下子能窜到手掌。

我从小就超级怕冷，冬天开车出门，别人见了我，都笑我"比人家骑电动车穿得都多"。我这里是北方，虽然有暖气，但是屋里总觉得不很暖和。练功一个月后，我竟然觉得浑身开始热乎乎的，晚上睡觉家里人都盖两床被子，我一床被子还觉得热。我觉得奇怪，总是问家人，你们盖那么多不热吗？结果是他们觉得我很奇怪。

我的身体淤堵得厉害，以前站桩没有什么感觉。自从后背肩胛骨周边有感觉以后，站桩的时候，我会感觉到从那里往下有一种堵的感觉。

抱朴功法如此简单，但是效果来得如此之快，让我真是始料不及，更加有信心了。

我这个人食欲很好，属于吃啥都香的，但是吃完之后胃里总是有胀胀的感觉。我总是归咎于自己贪吃，提醒自己少吃些。可是，有一天，我忽然发现我的胃没有以前那种吃完之后胀胀的感觉了。有两天，我还特意多吃点试一试，真的感觉和以前不一样了，没有以前的那种胀了。那时，我才如梦初醒，原来以前不是我吃的多少，而是我的胃不好造成的。师父也说了，我是老胃病，要慢慢调养。

我的颈椎毛病快二十年了，每天都疼。每次站桩，颈椎右侧那块肌肉都是僵硬的，到站桩结束时，一动就撕裂一样地痛。我经常用手压住那一块肌肉，然后才敢轻轻地动。刺痒窜遍了我的脖子、肩膀、胳膊、手背以后，我再站桩，那里只有一点点轻微的感觉了。虽然颈椎没有好，但几十年的毛病有所改善，我也很开心了。

先生经常鼓励我的一句话就是："贵在坚持！"他说，那些傻傻练功的人，往往都更有成效。人的自身有大药。师父的功法简单易学，而且老少皆宜。这功法简单到你不敢相信，但是，它就是有这么神奇的功效。

练功一个来月以后，我发现自己的心性有所改变。我的习气很重，号称学佛多年，但是根源性的东西，自己都知道没有什么改变。我自己也很郁闷，感觉就像是一局怎么都解不开的死棋。我也知道一些方法，但是一到实际当中，就发现自己根本做不到。在练功一个月以后，我发现自己有了神奇的转变。我终于做到了我以前多年都无法做到的，虽然知道还差得很远，但我终于起步了。

我在别人的文章里也看到过，练功以后心性会有神奇的变化，但根本没往心里去，我是奔着便秘去的。我感受到自己心性的变化后，不得不承认，这真是个神奇的功法！

转了一大圈，终于拐到了便秘上。我的便秘在先生的调理之下，已经做到基本上每天都能解大便了。现在，解大便已经成了我的人生享受之一，几十年没有过这种舒服痛快的感觉了。

这一个月的经历，让我非常感恩先生。先生以自己实证实修得来的宝贵成果，让很多人体会到了中国传统文化的博大精深，让更多的人可以实现一个共同的心愿——做一个身心健康的普通人。（青莲居士）

外国老公的师父带我打开潘多拉的盒子

现在网络上的神棍骗子很多，大多数人一看到"练功"两个字应该就会觉得是骗子。我曾是一名大学钢琴老师，后去制作综艺节目，参与过排名前五的卫视大众熟知的大型综艺节目（嗯，没错，就是大家都看过的最火的 Runningman 韩国原班团队也是我的合作伙伴）。我先生，韩国人，国内排名前 5 大学硕士毕业，由于小时候经历过 6 年肚子不舒服，去医院也检查不出任何原因，后经赤脚医生简单医治才恢复正常生活，但也留下了和日本安倍一样的毛病，压力大就拉肚子。由于不信西医，一直希望在中国找到能够解决自己身体问题的医生（我和先生也算是走过半个世界，阅人无数，可以很负责任地告诉大家——一般的骗子骗不了我们，李老师应该算是非常高级的"骗子"，哈哈，骗得我们身体越来越好，收入越来越多）。

我认识老师大概在 2012 年，也是那年，我离开体制下海去了老师所在的城市深圳，开启了为期三年多的不要命的工作生活。从普通员工爬到公司第二位置的高管，一个人管着好几个项目，分公司项目启动更是每天睡眠不到三小时。经常通宵工作，手机 24 小时开机，脾气也越来越大。一些合作公司年长些的姐姐都劝我不要太拼命，注意身体，人是需要睡觉的，我却乐在其中。每天遇到各种大咖、参加各种聚会，和各种星一起做出亿万观众收看的作品，我觉得自己很伟大。直到有一天早上，起床时心脏很不舒服，呼吸困难，加上那段时间业内有几名猝死的同行，我开始害怕，于是辞职休息。直到这个时候，我也只是偶尔非常粗略地看过老师的朋友圈，对丹道经典完全没有任何认知。

我休息了两年，觉睡得很多，恋爱，结婚，过正常人的生活，身体一直是那种说不出来哪里不舒服的状态，但是医院检查又没问题。直到 2019 年，我和先生偶然一次聊天，我说深圳神奇的人很多，有一位老师得了口腔癌，自己练功治好了。本以为听到"练功"二字，他会说肯定是骗子，没想到他很有兴趣地问："是吗？在哪里呀？这样的老师得拜见一下呀，也许对自己有帮助呢。"就这样加了老师微信。7年后，第一次约老师见面。第一次见面在老师的办公室（现在想，真的是太后知后觉，曾经的那些荣誉、自我价值感都是多么没有意义，如果我早点去见老师，现在可能更不一样）。

看到老师说话，只是微微动嘴唇，仿佛不用气，骨头更是如钢铁般坚硬，皮肤紧致，气色很好，但是老师说的我基本听不懂，因为实在是没有任何概念。见面时，我怀孕7个月，老师说怀孕不能练功。为了等我先生，也就没有马上拜师。就这样回了韩国，我开始仔细看老师曾经写过的文章，才渐渐发现像是对我打开了另一个世界的大门。

2020年年初，孩子满半岁，我们回到深圳，先生正式拜老师为师。在哺乳期的我，为了能帮助先生解读老师发给他的文字说明，开始和他一起练习老师传授的功法，以下是练习半年身体的四次反应：

第一次是练功一个星期左右，有一天中午午睡，感觉肚皮微跳，没在意，心想应该不会这么快有反应吧，别人都是很久才有反应，于是继续练习，后面又出现几次这样的现象。

第二次是大概练习一个月的时候，每次练功的时候手心出凉风，一开始以为窗户没关好，检查后，发现都没问题。这样的现象大概持续了三天，手心开始像有两根小蜡烛的火苗一样燃烧，出热风，我才意识到大概之前是身体在排寒气。为了认证，我连着两天买了冰激凌吃，结果再练功的时候手心又开始冒冷风，吓得我赶紧忌口。

第三次，又过了一个月，有一天午睡的时候，突然脑袋像被雷劈一样，没来得及按老师说的如如不动就被吓醒了，去超市靠近冰箱，就感觉冷风往身体里钻，很不舒服。

第四次，有一天感冒了，还是像平时一样，练习的时候感觉寒气通过手心排出，鼻子出鼻涕，没想到第二天睡起来感冒就好了，真的很神奇。

心想，感冒也算是世界难题，没法根治，没想到这么简单，就不用被折磨。

这个阶段，朋友看到我，都说我跟以前完全不一样了，完全没脾气了。我曾经的助理找了男朋友，也敢带来我家里给我看看，和我一起吃饭，以前想都不敢想，因为她觉得我是魔鬼，哈哈。

2020 年下半年，我经历了一次流产，停止练习。中间由于人在韩国，没敢通过中医解决，手术后感觉身体特别差，早上起来手指发麻，身体也是到处疼痛。练功感觉也没有任何反应，所以也没好好练习，一次只练了不到十分钟，每天三次。这段时间，后背肩胛骨中间位置，已经连着痛了两个月，时时刻刻都痛，感觉里面像是堵住了，去按摩也没有任何改善，我一直以为是手术后遗症（俗称月子病）。前段时间，看到老师的文章说，退步有可能是进步，这几天又开始好好练习，身体一直没力气，像被打了一样，碰一下都疼。这是发烧才有的症状，一量体温，果然 37.4 度，低烧，欣然接受，以为是身体太虚弱又感冒了。

有天晚上，十一点躺下，刚刚入睡，突然感觉身体像气球一样鼓起来，接着飘起来快到天花板。这次我想起老师说的如如不动。这个时候，感觉有一股巨大的能量从脑袋后面到后背往身体里灌，两次持续大概两分钟，然后睡到凌晨两点醒来，睡不着。第二天起床手指不麻，疼了两个月的后背完全不疼了，精神也特别好。老公说我怎么突然打了鸡血，昨天还浑身疼，孩子都没力气带，送去让婆婆帮忙带了。我给他讲解我的感受，是像动画片里超人获得了宇宙的能量，可不是简单的打鸡血。他说，那你要写下来发给老师呀。一直以来，我认为我不是老师的弟子，不知道能不能写，所以拖了这么久都没动，现在鼓起勇气将我的经历全部写出。

自从先生拜老师为师以后，至今一年的时间，事业走出了前几年的瓶颈期，收入也比之前更稳定，原本无心的我练习了老师的功法，除了带来身体的变化以外，比起以前内心更加安宁，与世无争，更想回归大自然，不在意别人的看法，越来越想按照自己舒服的状态生活。

身体排在第一位，因为老师，我开始认真学习经典，感谢老师带我打开潘多拉的盒子。疫情结束后，再回深圳，我想要亲自去拜老师为师，并请老师指点我学习中所遇的疑惑，继续跟随老师学习老祖宗留下的文化瑰宝，做一个健康的普通人。（马燕婷）

天降"火球"让我生了一个聪明健康、活泼可爱的儿子

读大学时，曾在一次联谊会上遇到过一位邯郸男孩，他见到我的第一眼就说："你以后会很有钱。"我瞥了他一眼，不屑地说："算命的都会这么说。""不信，你把右手让我瞧瞧。"我半信半疑地将手伸给他，他看了一下说："你爸或者你妈会得一场重病，而且会引起家族纷争。"一听父母一方会得重病，我气不打一处来，立马暴跳如雷，从此与这男孩再无任何联系，也忘了他叫什么名，来自哪个系。一个月后，噩耗传来，父亲得了肺癌，晚期，半年后就去世了。紧接着姑姑、婶婶、奶奶都来家里闹着分财产（而这却是远在他乡求学的我多年后才得知的）。如今回想起来，他的预言并没有错，而且应该说非常准。至于何为"会很有钱"，也许他指的不是表面意义上的可见的财富，比如房子、车子、股票、基金什么的，而是一个人所拥有的精神财富、人生阅历、社会关系、幸福家庭、儿女双全等等。有人说，你读过的书，走过的路，听过的歌，爱过的电影，遇到过的人，塑造了你是个什么样的人。而我就是这么富有、这么幸运，因为遇到了很多贵人，他们给予我的东西远比钻石还宝贵。辉哥就是我的贵人之一。

提到辉哥，初见时就一见如故。或许是因为同为湖南人，或许是面相使然，抑或是我们都爱读书，估计最后这个原因的可能性更大。我一见他就觉得很轻松，聊天没负担，想说什么不用思前想后。他总能给人一种稳重、踏实、实诚、善良的感觉。他是一个行走的图书馆，家中藏书几万册

不说，他读过的书那就更多，从哲学到艺术，从心理到医学，从西医到中医，从国内到国外，从《黄帝内经》到《金刚经》《道德经》，似乎好书中就没有他没读过的。跟他聊名著他总是滔滔不绝，我们从古斯塔夫·勒庞的《乌合之众》聊到杨绛翻译的《堂吉诃德》，从加缪的《局外人》聊到马尔克斯的《百年孤独》。他跟我分享艾米莉·勃朗特三姐妹的异同，我跟他表达我不同时期读《百年孤独》的感受。是他让我对文章的品味越来越挑剔，是他让我总能跳出教育去看教育，跳出读书看读书。其实，辉哥给我最大的影响还是教会了我练功。

功夫动作看起来并不复杂。刚开始练的时候，我并不能达到他的要求。我努力尝试去做得标准，越着急，发现越做不到，而且还总能马上出一身汗。辉哥告诉我说，不要着急，也不要勉强自己，要学会放松。按照辉哥的建议，我又继续尝试，慢慢动作能做到位了，我总能感受到有股气在我身体里游走。有段时间，我的智齿发炎，早上练功时，感到所有的气息几乎都在发炎的牙齿的位置上不停地转啊转，让我感觉很舒服。有次我头疼，我在练功时感觉到那股气就在我的头顶上不停地撞击，练了十来分钟后，明显感觉头疼消退了些。

每天早上，我都坚持练功，渐渐地，发现自己发生了前所未有的变化。

首先，我的生物钟逐渐变得有规律了。早上到了 6：00，我会准时醒，有时候会提前个 10 来分钟，但大多数时间都是 6：00。醒来后我开始练功，一天整个人都觉得神清气爽。中午，有时候只要眯 10 分钟，也会自己醒来，顿觉满血复活，全身能量满格。晚上到了 11：00 多，身体开始疲乏，这是身体发出信号要我早点睡觉了。

其次，大小便也有了规律。早上做练功时我会连续放屁，辉哥告诉我那是正常的。练功完后，我就会立马有厕意，于是去方便。自从练功后，我的大便都是定时、定形、定量，甚至不夸张地说，连气味都是一样的啦，这太神奇了。

再有就是做梦。说到梦，非常神奇。弗洛伊德在《梦的解析》中提到，梦是过去的片段在脑子的残留，也可能是身体对未来的预测或预判。以前，也只是书上的句子，自从练功后，一切都让我深感诧异。有两次，我都梦到我的高中同学从外地飞往深圳，醒来后我发了个信息给她，没回。一翻朋友圈，原来她一小时前就发了微信：动身出发深圳。她果真来了！而且，就在来的飞机上——我竟然梦到了，这简直太神奇了。

练功还让我身体的敏感度提高，判断力更强。以前，朋友总说我敏感，其实高敏感确是人的巨大财富。高敏感的人有时候容易受伤，但那是因为她在人生观和价值观还不成熟、承受力还不强的时候，容易焦虑、抑郁、多愁善感——高敏感看上去似乎不是什么好事。但 "Every coin has two sides."（凡事都有两面），因为高敏感的人喜欢聊深度，更喜欢高质量的互动，喜欢真诚互动，所以高敏感族脑区的共情部分明显比旁人活跃。我常常能准确地判断他人的行为动机从哪里来，过去经历过什么，现在在想什么，从而推断出他可能会做什么。很多次验证，我的推断都是正确的。比如我说我们班的刘某某同学肯定有个妹妹，他很惊讶为什么我会知道。如果你问我为什么，那都是直觉。接着你也许会说那是你瞎蒙的吧，是啊，如果一次两次这么蒙对那是说明我运气好，但是四次、五次，次数多了，再说是瞎猫碰到死耗子就说不过去了吧。总而言之，练功让我变得更敏感，判断力更强了。

感谢辉哥教我练功。这神奇的功夫改变了我的身体，也改变了我的心理，甚至改变了我的价值观。而最大的收获，是让我生了一个聪明健康、活泼可爱的儿子。

怀我儿子前的几个月我就开始练功。估计也是因为练功的原因，让我精气神十足，所以怀上后并没有严重的孕吐现象，整个孕期呕吐几次都是因为吃得太撑所致。甚至，在刚怀上时，在上海给老师们做的讲座也充满了温暖和母爱。

一日，午饭过后，我像往常一样与妈妈坐在阳台晒太阳。那时候，儿子在肚子里已经两个多月了，我背向阳光，晒了不到 10 分钟。突然，我只感觉到，阳光迅速聚成一个火球打到我的头顶，然后迅速从头顶沿着我的脊柱滚下来，一直滚到会阴处，然后跳到子宫里。整个过程，不到一分钟，但是感觉清晰明朗，我至今还记忆犹新。我当时顿时感到一阵热能量从头顶最后注入子宫内，就像放电影似的，感觉儿子就在吸收天地精华。

后来，孕期因为胎盘低置，又加上是高龄孕妇，医生建议卧床休息。于是这么一卧就是几个月，几个月里下地的次数屈指可数。不能练了，但我还是会在床上做辉哥教我的呼吸法，就这样我熬过了漫长的孕期，终于与期盼已久的儿子见面了。

转眼，儿子已经 1 岁 8 个多月了，从一岁开始他就在运动协调能力、手指动作、音乐律动、专注力等方面发育得挺好。比如从 7 个月开始，他喜欢满地爬，从 8 个月开始，用膝盖跳一次能跳 200 多个，妈妈还因为这事担心他长大不会走路。一岁不到，就会双脚同时离地跳（儿科主任说这是 2 岁孩子成长的正常标准）。从一岁开始，每天跟妈妈一起读绘本，再后来就是一岁半自己骑 SCOOTER，玩姐姐的滑板……现在想想，也许这更多的来自孩子先天的元气足，而且跟那次"火球"的经历也有关，谁知道呢。不管怎样，只要孩子健康、快乐、聪明，为人母者已足矣！

再一次感谢辉哥给我带来的精神财富，让我活得更加通透、更加自如，更重要的是，生出了一个健康活泼的孩子。（李洁）

"抱朴堂"群英修习体会

我脾胃虚弱，近半年发现胃下有痞块，触之可从心下推到肚脐，所以常常憋闷。以前严重时，尤其快吃饭了，呼吸常不上来，心跳很快，非常难受。向师父求功法前，常常胃胀得要死。练了师父功法，我呼吸深了好多，憋闷感几乎消失，心态也自然而然比之前好了。练功的时候，常常会打嗝，打嗝几次，感觉气息一下就到丹田了，感觉特别顺畅轻松，简直太舒服了，像小时候那样心中无忧无虑地畅快愉悦。感觉痞块慢慢小了，希望那个痞块渐渐消失。另外，精神好多了，早上起床不难了。（吕程程）

我 47 岁，于 2010 年末，由于外伤引发颈椎病三年，2014 年好不容易好转，2015 年 4 月份检查出甲状腺恶性肿瘤伴淋巴转移。当时，全切手术时，又碰伤了舌咽神经，从此几乎没有离开过医院。病是越来越多，卵巢肿瘤、肺部结节、乳腺结节、哮喘等等。2019 年，几乎每个月都需要住院，9 月底哮喘发作濒临死亡，11 月呕吐消瘦住院治疗。12 月 15 日，正在输液时，翻看手机，看到了先生的文章，马上联系了先生，好像迷失已久的灵魂找到了回家的路。当时，先生详细了解了我目前的状态，决定教我抱朴功法。到今天为止，整整十五天。刚开始心里打鼓，不知道自己是不是能够做到。第一天，每次连续只可以做五个，当我咬牙坚持做够五十个后，很神奇的是，便秘好了，当天排了四次。第三天，就全部几乎停止了西医治疗。12 月 27 日，要求医生把身上的锁骨静脉管拔出，按照先生要求每天坚持练功。西医治疗完全停止，不仅没有感觉不适，身体和精神状态也在一天天好转。坚持到今天，便秘好了。原来走路慢悠悠地迈不开腿，浑身无力，稍微走快点就会引发哮喘，现在有力气了，拎着东西也不会喘，感觉几乎可以跑起来了。原来说话时感觉不会分泌唾液，嘴巴越说越干，都能粘到一起，现在几乎和正常的时候一样了。原来不能吃东西，一吃东西就腹胀难受，或喷射性呕吐，现在可以正常量吃饭了。家人们开始时不支持，反对我停止治疗，看到我每天精神好、吃饭好，比在医院时的状态好，现在也支持了我的决定。先生纯善大爱，功法简单有实效，每天坚持练习先生的功法，相信将来会更好。（冯慧云）

今天（2020 年 2 月 9 日）值得记住，先生所言的先天之炁（胎息是入道的标志）在昨夜梦修里出现了。睡前刷着手机，突然气机发动，强烈到不得不放下手机，当即打坐。一个小时后收功洗刷上床，十二时左右入睡。将睡未着之时，一股气团从下丹田升起，徐缓移至中丹田，直至与百会联成一个整体，感觉呼吸困难，又有种高潮欲来未至，愉悦又难忍的感受。炁从脚底依次向上蔓延漾动至肩颈，浑身似乎都浸在气里，头脑很清晰地知道身体的状态。忽然有股巨大的力量飞也似的牵着我往头后方向拽，心里微惊，然后身子停下，漂浮在床上（好像不是自己睡的这张床），气团堵在胸口（中丹田）旋转，透不过气来，忽然呼吸停住了，四肢和躯体每个毛孔都打开了，在呼吸，又感觉气从头顶出去了。我尝试呼吸，似乎有吸不尽的气，根本无须呼出去。清晰地记得，先生无数次嘱咐的"如如不动"，身和心都未动，直到自然醒来，一看才四点，精神抖擞，毫无困意，赶紧记下来，复又睡去。（周恒）

练功 55 天来身体的变化与体会：最大变化就是每天早晨鼻子不通气的问题已经消失了；大便不是每天都粘便池了，大部分时候正常了；看书时眼睛干涩、流泪现象已有很大好转；练功时左侧腋窝会有针刺感觉，现在没有了，脾气不像以前那样急躁了；练功 30 天左右，浑身开始有发热感觉；练功 40 天左右，后背至阳穴有气一股一股地向上蹿；练功 50 天左右，有胃气上逆感觉；最近几天时经常放屁。（张禹）

我 53 岁，练功 100 多天了。我长年做生意，操心多，思虑过度，基本不运动，经常熬夜，不吸烟，偶尔饮酒。45 岁以后，身体开始出现问题，主要症状是肠胃消化出现问题，伴有胃胀、消化不良、失眠、便秘等症状。之前练习过大成拳站桩、金刚功及打坐，或由于坚持不够，或者是杂念太多，练功效果不明显。2019 年 8 月份，在知乎上看到老师的文章，触动很大。以往接触过类似文章或大师，或者神秘化，或者是夸大其词，永远是"天下第一功"，自己的功法无所不能，玄妙之极。但是老师不是这样，第一讲求体认，绝少提心法，去神秘化。第二是传统养生，用客观和科学的态度解释，至为难得。大约练功两周，发现夜里或早上出现勃起现象。目前这种情况仍在持续。目前的效果，胃胀，消化缓慢现象基本消失，便秘情况有所改善，失眠少觉情况仍继续，腰酸背疼情况已无症状。总之，练功初尝甜头，对身体亚健康有改善作用，这是个好功法。（高玮）

我是 2019 年 7 月 2 号加老师的微信。以前，在一个道教群，看过老师分享的文章，当时当作是个神话。后来，看见分享一些体验者的经历，我动心了。才开始的时候，一天练两次，很快感觉一些变化。感觉腿脚有劲，走路有弹性。三个月的时候，感觉眼屎少些了。以前早上起床，感觉眼睛有点睁不开，眼屎糊住了。现在脸没那么油腻了，冬天手没那么干燥了，脚后跟没有开裂了。凌晨四五点钟，脊柱从命门处发热，躺着不动，甚至感觉微微出汗。最近几天，感觉右手的后溪穴发热。一直都是想得多，做得少。老师要我们做一个身心健康的普通人。人身心和谐了，才能恬淡自然，精力充沛。（李惠）

开始练功才没几天，就觉得脖子有气上浮至耳根后面。连续感冒两次，第二次一天好了。每次练功时觉得气充脚底，脚底好像气血在走动，症状逐渐减轻，练到 20 分钟左右时，感觉气从下至上到头顶，又从右侧下降至臀部，归于丹田。美容效果明显，练功一段时间后，鼻尖发光，五脏气血充沛，有时发出响声，全身经络逐渐变得通畅，但只有自己知道。在两个多月的时候，右耳曾出现过几次搔痒，并伴有响声。有一次，腹部右侧从肚脐往右猛然闪跳几下，过了半天又来了一次，应该是带脉位置。还有一次，睡觉时感觉浑身疼痛，特别是臀部两侧，脑袋也有点晕，到了下半夜，突然脑壳里嘭的一声响，人醒了，很舒服。更令人欣喜的是，我生孩子的时候，身体长期没得到复原，体质很虚弱，导致气血达不到身体最末端，慢慢感觉脚底走路痛，像老化的皮筋，一条硬线出现在脚的前掌，结了一层硬皮，随时年龄的增长，病越来越重，站立时间稍长，脚板就很痛，脚两侧僵，脚后跟也痛。有时，早上起来走路脚掌发麻。二三十年来，虽然身体并未出现什么大问题，但一直处于亚健康状态。也曾到处找医生治疗过，但很难有效。练习抱朴堂功法时，感觉脚底冒热气，出汗。一段时间后，冒热气消失，但脚底时不时地像过电一样跳一下，持续了一个多月。现在三个多月了，这一体症基本消失，但人轻松了很多。特别让我开心的是，我的容颜变了。以前面黄消瘦的我，现在变得精神十足、白里透红、气血充盈、脸色光亮。胃口好了很多，从前不敢多吃晚饭，稍吃一点，就胀鼓鼓的，现在不会了。（黄建焕）

我早在 2018 年春节期间就有幸认识老师，但一直迟疑，直到 2019 年 8 月 16 日才正式加入"抱朴堂"。练习师父功法，至今 4 个半月。练功当日就感觉很明显。当时，正值酷暑高温，练完后全身轻松，不惧怕炎热。这四个多月来，身体变化较多，手脚始终热乎，尤其在半夜，特别感觉脚底发热。练习一个多月后，早上晨勃恢复，精力充沛。由于我个人心思多，心胸不开阔，对名利还不能完全放下，致使身体状况有反复。也曾咨询老师，老师多次开导我，耐心予以讲解身体机能原理，让我坚持练功，功到自然成。我相信，一定能让身体恢复到自然状态，成为一个身心健康的普通人。（郭元勇）

因为爱好书法，我一深圳同学把我拉到深圳的一个书法群里。在那个群里，我看到老师发的文章，被老师的文章内容吸引了。看到老师的经历介绍和照片，更是被震撼了，主动要求向老师学习。2019 年 6 月 29 日，老师拉我进了抱朴堂群。老师让我把吃了十一年的降糖药和打了三个月的胰岛素及降压药都停了，开始练习抱朴功。半年过去了，现在明显感觉：一是我的外痔疮变小了；二是血压不吃药也正常了；三是感冒少了，半年来只得过一次流感；四是又出现晨勃了；五是血糖有波动，但没有身体不适反应；六是舌苔和气色明显变好了；七是原来急性子，现在不急躁了。（王瑞光）

我是一名中国传统文化的爱好者，对中医和道家的思想都很热爱，结识老师也算是机缘巧合。2019 年 5 月，偶然在一个中医群里看到老师一篇关于丹道文章，一下子被深深吸引了。随后的一个月里，把老师公众号的文章通读了一遍，深刻地领教了老师在文学、哲学、丹道、中医等方面的精深造诣，因此萌生了拜师的想法。6 月初，怀着忐忑不安的心情拜访了老师。老师渊博的学识和平易近人的态度打消了我所有顾虑，于是正式拜入老师门下，学习抱朴堂功法。随后的日子，练习抱朴堂功法和学习老师公众号的文章已成为每天的必修课。老师的功法，简单易学，易于坚持。练功后，最大的变化就是身体变得非常敏感。夏天一到有冷气地方，身体立即就有感觉。这也使我对《黄帝内经》中"虚邪贼风，避之有时"这句话有了更深刻的认识。以前身体是麻木了，对虚邪贼风没有感觉，现在身体能提醒自己主动避让。转眼间，练习功法已快半年，时刻以"做一个身心健康的普通人"的目标要求自己，不再好高骛远，踏踏实实过好生活中的每一天。（沈辉）

我于 2019 年 2 月 20 日正式拜师修习抱朴堂功法。我 48 岁，因常年在外工作，生活没有规律，工作压力大，思虑过重，身体处在严重的亚健康状态，脾胃虚寒严重，肝气郁结，脊柱侧弯，严重失眠（有效睡眠时间只有 2 ~ 3 小时），整个人状态非常不好，有轻度抑郁。练功第一月后出现腰、腿、脚疼和麻。接下来腿、脚的疼痛均有所减轻，甚至消失。腹腔内时时有寒凉之气出来，尤其是小腹处，相应位置的皮肤也是很凉。后背发凉，胸腔内涨满，疼痛减轻，睡眠改善尤为明显。第二三个月期间，有7～8天练功时胃部发出咕咕的声音。腰痛减轻，喉咙哑干没有津液得到改善。心脏区有痛感，腹胀满，但头脑清明，也有精神了，做事有劲了，吃饭也香了，自信心增强。练功第四个月时，有十几天，早上起来眼睛分泌出很黏的透明的液体。腹腔内有痛感，左腿内侧不通处有气冲感，而且阶段式反复。练功第7～8个月时，个人精神体力增强，心态平和了，遇事不急不躁了。天热时，练功出汗多，但身体很轻松，不怕热了。左腿堵得厉害，气冲明显。入伏练功，两腿膝盖以下到脚底有明显的凉和麻的现象，出的汗是冰凉的。期间，身体毛孔分泌出白色微颗粒东西。之后，有近20多天前胸后背、两臂、两腿明显虫或蚂蚁爬的感觉。现在，睡眠质量大大提高，躺下深睡达5～6小时左右，6点左右准时排便。有趣的是，酒量明显增大，之前喝酒超量，虽然不会醉，但每次会有失忆，也就是断片的情况，这两个月没有再出现过这类情况。天冷了，身体抗寒的能力明显增强。因工作原因中间练功多有间断，否则身体恢复得更好。再次感谢师父！（马俊涛）

2018年中秋，我先生带我到"桃花岛"拜访老师，当时被老师渊博的学识和奇特的经历所吸引，主动要求向老师学习功法。经过一年时间，我身体的变化是看得到的。首先，最明显的是，困扰我十年有余的慢性咽喉炎，练功前经常干咳，睡觉也经常会咳醒，现在根本不存在了。其次，我的气色好了，嘴唇以前是比较乌的，现在是正常色，身边的朋友也说我变美了。另外，以前经常觉得睡不够，容易累，现在都没有这种感觉。孩子早上六点左右起来上学，我就跟着起了，不会觉得睡不够。早上练功后，神清气爽，很舒服。（印美）

加老师的微信是在几年前的事情了，那时他本人还有病痛。持续地跟踪关注，感觉老师的身体状况也在慢慢不断地发生着变化。老师不时地把自己的修习体证展现出来。从他发的点点滴滴，体现出他的诚实和不虚夸，感受到他对中国经典古文化的尊重。就这样，我被吸引了，坚定拜师，修习"抱朴堂"功法。本人身体寒湿较重，自修习功法两年来，每日从未间断。现在，到了冬季，手脚也从以前的寒凉变化为温热，从未出现感冒发烧的情况。特别是酒量大增，以前二两白酒，再喝点啤酒就醉了，而现在是一斤白酒，再来 8 瓶啤酒也谈笑风生。虽然现在身体能量在不断聚集，各器官功能在不断增强，但仍要坚持老师的理念，不挥霍、不耗泄，持之以恒。（祝铁虎）

2017 年，我来上海学习针灸的时候，被朋友圈里的一条信息所吸引。我怀着一份好奇心，搜索了微信名——宕子，也就是我现在的师父。加了师父微信之后，我自认为对《道德经》的理解还不错，谁知师父对我不屑一顾，把我微信删除了好几次。我脸皮厚，删了我，我就重新加。后来，师父教给我抱朴堂功法。练功后，一个重要的变化就是，精神比从前好多了。从前，我只要是一坐下，特别是串门找朋友玩，人家聊得热火朝天，我却睡着了，反正是走哪儿睡哪儿，中午还必须睡一会。现在，这种情况完全没有了，中午没有一点的倦意。结缘师父，是我人生的转折点，我曾经住进道观几个月，想让自己心静下来，也想从宗教的角度解密《道德经》，自从认识了师父，我才明白自己误入了歧途。古代的很多经典，都是大修行人通过自己的实证写成的，我们跟写书的人的境界不在一个层次，所以无法真正理解。因此，师父让我们不语怪力乱神，不要乱解经典，老老实实地做一个身心健康的人，别整天想着成仙成佛。（侯端强）

我是 2017 年 9 月拜在老师门下的。在此之前，常见老师发些对于古代经典的评点，觉得通透易懂，直指核心，且无半点遮掩密藏，不像自己之前接触的释译，越看越繁，不禁对老师心怀敬佩。有幸求得功法，才深知其大道至简、道法自然之理。不出一月，身体便开始有些反应，如临睡时，身体如气球一样，有热气缓缓注入，浑身发热，呼吸微弱宁静，却总是在临界点前"出来"。也会有似睡非睡的状态，头脑清醒的"睡觉"，一二十分钟，却很解乏。可惜后来由于各种原因感觉并没有更大的进步，始终也没有突破那道"门槛"。总结一下，自己还是不够"清净"，每次最"清净"的时候，就是最接近的时候。由于生活工作琐事太多，又没有坚持不懈的努力，所以并没有"所得"。自己深知其中缘由，若想接近于道，行住坐卧，都要清静自然。我曾经历过想法过多的时期，现在明白了，不去过多思虑，坚持修身，时常静心，一切随缘。这两年多来，老师对我的影响时刻都在，对于事物的判断，对于事情的认知，变得容易了许多。常清静，常自然，虽然不能做到，但却是我行为的标杆。（边跃）

我54岁，因经商，经常熬夜，于2018年7月在湘雅医院查出肾癌，并做了左肾癌切除手术。出院后，在网上搜索治疗肾癌的方子，了解到虽然切除左肾，但癌细胞随时都有卷土重来的可能。一次偶然的机会，我在微信群看到"抱朴堂丹道"公众号发的文章，于是关注了公众号，并加了堂主的微信，拜他为师，按他的指示练习"抱朴堂"的功法。一年多下来，我现在精气神十足，不疲劳了。体重上来了，脸色红润了，根本不像得过癌症的人，三次复查指标全部正常。另外，我原来的鼻炎和慢性咽炎也好了很多。更难得的是，很久没有的晨勃现在也出现了。（杨正国）

我于2018年10月5号开始练功，是通过朋友才和老师结缘的。当时，我真是痛苦万分，下肢又痛又痒，不能走路，只能勉强穿布鞋。一直长水泡，还流黄色的水，痒得无法形容，折磨了我六年多。我到处求医，泡的、喷的、吃的、擦的药，都用过，没有一点效果。另外，我失眠十多年，吃了很多药，也是一样没用。病痛让我伤心绝望，没有一天心情好，好多年都没有笑容了。走路抬不起脚，说话也没力气，吃饭没胃口，颈椎也痛，天天头晕，夏天都不能吹空调，冬天特别怕冷，感觉自己就不是正常人。老师看了我的舌面照与面部照片后，诊断我的皮肤病是寒湿下注引起的，让我去药店买了一种很便宜的中成药服用。我坚持每天晚上用花椒煮水泡脚，同时练习"抱朴堂"功法，一个月左右，折磨我六年的病竟然好了个七八成。现在，练老师的功法已经一年零三个月，这么多的毛病基本上都消失了。我的心情也好了，脾气也不暴躁了，不会生气了。（朱红春）

初识老师，是为了找一本书。无意中找到了老师发布的微博内容，一下子吸引住了我。一口气看了一年的微博，微信公号也看了大半部分，当时萌生一个想法，就是去拜见这个人。见面后，和老师聊了很多，很佩服师父的博学和韧性。当天拜师，回杭州后练习功法，现在已练功两个月了。前7天练习的时候，会有打嗝、排气，身体上半身会微微发汗，吃饭都很好消化的感觉，即使吃杂粮蔬菜，也觉得很好吃，总之就是胃口好了。某天出门，不经意地跑了几步，真的惊到我了，感觉身体很轻快。我体重可是180斤，与当年当兵体重140斤的感觉是一样的，有点不可思议，开心得不得了。最近这几天，感觉自己的右肾部分在轻轻跳动，和心脏一个频率，这样的情况有3天左右，一天大约就出现一分钟，有轻有重，趴在床上会更明显。我左手食指有个瘊子，这几天发现变得很紧致，有点小了。一切都是那么的自然。妈妈来杭州，教给妈妈，妈妈颈椎不好，希望妈妈健康，在这里感谢老师。（谭英超）

半聪师父所传丹功，乃我国古代生命科学之瑰宝，通俗易懂，简而不繁，用时不多，收效可验。从2018年12月1日开始练习，至今1年零1

个月从未间断。练功后大约两个月，偶然出现过一次禅悦；在 3 个月的时候，有一次整个晚上像是没真睡着，知道跟前发生的事情，但早上醒来又很精神，不觉得疲惫；在 4 个月的时候，有一次晚上做梦突然进入一个很复杂恶劣的环境，迷茫恐惧中，突然想到师父说的身心如如不动，瞬间什么都不见了。总体感觉，身体敏感了，精力充沛了，体力恢复加快了，酒量提升了。练功的时候会突然想到平日里解不开的心结。现在，我的一切都如常，也不去多想，按照师父说的，从不语怪力乱神。平常工作累的时候，让毛细血管间放松一会儿。正所谓顺其自然，大道至简。往后要照着师父说的，继续傻傻地练，如如不动，做一个身心健康的普通人。（龙飞）

我 33 岁，中药学科班出身，在一家医院的中药房上班。2018 年 11 月，拜老师为师。上班前身体不错，上班后工作强度大，再加上结婚生子，带孩子，身体一直处于亚健康状态。每日倦怠乏力，因为生孩子形成剖宫产憩室，经期延长十一二天才结束。一年后，发现子宫息肉，腰酸，腰疼，肚子经常不舒服。找中医保守治疗了有一年，没有解决问题，又做了宫腔镜手术，经期缩短到八九天，也算是解决了问题。一年后，因为拔智齿，免疫力下降，经期又是十几天结束，同时泌尿系感染过几次。正在走投无路的情况下，拜老师为师。第一次练习就打嗝，立马感觉精神状态好了，走路也轻快了，当月月经七八天就结束了。练习几天后，开始排气，感觉肚子很轻快。在生病的几年，很少排气，肚子经常不舒服。后来就怀孕了，因为肚子越来越大，就停止练习了。整个孕期都很顺，不像怀老大的时候，检查时指标总有点小问题。孕期有一次头晕得厉害，差点晕倒，又开始练习了几天。当天练习的过程就打了好大的嗝，舒服了不少，后来就好了。老大剖宫产，生老二时也不想冒风险，原本打算剖的，等待大夫下门诊的时候羊水破了，进待产室半小时就顺产生了，意想不到的惊喜啊。生完孩子一二十天，我又开始每天坚持练习，产后恢复得快。老二特别乖巧，一晚上就醒一两次，不像老大一晚上醒四五次。每天我都感觉活力满满，经常有人说，你都不像是产后，不论身材还是气色都很好，我知道这一切都得益于老师的功法。还有自从练功后，我的身体得到了改善，心性也提高很多。凡事特别想得开，家庭关系越来越融洽，精力充沛，家务活干得自然多。婆婆也很开心。（王贵谨）

练习抱朴功已一年一个月了，总的体会就是：抱朴功法简单易行，练功条件方便，关键是功效明显。我自开始练习以来不曾偷懒，可能生活不规律的原因吧，还未能进入那妙不可言的先天之境。不过，我的练功效果是实实在在地在身上体现出来了。如刚开始练习的几天，能明显感觉到身体某些部位的寒气被逼着从所属的经络循行线路向四肢到指（趾）尖出去。然后大约半个月时，身体就能清晰感受到某处被某一个小点卡住了，可能当天能冲开，也可能连续好些天才能冲开。随着坚持练功天数累积，身体通透程度也在加深，使得身体变得尤为敏感，对寒湿感知非常灵敏，甚至非常抗拒，多热的天也不敢吹空调，经过湿气重的地方，小腿马上感觉到有千万蚂蚁往里钻。这真如古训说的，"君子不立危墙之下"，这个时候，你不由得就要逃离这种能侵扰你身体的地方。大约练了三个月的时候，出现了令我非常欣喜的变化。有一段时间，我发现大便像榨干的甘蔗，又像黄色泡沫一样能浮在水面，这可是我们七十年代出生的人小时候才有的健康状态呀，证明此时体内湿气的程度是刚刚好。可惜工作生活不能按天地规律作息，这样的情形持续一段时间后，随着不规律的作息被无情地终止了。随着练功的积累，现在身体一直向好变化，体重没变，但塑了形，身体收紧了很多，原来穿起来胀得鼓鼓的衣服已变得宽松了。现在无论有多累，只要练一次抱朴功，就如充一次电，立马精神百倍。抱朴功给我带来的变化是实在的，能感知的。我相信，坚持下去，做一个身心健康的普通人是可以实现的。（梁伟顺）

练习抱朴功法感受：一、简单，有效；二、对脊椎后侧肌肉和部分前侧肌肉有离心式和向心式的训练效果，增加了骨关节、肌肉韧带、神经和血管之间的自由匹配度；三、动作比较安全；四、简单的动作有效地增加了脑脊液的循环，营养了神经根部，对脊椎相关疾病有效果；五、遵循中医的养生原则，练功时规避伤寒，规避过劳过耗；六、整个功法动作的设计以腹部腰骶部为核心，有效增加了人体中部和宗根部的血液循环，符合中央管地方的正确方针。（张斌）

我经朋友结识了老师，练了抱朴堂的功法，给我的身心带来了很大的改变。记得功夫上身的那段时间，一开始吃饭特别的香，晚上睡觉沾枕头就着，一睁眼就是天亮，一点梦都没有。后来，有天晚上，我睡着了，梦到了我爷爷，感到自己好像要脱离自己的躯壳，我感到害怕，所以努力控制自己。这时候，有种气自腰往上走，走到脖子上就停了，整个过程像是在拉筋，给人一种震荡的感觉。然后，我就醒了，整个脊柱特别舒服。老师曾说过，遇到这种情况，不要动念，身心如如不动即可，这是出现了梦修，一动念，人就会醒来。又过了几天，晚上睡觉，躺在床上，呼吸自动加深加快，持续一段时间后，呼吸渐渐微弱直到没有了呼吸、心跳和脉搏。此时感觉自己的大脑仿佛有个开关，一开启就有能量从头到脚贯入。全身肌肉放松，每个细胞都沉浸在这种能量当中，非常舒适。这种能量应该就是道书上记载的先天之炁吧，原先我不相信，感受之后相信了。后来，我开始指导家里人练习抱朴堂的功法。母亲变化最明显，前额秃了一片的头发，又长起了新的头发。父亲看有效果，也开始练习。一段时间后，性情有了很大的改变。老师曾说过，最好的运动，是在自身能量消耗最少的情况下，打通经络，抱朴堂的功法就有这个特点。为什么要通经络呢？其依据就在《黄帝内经·经脉篇》中："经脉者，所以决死生，处百病，调虚实，

不可不通。"我很感恩老师，打破我原有的思维，提升了我的境界，带我走向了一个更广阔的平台。（王大品）

缘起头条遇半聪，关注半年辩不同。戊戌乙丑乙巳日，网络拜师抱朴功。不知何年何日起，糖尿病来上吾身。西医治病终身药，问道祖宗觅良方。皇天不负苦心人，得遇恩师寄希望。至今练功近一年，诸多病症已缓解。肾机练功已恢复，溏便现在已成形。五脏六腑恢复中，全仗恩师抱朴功。值此恩师出书际，神清气爽打油诗。感念老师之恩德，有缘之人定相会。（刘海明）

源于对《黄帝内经》的共识以及对老师不唯上、不唯书、只唯实的认同，于2019年的头伏，拜师练功。练功前，右胳膊和手麻木难以入睡。刚练到第三天的夜晚，睡梦中觉得自己从头到右胳膊像受到电击一样，但没有疼痛感。好神奇！从那天以后，右胳膊就不麻木了。从此，深信大道至简，深信老祖宗的非凡智慧。于是每天心怀敬畏，坚持练功，不敢懈怠，继续实证老祖宗的智慧和老师非凡的领悟力，感恩且珍惜这段受益终生的奇缘。（Beauty）

不记得什么时候加了老师的微信，常翻看老师的朋友圈。老师发的大多是中医方面的文章。我的身体一直有腰酸背痛、便秘等亚健康状况。2018年10月，因突然长了带状疱疹，于是请教老师，老师教我练功。练了一段时间，肩颈柔软多了，整个人看上去结实多了，精神状态好了很多。可能我比较愚钝，没像其他一些师兄一样，出现了很多不可思议的体证。但傻傻地练功，相信自己的健康会有更大的改善。（夏滑娣）

我2012年生病，医院诊断是结节性红斑。我查阅了资料，得的是不治之症，免疫系统的问题。我到处求医问药，吃了几年的激素，满月脸，双腿水肿、沉重，走路越来越吃力。吃了几年中药，把中药当饭吃，吃的皮肤都冒黄色的汗，都没有效果。2020年夏天，非常幸运，一个朋友指点我看老师的朋友圈与他发表的文章。看了老师公众号里的文章，觉着很有道理。老师之前也是得了免疫系统方面的病——白塞氏综合症，通过练功，半年身体痊愈了。我加了老师微信，和老师聊了，觉着老师的话很有道理，于是拜师。刚开始练了几天，我沉重的双腿轻松了许多，增强了我的信心。左膝盖原来上楼梯不着力，大概练了一个月就好了。右腿一直到屁股有根筋经常疼，练了两个月多不疼了。大腿也慢慢松了，变细了。双腿皮肤也变得细腻了，肿消了，恢复正常了。以前，说话声音不高，热闹场合，我用力说了，人家还是听不清，现在声音高了，力气也大了，人也感觉舒服了。到了冬天，也不怕冷了，双脚在被窝里不会越睡越冷了。练功至今，红斑狼疮虽然还没有痊愈，但已经好转了不少。老师曾说过，最好的运动是在自身能量最小消耗的情况达到通经络的效果。老师的功法就是这个特点，最适合我这种没有力气的人了，其他锻炼方法我都不行，会觉得很累。每次练完功，感觉特别有力，双腿特别轻松。自从遇到老师，我的身心发生了很大的变化，对未来的路不再感到迷茫与恐慌。余生要照着老师说的，做一个健康的普通人。（陆巧秀）

我是于2017年8月1日拜在老师门下的。我在一个朋友群里无意中发现老师经常发一些关于养生及中医类等帖子，所以也就一直在关注，最后加了老师的微信，拜了师，接受了老师口传的抱朴堂功法和心法。我的职业是医生，从事中西医结合的工作。从毕业到工作的8年之内，我干的都是西医骨科，8年之后至今，因种种原因转入中医。8年前，因工作原因，饮食睡眠经常不规律，导致我身体透支严重，身心疲惫不堪，有些神经衰弱或亚健康。我本来从小体质就不太好，骨瘦如柴，总是晨起昏沉，无精打采，除了先天影响之外，可能和我儿时不良饮食也有关。自从拜师练功，至今已有两年，虽然没有像个别师兄出现胎息及梦修等体证。但目前精神状态、气色、心态都比以前好多了。主要体证有：手掌起水泡脱皮，站桩中后背有热感上冲，打哈欠，流眼泪，排气，头顶感觉凉。2019年冬天，手脚总有忽冷忽热感，感觉像在排病气。饮食中也比之前敏感，晚上多吃或吃些不合适的食物，尤其是肉类，晨起就出现鼻塞、流涕、咳痰，大便排出来既粘腻也臭。作为一名中医，多数患者对我的评价，说我脉象摸得比较准，和大医院一些知名专家基本相似。我心里暗自欣喜，这应该和我练功有关，因为练功使我敏感度不断增加。我能感觉到患者身体的寒暖，有时感觉患者身体的寒气传导到我手上来，这就是老师曾说的病气。我很感谢老师！我不善言谈，文采不佳，不过我会用真实的话语表达我自身的感受。最终，要做一个身心健康的普通人，也要做一个明白的中医。（温会军）

拜先生为师不觉已三年有余，但前两年并没有认真练习，三天打鱼两天晒网的，断断续续地练了两年多。直到2019年，才真正认真练习起来。从一开始抱朴堂几十号人发展到现如今三百多人，可想而知，先生所授予的功法得到越来越多人的认同和喜爱，只可惜自己觉悟太低，不够勤奋，不然的话，也会和很多师兄一样，练出胎息，进入先天之境，能盗得天地之能量。虽然自己没好好地练功，但多多少少也还是有所收获的：一、最明显的是鼻炎得到改善。练功前，隔一两天就会打喷嚏流鼻涕，也很容易感冒，练功到现在，已经很少打喷嚏流鼻涕了，一个月可能也就一两次，感冒也很少了，感觉体质和免疫力提高了不少。二、睡眠情况逐渐好转。以前经常晚睡，难以入眠，好不容易睡着了又在梦境中惊醒，练功到现在，睡眠质量逐渐在改善，做恶梦的情况也减少了。三、性情的转变。遇事心情起伏没有那么大，不轻易生气，对人、对事、对物的恭敬之心也有在提高，正如先生所言："不与他人争，不与天地斗。"四、体重的增长。练功前体重在 115 斤左右，练功至今增长至 133 斤左右，印证了师父的话："练功可使胖子变瘦、瘦人变胖。"（骆权坤）

在一个养生群拜读了先生的文章，觉得先生不媚权威，能说且敢说，是一个很难得的、非常真实的才子。加好友后，经常阅读先生朋友圈的文章，受益匪浅。一转眼练功快两年了，身体比以前好多了，人也豁达了，遇事冷静不慌。有一次，在高速上驾驶车辆，经过分岔路时，另外一部车急急地别过来，我竟然很淡定地绕开了，一点都没受到惊吓。期间，也出现一些功态，比如坐在地铁上，整个人像被暖气团包围着，暖洋洋的，周围的人讲话都能听得一清二楚，而我却是鼾声不断，但又比睡觉醒来更精神，脸颊红热。（刘艳民）

和抱朴堂结缘算起来有一年多了，缘分真是妙不可言！练习老师的功法，从最初开始的一周左右反应特别明显，眼睛酸涩看不清楚到一周后看得很清楚，腿脚有力，走路轻巧，比好多年轻人都快，身体明显比以前好了很多。感觉比以前敏感了，尤其是对天气的变化很敏感。惭愧的是，最近几个月因为琐事缠身练得比较少，所以没有太大的突破，不过至少给了我一个方向。我想我应该坚持下去，这样身体就会越来越好，也希望更多的朋友能受益。（韩伟）

坚持练习李辉老师的"抱朴堂"功法，转眼已有 5 年的时间。作为一名在深圳执业的律师，伏案工作、熬夜加班、应酬晚宴曾经一直是本人工作的"常态"，为此，自己的身体也在不知不觉中被慢慢地消耗。大概从2009 年开始，几乎每年，自己都会因为感冒发烧之类的病症到医院住院一个星期——输液、吃药……症状暂时消失后，出院继续加班熬夜，参加各种社交应酬。在这个过程中，曾经患有的鼻炎越来越严重，一直到整夜无法呼吸入睡，只能依靠医生开具的激素类喷雾剂短暂维持。而且，因为饮食不当，还得了胆结石——胆结石从"泥沙状"转变为"花生米颗粒状"，着实苦不堪言。

大约是在 2014 年年底的时候，一次偶然的机会，李辉老师将"抱朴堂"功法授予我，并叮嘱适当加以练习，身体将会出现不可思议的变化。抱着试试看的态度，练习"抱朴堂"功法几个月以后，身体果真发生了变化。曾有一段时间，自己在练功的时候，鼻子会不住地流出鼻涕（持续了相当长一段时间），后来鼻炎就这样逐渐自愈了，胆结石的症状也消失了。并且，身体变得越来越柔软，直至随时可以结跏趺坐。身体发生变化的同时，人的精神也逐渐变得越来越好，做事更加专注，不会被外界轻易扰乱，对人对事会更加柔软、更有耐心。感谢李辉老师无私的奉献精神，相信"抱朴堂"功法一定会帮助越来越多的人。（侯振坤）

因为工作的原因，我的作息很不规律，加上不好的工作习惯，落下职业病。颈椎和腰椎都有毛病，还有迁延不愈的鼻窦炎，身体寒湿非常严重。自从在一个微信群里看到先生分享对健康的看法后，就经常关注，并以此为乐，坚信先生所言不虚。我练抱朴功以来，虽不够精进，但只要坚持一段时间，总是有很大收获的。首先颈椎与腰椎有很大改善，半年后，竟不知不觉好了，至今没有任何不适的感觉，更意想不到的是，十多年的鼻窦炎也痊愈了，嗅觉恢复到了九成。有段时间，我躺在床上放松后，就能感觉到体内慢慢地被气充满，手有胀感，浑身温热，继而感觉身体在扩大，以至消失于无形，有一种其小无内、其大无外之感。可惜我工作经常加班加点，一忙起来又中断练功了，但只要一开始练功，坚持十天半个月，就会有一些新的收获。最近的感觉是，在我心情平静放松时，印堂部位经常胀胀的，不知是何原因。我知道是过路风景，也知道是好现象，所以不惊不惧，安然享受此中滋味，并有所期待。想起先生经常教导，要保持身心如如不动，但还是免不了起心动念。我还发现一点，不知从何时起，练功后大便都是成形的，以前拉的大便可是又细又软，这意味着脾胃功能增强了。感谢抱朴功给我身体上带来的实实在在的改变。非常感恩先生能将这么好的功法分享给我。我坚信，只要坚持不懈地练下去，做个身心健康的普通人将不是难事。（刘青辉）

久遠存蓮性

守拙歸園田

己亥二月圳奉秬朴堂龍海

附录

附录一
书魔宕子传

书魔宕子者，不知何许人也。名宕子，宕通荡；宕子者，乃流浪者之谓也。自号半聪先生，半聪者，半聋也。书魔一岁时，随母乘东风货车上街。车至街，母先放书魔下车，正欲放其姐时，车已启动，将其撂于轮下。幸前方有老乡大呼停车，一命得保。然车轮已挤其头，书魔眼鼻嘴已全歪，住院一月后方愈，自此右耳失聪。

书魔幼家贫，然好读书，求知之欲远逾常人，常借书以疗饥。数年来，抄得读书笔记若干，几与身齐。初欲成数学大家，乃自学高等数学，年未十五即可解常微分及偏微分方程，读爱因斯坦之相对论。年十七时，以数学家生活太枯寂，忽发奇想，乃以作家自期。于是日背唐诗一首，乐在其中矣；为此高考失利，屈身学医。行医十年，始弃医从文。

书魔好书成魔，见好书如见好色，不免心痒难禁。无他长，唯擅读书耳。尝谓人曰，读书当得意忘形，写作当无法无天，做学问当眼高手低。书魔曾习武，亦自学也，冰天雪地可穿单衣而不觉寒。然碌碌半生，学剑学书，皆无所成。故尝为《屠龙歌》以自嘲曰：

十年深山里，练得屠龙技。一朝出山来，应教天下惊。半生秋雨江湖中，长铗挂壁日日空自作铜吼。昨夜梦陶潜，殷勤留我饮。谓我何太痴，对月起舞为我长歌归去来："世上元无龙，何用尔营营！"

此十年实乃"求新声于异邦"之年也，于西哲之种种学问，多有涉猎。

关心时事，写政论近七年，赢得小小虚名。自微博于去年被永久封杀，遂金盆洗手，急流勇退，远离此是非之地。

书魔现已年逾不惑，前尘往事，俱不堪回首，前途如何，亦历历可辨，故其所思所想渐归于佛老。穿芒鞋，着唐装，挎僧包，戴佛珠，俨然一僧人也，且向人前曰：布袋和尚乃前身。因是之故，惹来颇多物议，书魔不之顾也。更常搂一二美女合影，且将之发上微信，其狂放不羁之态有若此也。

近借得钱若干，于东莞之四面环水之小岛购得百四平米公寓一间，拟以之为归隐之所也。书魔虽少有大志，至此已不作他想，唯愿及早退休，放浪于青山绿水之间，与鸥鹭为友，喝茶读书，销此残年。呜呼！田间老父击壤而歌曰："日出而作，日落而息，凿井而饮，耕田而食，帝力于我何有哉！"

附：

"抱朴堂"堂主李辉——做一个身心健康的普通人

半聪先生宕子。

其自传云：宕子者，乃流浪者之谓也。自号半聪先生，半聪者，半聋也。无他长，唯擅读书耳。尝谓人曰，读书当得意忘形，写作当无法无天，做学问当眼高手低。然碌碌半生，学剑学书，皆无所成。故尝为《屠龙歌》以自嘲曰：

十年深山里，练得屠龙技。一朝出山来，应教天下惊。半生秋雨江湖中，长铗挂壁日日空自作铜吼。昨夜梦陶潜，殷勤留我饮。谓我何太痴，对月起舞为我长歌归去来："世上元无龙，何用尔营营！"

他本名李辉，曾经是医学院科班出身，却弃医从文成为国内著名新闻评论人。针砭时事、激扬文字，作品在380多家纸媒刊载。就在事业如日中天时，他的身体却每况愈下，因此走上修丹道之路。

1993 年，21 岁的李辉毕业于衡阳医学院（现在的南华大学）。和那个年代大部分大学生一样，他被分配在家乡工作。随着社会环境的变化，李辉渐渐不甘于偏居家乡一隅。2003 年，他考上华中师范大学古汉语专业的公费研究生，师从著名学者谭邦和教授。选择去读书，意味着和过去安稳平静的生活告别，这时他已经有了妻儿，经过衡量，他卖掉家乡的房子，带着妻子和儿子来到武汉读书。2006 年研究生毕业后，李辉顺利进入深圳某事业单位工作。互联网兴起后，每天浏览新闻时他都忍不住以"宕子"为名写评论针砭一番。几年后，"宕子"李辉已成为国内小有名气的评论家，在多家报纸开辟专栏。由于影响力太大，深圳的几家世界 500 强企业都聘请他为御用评论员。就在事业如日中天时，他发现自己的身体出现异常，大量的思考与写作，长期的缺乏锻炼等原因，李辉的身体不堪重负，得了严重的颈椎病和被西医称为绝症的"白塞氏综合症"，长期的口腔溃疡让他每一餐饭都痛得掉泪，发作时还伴有头昏脑胀、牙齿松动、舌头肿胀等症状，让他常常觉得自己将不久于人世。

一次偶然的机会，让他开始练功改变自己。只用了半年时间，原来一身的病全部离他而去。

曾经有两个晚上，他躺在床上，根本没法入睡。不管以什么姿势躺着，身体都会自动打开，他感到宇宙的能量，不停地往身上灌。全身从里到外，每一个细胞都浸润在这种能量里面。而且，就是在那两个晚上，他出现了内视，从头顶到会阴，一道红色的光柱在颤抖。他还看到了左肾，左肾不是红色的，是黑色的，在小弯上有两个小洞，两个小洞里冒出两股黑气。在那一瞬间，他明白了一个道理——《黄帝内经》里的经络是修行人直接看到的。于是，他马上去网上搜索相关资料，一下子就搜到了李时珍写的《奇经八脉考》。在《奇经八脉考》里，有一段谈到阴蹻脉。李时珍说，不同的医家有不同的说法，应该以紫阳真人说的为准，因为紫阳真人是通过"内景隧道"（内视）看到的。

为了弄明白在自己身上到底发生了什么事情，他开始研读丹经。前后整整花了 5 年多时间，对照自己身体上的各种体证，他将自先秦至当代的丹经，基本上通读了一遍，终于彻悟了丹道的原理。他发现，原来最好的丹经就是《黄帝内经》，由此，他转入了中医的学习和研究。

他说，当今世上，能将丹道的原理说清楚的人屈指可数。原因有三：一、民间有些人，功夫虽然练上身了，但文化层次不高，缺乏足够的古文功底与现代科学知识，所以"知其然而不知其所以然"；二、那些专门研究丹道的学者，虽然有足够的知识积累，对历代丹经也非常熟悉，却大多没有实修实证，只能凭自己的主观臆断来解读丹道，仍然还是不能明理；三、就算同时具备前两个条件，如果悟性不够的话，同样还是说不清丹道修炼的原理。因此，丹道在当代几乎就成了"绝学"，真正懂的人恐怕比懂季羡林先生研究的吐火罗文的人还少。

他认为，丹道的核心是生命科学与宇宙学，是中国传统文化中最核心的机密，是解读中国传统文化的一把钥匙，可以贯通儒释道三家所有经典，是非常超前的生命科学，也是中医里最高深、最难懂的部分，其内核就是我们常听到的"天人合一"。他说，"丹道"这个词的出现，意味着丹道的衰落。魏伯阳的《周易参同契》并非什么"万古丹经王"，最好的丹经其实在先秦，如《道德经》《阴符经》《黄帝内经》等，后世的丹经则越来越繁琐，离大道也越来越远。

参透丹道后，在他的指点下，身边不少身体出现了问题的朋友都恢复了健康。陈先生是东莞理工大学的老师，转氨酶有 400 多高，吃了多年的药不见好转，在他的指导下修身养性，没有用任何药物，如今身体已经恢复了正常。原南山区处级干部吴兄，健康状态不佳，在他的指点下，身体也已有了很大的改善。2001 年摔跤的世界冠军冯刚，因为训练过度，身体出了问题，在他的指点下，也受益匪浅。2017 年 11 月底，冯刚专程从北京赶到他在东莞的家——"抱朴堂"，以民间的仪式，拜他为师，研修丹道。

"抱朴堂"是他的书斋名，在东莞塘厦镇一个四面环水的小岛上，其中藏书上万册，涉及从自然科学到社会科学两三百个学科的内容。近年来，海内外不少人慕名而来，拜在他的门下，学习中国传统文化与丹道的入手法门。

"抱朴堂"功法具有如下特点：一、动作简单。简单到在电话里能说得清清楚楚、明明白白，没有半点花架子；二、效果显著。只要坚持练习（每天大约半小时），必有奇效，能让人基本不生病（有病治病，无病防病），老得慢（美容），延年益寿；三、性命双修。以命功为主，命功中兼摄性功（坚持练习，能让人变得性情平和），少数人可因此而打开"玄关"，进入混沌，盗天地之灵气，从而脱胎换骨、超凡入圣，敲开丹道修炼的大门。四、合乎医理。其功理源于《黄帝内经》，不讲大小周天，不讲丹田、穴位、经络，也不讲炉鼎、药物与火候，不守任何窍，没有任何出偏的风险。道法自然，功到自然成。

由于受过严格的科学训练，对西方的自然科学非常熟悉，他给弟子立下了规矩——当遵"不语怪力乱神"与"知之为知之，不知为不知"之规，对于未经自己实证或自己不熟悉的领域，最好保持沉默。不迷信科学，但须有"大胆假设，小心求证"的科学精神；不迷信权威，但对于天地万物须怀敬畏之心，对一切人须怀谦卑之心。不得与人争强斗胜，他强由他强，明月照大江。要有"吾爱吾师，吾更爱真理"之精神，可以怀疑和质疑他所说的一切，但须以事实与逻辑来证明自己的论点。

当有人问及他为何修炼丹道时，他回答道："做一个身心健康的普通人！"（记者：梁璐）

附录二
昔日评论大 V 因病研修丹道成功自救
学传统文化"肌肉男"磕头拜入"抱朴"

半聪先生李辉。

弃医从文，而又弃文入道。

他在媒体界叱咤风云，却又在丹道领域独树一帜。

他以修行之力，治好了自己严重的颈椎病和口腔溃疡发作时的头晕脑胀，牙齿松动，舌头肿胀。

他说，丹道不是怪力乱神，而是一种修身养性之学。

常有钦慕之人渴望入他的"抱朴堂"门下，他说，只要心诚、能持之以恒，他便愿倾囊相授。

2017 年 3 月 5 日，他的"抱朴堂"书斋又迎来了一名新弟子——张智翔，一个满身肌肉的西式武学高手。

一个拜在"抱朴堂"门下的"肌肉男"

一次偶然的机会，张智翔在朋友的推荐下，认识了李辉。

其时的张智翔已因长年累月的武术训练伤了身体，再加上新武馆的定位迟迟无法确定，很是沮丧。

一个星期前，张智翔产生了拜师的念头。

于是，他找到了李辉。

"我一直都很崇拜师傅，想跟他学国学和养生之道，借而将这些融入武学之中，这样，才能使武术得到更为长久的发展。"张智翔说道。

在经过一段时间的考察之后，李辉决定在"惊蛰"之日将他纳入门下。张智翔磕三个头，敬一杯茶，从此便是"抱朴堂"门中人。

"我教的东西不是用来打人的，而是教人怎么修身养性，所以只要有这个意愿，我都不会拒绝。"李辉告诉记者，他将以《黄帝内经》这部巨著作为张智翔的养生学习教材，并教授他自己一直在修习的功法，同时教他怎么调整心态与生活习惯，避免被"内邪"和"外邪"所伤。

做一个身心健康的人

李辉传授于每个弟子的养生知识，基本都来自《黄帝内经》，但他给予每个弟子的东西却又不同。他说，因为每个人的根基与兴趣都不一样。"一步一步来，悟性高的才有机会学到更为高深的学问。"

李辉从不认为丹道之学是迷信，他从不似那些所谓的修行人般神神叨叨，甚至陷入我执与法执的迷宫中，精神失常而不能自拔。他说，他的宗旨，是做一个健康的人。

这体现在了他的教学上。在教授弟子时，他从不言怪力乱神，不但教他们修身养性的法门，而且把原理也给他们说清楚。"法门千千万万，原理却只有一个。只有清楚了原理，才会明白丹道之于健康的重要。"

谈起张智翔，李辉很有一番感触：

"他原来接受的训练是西式的，练出了一身发达的肌肉。然而，一搭手，他的力量却还不如我这个没怎么有肌肉的人大。由此看来，还是咱们老祖宗的东西好，既养生，又不伤身。"

如今的张智翔已经决定，要将自己的新开的 1000 平方米武道馆定位为中国武术教学基地，而不再传授自己昔日所学的跆拳道、散打、泰拳。

"我觉得中国的传统文化更加博大精深。"（记者：梁璐）

附录三
摔跤国际冠军痴迷丹道修炼，不远千里东莞拜师

2017 年 12 月，丹道界的"半聪先生"（十年前的新闻大 V "宕子"李辉）在东莞举行了一次收徒仪式。双方共同的朋友共同见证了本次拜师仪式。而这位新弟子，就是原国家队队员、国际摔跤冠军冯刚。

毕业后冯刚在体育界崭露头角，成为国家摔跤队运动员，获得国际锦标赛摔跤冠军等荣誉。2006 年，普京访华，冯刚还被选拔成为普京接待团成员，与 8 个摔跤队高手一起与普京交流切磋。

由于出色的身体素质和格斗技能，冯刚先后被某军特战旅特聘为格斗教官，猎鹰特卫国际保安集团聘为搏击总教官，在国内外多所大学任教。与此同时，他还习练研究多种传统拳术和海外格斗术，成为"无相拳"格斗系统创建者。

一次偶然的机会，冯刚在网上认识了丹道界的"半聪先生"。几番交流之下，他被"半聪先生"的修行所吸引。在"半聪先生"的指点下，开始研习丹道，由此打通了任督二脉，从身到心都发生了明显的变化。从此，他试着将丹道与格斗融合，创立新的格斗系统。

据了解，"半聪先生"李辉原本是医学院科班出身，却弃医从文，成为国内著名新闻评论人。十年前李辉在网上针砭时事、激扬文字，作品被 380 多家大型媒体刊载，是深圳多家 500 强企业御用评论员。就在事业如日中天时，他的身体却每况愈下，开始走上修丹道之路。经过 5 年的丹道

修炼，李辉从一个每个月都要去医院、脸色发黑一身慢性病的人，变成现在气色红润、健步如飞、5 年没生过病的"半聪先生"。

"半聪先生"说："当今世上，能将丹道的原理说清楚的人屈指可数。原因有三：一、民间有些人，功夫虽然练上身了，但文化层次不高，缺乏足够的古文功底与现代科学知识，所以'知其然而不知其所以然'；二、那些专门研究丹道的学者，虽然有足够的知识积累，对历代丹经也非常熟悉，却大多没有实修实证，只能凭自己的主观臆断来解读丹道，仍然还是不能明理；三、就算同时具备前两个条件，如果悟性不够的话，同样还是说不清丹道修炼的原理。因此，丹道在当代几乎就成了'绝学'，真正懂的人恐怕比懂季羡林先生研究的吐火罗文的人还少。"

本次拜师之后，冯刚希望能在珠三角推广他的格斗术与无相拳，打造一批珠三角的高级保镖，让每个老板都更有安全感。（记者：梁璐）

后记：以无厚入有间

——"抱朴堂"功法其实不治病

　　起初，我其实并没有想着要写一本专门谈丹道的书，只是因为开了"抱朴堂丹道"公众号，不时地将自己的一些体悟发上去，时间久了，居然积下了好几万字，于是萌生了出书的念头。

　　既然是出书，至少得有十万字吧，但是，写到快八万字的时候，我实在也想不出可以写的话题了，因为丹道其实非常简单，哪有那么多可写的。我虽然花了五六年时间读丹经，却也不想引经据典，去阐释或评价丹经里的内容。何况，道门大多数人对于其祖师爷的崇拜达到了近乎迷信的程度，不允许有任何人对他们的祖师爷有一点点微词。我一个门外之人，如果对丹经指手画脚，容易引来众怒，何苦来哉！虽然丹道并非道门的私产，而是中国传统文化中的瑰宝，但我已经年近半百了，何必惹这个麻烦呢？我何妨自说自话，大家觉得是胡说八道也好，另辟蹊径也罢，甚至是不是丹道，都无所谓。说得天花乱坠有什么用，得看真实的效果。

　　既然已经江郎才尽，只有求助于我的学生们了。我在"抱朴堂"的群里发起倡议，让他们写练功的心得体会，没想到一时间收到了不少。找上我并拜我为师的人，大部分都是身体有各种病痛的人，有些还是得了重症、绝症，求医多年，深受疾病折磨之苦却找不着解决的有效办法的人。通过练习"抱朴堂"功法，他们的健康状态大多数都得到了改善，有的甚至能进入先天禅定的状态了。他们写的心得体会，似乎给人一种印象——"抱朴堂"功法包治百病。

其实，在给所有的学生讲解"抱朴堂"功法的功理、心法与口诀的时候，我首先强调的是，这个世界上根本就没有能包治百病的"神功"。任何一种功法，都不能解决你的所有问题。"抱朴堂"所教的，不仅仅是一套功法，更是一整套的理念和一种遵循天道的健康的生活方式——这一切，都来自《黄帝内经》。我告诉他们，人类后天的病基本上都是自作自受，所以要想身体好，要想疾病痊愈，首先得改变自己，改变自己的心性，改变自己的不良生活习惯，这才是真正的"修行"，即修正自己不良的行为。如果不改变自己，吃什么药，练什么功都没有用。

然而，在我的指导下，他们大多数人的病确实不药而愈了。果真是"抱朴堂"功法治愈的么？绝对不是的，我不敢贪天之功。治好他们病痛的，其实是他们自己，是他们自己身体的自愈力。

我们的皮肤，不小心磕破了，只要不沾水，不用去管它，过几天也就好了。这是什么力量在起作用？是人体的自愈力。古人云："有病不治，常得中医。"也就是说，得了小病，不去治疗，也是合乎医理的，因为人体的自愈力可以解决这个问题。但是，人体的自愈能力毕竟有限，超出了它的能力范围，要想疾病痊愈，我们就不得不求助于医药手段这些外在力量的帮助了。

病，其实不是我们的敌人，而是我们的朋友。我们的身体，是一个高度复杂的巨大的生态系统，也是普里高津说的"耗散结构"，在一定的范围内，具有"自组织能力"，这就是"自愈力"。当受到某种外在或内在因素的影响，我们身体这个生态系统的平衡被打破的时候，"自组织能力"或曰"自愈力"就会启动，试图恢复这一平衡，这一过程外在的表现即为"生病"。也就是说，"生病"是"自愈力"工作的结果，而病愈也是"自愈力"工作的结果。我们不管通过西医还是中医治疗，所有的治疗手段都是要通过"自愈力"或曰"自组织能力"起作用的。在其中，医生起的作用是非常有限的。那么，究竟是什么主导了"自愈力"呢？《黄帝内经》曰："正气存内，邪不可干。"换言之，正气的盛衰决定了自愈力的大小，所以中医治病要"扶正祛邪"。

高明的中医治病，是建立在对人体运作的机制机理的清晰认识基础上的，总是遵循着"顺势而为"的原则，如庖丁解牛，"以无厚入有间，恢恢乎其于游刃必有余地矣"。张仲景的《伤寒论》就是如此，通过辨证，推测身体与邪气作战的病位与趋势，"观其脉证，知犯何逆，随证治之"。药物，或其他的治疗手段，所起的作用就是顺着人体"自愈力"的势，帮上一把。如果不明这个机制机理，狂妄自大，认为人类可以控制甚至改造我们的肉体，或者认为疾病的痊愈全是我医生的功劳，这就是典型的"无知者无畏"，其后果是可想而知的。因此，好的中医，一定是对生命、对天道充满了敬畏的，绝不会夸大医生与药物的作用。一个病，能否好转，三分在医生，七分在病人自己。

"抱朴堂"功法不针对任何疾病，但却对大多数疾病都有不错的疗效，其秘密在于打通了人体经络，一方面提升了人体的正气（阳气），另一方面排出了人体聚集的邪气，所以激活与提升了人体的自愈能力，而人体的自愈能力才是包治百病的"神医"。

在这里，我首先要感谢我的恩师谭邦和先生、陈龙海先生以及我的师兄茹清平，他们不辞辛劳，通读了全部书稿，给本书各作了一篇序言，并提了很多宝贵的意见。此外，本书的书名是陈龙海先生题写的，"抱朴堂"的印章及对联都是出自陈龙海先生之手。其次，要感谢华龄出版社董巍老师、郑建军老师的认真细致编校和审订，感谢宗教文化出版社史原朋总编提出了宝贵意见，终于让这本书得以面世！一直都关照着我的好友、国内研究职业教育的知名学者李建求先生，也为本书的出版作出了很大的努力。我的朋友杨戈琪（诗人布留），"习愚存道性，守拙归园田"即出自他之手，书中部分文章配的“打油诗”，也都是他的作品。再次，要感谢我的弟子颜文强博士、李盼飞博士，他们为本书的校对工作倾注了大量的心血，感谢朱仁德先生在首次印刷上给予的大力支持。最后，更要感谢我的学生们，感谢他们对我的信任！感谢他们愿意按照我的指点持之以恒地、傻傻地练功。他们的健康得到改善，主要是他们自己的功劳，而不是我的功劳。他们用自己的身体，用自己的体验，验证了《黄帝内经》与《伤寒论》所讲述的真理。不管有多少人打着“科学”的旗号对中医泼脏水，但对我们这些中医的受益者与亲证者来说，任是“敌军围困万千重”，也能做到“我自岿然不动”，根本无法动摇我们对于中医的信念。

或许，我们的经历，对于芸芸众生，也不无启发吧。